grafit

Chemnitzer Str. 31, 44139 Dortmund
Internet: http://www.grafit.de
E-Mail: info@grafit.de

Umschlagfoto: © bilderstoeckchen / Fotolia.com
Druck und Bindearbeiten: CPI – Clausen & Bosse, Leck
ISBN 978-3-89425-397-4
1. 2. 3. 4. 5. / 2014 2013 2012

Andreas Hoppert

# Schwanengesang

Kriminalroman

grafit

## Der Autor

Andreas Hoppert wurde 1963 in Bielefeld geboren. Nach dem Jurastudium war er zunächst Wissenschaftlicher Mitarbeiter an der Uni/GHS Siegen, seit 1990 ist er Richter am Sozialgericht in Detmold.

Mit dem Politthriller *Der Fall Helms* debütierte Hoppert im Jahr 2002 als Schriftsteller. Es folgten weitere Fälle für Marc Hagen: *Erbfall*, *Die Medwedew-Variante*, *Zug um Zug*, *Menschenraub* und *Der Thule-Code.*

Teil 1

# Schicksalsentscheidung

# 1

Es lief nicht gut.

Es lief sogar überhaupt nicht gut.

Der Staatsanwalt hatte sich gerade wieder gesetzt und Marc warf dem neben ihm sitzenden Angeklagten einen raschen Blick zu. Allerdings schien sein Mandant gar nicht mitzubekommen, was um ihn herum passierte.

Der Mann war Anfang zwanzig, spindeldürr, hatte einen Ziegenbart, stank wie ein Iltis und litt offensichtlich unter starken Entzugserscheinungen: Seine Pupillen waren riesig, die Hände zitterten unkontrolliert, die Nase lief und die Augen tränten. Außerdem schien er gleichzeitig zu schwitzen und zu frieren, denn auf seinen blassen, tätowierten Armen hatte sich über einer extremen Gänsehaut ein Schweißfilm gebildet.

Ein anderer Verteidiger hätte wahrscheinlich eine Vertagung wegen Verhandlungsunfähigkeit beantragt, aber Marc wollte diese Sache genauso schnell vom Tisch haben wie alle anderen Beteiligten.

»Herr Hagen, wenn ich dann auch um Ihr Plädoyer bitten dürfte«, wurde er von der Stimme des Vorsitzenden aus seinen Gedanken gerissen.

»Selbstverständlich, sofort«, antwortete Marc und fügte in Gedanken hinzu: Sobald ich auch nur die geringste Ahnung habe, was ich sagen soll. Er spürte, dass in diesem Moment alle Blicke auf ihn gerichtet waren: die des Vorsitzenden, die des Staatsanwaltes und die der Schüler auf den Zuschauerbänken.

Die Luft im Saal war zum Schneiden und Marc lockerte seine Krawatte, die Melanie ihm zum vierzigsten Geburtstag geschenkt hatte.

Da sein Geistesblitz bisher ausgeblieben war, versuchte er Zeit zu gewinnen, indem er in seinen Unterlagen herumkramte. Gleichzeitig verfluchte er sich dafür, dass er diesen Fall angenommen hatte.

Der Vorsitzende hatte ihn gestern Nachmittag in seiner Kanzlei angerufen und gefragt, ob er eine Pflichtverteidigung übernehmen wolle. Selbstverständlich war Marc einverstanden gewesen. Er konnte es sich einfach nicht leisten, auch nur ein Mandat abzulehnen.

Erst nach seiner Zustimmung war der Richter mit dem ›kleinen Haken‹, wie er es genannt hatte, herausgerückt: Die Hauptverhandlung sollte schon am nächsten Tag stattfinden. Die Bestellung des bisherigen Pflichtverteidigers war zurückgenommen worden, weil er sich mit dem Angeklagten überworfen hatte. Der Vorsitzende hatte händeringend nach einem Ersatz gesucht.

Mit Sicherheit hatte der Richter in dieser Situation als Erstes an Marc gedacht. In den letzten Jahren hatte sich Marc unter den Bielefelder Strafrichtern den Ruf eines Mannes erworben, mit dem man reden konnte, was so viel hieß wie: Er war als Verteidiger bekannt, der den Richtern nicht allzu viel Arbeit machte.

Ganz im Gegensatz zu seinem besten Freund Gabriel Wagner, der nach der Trennung von seiner Frau mittlerweile wieder in Bielefeld als Anwalt tätig war. Gabriel war ein Anhänger der sogenannten Konfliktverteidigung, denn er bombardierte die Richter in der Verhandlung mit allen möglichen und unmöglichen Beweis- und Befangenheitsanträgen. ›Kammergymnastik‹ nannte er das dann lächelnd, weil er das Gericht dadurch zwang, sich jedes Mal zu erheben und im

Nebenzimmer über seinen Antrag zu beraten. Jetzt wunderte Gabriel sich darüber, dass er schon seit einer Ewigkeit keine Pflichtverteidigungen mehr übernehmen durfte. Denn darüber bestimmten allein die Vorsitzenden, und die würden einen Teufel tun, mit einem Querulanten, denn als nichts anderes betrachteten sie Gabriel, zusammenzuarbeiten.

So etwas würde Marc nie passieren. Er war zwar nicht gerade stolz auf sein eher unterwürfiges Verhalten dem Gericht gegenüber, aber von irgendetwas musste der Mensch ja leben, zumal Marc jetzt auch eine Familie zu ernähren hatte. Deshalb hatte er auch nur äußerst zaghaft protestiert, als der Vorsitzende ihm mitgeteilt hatte, wann der Termin stattfinden sollte.

Marc hatte etwas von einer Terminverlegung zur Vorbereitung der Hauptverhandlung gemurmelt, aber das war von dem Richter kurzerhand vom Tisch gewischt worden. Einsicht in die ohnehin dünne Akte könne er direkt vor der Verhandlung nehmen, die Sache sei glasklar und sein Mandant werde ohnehin nicht mit ihm reden. Genau deshalb habe der vorherige Anwalt die Aufhebung der Pflichtverteidigung beantragt.

Marc war bei seiner Entscheidung geblieben. Wenn er den Fall nicht übernahm, würde sich ein anderer Rechtsanwalt finden.

Und tatsächlich hatten sich die Worte des Richters am nächsten Tag als hundertprozentig zutreffend erwiesen. Die Akte umfasste nur wenige Seiten, sein Mandant weigerte sich, auch nur ein Wort mit Marc zu wechseln und der Sachverhalt war eindeutig: Der Polizei war ein Einbruch in eine Wohnung im sogenannten Ostmannturmviertel, einem Wohngebiet in der Nähe des Bielefelder Hauptbahnhofs, gemeldet worden. Das Ostmannturmviertel war als Brennpunkt der Beschaffungskriminalität bekannt, konnten die Täter ihre

Beute hier doch sofort bei den in Bahnhofsnähe herumlungernden Dealern in Drogen umsetzen.

Marcs Mandant war etwa eine Stunde nach der Tat an der *Tüte*, dem Eingang der Stadtbahnhaltestelle des Hauptbahnhofs und Zentrum der Bielefelder Junkieszene, von der Polizei kontrolliert worden. Er war erst am Vortag auf Bewährung aus der Justizvollzugsanstalt Celle entlassen worden, wo er eine längere Haftstrafe wegen zahlreicher Diebstähle abgesessen hatte.

Direkt nach seiner Entlassung hatte er den ersten Zug in seine Heimatstadt Bielefeld genommen, wahrscheinlich um seine neu gewonnene Freiheit mit einem Schuss Heroin zu feiern. Da die Beamten das Diebesgut bei ihm nicht finden konnten, hatten sie ihn zunächst wieder laufen lassen müssen. Bis die am Tatort gefundene Blutspur ausgewertet worden war. Der Täter hatte sich bei dem Einbruch an einer zersplitterten Glasscheibe verletzt und ein Tropfen seines Blutes war auf dem Teppich gelandet.

Die Polizei hatte von seinem Mandanten eine Speichelprobe genommen und mit dem Blut vom Tatort vergleichen lassen. Ein Sachverständiger war in seinem DNA-Gutachten zu einem eindeutigen Ergebnis gekommen: Bei Marcs Mandanten handelte es sich mit einer Wahrscheinlichkeit von 99,986 Prozent um den Täter. Noch am gleichen Tag war der Mann verhaftet worden und hatte seitdem in Untersuchungshaft gesessen.

99,986 Prozent! Die Zahl drehte sich unaufhörlich in Marcs Kopf. Sonst gab es zwar keine Indizien, die auf seinen Mandanten hindeuteten, insbesondere hatte man am Tatort weder Fingerabdrücke gefunden noch bei einer Hausdurchsuchung die Diebesbeute, aber was wollte man einer Wahrscheinlichkeit von 99,986 Prozent schon entgegensetzen?

Und so hatte der Staatsanwalt diese Zahl in seinem Plädoyer auch mindestens fünf Mal erwähnt, bevor er angesichts der zahlreichen Vorstrafen des Angeklagten eine Freiheitsstrafe von einem Jahr und sechs Monaten gefordert hatte.

»Herr Hagen, wenn Sie dann zur Sache kommen könnten?« Die Stimme des Vorsitzenden war immer noch freundlich, jedoch mit einer Nuance an Ungeduld.

Marc hob ohne aufzusehen die Hand zur Entschuldigung. Vor ihm lag das DNA-Gutachten. Darin hatte der Sachverständige ausgeführt, die aus dem Blut isolierte DNA weise in allen drei untersuchten Polymorphismen die gleichen Merkmale auf wie die DNA aus der Speichelprobe des Angeklagten. Die drei Merkmale seien in einer europäischen Bevölkerungsstichprobe mit folgenden Häufigkeiten festgestellt worden: Merkmal M1 gleich 9,2 %; Merkmal M2 gleich 19,2 %; Merkmal M3 gleich 0,82 %. Die Kombination der Merkmale aller drei DNA-Polymorphismen komme nach den angegebenen Häufigkeiten bei 0,014 % der Bevölkerung vor: 9,2 mal 19,2 mal 0,82 gleich 0,014, also bei einer von 6.937 Personen. Deshalb könne mit einer *Wahrscheinlichkeit von 99,986 % (100 abzüglich 0,014)* festgestellt werden, dass das am Tatort gefundene Blut vom Angeklagten stamme.

Marc zog einen Taschenrechner aus seiner Aktentasche. Mit nervös zitternden Fingern tippte er die Zahlen ein. Kein Zweifel: Die Rechnung ging auf, die Sache war tatsächlich eindeutig.

Die Schüler auf den Zuschauerbänken wurden langsam unruhig, vereinzelt kam Getuschel auf.

Und auch der Vorsitzende trommelte jetzt ungeduldig mit den Fingerspitzen auf dem Richtertisch herum. »Herr Hagen, wird es heute noch etwas?«, fragte er süffisant. »Oder sind Sie in eine Art Schockstarre verfallen?«

Einige Kinder lachten und der Vorsitzende war sichtlich

erfreut über die unerwartete Resonanz auf seinen billigen Scherz. Komplizenhaft zwinkerte er den Schülern zu.

»Sofort«, beeilte sich Marc zu versichern und stand langsam von seinem Platz auf. Er konnte nichts anderes mehr für seinen Mandanten tun, als sich bei seinem Plädoyer auf die Strafzumessung zu beschränken und den Mann bestenfalls vor einem erneuten Knastaufenthalt bewahren.

Marc blickte auf den Angeklagten hinab, der weiterhin teilnahmslos vor sich hinstarrte. Wenn er diesen Mann wenigstens etwas kennen würde. Marc hatte keine Ahnung, ob er eine schwere Kindheit hinter sich hatte. Das Einzige, was er vielleicht zu seinen Gunsten vorbringen konnte, war der starke Drogenkonsum, durch den er nicht Herr seiner Sinne war.

Marc wollte gerade zu seinem Plädoyer ansetzen, als ihm etwas auffiel. Eine von 6.937 Personen. Normalerweise war die Quote bei einer DNA-Analyse doch wesentlich höher! Marc blätterte im Stehen noch einmal an den Anfang des Gutachtens zurück und fand schließlich die Lösung: Das am Tatort gefundene Blut war entweder bereits von der Spurensicherung, beim anschließenden Transport oder im Labor verunreinigt worden, daher die relativ geringe Zahl. Er seufzte. Aber das änderte alles nichts an der errechneten Wahrscheinlichkeit von 99,986 Prozent.

Auf einmal stutzte Marc. Moment mal!

Er setzte sich wieder und kritzelte ein paar Zahlen auf seinen Notizblock. Dann nahm er erneut seinen Taschenrechner zur Hand und gab Zahlen ein. Marc hörte das leise Aufstöhnen aus dem Zuschauerraum und auch der Vorsitzende ließ es sich nicht nehmen, Marcs Verhalten zu kommentieren. »Da könnt ihr mal sehen, wie wichtig das Erlernen der Grundrechenarten für das spätere Berufsleben ist. Ihr lernt also nicht umsonst.« Dann wandte er sich wieder Marc zu und grinste. »Herr Hagen, nicht so voreilig. Es besteht keine

Notwendigkeit, Ihren Honoraranspruch jetzt schon zu berechnen. Damit werden wir uns nach der Verhandlung befassen.« Dafür erntete er erneut ein paar Lacher aus den hinteren Reihen.

Marc lächelte tapfer mit, ließ sich aber nicht beirren. Er schrieb die Zahlen, die er von dem Display seines Taschenrechners ablas, auf den Block, kontrollierte alles noch einmal und erhob sich dann zum zweiten Mal.

»Hohes Gericht, Herr Staatsanwalt«, begann er sein Plädoyer und musste einmal schlucken, um den Kloß in seinem Hals zu beseitigen. »Auf den ersten Blick scheint die Sache klar zu sein: Mein Mandant ist mit einer Wahrscheinlichkeit von 99,986 Prozent der Täter.« Marc räusperte sich, bevor er fortfuhr. Langsam wurde er etwas sicherer. »Aber ist der Fall wirklich so eindeutig? Nach dem Gutachten des Sachverständigen Dr. Bauer kommt die DNA des Angeklagten bei 0,014 Prozent aller Personen vor. Die Stadt Bielefeld hat eine Einwohnerzahl von etwa 320.000, daraus folgt: Allein in Bielefeld leben etwa 45 Personen, deren DNA-Analyse dieselben Merkmale ergeben würde wie bei dem Angeklagten. Wenn wir davon ausgehen, dass der Täter nicht aus Bielefeld stammt, sondern von irgendwo aus Ostwestfalen-Lippe, wo es circa 2 Millionen Menschen gibt, sind wir bereits bei etwa 280 möglichen Tätern. In Nordrhein-Westfalen leben etwa 18 Millionen Menschen, mit anderen Worten über 2.500 mögliche Täter. Bei einer derartigen Vielzahl von potenziellen Tätern kann allein aus dem DNA-Gutachten nicht mit der erforderlichen an Sicherheit grenzenden Wahrscheinlichkeit geschlossen werden, dass ausgerechnet der Angeklagte den Einbruch verübt hat. Da es außer diesem Gutachten keine weiteren Indizien oder gar Beweise gibt, die meinen Mandanten belasten, ist er freizusprechen. Ich danke Ihnen.«

# 2

Nach dem Freispruch hatte Marcs Mandant sich, ohne ein Wort des Abschieds oder gar Danks, aus dem Staub gemacht. Marc nahm an, dass er direkt seinen Dealer ansteuerte oder vorher noch irgendwo einen Einbruch begehen musste, aber das war ihm jetzt egal.

Er packte gerade seine Unterlagen zusammen, als er hinter sich eine männliche Stimme hörte. »Meinen Glückwunsch!«

Marc drehte sich um. Vor ihm stand ein gut aussehender, großer, stattlicher Mann mit vollem silbergrauem Haar und markanten Gesichtszügen, er musste Ende fünfzig sein. Bekleidet war er mit einem dunklen Dreiteiler, der wahrscheinlich teurer gewesen war als sämtliche Anzüge, die Marc besaß. Um den Hals trug er eine gedeckte Krawatte mit breitem Windsor-Knoten, am Ringfinger der linken Hand prangte ein schwerer goldener Siegelring.

»Heinen«, sagte der Mann und streckte seine rechte Hand aus, die Marc ergriff. »Dr. Heinen, um genau zu sein. Ich bin Arzt.«

Marc stutzte. »Ihr Name kommt mir irgendwie bekannt vor«, sagte er.

»Ich weiß im Moment nur nicht, woher.«

»Das passiert mir häufiger«, erwiderte Heinen lächelnd. »Ich bin nicht ganz unbekannt.«

Der Arzt sah sich in dem mittlerweile leeren Saal um. »Darf ich Sie auf einen Kaffee einladen?«, fuhr er fort. »Ich würde gerne etwas mit Ihnen besprechen.«

Marc warf einen Blick auf seine Armbanduhr. »Nichts dagegen«, gab er dann zurück. »Wie wäre es mit der Gerichtskantine?«

Heinen zuckte gleichgültig die Schultern und sie verließen gemeinsam den Saal.

»Ist unser Treffen eigentlich ein Zufall?«, fragte Marc, als sie vor dem Aufzug warteten.

»Zufall oder Schicksal, wer weiß das schon genau?« Heinen zeigte zwei perfekte Zahnreihen. »Ich soll heute als Zeuge eines Verkehrsunfalls beim Landgericht aussagen. Als ich hier ankam, hat mir der Richter mitgeteilt, dass sich meine Vernehmung um mindestens zwei Stunden verzögern wird. Die Gelegenheit habe ich genutzt, um mich ein wenig in den anderen Sälen umzusehen. Und so bin ich auf Sie gestoßen.«

In der Kantine holten sie sich jeder einen Kaffee und setzten sich damit an einen Fensterplatz.

»Nun«, setzte Heinen an. »Sie haben eben gute Arbeit geleistet. Und da ich ohnehin einen Juristen brauche, dachte ich, ich könnte mich auch gleich an Sie wenden.« Er machte eine Pause. Als Marc ihn abwartend ansah, sprach er schnell weiter. »Ich habe ein rechtliches Problem, das ich gerne mit Ihnen besprechen möchte.«

»Damit verdiene ich mein Geld«, erwiderte Marc. »Schießen Sie los.«

Heinen zögerte einen Moment. »Alles, was wir hier besprechen, bleibt doch unter uns, nicht wahr?«, vergewisserte er sich.

»Vollkommen«, versprach Marc.

Heinen nickte. Dann schaute er noch einmal über seine Schulter, als ob er sichergehen wollte, dass niemand zuhörte. Schließlich fuhr er mit leiser Stimme fort: »Wie gesagt, ich bin Arzt. Eine meiner Patientinnen ist an Magenkrebs erkrankt. Unheilbar. Sie hat nur noch kurze Zeit zu leben und leidet unter unerträglichen Schmerzen. Und ich meine: unerträglich. Vor etwa einem Monat hat sie mich das erste Mal gebeten, ihr dabei zu helfen, sich das Leben zu nehmen. Ich habe natürlich sofort abgelehnt, aber seitdem ist kein Tag vergangen, an dem sie mich nicht erneut gebeten, nein, angefleht hat, ihrem Leiden ein Ende zu setzen. Schließlich habe ich mich bereit erklärt, mich zumindest einmal umzuhören, wie es damit überhaupt rechtlich aussieht. Und da kommen Sie ins Spiel.«

Marc war für einen Augenblick perplex. Mit einem derartigen Ansinnen war noch nie ein Mandant an ihn herangetreten. Er schloss die Augen und versuchte, seine Gedanken zu ordnen.

Heinen verstand sein Zögern falsch. »Wenn Sie aus religiösen, moralischen, rechtlichen oder anderen Gründen Bedenken haben sollten, mich zu beraten, sagen Sie es bitte gleich. Ich würde mich dann nach einem anderen Anwalt umsehen.«

»Das ist es nicht«, wehrte Marc ab. »Ich war nur überrascht. Die Diagnose Magenkrebs ist zu einhundert Prozent sicher?«

»Leider ja«, bestätigte Heinen.

»Und wie sieht die Lebenserwartung Ihrer Patientin aus? Sie sprachen von ›kurzer Zeit‹.«

»Genau kann das natürlich niemand sagen, aber die Krankheit befindet sich zweifellos im Endstadium. Eine Heilung ist ausgeschlossen. Vielleicht bleiben meiner Patientin noch ein paar Monate, vielleicht wenige Wochen. Tatsache ist, dass sie jeden Tag unter diesen unerträglichen Schmerzen leidet.«

»Können Sie ihr keine schmerzstillenden Medikamente geben?«

Heinen hob die Arme zu einer hilflosen Geste. »Ich muss gestehen, ich bin grundsätzlich kein Freund davon, meine

Patienten mit diesen Chemokeulen vollzupumpen. Ich setze auf natürliche Behandlungsmethoden. Aber als ich in diesem Fall feststellen musste, dass keine Heilung mehr möglich ist, war ich natürlich auch bereit, mit Medikamenten zu helfen. Wir haben palliativmedizinisch alles ausprobiert, was es gibt. Nichts schlug an.«

»Und was genau erwarten Sie jetzt von mir?«

Bevor Heinen antwortete, warf er noch einmal einen schnellen Blick in alle Richtungen. »Falls, also ich meine, *falls* ich mich bereit erklären sollte, meiner Patientin auf die ... äh ... von ihr gewünschte Art zu helfen, will, nein, muss ich mich zumindest rechtlich absichern. Verstehen Sie? Das moralische Problem ist für mich als Arzt schon groß genug. Ich bin dafür da, Menschen zu heilen, und fühle mich dem Eid des Hippokrates verpflichtet. Da will ich nicht noch Ärger mit der weltlichen Justiz bekommen. Man hört da ja so einiges.«

Marc rieb sich das Kinn. »Das ist in der Tat ein äußerst heikles Thema«, sagte er dann. »Zulässig wäre es auf jeden Fall, wenn Sie als Arzt eine weitere Behandlung unterlassen und dies dem Willen des Patienten entspricht, auch wenn die unmittelbare Phase des Sterbens noch nicht eingesetzt hat. Aber Ihr Problem geht ja einen Schritt weiter.«

»In der Tat. Meine Patientin möchte, dass ich aktiv etwas tue, um ihr Leiden zu beenden.«

»Und genau das dürfen Sie nicht. Das nennt man Tötung auf Verlangen und damit machen Sie sich strafbar.«

»Dann kann ich nichts für sie tun?« Heinen wirkte beinahe erleichtert. »Also rein theoretisch«, fügte er schnell noch hinzu.

»Doch«, erwiderte Marc langsam. »In der Juristerei ist so ziemlich alles möglich, wenn man es richtig anpackt. Sie könnten Ihrer Patientin bei ihrem Selbstmord helfen.«

Heinen machte ein verwirrtes Gesicht. »Aber Sie sagten doch eben …«

»Ich sagte, Sie dürfen Ihre Patientin nicht aktiv töten, auch wenn sie das ausdrücklich will. Die aktive *Beihilfe* zu einem Selbstmord ist dagegen erlaubt, weil Selbstmord in Deutschland nicht strafbar ist. Wir Juristen verwenden den Begriff Selbstmord übrigens nur sehr ungern und sprechen lieber von Freitod oder Selbsttötung. Juristisch kann man sich nämlich nicht selbst ermorden. Aber lassen wir diese Spitzfindigkeiten.«

»Was kann ich also tun?«

»Zunächst einmal muss ein ernsthafter, freiverantwortlich gefasster Selbsttötungsentschluss Ihrer Patientin vorliegen.«

»Das ist eindeutig der Fall.«

»Gut. Dann dürfen Sie Ihrer Patientin grundsätzlich aktiv bei einer Selbsttötung helfen. Aber jetzt wird es kompliziert: Als behandelnder Arzt haben Sie nämlich eine sogenannte Garantenstellung. Das bedeutet nach der gegenwärtigen Rechtsprechung, dass Sie dem Lebensmüden von dem Moment an helfen müssen, in dem er bewusstlos und damit handlungsunfähig wird, weil Sie von diesem Zeitpunkt an die *Tatherrschaft* haben und weil es jetzt allein von Ihrem Willen abhängt, ob der Lebensmüde stirbt oder Sie den Eintritt des Todes verhindern.«

»Und was heißt das für mich konkret?«

»Das kommt darauf an. Wie wollen Sie Ihrer Patientin denn bei der Selbsttötung helfen?«

»Moment«, lenkte der Arzt sofort ein. »Ich habe mich noch nicht entschieden. Das hier ist nur ein Informationsgespräch.«

»Selbstverständlich. Also rein theoretisch: Was würden Sie tun?«

Heinen zögerte. »Nun, für mich als Arzt wäre es natürlich

naheliegend, wenn ich meiner Patientin eine Überdosis bestimmter Medikamente besorgen würde«, sagte er dann mit sichtlichem Unbehagen.

»Gut, dann dürfen Sie ihr den Giftbecher reichen und ihr auch beim Trinken helfen, indem Sie ihr zum Beispiel den Kopf stützen, damit sie besser schlucken kann. Das ist alles noch eine nicht strafbare Beihilfe zum Freitod durch positives Tun. In dem Moment aber, in dem Ihre Patientin bewusstlos wird, müssen Sie ihr sofort den Finger in den Hals stecken, damit sie sich übergeben kann, und einen Krankenwagen rufen, sonst laufen Sie Gefahr, wegen Tötung auf Verlangen in Form der sogenannten Unterlassungstäterschaft bestraft zu werden.«

Heinen kratzte sich am Kopf. »Das ist mir zu hoch«, bekannte er. »Erst darf ich ihr beim Sterben helfen und dann muss ich sie retten?«

»Das versteht außer dem Bundesgerichtshof niemand«, beruhigte ihn Marc.

»Was kann … könnte ich also tun?«

»In unserem Beispielfall müssten Sie spätestens dann den Raum verlassen, wenn Ihre Patientin den tödlichen Cocktail in der Hand hält. Denn wenn Sie nicht da sind, können Sie sie auch nicht retten.«

Marc machte eine Geste wie ein Zauberer nach einem gelungenen Trick. »Ta-da.«

»So einfach?«, fragte Heinen erstaunt.

»So einfach«, bestätigte Marc.

»Aber wie soll ich das beweisen?«, fragte Heinen nach kurzem Nachdenken. »Ich meine, wenn hinterher irgendwie rauskommt, dass ich meiner Patientin bei ihrem Freitod geholfen habe, kann ein übereifriger Staatsanwalt doch immer noch behaupten, ich sei dabei gewesen und mich anklagen, oder?«

»Die Gefahr besteht natürlich. Deshalb ist es auch ratsam, den gesamten Vorgang auf Video aufzunehmen.«

»Auf *Video*?« Heinen machte ein entsetztes Gesicht.

»Ich weiß, es hört sich makaber an, den Tod eines Menschen zu filmen, aber es ist in der Tat die einzige Möglichkeit, sich rechtlich abzusichern. Nur so können Sie nachweisen, dass Sie zu dem Zeitpunkt, in dem Ihre Patientin das Bewusstsein verliert, nicht mehr anwesend sind. Außerdem ist das Video noch aus einem anderen Grund wichtig.«

Heinen sah Marc gespannt an.

»Sie brauchen eine Dokumentation, einen Beweis, wenn Sie so wollen, dass Ihre Patientin freiverantwortlich und bei klarem Verstand aus dem Leben scheiden wollte. Nur dann ist die aktive Teilnahme an einer Selbsttötung nicht strafbar.«

»Ich verstehe«, nickte Heinen langsam. »Sonst muss ich nichts beachten?«

»In strafrechtlicher Hinsicht nicht.«

»Aber?«

»Wenn Sie Ihrer Patientin tatsächlich mit einem tödlichen Medikamentencocktail ... helfen wollen, könnte darin ein Verstoß gegen das Arzneimittelgesetz liegen, da die geeigneten Mittel zu diesem Zweck nicht verordnet werden dürfen.«

Heinen runzelte die Stirn. »Was könnte denn schlimmstenfalls passieren, falls herauskommt, dass ich die Medikamente besorgt und den Cocktail hergestellt habe?«

Marc blies die Backen auf. »Da ist zunächst einmal der Verstoß gegen das Arzneimittelgesetz. Hinzu kommt – und das ist mit Sicherheit gravierender – ein Verstoß gegen das ärztliche Standesrecht. Im Juni 2011 ist die Berufsordnung der Ärzte noch einmal verschärft worden. Medizinern ist jetzt erstmals ausdrücklich untersagt, sterbenden und unheilbar kranken Patienten Hilfe zur Selbsttötung zu leisten. Vorher gab es da zumindest eine gewisse Grauzone. Falls also bekannt wird, dass Sie einer Patientin aktiv bei einer Selbsttötung geholfen haben, können Sie zwar nicht angeklagt werden, bekommen aber erhebliche Probleme mit der Ärztekammer. Das kann bis zum Entzug der Approbation gehen.«

Heinen ließ sich lange für seine Antwort Zeit. »Das ist in der Tat ein Riesenproblem«, sagte er dann. »Ich liebe meinen Beruf über alles und bin davon überzeugt, dass ich als Arzt noch gebraucht werde. Ich habe schon aus anderen Gründen große Schwierigkeiten mit der Ärztekammer. Dort wartet man nur auf einen Anlass, mich rauszuschmeißen.«

»Gibt es denn sonst niemanden, der Ihrer Patientin helfen kann?«, erkundigte sich Marc. »Vielleicht ein Verwandter oder ein Freund?«

Heinen verzog skeptisch das Gesicht. »Ich wüsste niemanden. Meines Wissens gibt es da noch einen Neffen, aber zu dem besteht kaum Kontakt. Und meine Patientin will auch nicht, dass ich ihn frage. Viele Freunde hat sie nicht, sie lebt sehr zurückgezogen. Es gibt eigentlich nur eine enge Freundin, aber die hat schon abgelehnt. Sie hat gesagt, sie könne das einfach nicht, nicht bei einem Menschen, der ihr so viel bedeutet.« Der Arzt atmete durch und schloss die Augen. »Vielleicht müsste es jemand sein, der gerade *kein* enges Verhältnis zu meiner Patientin hat. Jemand …« Heinen stutzte, als sei ihm gerade etwas eingefallen und fixierte Marc. »Jemand wie Sie zum Beispiel.«

»*Ich?*« Jetzt war Marc tatsächlich entsetzt.

»Ja, Sie«, bestätigte Heinen, dem seine Idee immer besser zu gefallen schien. »Sie sind gefühlsmäßig nicht betroffen. Sie sind, wenn Sie so wollen, ein neutraler Dritter. Dazu noch Rechtsanwalt. Sie könnten alles so regeln, dass es seine Richtigkeit hat und anschließend niemand Probleme bekommt. Natürlich sollen Sie das nicht umsonst tun. Meine

Patientin ist sehr vermögend. Ich bin mir sicher, dass sie sich erkenntlich zeigen wird, wenn Sie ihr helfen.«

Marc schüttelte sofort den Kopf. »Das geht auf gar keinen Fall. Wenn ich für so etwas Geld nehmen würde, würde ich Schwierigkeiten mit *meiner* Kammer bekommen. Und Probleme mit der Anwaltskammer hatte ich schon mehr als genug in meinem Leben.«

»Dann bitte ich Sie inständig, in sich zu gehen, und zu überlegen, ob Sie meiner Patientin nicht ohne Bezahlung helfen wollen. Aus Mitmenschlichkeit, wenn Sie so wollen.«

»Aber ich kenne die Frau doch überhaupt nicht«, protestierte Marc.

»Dann lernen Sie sie eben kennen. Glauben Sie mir: Wenn Sie sie gesehen und erlebt haben, werden Sie ihr helfen. Mir ist klar, dass das eine gewaltige Verantwortung ist und Sie sich die Sache in Ruhe überlegen müssen. Melden Sie sich einfach in den nächsten Tagen bei mir.«

Heinen zog eine Visitenkarte aus seinem Portemonnaie. »Rufen Sie mich bitte an«, sagte er, während er sie Marc überreichte. »Aber egal, wie Sie sich entscheiden, warten Sie nicht zu lange. Die Frau braucht Hilfe, und das so schnell wie möglich.«

## 3

Als Marc eine halbe Stunde später in seine Kanzlei zurückkehrte, war er noch immer aufgebracht. Er schleuderte die Aktentasche in die Ecke, ließ sich in seinen Drehsessel fallen und zerrte an seinem Krawattenknoten, um ihn zu lockern.

Marc fühlte sich überfahren und wusste beim besten Willen nicht, wie er sich verhalten sollte. Wie kam dieser Typ eigentlich dazu, so etwas von ihm zu verlangen? Für eine Frau, die er noch nie gesehen hatte!

Dann atmete er ein paar Mal tief durch und fuhr den Laptop hoch. Er war sich sicher, den Namen Heinen heute nicht das erste Mal gehört zu haben. Also tippte er ihn als Stichwort in die Suchmaschine ein und wurde nicht enttäuscht. Auf dem Bildschirm erschien eine wahre Flut von Ergebnissen. Schon als Marc sich durch die ersten geklickt hatte, stellte er fest, dass Heinen ein Mensch war, der polarisierte. Insbesondere in den Internetforen lieferten sich Anhänger und Gegner Heinens einen erbitterten Kampf. Die eine Hälfte hielt ihn für einen Heiligen, die andere für einen Scharlatan. Einige seiner Patienten fühlten sich von ihm betrogen und ausgenommen, andere waren fest davon überzeugt, sie seien durch ihn von Krebs und anderen schweren Krankheiten geheilt worden.

Marc brauchte fast eine Stunde, bis er einige halbwegs gesicherte Fakten zusammengetragen hatte: Der heute achtundfünfzigjährige Dr. Gerd Heinen war seit dreißig Jahren geschieden und hatte keine Kinder. Sein Medizinstudium hatte er in mehreren europäischen Ländern absolviert und für Examen und Doktorarbeit die besten Noten erhalten. Anschließend hatte er an hervorragenden Unikliniken als Internist und Onkologe gearbeitet, bis er schließlich vor etwa fünfzehn Jahren mit der Schulmedizin brach, sich alternativen Behandlungsmethoden zuwandte und seine eigene Praxis in Gütersloh eröffnete. Dort behandelte er neben ›normalen‹ Patienten auch obdach- und andere mittellose Menschen ohne Bezahlung, die sich eine Behandlung bei ihm nicht hätten leisten können. Seit neun Jahren vertrieb er zudem mit einem Geschäftspartner ein Heilmittel auf Ginsengbasis, das gegen viele Krankheiten, insbesondere aber gegen Krebs, helfen sollte. Schulmediziner behaupteten, dieses Mittel sei vollkommen wirkungslos, wie zahlreiche wissenschaftliche Studien sowohl im Tierversuch als auch in klinischen Tests ergeben hätten. Trotzdem behauptete Heinen steif und fest, seine Medizin habe zahllosen Patienten das Leben gerettet.

Vor drei Jahren war Heinen in den Fokus der medialen Aufmerksamkeit geraten, als er ein damals zwölfjähriges krebskrankes Mädchen namens Jennifer behandelt hatte. Auf Rat Heinens hatten Jennifers Eltern die Chemotherapie abgebrochen und Heinen hatte versucht, dem Mädchen mit seinen Methoden zu helfen. Anfangs verkündete er große Erfolge und behauptete, den Krebs besiegt zu haben, doch ein Jahr später starb das Kind. Die offizielle Obduktion ergab, dass ein Krebstumor Todesursache gewesen war. Heinen hielt an seiner Diagnose fest, das Mädchen sei nicht an Krebs gestorben, sondern aufgrund der Fehler der Schulmediziner.

Marc schaltete den PC ab. Er beendete seinen Arbeitstag früher als gewöhnlich – er konnte sich ohnehin nicht mehr auf seine Fälle konzentrieren. Also meldete er sich bei seiner Sekretärin ab und verließ die Kanzlei.

Um fünf Uhr schloss Marc seine Haustür auf. Er hatte das Einfamilienhaus vor acht Monaten fast ohne Eigenkapital gekauft und mit einer Hypothek finanziert, die er die nächsten dreiunddreißig Jahre abstottern musste.

Marc hätte es nie für möglich gehalten, dass er einmal als Spießer in einem Reihenhaus enden würde, aber seitdem er Melanie Schubert vor dreieinhalb Jahren kennengelernt hatte, hatte sich alles in seinem Leben verändert. Und so wohnte er jetzt mit seiner Freundin und deren zehnjähriger Tochter Lizzy in seinem Heim mit IKEA-Einrichtung, in dem sie gemeinsam alt werden wollten. Und irgendwie freute er sich sogar darauf.

Marc betrat das Wohnzimmer und warf seine Jacke auf das Sofa. Normalerweise wurde er jetzt stürmisch von Lizzy in Empfang genommen, aber heute ließ seine Tochter sich nicht blicken. Wobei Lizzy das leibliche Kind von Melanie und ihrem ersten Mann war, also streng genommen gar nicht ›seine‹ Tochter.

Er ging nach oben in den ersten Stock und stellte nach einem Blick in Lizzys Zimmer fest, dass es leer war. Nebenan lag das Arbeitszimmer von Melanie, die konzentriert auf den Monitor ihres Laptops starrte und gleichzeitig die Tastatur bearbeitete. Melanie verkaufte Kinderbekleidung im Internet und versuchte so, das Haushaltseinkommen aufzubessern.

Marc beobachtete sie eine Weile, dann trat er leise von hinten an sie heran. Er roch den Duft ihres Apfelshampoos und küsste sie auf den Scheitel.

»Oh, du bist schon da?«, begrüßte Melanie ihn überrascht.

»Habe ich Sie bei irgendetwas gestört, Frau Schubert?«, fragte Marc mit gespieltem Misstrauen. »Ich hoffe, ich muss nicht im Kleiderschrank nachsehen.«

Als Antwort erntete er nur ein müdes Lächeln.

»Wo ist Lizzy?«, wollte Marc wissen.

»Beim Reiten.«

»Ich denke, das ist dienstags und donnerstags.«

»Mittwochs und freitags«, korrigierte sie ihn. »Und das schon seit drei Wochen.«

»Mhm«, grummelte Marc, dieses Thema wollte er nicht vertiefen. »Ich mach mir was zu essen.«

Er stieg die Treppe wieder hinunter und schmierte sich in der Küche ein Brot. Damit setzte er sich auf die Couch im Wohnzimmer und schaltete den Fernseher ein. Er zappte sich einmal durch alle Kanäle, dann schaltete er den Apparat wieder aus.

Er hatte gerade zu Ende gegessen, als Melanie sich mit einem Glas Rotwein neben ihn setzte und die Beine unter sich zog. »Wie war dein Tag?«, fragte sie.

»Stressig«, seufzte Marc.

»Nichts Besonderes?«, hakte Melanie nach.

»Nein ... doch, eigentlich schon. Ich habe einen neuen Mandanten. Er ist Arzt.«

»Ah, endlich jemand mit Geld. Vergiss nicht, einen Vorschuss von ihm zu verlangen. Geht es um einen Kunstfehler?«

»Nein, eine Patientin von ihm hat Krebs im Endstadium. Sie leidet unter unerträglichen Schmerzen und will sterben. Er wollte von mir wissen, wie man ihr helfen kann.«

Melanie saß plötzlich ganz aufrecht. »Wie ... helfen?«

»Nun, er wollte eine Art juristische Beratung über erlaubte und verbotene Sterbehilfe. Und ...« Marc räusperte sich. »Er hat mich gefragt, ob ich seiner Patientin nicht bei ihrer Selbsttötung helfen kann.«

*»Du?* Das kann doch wohl nicht sein Ernst sein! Wieso ausgerechnet du?«

Das war zwar genau die Frage, die Marc sich die ganze Zeit stellte, aber auf einmal verspürte er das Bedürfnis, sich zu verteidigen.

»Weil er Arzt ist und erhebliche Probleme mit der Ärztekammer bekommen kann, wenn er ihr Hilfe zur Selbsttötung leistet.«

»Und was ist mit deinen Problemen?«

»Das habe ich schon geprüft. Wenn man es richtig anstellt, sind von der Anwaltskammer keine Schwierig...«

*»Diese* Art Probleme meine ich nicht«, fiel Melanie ihm ins Wort. »Es geht um moralische Probleme. Dein Gewissen! Und das sollte dir sagen, dass es falsch ist, einen anderen Menschen zu töten, egal aus welchem Grund.«

»Ach, und das ausgerechnet aus deinem Mund!« Marc bereute seinen Seitenhieb, noch während er ihn aussprach.

Melanie hatte vor knapp vier Jahren ihren Mann, der sie und ihre Tochter jahrelang misshandelt und tyrannisiert hatte, im Schlaf erschossen. Sie war wegen Mordes angeklagt worden. Marc hatte ihre Verteidigung übernommen und einen Freispruch erreicht, seitdem waren sie ein Paar.

»Ja, ausgerechnet aus *meinem* Mund«, versetzte Melanie scharf. »Ich weiß nämlich, wie es ist, einen anderen Menschen zu töten. Und du kannst mir glauben: Seitdem vergeht kein Tag, an dem ich es nicht bereue und an dem mich diese Sache nicht verfolgt.«

Marc wusste nicht, was er erwidern sollte und so entstand ein unbehagliches Schweigen. Weder beim Prozess noch in der Zeit danach hatten sie sich über dieses Thema unterhalten. Melanies Tat war ein Tabu zwischen ihnen, aber jetzt war die Sache auf einmal auf dem Tisch.

»Er hatte es verdient«, sagte Marc etwas lahm.

»Nein!«, erwiderte Melanie heftig. »*Das* hat er nicht verdient, egal, was er Lizzy und mir angetan hat. Er hat es verdient, ins Gefängnis zu gehen, von mir aus für den Rest seines Lebens. Aber nicht den Tod!«

»Du hattest damals keine Alternative«, versuchte Marc sie zu besänftigen, erreichte damit aber nur das Gegenteil.

»O doch, die hatte ich!«, brauste Melanie auf. »Der Staatsanwalt hatte vollkommen recht. Ich hätte zur Polizei oder in ein Frauenhaus gehen können. Es gibt immer eine Alternative! Und die gibt es auch für diese Frau. Und selbst wenn nicht, will ich nicht, dass ausgerechnet du ihr dabei hilfst.«

»Was ist denn jetzt genau dein Problem?«, wollte Marc wissen. »Dass sie Hilfe bei einem Suizid will oder dass *ich* ihr dabei helfen soll?«

»*Ich* habe überhaupt kein Problem«, gab Melanie scharf zurück. »*Du* hast ein Problem. Und dein Problem ist, dass du einfach nicht Nein sagen kannst, wenn dich jemand um etwas bittet. Soll diese Frau doch einen Freund oder Verwandten fragen. Ich finde, es ist schlicht und einfach eine Zumutung, mit so einer Bitte einen wildfremden Menschen zu behelligen. Und anstatt diesem Arzt einfach zu sagen, dass er sich zum Teufel scheren soll, ziehst du das auch noch ernsthaft in Erwägung.«

Marc hatte zwar eigentlich schon den Entschluss gefasst, Heinen abzusagen, aber jetzt konnte und wollte er nicht zurückstecken. »Wen, bitteschön, soll sie denn fragen?«, konterte er. »Sie hat wohl keine Freunde. Und selbst wenn sie welche hätte: Die ›Zumutung‹, wie du es nennst, einen anderen um Hilfe bei seinem Freitod zu bitten, ist doch wohl umso größer, je näher man diesem Menschen steht. Wenn Gabriel oder du mich um so etwas bitten würdet, könnte ich es auch nicht tun. Für einen neutralen Außenstehenden ist die Sache eben einfacher.«

»Ich verstehe trotzdem nicht, warum ausgerechnet *du* dieser neutrale Außenstehende sein sollst.« Sie betrachtete Marc eine Weile, bevor sie leise fortfuhr. »Es hat etwas mit dieser alten Geschichte zu tun, oder?«

»Mit welcher alten Geschichte?«, echote Marc, obwohl er genau wusste, worauf Melanie anspielte.

»Du hast mir einmal erzählt, dass du als Kind gesehen hast, wie ein anderes Kind auf einem zugefrorenen See eingebrochen ist. Da warst du vor Schreck wie erstarrt und musstest hilflos mit ansehen, wie das Kind ertrunken ist. Du hast dir an diesem Tag geschworen, nie wieder einfach nur danebenzustehen, wenn es um Leben oder Tod geht.«

»Aber das ist doch etwas vollkommen anderes.«

»Eben. Hier geht es nicht darum, ein Leben zu retten, sondern eines zu vernichten.«

»Aber es geht auch um einen Menschen. Einen Menschen in schwerer Not.«

Melanie winkte ab. »Du willst mich einfach nicht verstehen. Wenn du nicht selbst weißt, dass es falsch ist, was du da vorhast, kann ich dir auch nicht helfen. Es ist mal wieder eine von deinen typischen Schnapsideen.«

Marc kochte innerlich. Jetzt kam es darauf an, das Gesicht zu wahren. »Das ist keine Schnapsidee! Und wie du schon sagtest: Es ist nicht dein Problem. Ich werde mich also mit dieser Frau treffen und danach werde *ich* allein entscheiden, was ich tun werde.«

## 4

Die Adresse, die Heinen Marc gegeben hatte, erwies sich als ein großes Anwesen zwischen Bielefeld und Gütersloh. Marc passierte ein mit Speerspitzen bewehrtes Eisentor, dann fuhr er mit seinem Golf langsam eine von Bäumen gesäumte Auffahrt entlang. Sie endete auf einem kleinen kreisrunden Platz. Dahinter erhob sich ein zweistöckiges Herrenhaus mit eleganter hellgrauer Fassade und weiß abgesetzten Fenstern.

Marc parkte seinen Wagen zwischen einem weißen 3er-BMW-Cabrio aus Bielefeld und einem schwarzen Porsche Cayenne mit dem Gütersloher Kennzeichen GT–GH 8888. GH für Gerd Heinen, dachte Marc. Offenbar war der Arzt bereits anwesend, und das am heiligen Sonntag. Der Mann schien seine ärztlichen Pflichten sehr ernst zu nehmen.

Als Marc sich der imposanten Eingangstür aus dunklem Holz näherte, zu der drei von Marmorlöwen bewachte Stufen führten, knirschte Kies unter jedem seiner Schritte. Noch bevor er auf die Klingel drücken konnte, wurde die

Tür geöffnet und eine vielleicht zwanzigjährige, äußerst attraktive Kindfrau stand vor ihm. Mit ihren dunklen Augen und dem schwarzen, zu einem Pferdeschwanz gebundenen Haar erinnerte sie Marc an die Sängerin Lena Meyer-Landrut. Bekleidet war sie mit einem schwarzen Kleid und einer weißen Schürze. Marc hatte eigentlich gedacht, die klassische Hausmädchenuniform gebe es nur noch in japanischen Zeichentrickpornos, wurde jetzt aber eines Besseren belehrt.

»Hagen«, stellte er sich vor. »Frau Reichert erwartet mich.«

»Das geht schon in Ordnung, Yvonne«, hörte Marc Heinens dröhnenden Bass im Hintergrund und das Mädchen zog sich schnell zurück.

»Yvonne ist ein wenig schüchtern«, erklärte der Arzt, während er Marc die Hand schüttelte. »Und sie ist auch etwas langsam.« Er kratzte sich mit dem Zeigefinger auffällig unauffällig an der Stirn, um kein Missverständnis darüber aufkommen zu lassen, dass er nicht Yvonnes motorische Fähigkeiten meinte.

»Ich habe nicht gewusst, dass es so etwas wie Hausmädchen heute noch gibt«, gestand Marc.

»Ich glaube, Yvonnes Einstellung war so etwas wie eine Mitleidsaktion. Johanna Reichert hat einfach ein gutes Herz. Sie hat noch einige andere Angestellte: ein weiteres Hausmädchen, einen Koch, zwei Gärtner und einen Chauffeur, den sie allerdings die letzten Monate kaum noch beschäftigt hat. Ich sagte ja schon, dass Frau Reichert sehr vermögend ist. Aber kommen Sie doch herein. Bitte.« Er machte eine einladende Handbewegung und gab den Weg frei.

Heinen scheint sich hier sehr heimisch zu fühlen, ging es Marc durch den Kopf. Er benimmt sich wie der Hausherr persönlich.

Die beiden Männer betraten eine große Halle mit einer

schätzungsweise acht Meter hohen Kassettendecke, der Boden war mit schwarz-weißen Fliesen im Schachbrettmuster ausgelegt. Von hier aus schwang sich eine zweiflügelige, frei schwebende Holztreppe in den ersten Stock hinauf.

»Vielen Dank, dass Sie gekommen sind«, sagte Heinen. »Wenn ich ehrlich sein soll, war ich mir nicht sicher, ob Sie sich überhaupt bei mir melden.«

»Und wenn *ich* ehrlich sein soll, war ich auch kurz davor, Ihre Visitenkarte in den Mülleimer zu werfen«, gab Marc zu.

Heinen betrachtete Marc forschend, dann nickte er verstehend. »Sie haben sich über mich erkundigt.«

»Allerdings. Wenn man dem Internet glauben darf, kann man über Sie nur zwei Meinungen haben: Entweder sind Sie ein Engel oder der Teufel.«

Der Mediziner lächelte. »Und für was halten Sie mich?«

Marc erwiderte das Lächeln. »Ich habe mich noch nicht entschieden.«

Heinen wurde sofort wieder ernst. »Wie dem auch sei. Aber denken Sie bitte immer daran: Hier geht es nicht um mich. Selbst wenn Sie meine Methoden missbilligen, sollte Sie das nicht davon abhalten, Johanna zu helfen. Sie hat damit nichts zu tun.«

Bevor Marc etwas erwidern konnte, hörte er Schritte, die die Treppe hinunterkamen. Als er aufschaute, erblickte er eine elegant gekleidete, schlanke Frau mit roter Löwenmähne. Marc hatte sie aus der Entfernung auf Anfang vierzig geschätzt, aber als sie jetzt direkt vor ihm stand, erkannte er, dass sie mindestens zwanzig Jahre älter war. Dennoch strahlte sie etwas Jugendliches aus.

»Charlotte Vollmer«, stellte sie sich vor und Marc ergriff die Hand mit rot lackierten Fingernägeln und zahlreichen Ringen. »Ich bin Johannas beste Freundin. Herr Dr. Heinen hat mir von Ihnen erzählt.«

»Aber Frau Vollmer ist wirklich die einzige Person, die ich eingeweiht habe«, fügte Heinen schnell hinzu, als er Marcs erstaunten Blick sah. »Sonst weiß niemand etwas davon.« Wie um schnell das Thema zu wechseln, sah er in Richtung Treppe. »Ich denke, ich schaue jetzt mal nach, ob Johanna bereit ist, Sie zu empfangen. Wenn Sie sich einen Moment gedulden wollen.« Mit schnellen Schritten lief er die Treppe hoch und ließ Marc mit Charlotte Vollmer allein.

Die legte eine Hand auf Marcs Unterarm und sagte: »Ich bin so froh, dass Sie da sind. Es geht Johanna wirklich sehr, sehr schlecht. Ich würde es ja selbst tun, aber Johanna und ich sind seit unserer Jugend befreundet. Und auch wenn ich weiß, dass es für sie keine andere Hilfe gibt, kann ich es einfach nicht tun. Verstehen Sie das?«

»Natürlich«, antwortete Marc, der sich immer noch darüber ärgerte, dass Heinen bereits einem Dritten von dem Plan erzählt hatte. »Allerdings weiß ich noch nicht, ob ich Frau Reichert helfen werde. Mein heutiger Besuch dient im Wesentlichen dazu, meine Entscheidung zu fällen.«

»Selbstverständlich«, erwiderte Charlotte Vollmer sofort. »Ich wollte Sie auch keinesfalls unter Druck setzen. Sprechen Sie mit Johanna und überlegen Sie sich alles ganz in Ruhe.« Sie nahm Marcs Hand. »Ich bitte Sie nur, mit dem Herzen zu entscheiden. Dann werden Sie das Richtige tun.« Sie seufzte. »Ich lasse Sie jetzt allein.«

»Ich habe Sie hoffentlich nicht vertrieben?«, vergewisserte sich Marc.

Über Charlotte Vollmers Gesicht glitt ein Lächeln. »Ich habe eine Katzenhaarallergie und kann mich nicht allzu lange in diesem Haus aufhalten. Johanna besitzt drei Perserkatzen und jeder Besuch ist für mich eine Qual.« Sie zeigte auf ihre rot geränderten Augen. »Deshalb kann ich auch nicht so oft hier sein, wie ich möchte. Und Johanna ist ja leider nicht mehr in der Lage, mich zu besuchen.« Sie atmete tief durch. »Noch einmal vielen Dank, Herr Hagen, allein dafür, dass Sie überhaupt gekommen sind. Es war schön, Sie kennenzulernen. Vielleicht sehen wir uns irgendwann mal wieder.« Mit diesen Worten drehte sie sich um und rief fragend: »Yvonne?«

Sekunden später stand das Hausmädchen mit Frau Vollmers Mantel über dem Arm in der Eingangshalle. Johanna Reicherts Freundin schlüpfte in den Mantel, nickte Marc zum Abschied noch einmal kurz zu und verschwand.

Marc schaute unschlüssig die Treppe hinauf, aber von Heinen war noch nichts zu sehen. Also betrachtete Marc die Porträtgemälde, die an allen Wänden der großen Halle hingen. Einige stammten offensichtlich aus vergangenen Jahrhunderten, andere waren neueren Datums. Marc schritt die lange Reihe entlang, bis er vor einem großen Gemälde an der Stirnseite der Halle anhielt, das eine Frau von bemerkenswerter Schönheit beinahe in Lebensgröße zeigte. Marc trat näher an das Bild heran, bis er alle Details erkennen konnte: Die Frau war Anfang dreißig, hatte vollkommen ebenmäßige Züge und einen porzellanfarbenen Teint. Das schwere, dunkle Haar fiel ihr bis fast auf die Hüfte. Sie hatte dem Betrachter die Seite zugewandt und schaute ihn über die Schulter hinweg an. Bekleidet war sie mit einem schulterfreien cremefarbenen Kleid. Marc musste unwillkürlich an das berühmte Winterhalter-Porträt der Kaiserin Sissi denken, das er einmal in der Wiener Hofburg gesehen hatte.

»Ja, das ist Johanna Reichert«, sagte Heinen, der lautlos hinter Marc getreten war. »Das Bild war ein Hochzeitsgeschenk ihres Mannes.« Er zeigte auf das Gemälde daneben, das einen Mann im Anzug zeigte. »Eberhard Reichert war Unternehmer. Anfang der Neunziger hat er sein Unternehmen verkauft und Millionen gemacht. Eigentlich wollte er zusammen mit Johanna das Leben genießen, aber kein Jahr später war er tot.« Er zuckte die Schultern. »Wie das Leben so spielt.«

Marc wunderte sich darüber, dass Heinen sich in der Lebensgeschichte der Reicherts so gut auskannte, andererseits war Johanna Reichert seine Patientin und die beiden verbrachten offenbar viel Zeit miteinander.

»Sie ist sehr schön«, sagte Marc, nur um etwas zu sagen.

Heinen seufzte schwer. »Sie *war* sehr schön«, korrigierte er dann. »Nicht, dass Sie mich falsch verstehen: Johanna war noch bis vor drei Monaten eine äußerst attraktive Frau. Aber die Krankheit ...« Er schüttelte den Kopf und ließ den Satz unvollendet. »Nun ja, ich sage Ihnen das auch nur, damit Sie gleich nicht allzu sehr erschrecken, wenn Sie sie sehen.«

»So schlimm?«, fragte Marc.

»Schlimmer«, seufzte der Arzt. »Sie werden sie nicht wiedererkennen. Johanna weiß das übrigens auch selbst. Sie werden im ganzen Haus keinen einzigen Spiegel finden. Johanna hat sie alle abhängen lassen, damit sie sich selbst nicht mehr ansehen muss. Und wissen Sie was? Ich kann sie sogar verstehen.« Er fuhr sich mit der Hand über den Mund. »Johanna möchte Sie jetzt sehen«, sagte er unvermittelt. »Sind Sie bereit?«

Marc atmete noch einmal tief durch, dann nickte er. Er folgte Heinen in den ersten Stock, wo der Arzt vor der Tür am Ende des Flurs stehen blieb. Nachdem der Mediziner angeklopft hatte, bedeutete er Marc, kurz zu warten. Er betrat das Zimmer und schloss die Tür hinter sich. Nach wenigen Sekunden öffnete er sie wieder und bat den Anwalt herein.

# 5

Marc betrat das Zimmer. Als Erstes fiel ihm das riesige Bett auf, das den gesamten Raum dominierte. Es stand an der Wand zwischen zwei geöffneten Fenstern, durch die Sonnenlicht in den Raum flutete. Der Boden war mit hellem Holzparkett ausgelegt, außer einer großen Kommode, zwei Sesseln, einem Fernseher und einem üppigen Blumenstrauß auf dem Nachttisch war das annähernd vierzig Quadratmeter große Zimmer praktisch leer.

Erst als Marc näher kam, sah er Johanna Reichert in dem Bett. Oder besser gesagt das, was von ihr übrig geblieben war.

Heinen hatte nicht übertrieben, was den Zustand seiner Patientin anging: Frau Reichert war nur mit einem Nachthemd bekleidet, das an ihrem ausgemergelten Körper viel zu groß aussah. Ihr leichenblasses Gesicht glich einem fleckigen Totenkopf, über den einige wenige graue Haarflusen gekämmt waren. Die Augen lagen in tiefen, dunklen Höhlen. Am meisten erschrak Marc jedoch über den zusammengekniffenen Mund, der von zahllosen scharfen Falten umgeben war. Marc hatte den Eindruck, als habe sich ein unerträglicher Schmerz tief in diesem Gesicht eingegraben. Eine Ähnlichkeit mit dem Porträt, das im Erdgeschoss hing, war nicht einmal mehr zu erahnen.

O mein Gott, dachte Marc und hoffte im gleichen Moment, dass er es nicht laut ausgesprochen hatte.

Dann hörte Marc die schwache Stimme der Frau. »Bitte, kommen Sie doch näher, Herr Hagen.« Ihr Atem ging scharf und stoßweise. Allein dieser Satz schien sie so angestrengt zu haben wie ein Marathonlauf. Als Marc neben dem Bett stand, reichte Johanna Reichert ihm die Hand. »Danke«, sagte sie. »Danke, dass Sie mir helfen wollen.«

Marc warf Heinen, der schräg hinter ihm stand, einen irritierten Blick zu, doch der Arzt bedeutete ihm nur mit einem kurzen, kaum wahrnehmbaren Kopfschütteln, nicht näher auf das Thema einzugehen.

Dann drehte er sich um, zog einen der Sessel heran, platzierte ihn direkt neben dem Bett und bedeutete Marc, darauf Platz zu nehmen. »Ich werde Sie jetzt allein lassen«, sagte er diskret und verschwand durch die Tür.

Marc suchte verzweifelt nach einem Anfang, doch das Einzige, was ihm einfiel, war eine Floskel. »Wie geht es Ihnen, Frau Reichert?«

Die Frau quittierte die Frage mit einem schwachen Lächeln. »Wie es mir geht?«, fragte sie zurück. »Nun, eigentlich sollte es mir gut gehen, oder? Ich wohne in einem schönen Haus und der Frühling steht vor der Tür. Wenn da nur nicht diese unerträglichen Schmerzen wären.«

Unvermittelt ergriff sie Marcs Hand und umklammerte sie. »Bitte, Herr Hagen, Sie müssen mir glauben: Ich bin nicht wehleidig. Ich habe mir beim Reiten schon alle möglichen Knochen gebrochen, ich hatte jahrelang Migräne. Aber die Schmerzen, unter denen ich seit Monaten leide, sind mit nichts zu vergleichen. Diese Schmerzen sind nicht stark, sie sind nicht sehr stark, sie sind schlicht und einfach *unerträglich.*« Sie fing an zu weinen. »Und die Schmerzen sind permanent da. Auch jetzt. Sie lassen einfach nicht nach, nicht eine Sekunde. Ich kann nicht mehr schlafen, nicht mehr lesen, nicht einmal mehr fernsehen. Diese Schmerzen beherrschen mein ganzes Leben. Es ist, als wenn jemand mit einem Messer in meinen Eingeweiden herumschneidet. Ich halte es nicht mehr aus. Ich halte es einfach nicht mehr aus.«

Marc versuchte, sich seine Erschütterung nicht anmerken zu lassen. »Kann man da nichts machen?«, fragte er behutsam. »Ich meine, es gibt doch Schmerz…«

Johanna Reichert schüttelte schon den Kopf, bevor Marc seinen Satz beendet hatte. »Wir, das heißt Herr Dr. Heinen und ich, haben alles versucht. Ich habe so ziemlich jedes Schmerzmittel ausprobiert, das auf dem Markt erhältlich ist. Und ich rede nicht nur vom legalen Markt. Nichts hat geholfen, gar nichts. Herr Hagen, ich weiß, dass ich Magenkrebs im Endstadium habe und ohnehin nur noch kurze Zeit leben werde. Anfangs habe ich gedacht, ich könnte die Krankheit besiegen. Jetzt will ich nur noch sterben. Ich kann einfach nicht mehr. Ich habe mir sogar schon überlegt, nichts mehr zu essen und zu trinken. Aber mir wurde gesagt, so zu sterben sei ebenfalls grausam und qualvoll. Das Einzige, was ich will, ist einen *menschenwürdigen* Tod. Ist das zu viel verlangt?« Auf einmal krallte sie ihre Hände mit einer erstaunlichen Kraft, die Marc ihr gar nicht mehr zugetraut hätte, in seinen Unterarm und starrte ihn durchdringend an. »Bitte, helfen Sie mir. Sie *müssen* mir helfen. Ich flehe Sie an! Erfüllen Sie mir meinen einzigen und letzten Wunsch: Lassen Sie mich sterben!«

## 6

Im *Konsulat* war wieder einmal der Teufel los. Marc musste sich den Weg durch die Masse anderer Gäste bahnen. Die Luft war von Alkohol und Zigarettenrauch geschwängert, auf mehreren Monitoren wurde ein Fußballspiel übertragen. Entsprechend hoch war der Lärmpegel, was Marc jedoch nicht störte. Im Gegenteil: Bei seinem heutigen Gespräch konnte er keine Zuhörer gebrauchen.

Am Nachmittag hatte er Melanie von seinem Besuch bei Johanna Reichert berichtet, von dem entsetzlichen Zustand, in dem er die Frau vorgefunden hatte. Marc war ehrlich gewesen und hatte ihr auch gesagt, dass er sich noch nicht endgültig entschieden habe, seit dem Treffen aber stark dazu tendiere, der Frau zu helfen. Natürlich hatte es wieder Streit gegeben. Zum Glück hatten sie am Ende so etwas wie einen Kompromiss gefunden: Marc musste Melanie versprechen, sich von Gabriel beraten zu lassen, bevor er einen definitiven Entschluss traf. Melanies Forderung hatte Marc zwar verwundert, weil er wusste, dass Melanie nicht allzu viel von seinem besten Freund hielt, aber sie hatte gemeint, Gabriel sei der einzige Mensch, von dem Marc sich etwas sagen ließe und der ihm den Kopf vielleicht noch zurechtrücken könne. Marc war einverstanden gewesen, um den Streit nicht vollends eskalieren zu lassen. Aber auch, weil er tatsächlich Wert auf Gabriels Meinung legte.

Er fand seinen Freund in der hintersten Ecke des Nichtraucherbereichs, auf dem Tisch ein leeres Glas Weizenbier. Offenbar nicht sein erstes an diesem Abend, was drei Striche auf seinem Deckel belegten.

»Die beste *Dallas*-Folge aller Zeiten?«, fragte Gabriel anstatt einer Begrüßung, kaum dass Marc neben ihm Platz genommen hatte.

Da Gabriel diese Frage schon oft gestellt hatte, kannte Marc natürlich die gewünschte Antwort und spielte brav mit. »Folge 191: *Schwanengesang*.«

Gabriel zeigte mit dem ausgestreckten Zeigefinger anerkennend auf Marc. »Sehr richtig«, stellte er zufrieden fest. »Das berühmte Ende der achten Staffel. Höhepunkt und gleichzeitig Beginn des schleichenden Niedergangs der Serie.« Er hob die Hände zu einer unbestimmten Geste. »Egal. Seien wir froh und dankbar, dass wir zumindest einen Teil unseres bedeutungslosen Lebens mit den Ewings und den Barnes teilen durften. Lust auf ein kleines Quiz?«

Marc seufzte ergeben. Das ›*Dallas*-Quiz‹ war in den letzten zwanzig Jahren zu einer Art Ritual geworden, mit dem die Freunde fast jedes ihrer Treffen begannen. Anfangs hatte Marc durchaus die *Dallas*-Leidenschaft von Gabriel geteilt, um nicht zu sagen: Besessenheit. Auch Marc hatte einmal sämtliche Folgen auf VHS-Kassetten besessen und sie sich mehrfach angeschaut. Aber in den letzten Jahren war seine Begeisterung für die Serie abgekühlt und er konnte Gabriels Fragen kaum noch beantworten. Aber das hatte seinen besten Freund nie gestört. Er hatte einfach das Niveau seiner Fragen gesenkt. Eigentlich hatte Marc vorgehabt, mit Gabriel über eine andere – und wie er fand wichtigere – Angelegenheit zu sprechen. Aber wenn Gabriel einmal mit seinem Lieblingsthema begonnen hatte, war es schwer, ihn zu bremsen. Marc beschloss, alles schnell über sich ergehen zu lassen. »Warum nicht?«, sagte er also.

Gabriel schien einen Moment nachzudenken. »Wo wir gerade beim Ende der achten Staffel sind«, sagte er. »Welche vier Schauspieler sind damals aus der Serie ausgeschieden?«

Marc hatte eigentlich mit einer anderen Frage gerechnet: Die Folge *Schwanengesang* genoss insbesondere deshalb einen besonderen Kultstatus, weil sie am 29. April 1986 erstmals im Deutschen Fernsehen ausgestrahlt worden war. In den *Tagesthemen* direkt danach wurde erstmals gemeldet, dass drei Tage zuvor im Kernkraftwerk Tschernobyl ein Reaktorunglück passiert war. Später entstand daraus der deutsche Film *Am Tag, als Bobby Ewing starb,* der sich mit der Anti-AKW-Bewegung in Brokdorf befasste. Aufgrund des Filmtitels fiel es Marc auch nicht schwer, zumindest einen Teil der

Frage zu beantworten. »Bobby Ewing alias Patrick Duffy«, sagte er. »Obwohl der ja später noch mal zurückgekehrt ist.«

»Allerdings.« Gabriel kicherte in sich hinein. »Mit der berühmten Duschszene, nachdem die gesamte neunte Staffel von den Produzenten zu Pams Traum erklärt worden ist. Der wahrscheinlich dreisteste Drehbuchtrick der gesamten Fernsehgeschichte. Wer noch?«

Bevor Marc antworten konnte, kam die Kellnerin, die die Bestellung aufnehmen wollte. Marc orderte ein Pils und Gabriel ein weiteres Kristallweizen.

»Ich kann mich an die anderen drei nicht erinnern«, gestand Marc, nachdem die Bedienung wieder verschwunden war.

»Ach, Marc«, seufzte Gabriel und betrachtete seinen Freund wie einen Sohn, der seinem Vater gerade die größte Enttäuschung seines Lebens bereitet hatte. »Du warst früher mal so gut, fast so gut wie ich.«

Marc schaute angemessen zerknirscht aus der Wäsche. »Tut mir leid. Wirklich. Hilfst du mir?«

»Aber gerne: Da wäre zum einen Donna Reed, die für Barbara Bel Geddes vorübergehend die Rolle der Miss Ellie übernommen hatte, und dann die kleine blonde Charlene Tilton alias Lucy Ewing.«

»Da hätte ich drauf kommen können«, gab Marc zu.

»Jaaa, aber der letzte Schauspieler, der damals ausgeschieden ist, den können nur Spezialisten nennen. Stichwort: Farlow.«

»Natürlich!« Marc schlug sich mit der flachen Hand vor die Stirn. »Clayton oder Dusty?«

Gabriel vergrub in gespieltem Entsetzen das Gesicht in den Händen. »Clayton und Dusty Farlow sind, wie du ja wohl noch weißt, *Rollen*namen. Hier geht es um den Namen des *Schauspielers*. Na?«

Marc tat noch ein paar Sekunden so, als würde er nachdenken, dann schüttelte er kapitulierend den Kopf.

»Eric«, kam Gabriel seinem Freund zur Hilfe. »Eric Farlow!«

»Nie gehört!«

»Aber ja doch. Eric Farlow hat Christopher gespielt, das fette Adoptivkind von Pam und Bobby.«

»Aber das war doch noch ein Baby.«

»Ein Kleinkind, um genau zu sein, ja. Aber nichtsdestotrotz ein Schauspieler, wie du zugeben musst. Er wurde dann durch ein älteres Kind ersetzt.«

Die Bedienung kehrte zurück und stellte zwei Gläser vor sie auf den Tisch.

»Du bist verrückt«, sagte Marc. »Vollkommen verrückt.«

»Und du bist einfach schlecht. Nur einen von vier!« Gabriel machte eine Pause und hob sein Glas.

Sie stießen an. Als Gabriel sein Bier wieder vor sich abgestellt hatte, sah er Marc erwartungsvoll an. »Also, um was geht es? Du warst am Telefon so komisch.«

Marc ließ den Blick noch einmal durch das *Konsulat* schweifen. Aber der Raum war so mit Gläserklirren, Gelächter und Gesprächen erfüllt, dass ihnen unmöglich jemand zuhören konnte.

Also erzählte er Gabriel alles, beginnend bei dem ersten Gespräch mit Heinen bis zu seinem Treffen mit Johanna Reichert am heutigen Vormittag. Als er fertig war, wartete er gespannt auf eine Reaktion, aber Gabriel starrte ihn einfach nur an.

»Was ist los?«, fragte Marc ungeduldig. »Hat es dir die Sprache verschlagen?«

»Wow, das ist schon harter Tobak.« Gabriel richtete den Blick zur Decke, als sei ihm gerade etwas eingefallen.

»Weißt du, woran mich das erinnert?«, fragte er dann. »An Mickey Trotter, Lucys Freund! Er hat einen Autounfall mit der betrunkenen Sue Ellen und ist anschließend vollständig gelähmt. Er verliert den Lebensmut und will sterben. Ray Krebbs stellt schließlich das Beatmungsgerät ab und erfüllt Mickeys Wunsch.«

»Kannst du nicht *ein Mal* ernst bleiben?«

»Ich bin vollkommen ernst. Im Gegensatz zu dir! Weißt du nicht mehr, wie es ausgegangen ist? Ray wird verhaftet und wegen Mordes angeklagt. Er bekommt fünf Jahre auf Bewährung wegen Totschlags und hat wegen dieser Tat noch Jahre später Schwierigkeiten, als er und Donna ein Kind adoptieren wollen.«

»Wie du sehr wohl weißt, ist eine Beihilfe zur Selbsttötung in diesem Land nicht strafbar.«

»Das ändert nichts an den Tatsachen!«

»Soll das heißen, du rätst mir ab?«

»Das soll heißen, dass du nicht alle Tassen im Schrank haben kannst, wenn du ernsthaft darüber nachdenkst, einem Menschen bei seinem Selbstmord zu helfen.«

»Selbst*mord* gibt es nicht. Es ...«

Gabriel hob die Hand, um Marc zu stoppen. »Geschenkt! Scheißegal, wie du es nennst. Es läuft immer auf dasselbe hinaus: Ein Mensch ist tot.«

»Ja, aber ein Mensch, der sterben will. Ich finde, jeder Mensch, der bei klarem Verstand ist, sollte das Recht haben, selbstverantwortlich und frei zu entscheiden, ob er weiterleben will oder nicht.«

»Und woher willst du wissen, dass diese Frau bei klarem Verstand ist? Vielleicht leidet sie unter Depressionen, einer bipolaren Störung oder Schizophrenie. Übrigens alles Krankheiten, die man behandeln kann, sei es durch Medikamente oder durch eine Psychotherapie.«

»Sie ist nicht psychisch krank.«

»Ach, bist du jetzt auch noch Psychiater?«

»Nein, aber ich habe mich ausführlich mit ihr unterhalten. Sie ist vollkommen klar im Kopf.«

»Trotzdem ist sie psychisch krank.«

»Und woraus schließt du das?«

»Aus der Tatsache, dass sie sich umbringen will. Ein gesunder Mensch würde das nicht tun.«

Marc musste schmunzeln. »Das nennt man dann wohl einen klassischen Zirkelschluss, oder? Außerdem geht es gar nicht um die Frage, ob sie psychisch krank ist, sondern ob sie zurechnungsfähig ist. Auch ein zurechnungsfähiger psychisch Kranker muss das Recht haben zu entscheiden, ob er leben oder sterben will.«

»Das sieht der Gesetzgeber ganz anders. In diesem Land musst du nach dem PsychKG damit rechnen, wegen erheblicher Selbstgefährdung in eine psychiatrische Klinik zwangseingewiesen und zwangsmediziniert zu werden, wenn du einen Selbstmord ankündigst. Ich habe als Anwalt schon einige Fälle nach dem Psychisch-Kranken-Gesetz gehabt. Und dazu kann ich dir auch eine Geschichte erzählen: Eine meiner Mandantinnen hatte schwere Depressionen und deswegen auch schon mehrere Selbstmordversuche unternommen. Bis ihr endlich medizinisch geholfen wurde und sie in ein normales Leben zurückkehren konnte. Sie hat mir vor Kurzem noch geschrieben. Da konnte sie ihre früheren Entschlüsse überhaupt nicht mehr verstehen und war froh, dass ihre Versuche gescheitert sind.«

»Das mag ja in manchen Fällen so sein. Aber die Frau, mit der ich gesprochen habe, wird mit Sicherheit nie mehr in ein normales Leben zurückkehren. Sie ist irreversibel krank und leidet zudem unter unerträglichen Schmerzen. Es geht mir ausschließlich darum, unnötiges Leiden am Ende einer schweren Krankheit, die unweigerlich zum Tod führt, zu beenden. Wenn es um einen Hund oder eine Katze ginge, würde jeder verantwortungsbewusste Tierhalter sie einschläfern lassen und man würde vom ›Gnadentod‹ oder einer ›Erlösung‹ sprechen.«

»Sie ist aber nun mal ein Mensch und kein Tier!«

»Eben! Wieso soll es ein Tier besser haben als ein Mensch? Was hat ein Leben mit unerträglichen Schmerzen noch mit Menschenwürde zu tun? Und ich glaube auch nicht, dass Gott, wenn es ihn denn gibt, will, dass sich eines seiner Geschöpfe so quälen muss.«

Gabriel musterte Marc lange. »Was sagt Melanie dazu? Sie weiß es doch, oder?«

Marc nickte. »Sie ist natürlich dagegen. Und sie hat mir quasi befohlen, dich nach deiner Meinung zu fragen. Was ich hiermit getan habe.«

Gabriel atmete tief durch. »Weißt du was, Marc? Ich glaube, du willst gar keinen Rat von mir. Du hast dich schon lange entschieden. Was du willst, ist eine Art Bestätigung, eine Absolution, dass deine Entscheidung richtig war. Aber die wirst du von mir nicht bekommen.«

»Du bist also strikt dagegen?«

»Lass es mich so sagen: Von allen schwachsinnigen Ideen, die du in deinem bisherigen Leben hattest, ist das mit Abstand die schwachsinnigste. Und ich kann dir nur raten als Mensch, als Jurist und als dein Freund: Lass! Die! Finger! Davon!«

Marc seufzte. »Du hast die Frau nicht gesehen«, startete er einen letzten Versuch, Gabriel vielleicht doch noch zu überzeugen.

»Nein, aber das muss ich auch nicht um zu wissen, dass es falsch ist, was du vorhast.«

# 7

Als Marc nach Hause kam, schlief Melanie bereits. Er hörte ihre ruhigen und gleichmäßigen Atemzüge. Leise zog er sich aus und legte sich neben sie, konnte aber nicht einschlafen.

Wieder und wieder ging er das Gespräch mit Gabriel durch. Nach seiner Partnerin hatte jetzt auch sein bester Freund eindeutig Stellung bezogen. Die beiden wichtigsten Ratgeber in seinem Leben rieten ihm davon ab, Johanna Reichert zu helfen. Und sie hatten natürlich recht.

Andererseits hatten die beiden nicht gesehen, was er gesehen hatte: die abgrundtiefe Verzweiflung der Frau. Was musste ein Mensch durchlitten haben, bis er einen anderen geradezu anflehte, ihn zu töten?

Aber eine Frage blieb: warum gerade er? Ein Mensch, der Johanna Reichert nur einmal in seinem Leben gesehen hatte. Warum half Heinen ihr nicht? Oder diese Charlotte Vollmer, ihre beste Freundin? Natürlich hatten die beiden gute und rationale Gründe für ihre Weigerung, aber die hätte er schließlich auch.

Doch dann musste Marc wieder an die todkranke Frau denken, und ihm wurde klar: Es war vollkommen egal, was Heinen, Charlotte Vollmer, Melanie, Gabriel und alle anderen Menschen taten oder dachten. *Er* musste eine Entscheidung treffen. Er ganz allein. Denn er musste anschließend mit dieser Entscheidung leben.

Irgendwann fiel er in einen unruhigen Schlaf. Er träumte von Johanna Reicherts Porträt, von dem sie ihn die ganze Zeit anstarrte.

Als Marc aufwachte, war er schweißgebadet, aber er hatte seine Entscheidung getroffen.

Er tastete mit der Hand auf die andere Seite des Bettes, aber Melanie war schon aufgestanden. Ein Blick auf den Wecker verriet ihm, dass es schon kurz nach acht Uhr morgens war. Marc setzte sich auf und ging im Kopf blitzschnell die Termine des Tages durch. Dann ließ er sich erleichtert in sein Kissen zurücksinken. Keine Gerichtstermine, keine Mandantengespräche an diesem Vormittag. Die Kanzlei konnte ein paar Stunden ohne ihn auskommen.

Marc stand gemächlich auf. Nachdem er sich geduscht und angezogen hatte, rief er in der Kanzlei an und teilte seiner Sekretärin Stefanie mit, dass er etwas später kommen werde. Sie teilte ihm im Gegenzug mit, Heinen habe schon drei Mal angerufen. Marc überlegte einen Moment, dann bat er seine Sekretärin, noch für den Vormittag einen Termin mit dem Arzt zu vereinbaren.

Vor der Tür von Melanies Arbeitszimmer holte er noch einmal tief Luft, um sich für das bevorstehende Gespräch zu wappnen. Er klopfte an und trat ein, ohne eine Antwort abzuwarten. Melanie saß mit dem Rücken zu ihm an dem PC.

»Ich würde gerne etwas mit dir besprechen«, begann Marc zögernd.

»Tu dir keinen Zwang an.« Sie antwortete, ohne sich umzudrehen.

Marc schloss für einen Moment die Augen. Offenbar hatte sie nicht vor, es ihm leicht zu machen. Aber das hatte er auch nicht erwartet.

»Es geht noch mal um diese Sterbehilfesache. Ich habe eine endgültige Entscheidung gefällt. Und sie lautet: Ich werde dieser Frau helfen.« Endlich war es heraus. Und endlich drehte sich Melanie zu ihm um.

»Ich habe es von Anfang an gewusst, Marc«, sagte sie leise. »Und Gabriel hat es auch gewusst. Er hat mich gestern Abend nach eurem Treffen noch angerufen.«

Marc rieb sich unschlüssig das unrasierte Kinn. »Ich hoffe, ihr ... du hast ein bisschen Verständnis für meine Entscheidung«, sagte er.

Melanie schnaubte bitter. »Nein, Marc, das habe ich nicht. Wirklich nicht. Ich habe alles versucht, aber offenbar kann dich nichts und niemand davon abhalten, in dein Unglück zu laufen. Manchmal glaube ich, du hast irgendeine perverse Lust daran, dich selbst zu zerstören. Aber egal. Da du das ganz alleine mit dir ausgemacht hast, musst du das jetzt auch ganz alleine durchziehen. Ich hoffe nur, Lizzy und ich werden nicht irgendwie in diese Sache hineingezogen.«

»Selbstverständlich nicht«, beeilte sich Marc zu versichern. »Ich verspreche, nein, ich schwöre dir, dass mein Entschluss auf euch keinerlei Auswirkungen haben wird.«

Melanie nickte knapp, wirkte aber nicht überzeugt. »Wie gesagt, du musst tun, was du tun musst«, sagte sie noch einmal. Dann drehte sie sich wieder um und fuhr mit ihrer Arbeit fort.

Marc verließ den Raum. Halb rechnete er damit, dass ihn Melanies Laptop am Hinterkopf traf. Wenn sie wütend war, konnte es schon mal passieren, dass Gegenstände durch die Luft flogen. Richtig ernst wurde es erst, wenn sie gar nicht mehr mit ihm sprach. Aber nichts geschah.

Marc war sich nicht sicher, ob das ein gutes oder ein schlechtes Zeichen war.

## 8

Heinen war auf die Minute pünktlich und saß genau um zehn Uhr vor Marcs Schreibtisch. Der Arzt war offenbar gespannt wie ein Flitzebogen. Er hatte den Rücken durchgedrückt und war auf die vorderste Kante seines Stuhls gerückt.

»Sie haben sich entschieden?«, fragte er atemlos.

Marc nickte. »Ich mach's«, sagte er.

Heinen stieß hörbar die angestaute Luft aus, dann stand er von seinem Platz auf und reichte Marc die Hand. Marc erhob sich ebenfalls.

»Vielen Dank, Herr Hagen«, sagte Heinen, während er dem Anwalt die Hand schüttelte. Und dann noch einmal: »Vielen, vielen Dank. Auch im Namen von Johanna. Ich bin mir sicher, dass es die richtige Entscheidung war.«

Marc wünschte sich, dasselbe von sich behaupten zu können. »Ich habe mich nur über etwas gewundert«, sagte er. »Ich hatte den Eindruck, dass irgendjemand Johanna Reichert bereits vor unserem Treffen gesagt hat, dass ich ihr helfen werde.«

»Wer hätte das sein sollen?«, meinte Heinen. »Sie wussten es ja selbst noch nicht. Nein, ich denke, da war einfach der Wunsch Vater des Gedankens. Egal, jetzt haben Sie sich ja entschieden.«

»Allerdings. Und deshalb müssen wir jetzt dringend das weitere Vorgehen besprechen. Wer besorgt die notwendigen Medikamente?«

Heinen machte ein zerknirschtes Gesicht. »Grundsätzlich

könnte ich das natürlich tun. Aber ich sagte ja schon: Ich brauche meine Approbation noch.«

Marc nickte. »Ich hatte mir schon gedacht, dass Sie das sagen werden. Also werde ich das übernehmen. Ich kenne einen Arzt in den Niederlanden. Dort ist die aktive Sterbehilfe unter bestimmten Voraussetzungen gesetzlich erlaubt. Ich habe mit ihm telefoniert und er ist bereit, uns zu helfen. Der tödliche Medikamentencocktail wird morgen Vormittag in meine Kanzlei geliefert.«

»Fantastisch«, freute sich Heinen. »Sonst noch etwas?«

»Wie ich bereits erwähnte, ist es erforderlich, den gesamten Vorgang auf Video aufzunehmen. Können Sie sich um die Ausrüstung kümmern?«

»Kein Problem. Irgendetwas will ich auch beitragen. Schließlich ist Johanna meine Patientin. Aber muss dieser ganze Aufwand wirklich sein? Ich bin selbstverständlich bereit, eine natürliche Todesursache zu bescheinigen.«

»Die Videoaufzeichnung ist sogar die einzige Bedingung für meine Hilfe«, antwortete Marc. »Ich hatte Ihnen ja schon erklärt, dass – wenn es hart auf hart kommt – nachgewiesen werden muss, dass Frau Reichert bei klarem Verstand war, als sie ihren Todeswunsch geäußert hat. Außerdem muss dokumentiert sein, dass ich das Zimmer bereits verlassen habe, wenn Frau Reichert bewusstlos wird.«

»Aber Sie sagten doch, Sie seien kein ...«, er rieb sich die Stirn und suchte nach dem richtigen Wort, »... wie hieß das noch?«

»Garant«, kam Marc ihm zur Hilfe. »Das ist richtig. Aber auch als Nicht-Garant kann ich unter Umständen wegen unterlassener Hilfeleistung bestraft werden, sobald der Suizident die Tatherrschaft verliert. Ich brauche also die rechtliche Absicherung. Man weiß schließlich nie, wie die Dinge sich entwickeln. Auch wenn Sie eine natürliche Todesursache bescheinigen, kann durch einen dummen Zufall alles auffliegen. Also: Entweder wir machen es auf meine Weise, oder Sie müssen sich jemand anderen suchen!«

»Nein, nein, kein Problem«, versicherte Heinen schnell. »Wann können wir die Aktion durchführen?«

»Ich denke, wir sollten noch etwas warten. Ich will ganz sicher sein, dass Frau Reichert die Gelegenheit hatte, ihren Entschluss noch einmal in Ruhe zu überdenken. Außerdem kommt der Giftcocktail erst morgen an und Sie müssen die Videokamera noch besorgen.«

»Aber wir dürfen nicht zu lange zögern. Jeder Tag ist eine einzige Qual für sie. Es kommt wirklich auf jede Stunde an. Ich bin mir auch hundertprozentig sicher, dass Johanna sich nicht mehr anders entscheiden wird. Sie redet seit Wochen von nichts anderem.«

»Gut.« Marc sah in seinem Terminkalender nach. »Wie wäre es mit Mittwoch?«

»Also übermorgen?«, vergewisserte sich Heinen und zog einen kleinen Lederkalender aus der Tasche. »Das kann ich einrichten. Und bis dahin werde ich auch die Videoausrüstung haben.« Er stand auf und gab Marc die Hand. »Also dann bis Mittwoch. Wenn es noch irgendwelche Probleme gibt, telefonieren wir.«

An der Tür wandte sich der Arzt zu Marc um. »Und noch einmal: vielen Dank. Ich bin mir sicher, dass Ihnen diese Tat eines Tages vergolten werden wird.«

# 9

Marc blickte ungeduldig auf die Uhr. Es war halb zwölf durch. Der Kurier aus den Niederlanden hatte sich für die Zeit zwischen zehn und zwölf Uhr angemeldet. Langsam wurde es knapp. Marc hatte seine heikle Lieferung wohlweislich in die Kanzlei bestellt. Nicht auszudenken, was passiert wäre, wenn der Bote mit der tödlichen Fracht bei ihm zu Hause geklingelt hätte und Lizzy den Giftcocktail womöglich in die Finger bekommen hätte.

Um sich die Zeit zu vertreiben, hatte Marc den Laptop hochgefahren und ein wenig Internetrecherche über die Frau betrieben, die er morgen töten würde. Denn nichts anderes war er im Begriff zu tun, egal, wie man es juristisch nannte.

Da Johanna Reicherts Mann zu den oberen Zehntausend der Gesellschaft gehört hatte, fand sich eine Fülle an Informationen im World Wide Web. Eberhard Reichert hatte zu den wenigen Glücklichen seines Geburtsjahrganges 1922 gehört, die den Zweiten Weltkrieg überlebt hatten. Unmittelbar nach dem Krieg hatte er in einem Bretterschuppen ein Unternehmen gegründet, das sich mit dem Bau und dem Vertrieb von Schreibmaschinen befasste. Reichert hatte zwar nicht die gleiche Karriere wie ein Grundig oder Neckermann gemacht, war jedoch mit seinen Typenhebel-Schreibmaschinen in der Zeit des Wirtschaftswunders sehr erfolgreich gewesen. Anfang der Achtzigerjahre hatte er seine spätere Frau Johanna Rottmann kennengelernt, die als Schauspielerin am Bielefelder Stadttheater arbeitete. Reichert hatte sie in einer Vorstellung gesehen und sich sofort in sie verliebt. Jeden

Tag hatte er einen Strauß roter Baccara-Rosen in ihre Garderobe schicken lassen und damit irgendwann ihr Herz erobert. 1982, Johanna Rottmann war gerade zweiunddreißig Jahre alt geworden, wurde mit allem Pomp geheiratet. Allerdings leiteten die Achtzigerjahre nicht nur den Beginn von Reicherts privatem Glück, sondern auch den Niedergang seines Unternehmens ein. Proportional zum Aufkommen der ersten Personal Computer sank der Bedarf an Schreibmaschinen. Reichert versuchte zwar, dem unaufhaltsamen Aufstieg der PCs noch einige Jahre entgegenzuwirken, indem er sich auf elektrische Schreibmaschinen spezialisierte, aber irgendwann musste er einsehen, dass der Zug der Zeit ihn ein- und überholt hatte. Doch er hatte tatsächlich ein letztes Mal Glück: 1991 fand Reichert einen Dummen, der wohl hauptsächlich an dem traditionsreichen Namen *Reichert Schreibmaschinen* interessiert war und dem Firmengründer sage und schreibe dreißig Millionen Mark für sein bereits marodes Unternehmen zahlte. Gerade ein halbes Jahr nach dem Verkauf seiner Firma verstarb Reichert an einem Herzinfarkt. Immerhin blieb es ihm so erspart, die endgültige Pleite seines ehemaligen Unternehmens zwei Jahre später miterleben zu müssen.

Da aus der Ehe keine Kinder hervorgegangen waren, erbte Johanna Reichert alles. Die nächsten Jahre genoss sie ein sorgenfreies Leben mit den Millionen ihres Mannes. Marc fand mehrere Zeitungsartikel, die über ihre Anwesenheit auf zahlreichen Wirtschaftsbällen und Wohltätigkeitsveranstaltungen in ganz Ostwestfalen-Lippe berichteten. Zumindest bis vor zwei Jahren. Da endete die Medienpräsenz der Millionärin, die es zu dem Zeitpunkt offenbar vorgezogen hatte, sich ganz aus der Öffentlichkeit zurückzuziehen.

In diesem Moment meldete Stefanie sich über die Gegensprechanlage.

»Hier ist ein Kurier«, teilte sie mit. »Er sagt, er darf Ihnen die Lieferung nur persönlich aushändigen.«

Marc sah auf die Uhr: drei Minuten vor zwölf. Er ging in sein Vorzimmer, wo Stefanie mit einem jungen Mann im grauen Overall auf ihn wartete. In der Hand hielt der Bote ein Klemmbrett, auf das er jetzt schaute. »Herr Marc Hagen?«, fragte er mit leichtem holländischem Akzent. »Ich habe ein Lieferung für Herrn Hagen.«

»Das bin ich«, bestätigte Marc. »Was bekommen Sie?«

Ein weiterer Blick auf das Klemmbrett. »289,90«, lautete die Antwort.

Marc gab ihm dreihundert Euro und verzichtete auf das Wechselgeld. Dafür nahm er ein annähernd würfelförmiges Paket entgegen und musste mit seiner Unterschrift bestätigen, dass er die Lieferung erhalten hatte.

»Muss ich den ... äh ... das ... kühl lagern?«, erkundigte sich Marc.

Der Kurier befragte wieder sein Brett. »Davon steht hier nichts.«

»Dann vielen Dank. Und gute Fahrt!«

»Was ist das?«, wollte Stefanie wissen, als sie wieder allein waren.

»Ein Geschenk«, antwortete Marc. »Vielleicht sogar für Sie.«

»Als ob Sie mir schon jemals was geschenkt hätten.«

Marc setzte ein beleidigtes Gesicht auf. »Sie sind ungerecht. Denken Sie nur an den schönen Brieföffner, den Sie vor zwei Wochen von mir bekommen haben.«

Als Antwort streckte Stefanie ihm die Zunge raus.

Marc lächelte und schloss seine Bürotür. Er atmete einmal tief durch – die erste Hürde war genommen. Dann trug er das Paket so vorsichtig, als enthalte es eine Bombe, zu seinem Kanzleisafe. Er gab die Kombination ein und legte das

Päckchen ins Innere, dann drückte er die Tür sofort wieder zu.

Geschafft!, dachte er erleichtert.

Anschließend rief er Dr. Maarten van der Waal in Harleem an. Er hatte den Arzt vor einigen Jahren am Strand von Zandvoort beim gemeinsamen Volleyballspiel kennengelernt und sich mit ihm angefreundet. Als van der Waal ihm erzählt hatte, dass er sein Geld unter anderem mit ärztlicher Sterbehilfe verdiente, war Marc zunächst geschockt gewesen. Doch van der Waal hatte ihm erklärt, dass die Niederlande schon 2002 als erstes Land der Welt die aktive Sterbehilfe legalisiert hatten, nachdem sie bereits seit Anfang der Neunzigerjahre praktisch geduldet war. In den Niederlanden hatte es kaum öffentlichen Widerspruch gegen das Gesetz gegeben, mittlerweile war sogar eine Art Gewöhnungseffekt eingetreten und kaum jemand sprach mehr darüber. Aktive ärztliche Sterbehilfe war für die Niederländer mit weit über zweitausend Fällen jährlich zur Normalität geworden. Van der Waals Meinung nach habe das wohl hauptsächlich damit zu tun, dass es sich um ein protestantisches Land mit einer seit jeher liberalen Grundhaltung handele. Außerdem habe es dort nicht die Euthanasie-Verbrechen der Nazis gegeben, die die Atmosphäre und Diskussion in Deutschland vergiftet hätten.

Es dauerte eine Weile, dann wurde in den Niederlanden der Hörer abgenommen und Dr. van der Waal meldete sich.

»Das Paket ist gerade geliefert worden«, sagte Marc anstelle einer Begrüßung und fühlte sich dabei wie ein Spion, der einen Geheimcode verwendete. Was er in gewisser Hinsicht ja auch tat. Er bedankte sich für die prompte Sendung und erkundigte sich noch einmal eingehend nach Lagerung und Wirkung des tödlichen Cocktails. Schließlich wollte er morgen keinen Fehler machen. Van der Waal erklärte ihm alles noch einmal haarklein und gab Marc damit das Gefühl, als handele es sich um die natürlichste Sache der Welt, einem anderen Menschen beim Sterben zu helfen. Er schien Marcs Irritation zu spüren und versicherte ihm mehrfach, alles sei vollkommen narrensicher. Frau Reichert werde zuerst einschlafen und dann in den Tod hinübergleiten. Die Medikamentenzusammenstellung sei seit Jahren erprobt und habe noch nie versagt. Nachdem Marc eine Stunde mit dem Arzt gesprochen hatte, gab er ihm Grüße an die Frau und die drei Kinder des Freundes durch, dann bedankte er sich noch einmal und legte auf. Marc warf einen Blick auf die Uhr. Johanna Reichert hatte jetzt noch ziemlich genau zwanzig Stunden zu leben.

## 10

Am nächsten Tag betrat Marc die Villa von Johanna Reichert um kurz vor neun Uhr. Heinen hatte ihn gestern Nachmittag auf seinem Handy angerufen und ihm mitgeteilt, er habe die Videoausrüstung besorgt, alles sei vorbereitet. Jetzt komme es nur noch auf Marc an.

In der vergangenen Nacht hatte Marc praktisch kein Auge zubekommen. Er hatte wach in seinem Bett gelegen und gespürt, wie das Adrenalin unablässig in seine Adern strömte, und sich unruhig hin und her gewälzt. Melanie hatte nichts davon mitbekommen, sie war bereits vorgestern aus dem gemeinsamen Schlafzimmer ins Gästezimmer umgezogen. Seit ihrem Gespräch im Arbeitszimmer hatte sie kein Wort mehr mit ihm gewechselt. Aber der Zustand seiner Beziehung war momentan nicht Marcs Hauptproblem. Seine

Gedanken kreisten einzig und allein um Johanna Reichert. Marc hatte erst etwas Ruhe finden können, als er sich klargemacht hatte, dass bis jetzt nichts passiert war und er noch bis zur letzten Sekunde einen Rückzieher machen konnte.

Dieser Gedanke hatte ihn auch noch am Morgen auf seinem Weg zu Johanna Reicherts Anwesen begleitet. Yvonne hatte ihm geöffnet und ihn dann angemeldet. Marc hatte mit Heinen verabredet, dass sich außer Yvonne niemand im Haus aufhalten sollte. Keine Freundin, keine anderen Angestellten. Nur das Hausmädchen sollte anwesend sein, falls Johanna Reichert dringend Hilfe brauchte.

Nun wartete Marc in der Halle und verfluchte den Tag, an dem Heinen in sein Leben getreten war. Die Angst hielt seinen Magen wie mit einer Faust umklammert, seine Hände zitterten vor Adrenalin. Marc war kurz davor, zurück zu seinem Auto zu rennen. Aber er wusste auch, dass das Problem damit nicht gelöst war und sein Gewissen ihm keine Ruhe mehr lassen würde. Nein, er musste die Sache jetzt zu Ende bringen.

Marc zwang sich, kontrolliert und ruhig zu atmen, und nach ein paar Sekunden ließ die Panik tatsächlich nach.

Zwei Minuten später kam Yvonne die Treppe wieder herunter und teilte Marc mit, Johanna Reichert sei jetzt bereit, ihn zu empfangen. Marc wusste zwar nicht genau, inwieweit das Hausmädchen Bescheid wusste, aber wenn sie nicht vollkommen verblödet war, musste sie zumindest ahnen, dass hier etwas Ungewöhnliches vor sich ging.

Mit zitternden Knien folgte Marc Yvonne bis zum Schlafzimmer. Das Hausmädchen zog sich zurück und Marc trat ein.

Marcs erster Blick fiel auf die Videokamera, die auf einem Stativ etwa zwei Meter von dem Bett entfernt aufgebaut worden war.

Johanna Reicherts Rücken war mit mehreren Kissen gestützt, sodass sie aufrecht sitzen konnte. Im Gegensatz zu ihrem ersten Treffen sah sie beinahe gut aus. Ihr Atem ging ruhiger und um ihre Lippen spielte ein schwaches Lächeln. Die Haare waren frisch gewaschen und sie trug ein sauberes, makellos gebügeltes Nachthemd. Für einen Moment gestattete Marc sich die Hoffnung, sie habe es sich vielleicht doch anders überlegt.

Johanna Reichert winkte ihn zu sich und klopfte mit der Hand auf die Stelle des Bettes, auf die Marc sich setzen sollte. Marc tat ihr den Gefallen. »Sie sehen gut aus«, begrüßte er sie.

»Ich fühle mich auch gut«, gab sie zurück. »Weil ich weiß, dass mein Leiden heute zu Ende geht. Dank Ihrer Hilfe. Und wenn ich auf der anderen Seite ankomme, will ich doch wenigstens anständig aussehen. Wer weiß, wer mich dort drüben erwartet.« Sie lächelte erneut.

»Dann hat sich an Ihrem Entschluss also nichts geändert?«, vergewisserte sich Marc.

»Nein«, erwiderte Johanna Reichert energisch. »Meine Entscheidung steht seit Wochen fest. Ich habe mich von Heinen und Charlotte verabschiedet und für alles bedankt, was sie für mich getan haben.«

Marc war von Johanna Reicherts Ruhe und Bestimmtheit tief beeindruckt. Und in diesem Moment war er sich zum ersten Mal sicher, das Richtige zu tun.

Er stand auf und zog einen Sessel an das Bett heran. Dann ging er zu dem Camcorder und vergewisserte sich, dass die Kamera genau auf das Bett und den Stuhl ausgerichtet war. Er zoomte so lange, bis er den besten Bildausschnitt gefunden hatte. Anschließend kontrollierte er, ob eine Speicherkarte eingelegt war und testete das Mikrofon.

Als er alles gecheckt hatte, warf er einen letzten Kontrollblick auf das Display der Kamera und drückte die Aufnahmetaste. Aus seiner Aktentasche holte er ein Klemmbrett und einen Kugelschreiber und setzte sich damit auf den Sessel neben dem Bett.

Marc wandte sich der Kamera zu. »Mein Name ist Marc Hagen. Ich bin Rechtsanwalt.« Er sah auf die Uhr. »Heute ist Mittwoch, der 7. März 2012. Es ist genau 9.29 Uhr.«

Dann wandte er sich Johanna Reichert zu. »Würden Sie bitte ebenfalls Ihren Namen sagen?«

Johanna Reichert folgte seinen Anweisungen und Marc konsultierte seine Blätter, auf denen er zahlreiche Fragen notiert hatte. Dann begann eine Art Quiz, das nur den einen Zweck hatte, etwaige Zuschauer davon zu überzeugen, dass Johanna Reichert geschäftsfähig und bei klarem Verstand war. Marc fragte sie nach dem Namen der Bundeskanzlerin, verschiedener Minister, Daten aus der Geschichte und aktueller Geschehnisse sowie über ihr Leben. Johanna Reichert beantwortete alle Fragen zutreffend und ohne lange nachdenken zu müssen. Marc drängte sich unwillkürlich der Gedanke auf, dass man über ein gewisses Bildungsniveau verfügen musste, um juristisch korrekt aus dem Leben scheiden zu dürfen.

Fünfzehn Minuten später war Marc davon überzeugt, dass selbst der übellaunigste Staatsanwalt nicht mehr den geringsten Zweifel an Johanna Reicherts hervorragendem Geisteszustand haben konnte.

Nach einer kurzen Pause, die den Übergang auf ein anderes Thema andeuten sollte, fuhr er fort: »Frau Reichert, Sie sind vor einigen Tagen mit einer Bitte an mich herangetreten.« Das entsprach zwar nicht ganz der Wahrheit, aber Marc hatte mit Heinen verabredet, ihn völlig aus der Sache herauszulassen, um jeden Ärger mit der Ärztekammer zu vermeiden.

»Vor drei Tagen haben wir uns das erste Mal persönlich getroffen«, sprach Marc weiter. »Würden Sie bitte wiederholen, was Sie mir damals erzählt haben.«

Johanna Reichert nickte ernst und schilderte Marc ihr Martyrium. Sie erzählte von dem unheilbaren Magenkrebs, der bei ihr diagnostiziert worden war, den damit einhergehenden unerträglichen Schmerzen und ihrem einzigen Wunsch, endlich sterben zu dürfen.

Marc ließ sie reden, ohne ein einziges Mal zu unterbrechen.

Dann fragte er: »Mittlerweile sind seit diesem Gespräch etwa zweiundsiebzig Stunden vergangen und Sie hatten Zeit, sich alles noch einmal durch den Kopf gehen zu lassen. Hat sich an Ihrer Entscheidung irgendetwas geändert?«

Johanna Reichert schüttelte den Kopf und sah direkt in die Kamera. »Nein«, sagte sie bestimmt.

»Es ist also immer noch Ihr Wunsch, selbst aus dem Leben zu scheiden?«

»Jawohl, das ist mein Wunsch«, bekräftigte sie.

Marc holte den Becher, den er gestern von dem Kurier bekommen hatte, aus seiner Aktentasche und stellte ihn vorsichtig auf den Nachttisch.

»Frau Reichert«, fuhr Marc anschließend fort. »In diesem Becher befindet sich eine Mischung verschiedenster Medikamente. Dieser Cocktail wirkt zuerst als Schlafmittel, dann wird er Ihre Atmung lähmen und schließlich zum Herzversagen führen. Das heißt, Sie werden innerhalb weniger Minuten sterben, nachdem Sie diesen Becher ausgetrunken haben. Ist Ihnen das bewusst?«

»Das ist mir bewusst und mein Wille.«

Marc warf einen letzten Blick auf sein Klemmbrett und überprüfte auf seiner Checkliste, dass er nichts vergessen hatte. Dann verstaute er es in seiner Aktentasche und sah der Frau fest in die Augen. »Frau Reichert, ich werde mich jetzt von Ihnen verabschieden«, sagte er. Er spürte, wie seine Augen feucht wurden und musste schwer schlucken, bevor er weiterreden konnte. »Ich wünsche Ihnen alles, alles Gute.«

Johanna Reichert ergriff seine Hand mit beiden Händen und umklammerte sie. Auch sie hatte Tränen in den Augen. »Vielen Dank«, sagte sie. »Vielen Dank für alles.«

Marc erhob sich. Dann verließ er das Zimmer, ohne noch einmal einen Blick zurückzuwerfen.

## 11

Marc stieg in seinen Golf und gab so viel Gas, dass die Räder durchdrehten, hinter ihm der Kies aufspritzte und gegen die Hauswand prasselte. Dann schob er eine Heavy-Metal-CD ein und drehte die Lautstärke voll auf, um alle Gedanken aus seinem Kopf zu verbannen.

Nach einer Viertelstunde erreichte er den Landgasthof, den er sich vorher ausgeguckt hatte, und setzte sich in die Nähe der Theke. Um diese Uhrzeit war er der einzige Gast. Da Marc jetzt beim besten Willen nichts essen konnte, bestellte er nur eine Tasse Kaffee. Er hatte mehrere Zeitungen mitgenommen, war aber unfähig, auch nur eine Zeile zu lesen.

Also saß Marc einfach nur da und starrte vor sich hin. Er wusste, dass Heinen Yvonne angewiesen hatte, nach Marcs Abfahrt mindestens eine Stunde zu warten, bis sie bei Johanna Reichert nach dem Rechten sah. Er hatte also mehr als genug Zeit.

Um Punkt 11.57 Uhr fuhr Marc vom Klingeln seines Handys zusammen. Mit seinem zitternden Zeigefinger drückte er die grüne Taste. Er hielt das Gerät ans Ohr und hörte Heinens Stimme.

»Sie ist erlöst.« Dann war die Leitung tot.

Marc atmete mehrmals tief durch, zahlte und fuhr zurück zu Johanna Reicherts Haus. Kaum war der Motor aus, sprang er aus dem Wagen und schellte Sturm, bis ihm von Heinen geöffnet wurde.

»Wo ist Yvonne?«, wollte Marc wissen.

»Die habe ich nach Hause geschickt. Kommen Sie!«

Marc folgte Heinen in das Schlafzimmer im ersten Stock. Sein erster Blick galt dem Bett. Jemand hatte eine Decke über der Toten ausgebreitet.

»Yvonne hat mich um halb zwölf angerufen«, berichtete der Arzt. »Ich war eine Viertelstunde später hier und habe Johannas Tod festgestellt. Wie besprochen habe ich eine natürliche Todesursache bescheinigt. Dann habe ich Sie angerufen.«

»Ist mit der Aufnahme alles in Ordnung?«, erkundigte sich Marc.

Heinen zuckte die Achseln. »Keine Ahnung. Ich habe die Kamera nur ausgestellt, ansonsten habe ich das Ding nicht angerührt.«

Marc nahm die Kamera von dem Stativ und setzte sich damit in einen der Sessel. Er drückte den Wiedergabeknopf und auf dem Bildschirm erschien Johanna Reichert, die in ihrem Bett saß. Marc sah sich selbst dabei zu, wie er Sekunden später auf dem Sessel Platz nahm und sich der Kamera zuwandte. »Mein Name ist Marc Hagen«, hörte er sich klar und deutlich sagen. Bild und Ton schienen also in Ordnung zu sein. Marc ließ die Aufnahme noch zwei Minuten weiterlaufen, dann wechselte er in den Schnellvorlaufmodus, bis er zu der Stelle gelangte, an der er den Raum verließ. Johanna Reichert sah ihm noch einen Moment hinterher, dann lächelte sie zufrieden. Sie atmete einige Male bewusst und hörbar durch, dann griff sie nach dem Becher auf dem Nachttisch. Marc sah ihr mit angehaltenem Atem dabei zu, wie sie langsam alles austrank.

Anschließend stellte sie den Becher sorgfältig wieder auf dem Nachttisch ab, entfernte alle Kissen bis auf eines und ließ sich zurücksinken. Sie faltete die Hände auf dem Bauch und schloss die Augen.

Marc musste sich förmlich zwingen, weiter zuzusehen, aber er wollte ganz sichergehen, dass die Aufnahme vollständig war.

Nach kurzer Zeit war Johanna Reichert eingeschlafen. Ein Übergang vom Schlaf zur Bewusstlosigkeit oder von der Bewusstlosigkeit zum Tod war nicht auszumachen.

Irgendwann schaltete Marc wieder auf Schnellvorlauf. Minutenlang bewegte sich nichts in dem Zimmer. Erst nach einer knappen Stunde betrat das Hausmädchen den Raum, um nach Johanna Reichert zu sehen.

Marc beobachtete, wie Yvonne ihre Arbeitgeberin zunächst ansprach, sie dann am Arm anfasste und sanft rüttelte. Als keine Reaktion erfolgte, verließ sie hastig und mit einem panischen Gesichtsausdruck das Zimmer.

Marc stellte wieder auf Schnellvorlauf. Eine Viertelstunde später kehrte Yvonne zusammen mit Heinen in das Zimmer zurück. Der Arzt ging zu Johanna Reichert und untersuchte sie gründlich. Als er damit fertig war, fiel sein Blick auf die Videokamera. Er ging auf sie zu. Zwei Sekunden später wurde das Display schwarz und auch Marc schaltete nun das Gerät aus.

»Mit der Aufnahme alles in Ordnung?«, erkundigte sich Heinen.

»Ja«, antwortete Marc. »Ich denke, es ist am besten, wenn ich die Speicherkarte in Verwahrung nehme. Einverstanden?«

»Natürlich«, erwiderte Heinen. »Schließlich waren Sie es, der auf der Aufnahme bestanden hat. Ich nehme an, Sie wollen nicht zusammen mit mir auf den Bestatter warten?«

Marc schüttelte den Kopf. »Nein.« Er zögerte. »Aber ich würde Frau Reichert gerne noch einmal sehen.«

»Selbstverständlich«, erwiderte Heinen. Er griff nach der Decke und sah Marc an. »Sind Sie bereit?«

Marc brauchte einen winzigen Moment, dann nickte er auffordernd.

Heinen zog das Laken beiseite. Marc nahm sich mehrere Sekunden Zeit, Johanna Reichert zu betrachten. Sie wirkte fast so, als würde sie schlafen und machte einen absolut entspannten und friedlichen Eindruck.

Du hast dich richtig entschieden, sagte Marc zu sich selbst. Die Frage war nur: Warum fühlte er sich dann so schlecht?

Teil 2

# Vermächtnis mit Folgen

# 12

Zwei Wochen waren vergangen. Zwei Wochen, in denen Marc sich in die Arbeit gestürzt hatte, um nicht an Johanna Reichert denken zu müssen. Irgendwann hatte Heinen angerufen und ihn gefragt, ob er an der Beerdigung teilnehmen wolle, aber Marc hatte abgelehnt. Irgendwie war ihm der Gedanke makaber vorgekommen, schließlich war er es gewesen, der einen nicht unerheblichen Anteil an Johanna Reicherts Ableben hatte. Außerdem wusste er nicht genau, inwieweit Johanna Reicherts Verwandte und Freunde über seine Mitwirkung an ihrem Tod informiert waren, und er fürchtete negative Reaktionen bis hin zu einer Störung des Begräbnisses.

Und schließlich wollte er auch Melanie nicht unnötig provozieren, die ihm unmissverständlich zu verstehen gegeben hatte, sie wolle von der ganzen Sache nie wieder etwas hören. Sie hatten sich zu Marcs großer Erleichterung gerade erst wieder halbwegs vertragen, außerdem musste Marc ihr insgeheim recht geben. Vielleicht war es am besten, Johanna Reichert einfach zu vergessen.

Marc diktierte gerade einen Schriftsatz, als seine Sekretärin sich über die Gegensprechanlage meldete.

»Hier sind zwei Herren, die Sie sprechen wollen.«

Marc runzelte die Stirn und warf einen Blick auf seinen Kalender. Er hatte keine Termine. »Sind die beiden angemeldet?«

»Sie meinten, das sei nicht nötig. Die Herren sind von der Kriminalpolizei.«

Marc spürte, wie ihm abwechselnd heiß und kalt wurde. Dann klatschte er in die Hände, um sich selbst Mut zu machen. Das muss gar nichts bedeuten, meldete sich sein Verstand. Vielleicht ist alles ganz harmlos. Aber in seinem Innersten wusste er, dass er sich etwas vormachte. Als Marc glaubte, sich wieder halbwegs unter Kontrolle zu haben, kontaktierte er seine Sekretärin. »Führen Sie die Herren bitte herein.«

Er erhob sich, um die Polizisten im Stehen in Empfang zu nehmen. Sekunden später öffnete sich die Tür und zwei Männer betraten das Büro, die fast wie eine Kopie von Pat und Patachon wirkten: Der eine war groß und dürr, der andere klein und untersetzt. Bekleidet waren sie dagegen einheitlich: Lederjacke, Hemd, Jeans.

»Ich bin Kriminalhauptkommissar Templin«, begann der Große und nickte zu dem Dicken hin. »Das ist mein Kollege, KHK Weskamp.«

Marc schüttelte ihnen nacheinander die Hand. »Bitte, nehmen Sie doch Platz«, bat er und deutete auf die Besucherstühle. »Kann ich Ihnen etwas zu trinken anbieten?«

Die beiden Polizisten schüttelten beinahe synchron den Kopf und nahmen Platz. Templin nahm sich einen Moment Zeit, seine Blicke durch das Büro schweifen zu lassen, bevor er Marc fixierte.

»Danke, dass Sie Zeit für uns haben«, sagte er.

»Kein Problem. Aber darf ich dann auch wissen, um was es geht?«

»Das dürfen Sie, Herr Hagen: Es geht um Mord.«

Marc hatte auf einmal das Gefühl, sein Herz habe mehrere Schläge ausgesetzt. »Um Mord?«, brachte er schließlich mühsam hervor.

»Um Mord zum Nachteil von Frau Johanna Reichert, um genau zu sein.«

Marc starrte den Polizisten an. »Ich weiß nichts von einem Mord«, beteuerte er.

»Aber Frau Reichert ist Ihnen doch bekannt?«

Marc ließ sich mit der Antwort Zeit. Es konnte keinen Zweifel daran geben, dass die Polizisten von seiner Verbindung zu Johanna Reichert wussten, sonst wären sie nicht hier. Also hatte es auch keinen Zweck, ihnen etwas vorzumachen.

»Ja, Frau Reichert ist mir flüchtig bekannt«, sagte er. »Aber meines Wissens ist sie an einer natürlichen Todesursache verstorben.«

Templins Gesicht verzog sich zu einem kalten Lächeln. »Nein, das ist sie definitiv nicht«, sagte er. »Frau Reichert ist ermordet worden. Der Täter hat uns die Aufklärung des Falls diesmal sogar sehr einfach gemacht. Er hat seine Tat aufgenommen.«

Templin zog aus seiner Jackentasche eine DVD, die er vor Marc auf den Tisch legte. »Diese DVD dokumentiert die letzten Minuten im Leben von Frau Reichert. Und Sie werden es nicht glauben: Sie sind auch darauf zu sehen.«

Marc starrte die silberne Scheibe an, als sei sie ein gefährliches Reptil. »Wo haben Sie die her?«, fragte er.

»Nun, ich denke, das spielt im Moment keine Rolle, nicht wahr? Entscheidend ist, dass wir aufgrund dieser Aufnahme ein Ermittlungsverfahren wegen Mordes gegen Sie eingeleitet haben. Ich …«

»Aber das ist doch absu…«

»*Ich*«, erstickte Templin Marcs Proteste im Keim, »habe Sie deshalb darüber zu belehren, dass es Ihnen freisteht, ob Sie sich zur Sache äußern oder nicht. Sie sind berechtigt, jederzeit einen Verteidiger hinzuzuziehen.«

Templin grinste hämisch. »Haben Sie das verstanden, *Herr Rechtsanwalt?*«

»Ja, das habe ich allerdings verstanden.« Marcs Puls hatte sich inzwischen etwas beruhigt. »Und jetzt werde *ich* Sie mal über etwas aufklären, *Herr Kriminalhauptkommissar:* Eine Selbsttötung ist in diesem Land nicht strafbar, das Gleiche gilt für die Beihilfe zu einem Suizid. Und mit Mord hat das Ganze schon mal rein gar nichts zu tun. Vielleicht wäre es sinnvoll gewesen, wenn Sie Ihr Vorgehen mit der Staatsanwaltschaft abgestimmt hätten, bevor Sie ein Ermittlungsverfahren einleiten.«

Zu Marcs Erstaunen behielt Templin sein Grinsen bei. »Das haben wir, Herr Hagen«, erwiderte er. »Und nicht nur das! Die Staatsanwaltschaft ist wegen dieser Sache an uns herangetreten, nicht umgekehrt. Aber vielleicht sollten wir uns die Aufnahme zuerst einmal gemeinsam anschauen, damit wir auch wissen, worüber wir eigentlich sprechen.«

»Das dürfte in der Tat das Vernünftigste sein.« Marc drehte seinen Laptop mit dem Bildschirm zur anderen Seite des Schreibtisches. »Danach können Sie sich bei mir entschuldigen.«

Während Marc Templin dabei zusah, wie dieser die DVD in den Laptop schob und das Abspielen der Aufnahme vorbereitete, schossen ihm tausend Gedanken gleichzeitig durch den Kopf. Was wollten die beiden von ihm? Selbst wenn die Polizei – wie auch immer – in den Besitz der Aufnahme von Johanna Reicherts Tod gekommen war, war ein Straftatbestand weit und breit nicht ersichtlich. Trotzdem schienen sich diese Kommissare ihrer Sache sicher zu sein. Und offenbar kamen sie auf Veranlassung der Staatsanwaltschaft. Es war kaum anzunehmen, dass ein Staatsanwalt nicht in der Lage war, die Aufnahme rechtlich zutreffend einzuordnen. Es sei denn …

Auf einmal stieg ein schrecklicher Verdacht in Marc auf: Irgendjemand musste die Aufnahme von Johanna Reicherts

Tod manipuliert haben! Verfluchte Scheiße, dachte er. Warum hatte er sich nur auf diese Sache eingelassen?

Templin startete die Aufnahme und drehte den Laptop so, dass alle zusehen konnten. Sie begann mit Marcs Gespräch mit Johanna Reichert. Alles war genau so, wie Marc es in Erinnerung hatte. Bild und Ton waren einwandfrei. Und mit jeder Minute, die die DVD weiterlief, entspannte sich Marc ein Stück mehr. Die Aufnahme war nicht verändert worden.

Als sie schließlich endete, lehnte Marc sich entspannt in seinem Sessel zurück und faltete die Hände auf dem Bauch. »Wie ich schon sagte«, begann er. »Was Sie dort gesehen haben, ist eine klassische frei bestimmte Selbsttötung beziehungsweise eine Beihilfe dazu. Worauf ich nicht sonderlich stolz bin«, beeilte er sich hinzuzufügen.

»Ein frei bestimmter Selbstmord, so, so«, murmelte Templin. »Was veranlasst Sie zu dieser Annahme?«

Marc schüttelte verwirrt den Kopf. »Aber Sie haben die Aufnahme doch selbst gesehen!«, erwiderte er und zeigte mit der ausgestreckten Hand auf den Bildschirm. »Zunächst einmal war Frau Reichert bei ihrem Entschluss eindeutig bei klarem Verstand. Und sie wollte sterben, weil sie unter Krebs im Endstadium litt und unerträgliche Schmerzen hatte.«

»Tatsächlich?«, tat Templin erstaunt. »Nun, dann will ich Sie jetzt einmal mit dem Ergebnis der Obduktion ...«

»Ob...?«

»... genau, der Obduktion des Leichnams von Frau Reichert bekannt machen. Ich will Sie nicht mit den Einzelheiten langweilen. Fakt ist, dass Frau Reichert nach dem toxikologischen Gutachten zwar an einer tödlichen Medikamentendosis verstorben ist, allerdings wurde bei der Leichenöffnung kein Krebs festgestellt.«

Marc wurde so schwindelig, dass er für einen Moment die Augen schließen musste.

»Kein Krebs?«, wiederholte er dann dämlich.

»Nicht eine Krebszelle«, bestätigte Templin.

Marc starrte vor sich hin, unfähig, auch nur ein Wort herauszubringen. Sein Herz klopfte, sein Gehirn ratterte. Das konnte doch nicht wahr sein!

»Ist das sicher?«, brachte er schließlich hervor.

»Hundertprozentig«, bestätigte Templin mit ernstem Gesicht. »Das Gutachten ist eindeutig.«

Marc fasste sich mit beiden Händen an die Schläfen und rieb sie kräftig. »Das habe ich nicht gewusst«, beteuerte er. »Der behandelnde Arzt von Frau Reichert, Dr. Gerd Heinen, hat mir mehrfach versichert, Frau Reichert habe Krebs. Ich verstehe das nicht. Ich denke, es ist am einfachsten, wenn Sie ihn fragen.«

Templin lächelte maliziös. »Das würden wir gerne tun, Herr Hagen. Das Problem ist nur, dass der Herr Doktor seit neun Tagen spurlos verschwunden ist.«

»Verschwunden? Ich fürchte, ich verstehe nicht ...«

»Verschwunden«, wiederholte Templin betont langsam. »Das bedeutet so viel wie: weg, vermisst, unauffindbar. Und deshalb müssen wir uns wohl oder übel an Sie wenden.«

Marc schüttelte den Kopf, als könne er dadurch seine wirren Gedanken ordnen. »Hören Sie, es ist so gewesen: Herr Dr. Heinen hat mich vor knapp drei Wochen aufgesucht und mir mitgeteilt, seine Patientin Frau Reichert sei unheilbar an Krebs erkrankt, habe unerträgliche Schmerzen und wolle sterben. Ich habe den Arzt juristisch beraten und danach genau zwei Mal mit Frau Reichert gesprochen. Das erste Mal drei Tage vor ihrem Tod und dann am Tag ihres Todes. Bei diesen Gesprächen habe ich mich davon überzeugt, dass es Frau Reicherts freier Entschluss war zu sterben. Nur aus diesem Grund habe ich mich schließlich bereit erklärt, ihr bei ihrem Freitod zu helfen.«

Er hielt einen Moment inne. »Aber das war wahrscheinlich ein Fehler.«

»Mit Sicherheit«, übernahm Weskamp die Gesprächsführung. »Wie Sie als Jurist ja sicherlich wissen, kann von einer frei bestimmten Selbsttötung nur die Rede sein, wenn jemand bei seinem Entschluss nicht über etwas Wesentliches getäuscht wird. Und Sie werden uns sicherlich zustimmen, dass es sich um eine sehr wesentliche Täuschung handelt, wenn einem Patienten vorgegaukelt wird, er habe Krebs, und dieser Patient auf diese Weise in den Selbstmord getrieben wird. Der Staatsanwalt ist mit uns vollkommen einer Meinung: Das nennt man dann Mord!«

»Aber ich habe Ihnen doch eben schon erklärt, dass ich mich auf die Auskünfte von Herrn Dr. Heinen verlassen habe!«, protestierte Marc verzweifelt. »Ich bin genauso getäuscht worden wie Frau Reichert. Ich wollte nur helfen, wirklich! Oder können Sie mir einen vernünftigen Grund nennen, warum ich ein Interesse am Tod von Frau Reichert gehabt haben könnte?«

»*Einen?*« Templin lächelte amüsiert. »Ich kann Ihnen sogar fünfhunderttausend Gründe nennen. Genauso viele Euro hat Frau Reichert nämlich in ihrem Testament als Vermächtnis für Sie angeordnet.«

Marc schnappte nach Luft. Mit geöffnetem Mund starrte er Templin an und erntete dafür einen gespielt mitleidigen Blick. »Aber davon haben Sie natürlich auch nichts gewusst, nicht wahr, Herr Hagen?«, versetzte der Kommissar mit einem spöttischen Unterton in der Stimme.

»Nein, das habe ich nicht«, erklärte Marc bestimmt. »Herr Dr. Heinen hatte mir für meine Hilfe einen Geldbetrag, der allerdings weit unter dieser Summe lag, zugesagt. Ich habe das strikt abgelehnt und lediglich eine Rechnung für eine juristische Beratung ausgestellt, die im dreistelligen Eurobereich liegt. Ich kann mir das Ganze nur so erklären, dass Frau Reichert aus Dankbarkeit über meine Hilfe ihr Testament geändert hat. Aber diese Änderung hat sie ohne mein Wissen vorgenommen.«

»Wann, sagten Sie, haben Sie Frau Reichert das erste Mal getroffen?«

»Das kann ich Ihnen ganz genau sagen: Es war Sonntag, der 4. März 2012.«

»Und vorher hatten Sie Frau Reichert nie gesehen und nie mit ihr gesprochen?«

Marc verdrehte genervt die Augen. »Lesen Sie es mir von den Lippen ab: Ich habe Frau Reichert am Sonntag, den 4. März zum ersten Mal in meinem Leben gesehen und an diesem Tag auch zum ersten Mal mit ihr gesprochen.«

»Vorher gab es keinerlei Kontakt?«

»Nein!«

»Wie erklären Sie sich dann, dass Frau Johanna Reichert ihr Testament bereits am 16. Februar, also über zwei Wochen vor Ihrem angeblich ersten Kontakt, geändert und das Vermächtnis für Sie angeordnet hat? Fünfhunderttausend Euro für einen Menschen, den sie angeblich überhaupt nicht kennt. Das ist doch merkwürdig, oder?«

Marc zuckte innerlich zusammen. Dieser Schlag hatte ihn getroffen.

»Das glaube ich nicht«, stammelte er.

Templin warf seinem Kollegen einen auffordernden Blick zu, der daraufhin einige Papiere aus einer Tasche holte. Templin nahm sie ihm ab und reichte sie an Marc weiter.

»Das Testament von Frau Reichert«, sagte er dazu. »Es ist recht umfangreich, schließlich war die Dame sehr vermögend. Für Sie interessant sind die Ziffer IV und das Datum am Ende.«

Marc überflog die Seiten. Er las, dass Johanna Reichert

zwei Erben eingesetzt hatte, die jeweils zur Hälfte erben sollten: ihren Neffen Andreas Rottmann und einen Verein mit einem obskuren Namen, den er noch nie gehört hatte und den er sofort wieder vergaß. In Ziffer IV des Testaments fand sich schließlich die Bestimmung, wonach er als Vermächtnis fünfhunderttausend Euro von den Erben erhalten sollte, und am Ende das Datum: der 16. Februar 2012.

Marc gab das Testament an Templin zurück.

»Davon habe ich nichts gewusst«, wiederholte er.

»Natürlich nicht«, sagte Templin süffisant. »Genauso wenig wie von der nicht vorhandenen Krebserkrankung. Es gibt nicht viel, das Sie wissen, Herr Hagen, nicht wahr?«

»Das ist korrekt. Ich bin offensichtlich getäuscht und benutzt worden.«

»Aber das Geld können Sie gut gebrauchen.«

»*Jeder* könnte fünfhunderttausend Euro gut gebrauchen.«

»Aber nicht jeder ist wie Sie wegen Betruges vorbestraft. Und nicht jeder kannte Frau Reichert. Und vor allem hat nicht jeder Frau Reichert einen Giftbecher gegeben, der sie getötet hat.«

»Ich habe Frau Reichert nicht getötet, ich habe Beihilfe zu einem Suizid geleistet.« Er stutzte, weil er selbst merkte, wie schal sich seine Rechtfertigung anhörte. »Zumindest bin ich davon ausgegangen. Und genau das wird Herr Dr. Heinen Ihnen bestätigen, wenn er wieder auftaucht.«

»*Falls* er wieder auftaucht«, korrigierte Templin. »Und dafür sollten Sie beten. Denn bis dahin sind Sie unser einziger Verdächtiger.«

»Bin ich …« Marc schluckte schwer. »Haben Sie einen Haftbefehl?«

»Nein«, erwiderte Templin. »Noch nicht, um genau zu sein. Aber wenn Heinen nicht bald wieder auf der Bildfläche erscheint …« Sein Blick führte den Gedanken zu Ende.

Dann nickte er Weskamp auffordernd zu und die Kommissare standen auf.

»Wir finden allein raus«, sagte Templin und wandte sich zur Tür.

»Eine Frage noch«, rief Marc ihm hinterher.

Templin hielt inne und drehte sich um.

»Woher haben Sie die DVD?«

»Die wurde uns zugeschickt. Anonym. Irgendjemand da draußen scheint Sie nicht zu mögen. Was mich – ehrlich gesagt – nicht besonders wundert.« Templin grinste ein letztes Mal. Dann verließen er und sein Kollege Marcs Büro.

## 13

Die Polizisten hatten die Kanzlei noch nicht ganz verlassen, da hatte Marc schon den Telefonhörer in der Hand und wählte Gabriels Nummer. Er erfuhr von Gabriels Sekretärin, dass sein Freund gerade ein Mandantengespräch hatte, er aber dennoch vorbeikommen könne.

Marc wies seine eigene Sekretärin an, sämtliche Termine für den Tag abzusagen. Dann verließ er im Laufschritt sein Büro, sprang in seinen Golf und brauste in den Bielefelder Stadtteil Schildesche, in dem Gabriels Kanzlei lag. Sein Freund hatte sich entgegen Marcs Rat bewusst aus dem Bielefelder Zentrum herausgehalten, da er meinte, die Innenstadt sei von Anwälten bereits vollkommen überlaufen. Damit hatte er zwar einerseits nicht ganz unrecht, andererseits handelte es sich bei Schildesche um einen *sehr* ruhigen und gutbürgerlichen Stadtteil, in dem so gut wie nichts passierte. Und in dem die Bewohner offenbar auch Anwaltsbesuche scheuten.

Marc hatte etwas Mühe, die Kanzlei zu finden, da er erst einmal zur Eröffnung vor einem knappen Jahr hier gewesen war. Schließlich entdeckte er einen Parkplatz genau vor dem vierstöckigen Bürogebäude, dessen dritte Etage unter anderem Gabriels Kanzlei beherbergte.

Als Marc das Vorzimmer betrat, fand er dort Gabriels Sekretärin vor, die stundenweise beschäftigt war. Marc versuchte, sich an ihren Namen zu erinnern, es gelang ihm nicht.

»Hagen«, stellte er sich vor. »Ich ...«

»Sie sind der beste Freund von Herrn Wagner«, unterbrach ihn die Sekretärin. »Wir haben uns doch bei der Eröffnungsfeier gesehen.«

»Natürlich.« Marc schnipste mit den Fingern. Dann warf er einen ungeduldigen Blick auf die Tür zu Gabriels Büro. »Ist Herr Wagner jetzt frei?«

Die Sekretärin schüttelte den Kopf. »Nein, die Mandanten sind noch drin. Aber ich kann Sie ja schon mal anmelden.«

Sie aktivierte einen Knopf auf ihrer Gegensprechanlage. »Herr Hagen wäre jetzt da«, sagte sie.

»Danke, Sly«, hörte Marc Gabriels Stimme. »Wir sind hier praktisch fertig.«

Die Sekretärin wandte sich Marc zu und lächelte. »Sie haben es gehört.«

Marc nickte. »Und, gefällt es Ihnen hier?«, fragte er, um ein wenig Konversation zu betreiben.

»Klar!« Sie strahlte über das ganze Gesicht. »Herr Wagner ist supernett, da habe ich schon ganz andere Anwälte erlebt. Und fachlich hat er auch echt was auf dem Kasten. Die Mandanten sind sehr zufrieden. Wenn es ...« Sie verstummte.

»Wenn was?«, versuchte Marc ihr auf die Sprünge zu helfen.

Sie zögerte. »Na ja, Ihnen kann ich es wohl sagen«, meinte sie dann. »Es könnten mehr Mandanten sein. Langsam mache ich mir Sorgen um meinen Arbeitsplatz. Es gibt nicht viel zu tun und dabei bin ich ohnehin nur ein paar Stunden hier.«

»So schlimm?«, hakte Marc nach.

»Ich sag mal so: Er hat mich schon öfter gebeten, die *Volvic*-Flaschen für die Mandanten mit Leitungswasser aufzufüllen, wenn nicht genug Geld in der Kasse war. Ich glaube, Herr Wagner macht sich inzwischen auch Gedanken, wie es weitergehen soll. Wenn ich in sein Büro gehe, bemerkt er mich manchmal gar nicht. Er sitzt einfach da und starrt gegen die Wand. Minutenlang. Ich traue mich dann gar nicht, ihn zu stören, und gehe wieder raus.«

Marc atmete hörbar aus. Dass die Probleme seines Freundes so groß waren, hatte er nicht gewusst.

»Darf ich Sie auch mal was fragen?«, unterbrach die Sekretärin seine Gedanken.

»Klar, was immer Sie wollen.«

»Haben Sie eine Ahnung, warum Herr Wagner mich immer ›Sly‹ nennt?«

Obwohl ihm nicht danach zumute war, musste Marc grinsen. »Darf ich fragen, wie alt Sie sind?«

»Vierundzwanzig, wieso?«

»Weil Sie dann zu jung sind, um die Antwort zu kennen. Sly Lovegren war die Sekretärin von J. R.«

»*Wessen* Sekretärin?«

Bevor Marc antworten konnte, öffnete sich die Bürotür und Gabriel kam mit einem älteren Paar heraus. Der Rechtsanwalt schüttelte den beiden zum Abschied die Hand. »Ich schreibe das dann wie besprochen«, sagte er. »Machen Sie sich keine Sorgen!«

Nachdem das Paar die Kanzlei verlassen hatte, wandte er sich Marc zu. »Welch seltener Gast«, flötete er. »Was kann ich für dich tun?«

»Ich fürchte, das ist eine längere Geschichte.«

»Dann immer rein in die gute Stube.« Gabriel trat beiseite. »Keine Anrufe«, wies er seine Sekretärin an, während er die Tür hinter sich schloss.

Erst jetzt fiel Marc der Gipsverband am Mittelfinger von Gabriels linker Hand auf.

»Wie ist das denn passiert?«, fragte er.

»Das?« Gabriel hielt seine Hand hoch und betrachtete sie, als sehe er die Schiene zum ersten Mal. »Übel gequetscht. Wenn ich dir einen guten Rat geben darf: Trink nie mehr als sechs Bier, bevor du eine Tür schließt.«

Gabriel schien es ziemlich leicht zu nehmen, aber Marc machte sich immer mehr Sorgen um seinen Freund. In letzter Zeit trank er erheblich mehr, als er vertragen konnte, und auch jetzt überdeckte das Minzbonbon nicht vollständig seine leichte Alkoholfahne. Aber momentan hatte Marc andere Probleme.

Er ließ sich in einen der Besucherstühle fallen. Gabriels Büro war etwa so groß und auch genauso zweckmäßig eingerichtet wie seins, allerdings gab es hier noch einen kleinen Nebenraum mit Kochnische, der mit einem dunklen Vorhang vom eigentlichen Büro abgetrennt war.

»Schieß los, mein Freund«, sagte Gabriel nur, nachdem er sich gesetzt hatte.

Marc gab ihm eine Zusammenfassung des Besuchs der beiden Polizisten.

Als er fertig war, starrte Gabriel ihn fast eine halbe Minute an, dann seufzte er: »Warum hast du nicht einfach auf mich gehört?«

»Diese Bemerkung ist jetzt nicht sehr hilfreich«, erwiderte Marc gereizt. »Mittlerweile bereue ich es auch, das kannst du mir glauben. Aber für derartige Überlegungen ist es jetzt zu spät.«

Gabriel nickte düster. »In der Tat. Aber vielleicht wäre das ja mal ein Anlass, zukünftig meine Ratschläge zu befolgen.«

»Genau aus diesem Grund bin ich hier«, versicherte Marc.

»Wollen wir es hoffen. Okay, Rat Nummer eins: Du brauchst einen Anwalt!«

»Du bist hiermit engagiert.«

Gabriel kniff die Augen zusammen. »Ich weiß nicht«, antwortete er langsam. »Ich bin eher ein Harvey Smithfield als ein Scotty Demarest. Mit anderen Worten: Was du brauchst, ist kein allgemeiner juristischer Berater, sondern ein Spezialist für Strafrecht.«

»Vielleicht brauche ich im Moment aber eher einen Harvey Smithfield«, versuchte Marc seine Bedenken zu zerstreuen. »Jemanden, dem ich hundertprozentig vertrauen kann. Bis zu einem möglichen Prozess ist es ohnehin noch ein langer Weg. Also, wie sieht es aus? Übernimmst du die Sache?«

»Ja«, sagte Gabriel nur.

Marc versuchte, sich seine Erleichterung nicht anmerken zu lassen. »Also weiter im Text«, fuhr er dann fort. »Wie sieht die Sache aus deiner Sicht aus? Geht es jetzt wirklich um Mord?«

Gabriel zögerte keine Sekunde. »Natürlich. Ich sage nur: Sirius.«

Marc hatte mit dieser Antwort gerechnet. Mit dem berühmten ›Sirius-Fall‹ machte jeder Jurastudent spätestens im zweiten Semester Bekanntschaft. Der Fall hörte sich unglaublich an, hatte sich aber genauso in den Siebzigerjahren des zwanzigsten Jahrhunderts in Deutschland ereignet: Ein Mann hatte einer jungen Frau eingeredet, er sei ein Bewohner des Planeten Sirius. Die Sirianer hätten ihn mit dem Auftrag zur Erde gesandt, dafür zu sorgen, dass einige wertvolle Menschen, darunter die junge Frau, nach dem Zerfall ihrer Körper mit ihrer Seele auf Sirius weiterleben könnten.

Vorher sei es jedoch erforderlich, dass sie einen neuen Körper bekomme, um sich geistig weiterzuentwickeln. In einem ›roten Raum‹ am Genfer See stehe ein solcher neuer Körper für sie bereit, in dem sie sich als Künstlerin wiederfinden werde, wenn sie sich von ihrem alten Körper trenne. In ihrem neuen Leben benötige sie jedoch Geld. Deshalb müsse sie eine Lebensversicherung über 500.000 DM abschließen, den ›Sirianer‹ unwiderruflich als Bezugsberechtigten bestimmen und durch einen vorgetäuschten Unfall aus ihrem jetzigen Leben scheiden. Die junge Frau, die dem ›Sirianer‹ bedingungslos vertraute, schloss die Versicherung ab, setzte sich auf Anweisung des Mannes in eine Badewanne und ließ einen eingeschalteten Fön in das Wasser fallen, doch der tödliche Stromstoß blieb aus. Bei einem Kontrollanruf stellte der ›Sirianer‹ überrascht fest, dass die Frau noch lebte. Dann gab er ihr über Stunden in mehreren Telefonaten Anweisungen, wie sie sich umbringen sollte. Als nichts klappte, gab er schließlich entnervt auf. Der Bundesgerichtshof hatte die Verurteilung des Mannes wegen versuchten Mordes in mittelbarer Täterschaft bestätigt: Der Mann habe die Frau über wesentliche Umstände getäuscht und sei dadurch Täter eines versuchten Tötungsdelikts kraft überlegenen Wissens, durch das er den Irrenden gelenkt und zum Werkzeug gegen sich selbst gemacht habe. Dabei spiele es keine Rolle, dass die Frau nicht an psychischen Störungen litt und sich auch nicht in einer Zwangslage befand.

»Hier hat sich offenbar jemand gleich zweier menschlicher Werkzeuge bedient«, meinte Marc. »Irgendwer hat Johanna Reichert und mich getäuscht und uns wie Marionetten bedient. Nur wer?«

»Dieser Scharlatan Heinen, oder?«, meinte Gabriel. »Er muss als Arzt doch gewusst haben, dass seine Patientin keinen Krebs hatte.«

»Vielleicht hat er sich aber auch nur geirrt«, mutmaßte Marc. »Ich habe vor Kurzem von einer Ärztin gelesen, die fest davon überzeugt war, ihre Patientin habe Leukämie. Sie hat sie entsprechend behandelt. Später hat sich herausgestellt, dass es sich nur um einen harmlosen Vitamin-B12-Mangel gehandelt hatte.«

»Also für mich ist Heinen eindeutig der Hauptverdächtige. Ich halte es für sehr unwahrscheinlich, dass er sich als Arzt mit der Krebsdiagnose unabsichtlich geirrt hat. Ich gehe daher wie die Polizei davon aus, dass er Frau Reichert die Krebserkrankung systematisch eingeredet hat, um sie in den Selbstmord zu treiben. Das sollte zumindest unsere Arbeitshypothese sein.«

»Aber wo ist sein Motiv?«, fragte Marc. »Ich habe das Testament gesehen. Er erbt nichts!«

»Vielleicht hat einer der Erben Heinen Geld geboten, wenn er dafür sorgt, dass der Erbfall einige Jahre früher eintritt. Heinen hat seinen Anteil kassiert und jetzt sitzt er irgendwo in Brasilien und lässt sich einen Caipirinha schmecken oder einen Mojito oder was man da sonst so trinkt. Das würde auch erklären, warum er spurlos verschwunden ist.«

»Möglich«, meinte Marc. »Du glaubst also an ein finanzielles Motiv?«

»Was denn sonst? Das ist doch immer die erste Frage: Cui bono? Wem nutzt es? Wer ist denn sofort unter Mordverdacht geraten, als Jamie Ewing-Barnes gestorben ist? Ihr Ehemann Cliff, weil er zehn Prozent von *Ewing Oil* geerbt hat.«

»Also die Erben«, fasste Marc zusammen. »Das wären der Neffe von Johanna Reichert und ein Verein. Ich denke auch, dass wir da ansetzen müssen. Dich würde ich bitten, als mein Verteidiger bei der Staatsanwaltschaft Akteneinsicht zu beantragen. Ich muss unbedingt wissen, wer dieser ominöse Verein ist, der die andere Hälfte erbt, ich konnte mir den Namen nicht merken. Außerdem musst du herausfinden, ob es außer dem Vermächtnis für mich noch weitere gibt.«

Gabriel hob die Hände zu einer beruhigenden Geste. »Mache ich alles, mache ich alles«, sagte er. »Aber vielleicht wäre es besser, wenn du die Sache ein bisschen langsamer angehen lässt. Solltest du diese Ermittlungen nicht der Polizei überlassen? Ich meine, das ist doch immerhin deren Job.«

Marc schnaubte. »Du weißt doch auch, wie die bei der Polizei arbeiten: Sobald sie einen Verdächtigen haben, konzentrieren sie alle Anstrengungen darauf, ihn festzunageln. Da wird nicht mehr nach rechts oder nach links geschaut. Und hier mussten sie sich nicht mal groß anstrengen, ihren Verdächtigen zu finden, schließlich hat der Idiot seine Tat selbst aufgenommen.«

Er lachte bitter auf und malte mit den Händen riesige Balken in die Luft. »Ich sehe die Schlagzeile schon vor mir: *Ist das Deutschlands dümmster Verbrecher?* Und gleich daneben mein Foto.«

»Ich finde, das siehst du zu schwarz«, meinte Gabriel. »Die DVD beweist doch, dass du in gutem Glauben gehandelt hast. Ich meine, niemand ist so blöd und nimmt seine eigene Straftat auf.« Auf einmal verzog sich sein Gesicht zu einer Grimasse und er prustete laut los. »Entschuldige bitte, Marc«, sagte er immer noch lachend. »Aber irgendwie ist das komisch.«

»Freut mich, dass dich meine Geschichte erheitert«, erwiderte Marc. »Aber du wirst verstehen, warum ich nicht mitlache.«

Gabriel rieb sich die Tränen aus den Augen. »Tut mir wirklich leid, Marc«, sagte er. »Aber du weißt ja, wie es ist:

Ausgerechnet dann, wenn man nicht lachen darf, kann man einfach nicht mehr aufhören.« Er holte noch einmal tief Luft, dann hatte er sich wieder beruhigt. »Nein, im Ernst. Das ist doch ein Argument: Wenn du wirklich an dieser Mordverschwörung beteiligt gewesen wärst, hättest du diese Aufnahme nicht gemacht! Ich denke, wir sollten einfach in Ruhe abwarten, bis dieser Heinen wieder auftaucht. Dann wird sich alles aufklären.«

»Und wenn er nicht wieder auftaucht?«

Gabriel zuckte die Achseln. »Ich denke, dann hast du gute Chancen, dass alles im Sande verläuft. Der Status quo sieht doch so aus: Die Polizei hat einen Verdacht gegen dich, aber sie kann dir nichts beweisen, sonst säßest du schon in Untersuchungshaft. Und weitere Beweise werden sie nicht finden, weil du, wie wir ja beide wissen, mit dem Mord nichts zu tun hast. Du brauchst dir also keine Sorgen zu machen!«

»Ich mache mir aber Sorgen!«, erwiderte Marc heftig. »Was ist denn, wenn sie mit dem, was sie jetzt schon haben, zum Haftrichter gehen? Ich verstehe sowieso nicht, warum sie das nicht schon längst getan haben. Meiner Meinung nach müsste das dreimal für einen Haftbefehl reichen.«

Gabriel ließ sich Marcs Einwand durch den Kopf gehen. »Kann auch sein, dass sie noch einen anderen Grund haben, dich nicht zu verhaften«, sagte er dann. »Sie sind davon überzeugt, dass du die Tat nicht allein begangen und entweder mit Heinen oder einer anderen Person zusammengearbeitet hast. Jetzt hoffen sie, dass du zu dieser Person Kontakt aufnimmst und sie damit verrätst. Der Besuch der beiden Polizisten diente wahrscheinlich nur dazu, dich aufzuschrecken.«

»Wenn das ihr Ziel war, haben sie es erreicht. Aber du könntest recht haben. Der eine Bulle hat betont, ich solle beten, dass Heinen wieder auftaucht. Das kam mir gleich komisch vor.« Marc hielt einen Moment inne. »Egal, was sie denken, sie sind auf dem falschen Dampfer. Auf die Polizei kann ich mich also nicht verlassen. Ich muss selbst etwas unternehmen. Ich muss Heinen finden. Nur er kann mich entlasten.«

»Oder *be*lasten.«

»Das Risiko muss ich eingehen. Ich kann auf jeden Fall nicht einfach nur rumsitzen und die Hände in den Schoß legen. Außerdem kann ich mich jetzt sowieso auf nichts anderes konzentrieren.«

Gabriel blies die Backen auf und ließ dann die Luft langsam wieder entweichen. »Was sagt Melanie dazu?«

Marc strich sich mit der Hand über das Gesicht. »Das kann ich mir schon denken.«

## 14

Melanie sagte gar nichts, nachdem Marc ihr von dem Besuch der Polizei erzählt hatte. Stattdessen vergrub sie das Gesicht in den Händen und fing leise an zu weinen. Und das war für Marc hundertmal schlimmer, als wenn sie ihn angeschrien hätte. Sofort meldete sich sein schlechtes Gewissen. Hilflos saß er neben ihr und wusste nicht, was er tun sollte.

»Ach, Marc«, sagte Melanie schließlich. »Warum passiert so etwas immer dir?«

Marc sah sie erstaunt an, was war das für eine Frage? »Wie meinst du das?«

»Du hast mich schon verstanden. Dauernd gerätst du in solche abstrusen Situationen. Und ich glaube, ich kenne den Grund dafür. Du willst es jedem recht machen. Du versuchst, jedem Konflikt aus dem Weg zu gehen, und dadurch wird im Endeffekt alles nur noch schlimmer.«

»Das ist nicht wahr!«, protestierte Marc. »Ich habe mir meine Entscheidung wirklich nicht leicht gemacht. Ich war kurz davor gewesen, mich ganz aus dieser Sache herauszuhalten, aber mein Gewissen hat mir keine Ruhe mehr gelassen. Ich habe gefühlt, dass ich dieser Frau gegenüber eine Verantwortung habe.«

»Und was ist mit deiner Verantwortung Lizzy und mir gegenüber?«

»Ich habe dir versichert, dass ihr nicht mit hineingezogen werdet, und dabei bleibt es.«

»Du verstehst es einfach nicht, Marc. Wir hängen doch schon mit drin. Oder glaubst du, es lässt uns kalt, wenn gegen dich wegen Mordes ermittelt wird?«

»Nein, natürlich nicht. Aber ich hätte nie geglaubt, dass meine Hilfe für Johanna Reichert bekannt wird. Wer konnte schon damit rechnen, dass jemand eine Kopie der Videoaufnahme an die Polizei schickt?«

»Du belügst dich selbst, Marc, und das weißt du auch. Du kennst doch Murphys Gesetz: Alles, was schiefgehen kann, wird auch schiefgehen. Früher oder später wird die schlimmstmögliche Verkettung von Umständen eintreten. Und genau davor haben Gabriel und ich dich gewarnt.«

Marc seufzte. Auch wenn er Melanie nicht hundertprozentig zustimmen konnte, war der ein oder andere Einwand berechtigt. Doch eines wollte er auf jeden Fall vermeiden: einen großen Streit mit seiner Freundin, der vielleicht zum Bruch ihrer Beziehung führen konnte.

»Jetzt weiß ich das auch«, sagte er beschwichtigend. »Aber ich habe nun mal eine andere Entscheidung getroffen. Jetzt muss ich damit leben und das Beste daraus machen. Bisher ist ja noch gar nichts passiert. Ermittlungsverfahren werden jeden Tag tausendfach eröffnet, aber die weitaus meisten werden auch schnell wieder eingestellt. Ich bin mir sicher, dass sich die ganze Geschichte bald aufklären wird.«

Melanie machte ein skeptisches Gesicht. »Ich hoffe, du behältst recht«, sagte sie. »Nein, das ist sogar mein einziger Wunsch. Ich will hier nur in Frieden mit Lizzy und mit dir leben.«

Marc legte ihre Hand in seine und sah ihr tief in die Augen. »Das will ich auch. Und ich verspreche dir hiermit noch einmal, Lizzy und dich aus dieser Sache herauszuhalten, damit wir bald wieder zur Normalität zurückkehren können.« Er stutzte, als sei ihm gerade etwas eingefallen. »Apropos Normalität: Ich habe mir überlegt, dass wir Gabriel demnächst zum Essen einladen könnten. Seit er wieder in Bielefeld ist, war er erst einmal bei uns. Ich glaube, er ist ein wenig einsam. Und seine Kanzlei läuft auch noch nicht richtig.«

Er betrachtete Melanie gespannt, ihre Reaktion würde ihm Aufschluss darüber geben, ob sie bereit war, ihm zu verzeihen.

»Du meinst, noch schlechter als deine?« Über Melanies Gesicht zog ein Lächeln und Marc war erleichtert. Dass sie schon wieder zu Scherzen aufgelegt war, wertete er als gutes Zeichen.

»War das ein Ja?«, fragte er.

Melanie rang sich zu einer Antwort durch. »Von mir aus. Aber du weißt ja, dass ich mit Gabriel bei Weitem nicht so gut klarkomme wie du.«

Das war die Untertreibung des Jahrhunderts. Melanie und Gabriel waren nie richtig warm miteinander geworden, auch wenn Marc den Grund dafür nicht kannte. Wahrscheinlich gab es den auch gar nicht. Die Chemie zwischen den beiden stimmte einfach nicht. Oder es war etwas vorgefallen, von dem er nichts wusste.

»Was hast du eigentlich gegen Gabriel?«, wagte er sich vorsichtig vor.

»Er ist irgendwie ...«, sie suchte nach dem richtigen Wort, »... irgendwie nervig. Benimmt sich wie ein Jugendlicher in der Pubertät. Manchmal denke ich, Lizzy ist reifer und vernünftiger als er.«

»Er hat eine schwere Zeit hinter sich«, verteidigte Marc seinen Freund. »Erst die Trennung von seiner Frau und seinen Kindern, dann der Umzug von Stuttgart nach Bielefeld, die neue Kanzlei. Das setzt ihm alles ziemlich zu. Aber glaub mir: Er ist ein guter Mensch. Ich kenne ihn jetzt seit über zwanzig Jahren und konnte mich immer hundertprozentig auf ihn verlassen. Wenn ich ihn gebraucht habe, war er für mich da. Da kann ich ihn jetzt nicht hängenlassen. Außerdem hast du ihn erst vor einem knappen Jahr kennengelernt und seitdem kaum gesehen. Vielleicht müsst ihr euch nur häufiger treffen und mal aufeinander einlassen. Da wäre ein gemeinsames Essen doch ein guter Anfang. Wie wäre es mit nächstem Samstag?«

Melanie ging im Geiste ihre Termine durch. »Können wir machen«, sagte sie dann. »Am besten so um halb acht.«

»Gut, ich gebe Gabriel Bescheid.«

Der Rest des Abends verlief ruhig. Marc schaute fern, während Melanie noch ein paar Stunden am PC arbeitete. Um elf Uhr gingen sie gemeinsam ins Bett. Marc lag wach, der Besuch der Polizei lief immer wieder wie ein Film in seinem Kopf ab. Um seine Gedanken zu ordnen, machte er einen Plan für den nächsten Tag. Als Erstes würde er Johanna Reicherts Neffen Andreas Rottmann aufsuchen, dann Charlotte Vollmer. Die Vorstellung, jetzt wenigstens einen kleinen Teil seines Lebens unter Kontrolle zu haben, beruhigte ihn, und kurz darauf schlief er tatsächlich ein.

## 15

Als Marc am nächsten Morgen halbwegs erholt erwachte, war das Bett neben ihm leer. Er hatte nicht gemerkt, dass Melanie aufgestanden war. Marc sah auf die Digitalanzeige des Weckers: halb acht. Wahrscheinlich brachte sie Lizzy gerade zur Schule.

Marc stand auf und ging in die Küche. Er schaufelte Kaffee in die Maschine und wartete, dass das Wasser durchlief. Dann ging er ins Wohnzimmer und schaltete den Fernseher ein. Zuerst las er im Videotext die neuesten Nachrichten, dann wechselte er zu *Viva* und ließ sich einige Minuten von der Musik berieseln. Er war gerade auf dem Weg zurück in die Küche, als das Telefon schellte. Marc sah auf die Uhr. Viertel vor acht. Wer rief denn um diese Zeit an? Er nahm den Hörer von der Station und sagte seinen Namen.

»Hallo, Marc, Beatrice hier«, drang eine aufgekratzte Stimme an sein Ohr. »Gibst du mir mal Melanie?«

Marc verzog unwillkürlich den Mund. Beatrice war für Melanie in etwa das, was Gabriel für ihn war. Und bezeichnenderweise war sein Verhältnis zu der besten Freundin seiner Liebsten auch in etwa so harmonisch wie das zwischen Gabriel und Melanie. Vielleicht hat das etwas mit Eifersucht zu tun, dachte er. Beatrice war wahrscheinlich besser über Melanies Seelenleben informiert als er. Nein, sie war *definitiv* über jedes Detail im Bilde.

»Melanie ist nicht da«, sagte er knapp. »Aber sie müsste jede Minute zurück sein.«

»Ach ja, natürlich, um die Zeit bringt sie ja Lizzy zur

Schule!« Am anderen Ende der Leitung entstand Schweigen. »Vielleicht kannst du mir ja helfen«, sprach Beatrice dann weiter. »Die Sache eilt nämlich. Eine gute Freundin ist gerade bei mir. Sie will mit ihrem Mann nach München. Eigentlich wollten die beiden schon vor einer halben Stunde los und deshalb sitzt der Typ jetzt wie auf heißen Kohlen draußen in seinem Wagen und kocht vor Wut.«

Wie zur Bestätigung hörte Marc ein durchdringendes Hupen bei Beatrice im Hintergrund. »Jaaaa, du mich auch, Arschloch!«, schrie sie genervt. »Entschuldigung, Marc. Wo war ich stehen geblieben? Ach ja! Melanie hat sich vor etwa einem Dreivierteljahr ein absolut geiles Teil in einer Münchner Boutique bestellt. Das musst du kennen, es ist ... ach egal. Auf jeden Fall habe ich meiner Freundin gesagt, wenn sie schon in München ist, muss sie unbedingt in diese Boutique. Aber mir will der Name nicht einfallen. Kannst du nicht mal in Melanies Unterlagen nachsehen, wie der Laden hieß? Sie sammelt sämtliche Rechnungen in einem roten Ordner.«

»Den kenne ich«, bestätigte Marc. »Trotzdem gehe ich nur äußerst ungern an Melanies Sachen.«

»Klar, verstehe ich, aber das ist ein absoluter Notfall!«

Marc rollte mit den Augen. Der Name einer Boutique ein Notfall!

»Kann Melanie das nicht gleich machen, wenn sie zurückkommt, und dich dann zurückrufen?«

»Wenn wir noch länger warten müssen, flippt der Typ in seinem Wagen vollkommen aus und hupt die ganze Nachbarschaft zusammen. Kannst du nicht schnell nachschauen, Marc? Büttööö!«

Marc seufzte und gab sich geschlagen. Gestern hatte er Melanie gebeten, ihr Verhältnis zu Gabriel zu verbessern, vielleicht ergab sich jetzt ja die Chance, das Gleiche für seine

Beziehung zu Beatrice zu tun. »Also gut, aber ich kann nichts versprechen.«

Er ging in Melanies Arbeitszimmer im ersten Stock und zog den roten Ordner aus dem Regal. Melanie hatte ein sehr einfaches System, nach dem sie ihre Rechnungen ordnete: Die neueste wurde einfach nach oben geheftet. Immerhin ergab sich so eine chronologische Reihenfolge. Vor etwa einem Dreivierteljahr. Marc ging die Rechnungen oberflächlich durch, fand aber keine von einer Münchner Boutique. Er wollte den Ordner gerade zuschlagen und ins Regal zurückstellen, als ihm der Schriftzug auf einer Seite ins Auge stach. Als Marc sich die Rechnung näher ansah, stockte ihm der Atem. Das konnte doch nicht wahr sein!

Er riss die Rechnung aus dem Ordner und ging damit nach unten. Für mehrere Sekunden tigerte er durchs Wohnzimmer, unschlüssig was er tun und wie er die Information verarbeiten sollte.

Fünf Minuten später hörte er, dass die Haustür aufgeschlossen wurde. Melanie kam herein. Als sie ihn sah, hielt sie eine Tüte in die Luft. »Oh, hallo Marc. Ich habe Brötchen mitgebracht.«

Doch dann bemerkte sie Marcs Gesichtsausdruck. »Was ist los, Marc? Ist jemand gestorben?«

Marc beschloss, nicht lange um den heißen Brei herumzureden. »Kannst du mir das bitte erklären?«

Er knallte das Blatt, das er aus dem Ordner genommen hatte, auf den Esstisch. Melanie zog sich mit erhobenen Augenbrauen die Jacke aus, dann nahm sie das Blatt zur Hand und las es durch. »Das ist eine Arztrechnung«, sagte sie in gleichgültigem Ton. »Was soll damit sein?«

Marc konnte sich kaum noch beherrschen. »Das ist nicht *irgendeine* Arztrechnung, das ist eine Rechnung von Dr. Heinen«, ereiferte er sich. »Von dem Arzt, der bei seiner

Patientin zu Unrecht Krebs diagnostiziert hat, von dem Arzt, der mich gefragt hat, ob ich eben dieser Patientin bei ihrem Suizid helfe, und von dem Arzt, der jetzt spurlos verschwunden ist! Und jetzt frage ich mich natürlich, warum du mir nicht gesagt hast, dass du ihn kennst?«

Melanie starrte ihn mit offenem Mund an. »Dieser Arzt war Dr. Heinen?«

»Ja, das war Dr. Heinen«, äffte Marc sie in gleichem Tonfall nach. »Tu nicht so, als ob du das nicht gewusst hättest!«

»Ich tue nicht so, ich *habe* es nicht gewusst«, erwiderte Melanie scharf. »Du hast immer nur von ›einem Arzt‹ gesprochen, seinen Namen hast du nie genannt.«

Marc kam ins Grübeln. Konnte das sein? Er war sich nicht hundertprozentig sicher.

»Und selbst wenn«, sagte er trotzig. »Es ist doch wohl merkwürdig, dass du ausgerechnet bei dem Arzt in Behandlung warst, der mich in diese Sache hineingezogen hat.«

»Ich weiß nicht, was daran merkwürdig sein soll. Zunächst einmal hat Heinen nicht mich behandelt, sondern Lizzy, wie du der Rechnung unschwer entnehmen kannst. Und es war eine einmalige Behandlung vor acht Monaten, als Lizzy diese Kopfschmerzen hatte.«

»Ja, ich erinnere mich. Aber ich erinnere mich auch sehr genau, dass du von einem Dr. Heinen nie etwas erwähnt hast. Er hat seine Praxis in Gütersloh, wieso bist du so weit gefahren? Wir haben in Bielefeld mehr Ärzte als genug. Und Heinen ist noch nicht mal Kinderarzt!«

»Aber er hat schon sehr viele Kinder behandelt. Und er ist ein sehr guter Arzt, der mir von mehreren Leuten empfohlen worden ist, und nur darauf kommt es an. Heinen gehört zu den Ärzten, die sich für ihre Patienten sehr viel Zeit nehmen und sie nicht gleich mit Unmengen von Chemie vollstopfen. Und weil ich genau zu so einem Arzt wollte, bin ich mit Lizzy nach Gütersloh gefahren. Die Gesundheit meiner Tochter liegt mir zufällig sehr am Herzen. Und ja, ich habe das getan, ohne dich vorher um Erlaubnis zu bitten, stell dir mal vor!«

»Jetzt wirst du polemisch.«

Melanies Stimme wurde schrill. »Das liegt vielleicht daran, dass ich Lust bekomme, polemisch zu werden, wenn mir so ein Scheiß vorgeworfen wird!«

»Ich habe dir nichts vorgeworfen«, leitete Marc den taktischen Rückzug ein. »Ich wollte nur Klarheit.«

»Die dürftest du jetzt ja haben, oder? Wie kommst du überhaupt dazu, meine Sachen zu durchwühlen?«

»Ich habe nichts durchwühlt. *Deine* Freundin Beatrice ... ach Scheiße!« Marc rieb sich heftig die Stirn. Beatrice hatte er vollkommen vergessen. Er lief zum Telefon, aber sie hatte bereits aufgelegt.

Marc rang sich ein schiefes Lächeln ab. »Vielleicht solltest du Bea mal anrufen«, flötete er. »Ich denke, dann klärt sich alles auf.«

## 16

Nachdem Melanie mit ihrer Freundin telefoniert hatte, entspannte sich die aufgeheizte Atmosphäre tatsächlich wieder einigermaßen. Allerdings hatte Marc, der das Gespräch der Freundinnen mit angehört hatte, dabei den Eindruck gewonnen, dass er mit seiner Aktion in Beatrice' Ansehen nicht unbedingt gestiegen war.

Immerhin hatte sie Melanie beruhigen können und sie frühstückten noch gemeinsam, bevor Marc sich in seinem

Golf auf den Weg machte, um die Punkte auf seiner heutigen To-do-Liste abzuarbeiten.

Im Internet hatte er erfahren, dass Andreas Rottmann einen Gebrauchtwagenhandel im Bielefelder Stadtteil Brackwede betrieb, aber als Marc dort ankam, fand er sich vor verschlossenen Türen. Er sah sich ein wenig auf dem Gelände um und gewann dabei den Eindruck, dass hier schon längere Zeit keine Autos mehr verkauft wurden. Also machte er sich auf den Weg zu Rottmanns Privatadresse.

Er wohnte in einem zweistöckigen Reihenhaus, das dem von Marc nicht unähnlich war. Allerdings lag es im Osten der Stadt und war auch einige Jahre älter. Johanna Reichert scheint ihren nächsten Angehörigen zu Lebzeiten nicht gerade mit Reichtümern überhäuft zu haben, dachte Marc. Nun, Rottmanns Lebensstandard würde sich in naher Zukunft mit Sicherheit beträchtlich verbessern.

Marc schellte, doch niemand öffnete ihm die Tür. Er wiederholte seinen Versuch mehrfach und gab schließlich auf. Er beschloss, es jetzt bei Charlotte Vollmer zu versuchen.

Deren frei stehendes Einfamilienhaus lag in einer der besseren Bielefelder Wohngegenden. In den Straßen parkten vornehmlich Wagen der oberen Mittelklasse, die Häuser standen in einigem Abstand zur Straße und waren von gepflegten Gärten umgeben. Marc stieg aus und drückte auf die Klingel. Und auch hier schien er zunächst kein Glück zu haben. Als er sich gerade wieder auf den Rückweg machen wollte, hörte er das Geräusch eines weißen 3er-BMW-Coupés, das die kurze Auffahrt hochfuhr. Der Wagen stoppte direkt vor der Garage und Charlotte Vollmer stieg aus.

»Herr Hagen?«, rief sie etwas verwundert. »Waren wir verabredet?«

»Nein, ich habe es einfach auf gut Glück versucht und hoffe, dass Sie ein paar Minuten Zeit für mich haben.«

Charlotte Vollmer lächelte. »Die müssen Sie sich erst verdienen.« Sie ging um den BMW herum und öffnete den Kofferraum.

Marc stellte sich neben sie und lugte in das Heck des Wagens. Dort entdeckte er vier prall gefüllte Einkaufstüten.

Er seufzte übertrieben theatralisch, dann hob er die Tüten heraus und schleppte sie in Richtung Haus. Charlotte Vollmer war schon vorgegangen und hatte die Haustür aufgeschlossen.

»Stellen Sie die Tüten direkt hier ab«, sagte sie und warf den Schlüssel auf eine Ablage.

Marc folgte ihren Anweisungen, während Charlotte Vollmer ihre Jacke an die Garderobe hängte. »Danke«, sagte sie und ließ ein weiteres Lächeln aufblitzen. »*Jetzt* können wir reden.«

Sie führte den Anwalt in ein großzügiges Wohnzimmer, das vornehmlich mit pastellfarbenen Möbeln eingerichtet war, und ließ Marc auf der weißen Polstergarnitur Platz nehmen.

»Kann ich Ihnen etwas zu trinken anbieten?«, erkundigte sich Charlotte Vollmer.

Marc lehnte dankend ab. »Ich wollte Ihnen nur ein paar Fragen stellen, dann bin ich auch schon wieder weg.«

Charlotte Vollmer setzte sich auf den Sessel ihm gegenüber. »Bitte«, forderte sie ihn auf.

»Ich weiß nicht, ob Sie es schon gehört haben«, begann Marc. »Aber die Polizei ermittelt gegen mich wegen Mordes an Johanna Reichert.«

»Ja, schrecklich, nicht wahr? Vor Kurzem waren zwei Beamte bei mir, ein langer Dünner und ein kleiner Dicker, und haben mich über Sie ausgefragt. Ich habe denen versichert, dass Sie garantiert in bestem Glauben gehandelt haben und Johanna nur helfen wollten. Herr Dr. Heinen hat auch mir mehrfach versichert, dass die Diagnose Magenkrebs eindeutig ist.«

»Sie hatten also auch keinen Zweifel daran, dass Johanna Reichert Krebs hatte?«

»Nein, keineswegs. Johanna selbst übrigens auch nicht. Ich hatte ihr geraten, die Diagnose von einem zweiten Arzt überprüfen zu lassen, aber sie hat Heinen hundertprozentig vertraut und wollte davon nichts wissen. Außerdem waren da ja auch diese unerträglichen Schmerzen, die sie immer hatte. Ihrer Meinung nach konnten die keine andere Ursache als Krebs haben.«

»Wie sich aber nun herausgestellt hat, hatte Frau Reichert überhaupt keinen Krebs. Können Sie sich vorstellen, woher die Schmerzen kamen?«

»Johanna war ein überaus sensibler Mensch«, antwortete Charlotte Vollmer. »Sie hatte eine Vielzahl von Beschwerden, in die sie sich regelrecht hineingesteigert und bei denen sie sich jedes Mal gleich das Schlimmste ausgemalt hat. Meiner Meinung nach waren diese Beschwerden aber fast ausschließlich psychosomatischer Natur. Deshalb konnte ihr auch keiner ihrer zahlreichen Ärzte helfen. Aber anstatt sich um ihre wahren Probleme zu kümmern, hat Johanna die Ärzte für Quacksalber gehalten und sich einfach neue gesucht. Bis Heinen kam. Ich bin mir sicher, dass er sehr schnell erkannt hat, wie Johanna gestrickt ist, und er keine große Mühe haben würde, ihr die Krebserkrankung einzureden. Johanna hat ihm vollkommen vertraut. Ich hatte sogar den Eindruck, Johanna war froh, dass es auf einmal jemanden gab, der sie und ihre Probleme ernst nahm und der eine Ursache für ihre Beschwerden finden konnte.«

Marc nickte langsam. Jetzt verstand er, warum Johanna Reichert dermaßen starke Schmerzen verspürt hatte, obwohl sie organisch gesund war – die unheimliche Macht der Psyche über den Körper. Es gab sogar Menschen, die in Kühlhäusern erfroren waren, obwohl die Kühlung gar nicht eingeschaltet war. Genauso genügte bei manchen empfindsamen Menschen wahrscheinlich schon die Diagnose Magenkrebs, um heftigste Schmerzen auszulösen. Vielleicht war das auch der Grund gewesen, warum die von Heinen verabreichten Schmerzmittel nichts genutzt hatten. Diese halfen vielleicht gegen körperliche Beschwerden, waren aber gegen die Psyche machtlos. Für viel wahrscheinlicher hielt Marc es allerdings, dass Heinen Johanna Reichert Medikamente verabreicht hatte, die zwar nicht gegen Schmerzen halfen, aber starke Nebenwirkungen aufwiesen. Neben der psychischen Belastung wohl ein weiterer Grund für den erbarmungswürdigen Zustand, in dem Marc die Frau angetroffen hatte.

»Sie glauben also, dass Heinen hinter allem steckt?«, fragte Marc.

»Natürlich, wer sollte es sonst gewesen sein?«

»Kannten Sie ihn eigentlich gut?«

»Nur von meinen Besuchen bei Johanna. Allzu häufig konnte ich wegen meiner Katzenallergie ja nicht bei ihr sein, aber wenn ich da war, war er auch da. Eigentlich war er immer da.«

»Kam Ihnen das nicht komisch vor?«

»Nicht wirklich. Johanna war sehr reich und konnte sich die beste Behandlung leisten. Ich bin davon ausgegangen, dass Heinen für seine Visiten entsprechend bezahlt worden ist.«

»Haben Sie eine Idee, wo er jetzt stecken könnte? Die Polizei sagt, er sei spurlos verschwunden.«

Charlotte Vollmer hob die Hände zu einer hilflosen Geste. »Tut mir leid. Die Polizei hat mir dieselbe Frage auch schon gestellt, aber denen konnte ich auch nicht helfen, dazu kannte ich Heinen zu wenig. Außerhalb von Johannas Haus hatten wir keinerlei Kontakt.«

»Haben Sie mit Frau Reichert eigentlich mal über mich gesprochen?«, fragte Marc.

»Nur einmal kurz vor ihrem Tod. Sie sagte, es gebe da jemanden, der ihr helfen würde. Sie sagte zwar nicht, wobei, aber das war ohnehin klar. Wochenlang hat sie nur noch davon gesprochen, dass sie nicht mehr leben wolle. Ich sagte Ihnen ja schon, dass sie auch mich um Hilfe gebeten hat.«

»Haben Sie gewusst, dass ich in Frau Reicherts Testament bedacht worden bin?«

»Nein, das ist mir neu.«

»Aber die Erben sind Ihnen bekannt?«

»Ich weiß nur, dass irgendein Verein und ihr Neffe geerbt haben. Beides hat mich, gelinde gesagt, überrascht. Über diesen Verein ist mir nichts bekannt. Obwohl wir sehr gut befreundet waren, hat sie nie darüber gesprochen.«

»Und der Neffe?«

Charlotte Vollmer schnaubte. »Ein Taugenichts wie er im Buche steht! Hatte immer hochtrabende Pläne, ist damit aber jedes Mal gescheitert. Ich weiß nicht, wie oft er mit verschiedenen Unternehmen pleitegegangen ist. Er hat Johanna oft angebettelt, aber sie hat mir mal gesagt, da könne sie ihr Geld auch genauso gut in den Gully werfen. In ihren Augen war ihr Neffe ein Versager, genau wie ihr Bruder, Rottmanns Vater. Als sie sich geweigert hat, Rottmann Geld zu geben, ist der Kontakt abgebrochen.«

»Warum hat sie ihre Meinung geändert?«

»Als Johanna dachte, dass sie nicht mehr lange zu leben hat, wollte sie sich wieder mit ihm versöhnen. Er war immerhin ihr letzter naher Verwandter. Und ich glaube, sie hatte auch ihre Großnichte, Rottmanns Tochter, ganz gerne und wollte sie noch mal sehen.«

»Waren Sie eigentlich enttäuscht, dass Sie nicht in dem Testament erwähnt worden sind?«, wechselte Marc blitzschnell die Richtung.

Charlotte Vollmer quittierte seine Bemerkung mit einem

spöttischen Lächeln. »Man merkt, dass Sie Anwalt sind«, sagte sie. »Ich komme mir langsam vor wie bei einem Kreuzverhör vor Gericht. Aber die Antwort lautet: nein.«

Marc ließ nicht locker. »Warum nicht? Immerhin war Frau Reichert millionenschwer und Sie waren Ihre beste Freundin. Ich an Ihrer Stelle wäre enttäuscht gewesen.«

Charlotte Vollmers Lächeln wurde noch breiter. »Sagen wir so: Ich kann mich über Johannas Großzügigkeit nicht beklagen. Aber über finanzielle Dinge spreche ich nicht so gerne.«

Marc nickte. Er würde schon herausfinden, wie die Großzügigkeit Johanna Reicherts ausgesehen hatte.

»Darf ich fragen, was Sie beruflich machen?«, erkundigte sich Marc.

»Ich besitze eine Modeboutique in der Innenstadt«, antwortete sie. »Damit wird man nicht reich, aber ich komme ganz gut zurecht.«

Marc überlegte, ob er noch etwas vergessen hatte. Als ihm keine Fragen mehr einfielen, verabschiedete er sich: »Und danke, dass Sie Zeit für mich hatten.«

»Keine Ursache. Sie können gerne jederzeit wieder vorbeikommen. Ich weiß, was Sie für Johanna getan haben. Und ich bete für Sie, dass bald auch diese schrecklichen Vorwürfe gegen Sie fallen gelassen werden.«

## 17

Sein nächster Weg führte Marc in seine Kanzlei in der Bielefelder Innenstadt. Er erkundigte sich bei Stefanie nach Anrufen und sah die Post durch. Zum Glück nichts Dringendes.

Nach einer halben Stunde verließ er sein Büro wieder. Er hoffte, Rottmann noch vor vierzehn Uhr anzutreffen und dann weiterarbeiten zu können. Wie in jeder Anwaltskanzlei wurde auch bei ihm das Geld nachmittags verdient, wenn die Mandanten kamen. Wenn sie denn kamen.

Dieses Mal hatte Marc mehr Glück. Auf sein Klingeln hin wurde die Tür geöffnet und ein untersetzter Mann Anfang vierzig mit Halbglatze und Doppelkinn erschien. Sein Hemd war nicht bis oben zugeknöpft und gab den Blick auf eine goldene Halskette und eine üppige Brustbehaarung frei. Er schwitzte stark, stank nach einem penetranten Rasierwasser und kaute auf einem Kaugummi herum. Der Typ war Marc auf den ersten Blick hochgradig unsympathisch.

»Guten Tag, Herr Rottmann«, sagte er. »Mein Name ist Hagen. Ich bin ... war ein Bekannter Ihrer Tante.«

Rottmann brauchte ein paar Sekunden, dann schien der Groschen zu fallen. »Ah, Sie sind das. Die Polizei hat mich über Sie informiert. Was wollen Sie?«

»Ich würde mich gerne kurz mit Ihnen unterhalten. Selbstverständlich nur, wenn Sie Zeit haben.«

Anscheinend musste Rottmann mehrere Sekunden das Für und Wider von Marcs Ansinnen abwägen, trat aber schließlich zur Seite, um den Weg freizugeben. »Kommen Sie rein. Durch den Flur und dann immer geradeaus.«

Marc gelangte in ein durch und durch bürgerliches Wohnzimmer, in dem ein etwa vierzehnjähriges Mädchen in das Fernsehprogramm versunken war. Rottmanns Tochter, wie er vermutete.

Die Einrichtung bestand aus einer Eichenschrankwand, einer Polsterkombination mit Dreisitzer, Zweisitzer und Sessel sowie einem großen Couchtisch mit Marmorplatte. Darauf verteilt lagen diverse Hochglanzprospekte mit Karossen vornehmlich deutscher Provenienz.

»Lass uns mal allein!«, schnauzte Rottmann seine Tochter an. »Ich habe mit dem Herrn etwas zu besprechen.«

Die Augen des Mädchens ließen nicht eine Sekunde von dem Fernseher ab. »Mannoooo, ich will das sehen!«

»Du hast oben auch eine Kiste, also sieh zu, dass du Land gewinnst.« Er klatschte in die Hände und scheuchte sie wie ein entlaufenes Schaf aus dem Zimmer.

»Pubertät«, sagte Rottmann entschuldigend und deutete auf den Dreisitzer. »Bitte.«

Marc nahm Platz. »Ich habe auch eine Tochter«, sagte er. »Sie ist aber erst zehn.«

»Genießen Sie das Alter«, seufzte Rottmann. »Ab jetzt wird es jeden Tag schlimmer. Wenn sie überhaupt noch mit uns redet, motzt sie uns an. Meine Frau arbeitet und deshalb habe ich sie jetzt den ganzen Tag am Hals.«

»An Ihrer Stelle hätte ich nach so einer Erbschaft auch meinen Beruf aufgegeben«, startete Marc einen Versuchsballon.

»Ich arbeite schon seit einiger Zeit nicht mehr. Ich habe … hatte einen Gebrauchtwagenhandel in Brackwede. Aber der lief am Ende nicht mehr. Seitdem bin ich zu Hause.« Er sah Marc fragend an. »Also, was kann ich für Sie tun?«

»Zuerst mal möchte ich mich bei Ihnen bedanken, dass Sie überhaupt mit mir reden.«

»Warum sollte ich das nicht tun?«, wunderte sich Rottmann.

»Immerhin habe ich Ihre Tante ermordet, zumindest, wenn man der Polizei glauben will. Aber es entspricht der Wahrheit, dass ich maßgeblich zu ihrem Tod beigetragen habe.«

»Ja, da waren ein paar Beamte hier und haben mich ausgefragt, über meine Tante und diesen Dr. Heinen. Auch über Sie. Aber ich konnte denen nicht viel sagen. Wissen Sie, mein Verhältnis zu meiner Tante war nicht sehr gut. Eigentlich war es bis vier Wochen vor ihrem Tod überhaupt nicht vorhanden.«

»Aber Sie waren doch ihr einziger naher Verwandter«, soufflierte Marc.

»Das ist richtig, und deshalb hatte ich eigentlich auch gehofft, dass sie mir finanziell ein wenig unter die Arme greift. Sie hatte schließlich mehr Kohle, als sie in ihrem ganzen Leben ausgeben konnte.«

»Aber sie hat Ihnen die Hilfe verweigert?«

»Allerdings. Vor ein paar Jahren wollte ich mich mit einem Freund zusammen selbstständig machen. Er hat ein neues Verfahren im Bereich der Spritzgusstechnik erfunden. Wirklich revolutionär. Das wäre die Chance meines Lebens gewesen. Aber um seine Idee weiterzuentwickeln und zu vermarkten, hätten wir Geld gebraucht. Ich dachte, meine Tante würde mich unterstützen, aber sie hat sich strikt geweigert. Ich müsse selbst zusehen, wie ich klarkomme, hat sie gesagt. Ihr habe auch niemand etwas geschenkt. Dabei ist sie selbst erst durch die Heirat reich geworden. Als ihr Mann sein Unternehmen verkauft hat, hat er dreißig Millionen Mark dafür bekommen. Fünfzehn Millionen Euro! Gemeinsam wollten sie nach dem Verkauf verreisen und das Leben genießen, aber ein halbes Jahr später war er tot.« Rottmann schnipste mit den Fingern. »Herzinfarkt, einfach so. Und seitdem saß meine Tante wie Dagobert Duck allein auf einem Riesenhaufen Geld und wusste nicht, wohin damit. Aber für mich hatte sie nicht mal lumpige hunderttausend Euro übrig. Mehr hätte ich nicht gebraucht, um mein Unternehmen aufzubauen. Stattdessen musste ich mich mit dem Autohandel durchschlagen. Ich habe den Kontakt abgebrochen und ab diesem Tag nie wieder ein Wort mit meiner Tante gewechselt.«

Marc hörte einfach nur zu. Er kannte Typen wie Rottmann. Narzissten, die nie selbst Schuld hatten, sondern den Grund für ihr Scheitern immer bei anderen suchten.

»Aber das scheint sich dann ja irgendwann geändert zu haben«, versuchte Marc ihn am Reden zu halten.

»Ja, ungefähr einen Monat vor ihrem Tod hat sie mich angerufen und mir gesagt, dass sie bald sterben werde. Ich habe das nicht besonders ernst genommen. Meine Tante hatte eigentlich immer irgendwelche gesundheitlichen Probleme und dachte, sie hätte nicht mehr lange zu leben. Aber diesmal schien es tatsächlich schlecht um sie zu stehen. Sie hat mir vom Magenkrebs im Endstadium erzählt und dass sie mich und meine Familie vor ihrem Tod noch einmal sehen wolle. Aber dann ist sie damit rausgerückt, um was es ihr wirklich ging: Sie hat sich Sorgen gemacht, was aus ihren Katzen wird. Sie hat gesagt, sie sei bereit, mich in ihrem Testament als Erben einzusetzen, aber nur unter der Auflage, dass ich mich nach ihrem Tod um ihre Katzen kümmere und mit meiner Familie in ihr Haus einziehe. Sie meinte, eine Katze könne sich eher an einen neuen Besitzer als an eine neue Umgebung gewöhnen. Nun, ich habe durchaus meinen Stolz, aber so groß, dass ich wegen eines Streits, der schon Jahre zurücklag, die ganzen Millionen in den Wind schieße, ist er nun auch nicht. Ich bin also auf den Deal eingegangen und seitdem hat sich unser Verhältnis wieder verbessert. Ich habe sie dann ein paar Mal bis zu ihrem Tod besucht.«

»Haben Sie bei Ihren Besuchen auch Dr. Heinen kennengelernt?«

»Klar, der ist dauernd um meine Tante herumgeschlichen. Wollte wohl auch was von dem Kuchen abhaben.« Er lächelte böse. »Na, da hat er sich ja wohl geschnitten.«

»Sie kannten Heinen also nicht näher?«

»Gott bewahre! Guten Tag und Auf Wiedersehen, mehr hatten wir uns nicht zu sagen.«

Marc konnte sich nur zu gut vorstellen, dass die beiden die Beute Johanna Reichert wie die Aasgeier umkreist und dabei sorgfältig darauf geachtet hatten, dass ihnen der andere nicht in die Quere kam.

»Dr. Heinen ist verschwunden«, startete Marc einen weiteren Versuch. »Haben Sie eine Ahnung, wo er stecken könnte?«

Rottmann hob die Hände zu einer abwehrenden Geste. »Wie gesagt, außerhalb der Villa hatte ich zu dem Mann keinen Kontakt.«

»Wussten Sie, dass Ihre Tante sich das Leben nehmen wollte?«

»Nein, ich wusste nur, dass sie schwer krank war. Oder dass sie das zumindest geglaubt hat. Wie ich jetzt erfahren habe, hatte sie gar keinen Krebs.«

»Ich bin genauso getäuscht worden wie Frau Reichert«, versicherte Marc. »Haben Sie eine Idee, wer ein Interesse daran gehabt haben könnte, Ihre Tante systematisch in den Tod zu treiben?«

»Sie meinen, außer mir?« Auf Rottmanns Lippen erschien ein wölfisches Grinsen, das Jack Nicholson zur Ehre gereicht hätte. »Nun, da ist natürlich der zweite Erbe, dieser komische Verein.«

»Können Sie mir sagen, wie der heißt?«, hakte Marc nach.

»Ah, irgendein merkwürdiger Name, den ich mir einfach nicht merken kann. Warten Sie mal.« Rottmann verließ das Zimmer und kehrte kurz darauf mit einem Aktenordner zurück, den er noch im Gehen durchblätterte. »Meine Tante war so freundlich, mir schon vor ihrem Tod eine Abschrift des Testaments zukommen zu lassen«, erklärte er. »Wahrscheinlich wollte sie sichergehen, dass ihre Katzen sofort versorgt werden, denn bis zur offiziellen Testamentseröffnung können Wochen oder gar Monate vergehen. Ah, hier habe ich es: Der Verein heißt *Wider das Vergessen der Aktion T4*.«

Marc zog einen Kugelschreiber und einen Notizblock aus seiner Jacke und notierte sich den Namen. »Wissen Sie, was das für ein Verein ist?«

»Weiß ich nicht und interessiert mich auch nicht. Aus irgendeinem Grund hat meine Tante wohl einen Narren an denen gefressen. Sonst hätte sie ihnen wohl keine zehn Millionen vererbt.«

»Wo Sie das Testament gerade zur Hand haben: Können Sie nachschauen, ob es außer dem Vermächtnis für mich noch weitere gibt?«

»Das will ich nicht hoffen.« Rottmanns Grinsen wurde noch breiter. »Nein, davon habe ich mich schon überzeugt, da können Sie sicher sein. Sie sind der Einzige.«

»Haben Sie gewusst, dass Ihre Tante mich auch bedacht hat?«

»Nein, ich habe die Kopie des Testaments drei Tage vor ihrem Tod bekommen, bis dahin wusste ich weder etwas von dem Verein noch von Ihnen.«

»Fällt Ihnen sonst noch jemand ein, der einen Grund gehabt haben könnte, Ihre Tante zu ermorden? Es muss ja kein finanzielles Motiv gewesen sein. Hatte Ihre Tante Feinde?«

»Nicht dass ich wüsste. Außerdem fällt es mir bei einem Nachlass von zwanzig Millionen Euro schwer, nicht an ein finanzielles Motiv zu glauben. Aber eines kann ich Ihnen versichern: *Ich* war es nicht.« Auf seinen Lippen erschien wieder das hinterhältige Grinsen. Ein absoluter Kotzbrocken, ging es Marc durch den Kopf. Auf einmal verspürte er das dringende Bedürfnis nach frischer Luft. Er klopfte sich mit den Händen auf die Knie und wollte gerade aufstehen, als er sah, dass Rottmann den Finger hob.

»Ach, da fällt mir gerade noch etwas ein«, sagte er. »Diese Charlotte Vollmer, die angeblich beste Freundin meiner Tante, geht auch nicht leer aus. Sie ist die Begünstigte einer Lebensversicherung, die meine Tante vor zwei Jahren abgeschlossen hat.«

»Wissen Sie, wie hoch die Leistung ist, die Frau Vollmer bekommen soll?«

»O ja, es geht um immerhin 2,8 Millionen Euro. Ich habe meine Anwälte sofort darauf angesetzt, weil ich glaubte, als Erbe stehe mir das Geld zu. Aber mir wurde gesagt, die Rechtslage sei eindeutig: Leistungen aus Lebensversicherungen fallen nicht in den Nachlass, ein Testament sticht nicht die Eintragung in einer Versicherungspolice aus. Kann man nichts machen.«

Marc nickte langsam. Jetzt verstand er, warum Charlotte Vollmer nicht allzu traurig darüber gewesen war, testamentarisch nicht bedacht worden zu sein. Für 2,8 Millionen Euro musste man lange in einer Boutique stehen.

Marc stand auf. »Danke für Ihre Auskunftsbereitschaft«, sagte er. »Machen Sie sich keine Mühe, ich finde allein raus.«

Aber Rottmann war noch nicht fertig. »Apropos eindeutige Rechtslage«, sagte er. »Vielleicht sollte ich Ihnen ja dankbar sein, dass Sie meine Tante über den Jordan befördert und das alles möglich gemacht haben.« Er zeigte auf die Autoprospekte auf dem Couchtisch. »Deshalb verrate ich Ihnen, was mein Anwalt mir mitgeteilt hat: Ich kann Ihren Anspruch aus dem Vermächtnis wegen Vermächtnisunwürdigkeit anfechten, sobald feststeht, dass Sie an dem Mord an meiner Tante beteiligt waren. Schließlich muss ich die Hälfte Ihrer halben Million aus meinem Erbteil bezahlen. Gut, Sie werden jetzt vielleicht denken, dass zweihundertfünfzigtausend Euro bei einer Erbschaft von zehn Millionen nicht die Welt sind. Aber ich fürchte, dass mindestens ein Drittel der zehn Millionen für die Erbschaftsteuer draufgehen wird. Und Kleinvieh macht schließlich auch Mist, wie wir Kaufleute sagen. Recht muss Recht bleiben. Ich denke, das werden Sie als Jurist genauso sehen. Ich wünsche Ihnen einen guten Tag.«

## 18

»Du willst mich *rausschmeißen?*«

Marc starrte Melanie entsetzt an. Dann startete er einen letzten Versuch. »Bitte gib mir noch eine Chance!«

Melanie schüttelte bestimmt den Kopf. »Ach Marc«, seufzte sie, »ich habe dir schon so viele Chancen gegeben, irgendwann muss Schluss sein.«

Hilfe suchend wandte sich Marc an Lizzy. »Und was meinst du dazu?«

Lizzy hielt seinem verwundeten Blick unbeeindruckt stand. Dann drehte sie sich zu ihrer Mutter um. »Schmeiß ihn raus!«, sagte sie in einem eiskalten Ton, der Marc erschaudern ließ.

»Das hätte ich nicht von dir gedacht«, sagte er gekränkt. »Nach allem, was ich für dich getan habe.«

Lizzy verdrehte genervt die Augen. »Schmeiß ihn endlich raus, Mama! Ich kann das Gejammer nicht länger ertragen.«

Marc faltete die Hände, aber es war zu spät. Melanie hatte ihre grüne Mensch-ärger-dich-nicht-Figur schon in der Hand, hüpfte damit vier Felder nach vorn und kegelte Marcs roten Spielstein vom Brett.

Marc lehnte sich mit verschränkten Armen zurück. »Super«, sagte er. »Das habt ihr ja mal wieder super hingekriegt. Aber ihr bekommt alles zurück, das schwöre ich!«

In diesem Moment läutete das Telefon.

Marc stand vom Esstisch auf und nahm den Hörer von der Station.

»Hagen.«

»Hallo, Marc, Gabriel hier. Wir müssen uns treffen.«

»Hast du Akteneinsicht bekommen? Was hast du rausgefunden?«

»Nicht am Telefon. Hast du heute Abend Zeit?«

Marc schaute auf die Uhr. Es war erst kurz nach vier. Nach seinem Besuch bei Rottmann war Marc nur noch kurz in der Kanzlei gewesen und dann nach Hause gefahren. Er konnte sich derzeit ohnehin nicht auf seine Arbeit konzentrieren und hatte gedacht, dass es nicht schaden könne, mehr Zeit mit seiner Familie zu verbringen. Also hatten sie das Mensch-ärger-dich-nicht-Spiel vom Schrank geholt, abgestaubt und gemeinsam eine Partie gespielt.

»Heute Abend geht in Ordnung«, sagte Marc. »Wann und wo?«

»Acht Uhr bei mir.« Dann war die Leitung tot.

Noch immer etwas verwundert, dass Gabriel so kurz angebunden war, kehrte Marc an den Esstisch zurück. Sie spielten die Partie zu Ende, danach ging jeder seiner Wege.

In seinem Arbeitszimmer fuhr Marc den PC hoch und loggte sich im World Wide Web ein. Er wollte endlich wissen, was es mit diesem geheimnisvollen Verein auf sich hatte, dem Johanna Reichert die Hälfte ihres Vermögens vererbt hatte. Marc holte seinen Notizblock hervor und gab *Aktion T4* in die Suchmaschine ein. Wider Erwarten erhielt er zahlreiche und eindeutige Treffer. Marc brauchte nicht lange, bis er sich einen ersten Überblick verschafft hatte:

Hinter der Bezeichnung *Aktion T4* verbarg sich die systematische Ermordung von kranken und behinderten Menschen durch die Nazis. T4 stand für Tiergartenstraße 4 in Berlin, wo die Bürozentrale beherbergt gewesen war. Die Aktion begann 1939 und wurde 1941 nach kirchlichen Protesten offiziell eingestellt. Dennoch gingen die schrecklichen Tötungen bis 1945 weiter. Dieser ›wilden Euthanasie‹ fielen noch einmal Tausende Menschen zum Opfer. Nach Schätzungen waren im Dritten Reich mindestens zweihundertfünfzigtausend psychisch Kranke und geistig Behinderte ermordet worden.

Marc runzelte die Stirn. Hunderttausende Tote und er hatte den Namen *Aktion T4* noch nie in seinem Leben gehört. Woraus sich gleich die nächste Frage ergab: Was hatte Johanna Reichert damit zu tun?

Marc gab als Suchworte *Verein wider das Vergessen der Aktion T4* ein und gelangte auf die Homepage des Vereins, der seinen Sitz in Hamm hatte und dessen Vorsitzender ein Klaus Lichtenfeld war.

Marc fand eine Telefonnummer, nahm den Hörer zur Hand und tippte die Ziffern ein. Am anderen Ende meldete sich eine Frau, die sich als Lichtenfelds Sekretärin vorstellte. Marc trug sein Anliegen vor und nach einer kurzen Rücksprache mit ihrem Chef teilte die Sekretärin ihm mit, er könne gleich am nächsten Morgen vorbeikommen.

## 19

Gabriels Apartment lag in einem älteren Stadtteil Bielefelds zwischen Innenstadt und Uni, der hauptsächlich von Studenten bevölkert wurde. Die Mieten waren relativ günstig, dafür gab es kaum Garagen, und so waren die Bewohner gezwungen, ihre fahrbaren Untersätze auf der Straße abzustellen.

Marc schellte an der Tür des über hundert Jahre alten Hauses und betrat einen muffigen Flur ohne Fahrstuhl. Gabriels Wohnung lag im obersten Stock, weshalb sie deutlich günstiger war als die restlichen im Haus.

Als Marc in der vierten Etage ankam, wartete Gabriel in der Tür auf ihn. Er wischte sich Tränen aus den Augen.

»Was ist passiert?«, fragte Marc.

»Nichts. Ich habe mir nur mal wieder *Schwanengesang* angeschaut. Am Ende muss ich immer weinen. Du weißt schon, wenn der durchgehende Piepton des EEG anzeigt, dass Bobby tot ist, und J. R. ruft: ›Nein, tu mir das nicht an, Bobby, lass mich nicht alleine!‹« Er zog lautstark die Nase hoch. »Aber jetzt komm erst mal rein.«

Gabriel lotste seinen Freund in sein Wohnzimmer, das allerdings mehr einer Müllhalde glich. Auf dem Boden lagen Kleidungsstücke, DVDs, CDs, Schallplatten, Zeitungen, Bücher, leere Pizzakartons und Flaschen wild durcheinander, eine Bierkiste diente unter dem Schreibtisch als Fußstütze. Marc nahm die DVDs näher in Augenschein. Außer den unvermeidlichen *Dallas*-Scheiben konnte er auch mehrere *Barely-Legal*-Ausgaben entdecken.

»Was soll ich machen?«, las Gabriel Marcs Gedanken. »Meine Frau ist weg und eine neue gibt es noch nicht. Da musste ich eben wieder auf Handbetrieb umstellen.« Er schüttelte die rechte Hand, als wolle er einen Cocktail mixen.

Marc verzog das Gesicht. »Danke, aber so genau wollte ich es gar nicht wissen. Hast du auch einen Platz, wo ich sitzen kann?«

Gabriel sah sich einen Moment unschlüssig um, dann

räumte er einen Stapel Zeitschriften von einem Sessel. »Ich hoffe, das ist dem Herrn recht. Was zu trinken?«

»Was hast du denn?«

»Da haben wir einmal Bier, Bier und …«, er warf einen prüfenden Blick durch den Raum, »… und noch mehr Bier.« Dabei strahlte er über das ganze Gesicht.

»Dann hätte ich gerne ein Bier.«

Marc setzte sich und beobachtete Gabriel, der zwei Flaschen aus seiner bereits halb leeren Bierkiste holte und mithilfe eines Feuerzeuges köpfte, wobei ihm sein verbundener linker Mittelfinger nicht unerhebliche Probleme bereitete.

»Kann ich dir helfen?«, erbot sich Marc.

»Nein, nein, kein Problem. Es geht jeden Tag besser.« Gabriel reichte Marc die Flasche.

Marc nahm einen tiefen Schluck. »Weißt du, an was mich das alles hier erinnert?«, fragte er mit einem weiten Schwenk seines Armes durch den Raum und lieferte die Antwort gleich mit. »An unsere Unizeit. Es hat sich eigentlich nichts geändert.«

Gabriel ließ sich schwer in seinen Schreibtischsessel fallen und drehte sich in Marcs Richtung. »So ist es. Fehlen nur noch zwei Mann, dann können wir eine Doko-Runde aufmachen.«

»Fragt sich nur, wo wir die beiden in dem ganzen Chaos hier unterbringen.«

»Ach, Marc, immer noch der alte Miesepeter. Lass mir doch meine Freiheit. Etwas Gutes muss es doch haben, wenn einem die Frau mit einem anderen durchbrennt.« Er trank einen Schluck Bier und rülpste laut.

»Wie ist eigentlich dein Kontakt zu Julia?«, erkundigte sich Marc.

Gabriel winkte ab. »Frag nicht.«

»Und sonst?«

»Sonst ist auch nicht viel los. Ich dachte, wenn ich nach Bielefeld zurückkomme, treffe ich die alten Freunde wieder. Aber außer dir ist ja kaum noch jemand hier. Und du machst ja neuerdings auch einen auf Familie. Neue Freunde zu finden ist nicht einfach, schon gar nicht in Ostwestfalen. Tja, und so verbringe ich meine Abende eben mit meinen Freunden *Krombacher* und *Hasseröder* und mit meinen Freundinnen Sasha Grey und Jenna Haze.« Er nickte vielsagend zu den Porno-DVDs hin.

Marc rieb sich den Nacken. »Ich … also wir … also Melanie und ich hatten uns überlegt, ob du uns nicht mal wieder besuchen willst. Wir könnten was essen und in Ruhe quatschen.«

Gabriels Miene hellte sich auf, doch er wurde sofort wieder ernst. »Das war aber nicht Melanies Idee, oder?«, fragte er skeptisch. »Ich glaube, sie mag mich nicht besonders.«

»Ihr müsst euch nur besser kennenlernen«, antwortete Marc ausweichend. »Es kann doch wohl nicht sein, dass sich die beiden wichtigsten Menschen in meinem Leben nicht verstehen.«

»Okay, ich nehme eure Einladung gerne an. Wann soll die Sache steigen?«

»Wir hatten an übermorgen gedacht. Wie sieht es bei dir aus?«

»Da muss ich erst in meinem Terminkalender nachsehen.« Gabriel blätterte imaginäre Seiten durch. »Warte mal, morgen bin ich bei meinem Freund Hef eingeladen. Diese *Playboy*-Partys sind einfach der Hammer. Die nächsten beiden Wochen sieht es auch schlecht aus, aber übermorgen … nein, da bin ich frei. Ihr habt Glück.«

»Fantastisch. Also Samstag. Wir freuen uns schon.«

»Hoffentlich sieht Melanie das genauso. Wie läuft es zwischen euch?«

Marc seufzte. »Eigentlich sehr gut. Bis zu der Sache mit Johanna Reichert. Ach ja, heute Morgen ist etwas Merkwürdiges passiert. Ich habe eine Arztrechnung von Heinen in Melanies Unterlagen gefunden.«

Gabriel setzte sich auf. »Von *dem* Heinen?«, fragte er überrascht.

»Von eben dem. Melanie hat gesagt, sie sei einmal vor Monaten mit Lizzy bei ihm zur Behandlung gewesen. Sie habe nichts davon erzählt, weil sie nicht gewusst habe, dass der Arzt, der mich um die Sterbehilfe gebeten hat, Heinen war.«

»Und das glaubst du ihr nicht?«

»Ich weiß nicht. Doch ... doch eigentlich schon. Ich erzähle Melanie zwar manchmal von meinen Fällen, nenne dabei aber nie die Namen meiner Mandanten. Aber seit die Polizei bei mir auf der Matte stand, gibt es auch immer wieder Momente, in denen ich denke, dass irgendetwas nicht stimmt.«

Gabriel lehnte sich in seinem Sessel zurück. »Dann will ich dir jetzt mal etwas mit auf den Weg geben: Ein kluger Mann, ein noch klügerer als ich übrigens, hat einmal Folgendes gesagt: Zu viel Vertrauen ist manchmal eine Dummheit, aber zu viel Misstrauen ist immer ein Unglück.«

Marc seufzte. »Wahrscheinlich hast du recht und ich werde langsam paranoid.«

»Natürlich habe ich das. Und jetzt lass uns zum Geschäftlichen übergehen. Deshalb bist du schließlich hier.«

»Richtig. Warum warst du am Telefon eigentlich so komisch?«

»Weil mir etwas klar geworden ist: Wenn die Theorie stimmt und du nur deshalb noch auf freiem Fuß bist, weil die Polizei hofft, dass du sie zu deinem Mittäter führst, werden sie dich die ganze Zeit überwachen. Und dann ist es naheliegend, dass sie auch dein Telefon abhören.«

Marc hätte vor Schreck fast sein Bier fallen lassen. »Glaubst du wirklich?«

»Ich würde zumindest stark davon ausgehen. Ist dir nichts aufgefallen?«

Marc schüttelte den Kopf. »Nein, ich habe allerdings auch nicht auf Verfolger geachtet.«

»Dann solltest du das ab jetzt tun. Außerdem würde ich vorschlagen, alles Wesentliche nur noch unter vier Augen zu besprechen.«

»Natürlich. Also, was hat die Akteneinsicht ergeben?«

»Nichts, die Staatsanwaltschaft hat Akteneinsicht abgelehnt.«

»Mit welcher Begründung?«

»Standard. Ermittlungsverfahren noch nicht abgeschlossen, Akteneinsicht könnte den Untersuchungszweck gefährden, bla bla bla.«

»Und was willst du dagegen unternehmen?«

»Gar nichts. Du bist auf freiem Fuß, das heißt, ein Antrag auf gerichtliche Entscheidung ist derzeit nicht möglich. Bleibt nur noch eine Dienstaufsichtsbeschwerde. Aber du weißt ja: formlos, fristlos, fruchtlos. Außerdem ist sie auch nicht notwendig. Erinnerst du dich an die kleine Susanne Rehn?«

»Die Rothaarige, mit der du mal was hattest?«

»Genau. Die sitzt jetzt auf der Geschäftsstelle der Staatsanwaltschaft. Ich habe sie vor einiger Zeit getroffen und wir hatten gleich wieder einen guten Draht zueinander. Nachdem die Akteneinsicht abgelehnt worden ist, habe ich sie angerufen und sie ist bereit, uns zu helfen. Bis zu einem gewissen Punkt natürlich. Auf jeden Fall habe ich von ihr eine Kopie von Johanna Reicherts Testament bekommen. Der Name des miterbenden Vereins lautet, Moment …«, Gabriel nahm einige Unterlagen von seinem Schreibtisch und überflog die Seiten, »… lautet *Verein wider das Verges-*

*sen der Aktion T4.* Mein Gott, wer denkt sich nur solche Namen aus?«

»Ich fürchte, ich muss dich enttäuschen, aber das war mir bereits bekannt. Und ich weiß auch, dass es außer meinem keine weiteren Vermächtnisse gibt.«

Gabriel machte ein Gesicht, als sei ihm gerade der Zug vor der Nase weggefahren. »Und woher weißt du das?«

»Von Rottmann. Ich war heute bei ihm. Er hat mir auch erzählt, wie hoch die Erbschaft ist. Er geht von einem Gesamtwert von zwanzig Millionen Euro aus. Also ein warmer Regen für beide Erben.«

»Ich habe mir die Mühe gemacht und im Internet über diesen Verein recherchiert«, sagte Gabriel. »Aber wenn du weißt, wie der Verein heißt, hast du das bestimmt auch schon getan.«

»Tut mir leid, dass deine Arbeit umsonst war. Ich habe morgen einen Termin mit dem Vereinsvorsitzenden ausgemacht. Und da ist noch etwas: Johanna Reicherts beste Freundin, diese Charlotte Vollmer, war Begünstigte der Lebensversicherung der Toten. Das macht sie um immerhin 2,8 Millionen Euro reicher.«

Gabriel brummte: »Jetzt hast du mir auch noch die letzte Pointe versaut. Kannst du mir verraten, warum ich dir helfen soll, wenn du schon alles weißt?«

Marc zuckte entschuldigend die Achseln. »Ich hatte Glück, dass Rottmann mir alles erzählt hat. Der Mann ist ein Arschloch, aber immerhin ein redseliges Arschloch.«

Gabriel nickte langsam. »Jetzt haben wir außer den Erben eine weitere Person, die ein Mordmotiv hatte.«

»Da bin ich mir nicht sicher«, wandte Marc ein. »Ich meine, natürlich hatte Charlotte Vollmer aufgrund der Lebensversicherung grundsätzlich ein Motiv, aber ich denke, wir haben ein Detail bis jetzt nicht ausreichend beachtet: Die

DVD mit der Aufnahme von Johanna Reicherts Tod ist an die Polizei geschickt worden. Dabei war doch alles in bester Ordnung. Die Reichert hat den Medikamentencocktail getrunken und ist gestorben, Heinen hat eine natürliche Todesursache bescheinigt, die Lebensversicherung muss zahlen. Wenn Charlotte Vollmer tatsächlich hinter dem Ganzen steckt, um die Lebensversicherung möglichst früh zu kassieren, warum in Drei Gottes Namen hätte sie dann eine DVD, auf der ein vermeintlicher Selbstmord zu sehen ist, an die Polizei schicken sollen? Das wäre doch Schwachsinn gewesen. Keine Lebensversicherung zahlt bei einem Selbstmord!«

»Das ist ein weit verbreiteter Irrtum«, korrigierte Gabriel. »Lebensversicherungen müssen auch bei einem Selbstmord zahlen, wenn das Datum des Vertragsabschlusses mehr als drei Jahre vor dem Todesfall liegt, §161 VVG. Ich habe schließlich nicht umsonst jahrelang bei einer Versicherung gearbeitet. Aber in diesem Fall hast du tatsächlich recht. Ich habe von Susanne auch eine Kopie der Lebensversicherungspolice bekommen. Der Versicherungsvertrag wurde erst zwei Jahre vor dem Tod von Johanna Reichert abgeschlossen, das heißt, bei einem Selbstmord müsste die Versicherung nicht zahlen. Womit Charlotte Vollmer als Täterin oder Mittäterin tatsächlich ausscheiden dürfte.«

Marc nickte langsam. »Das Gleiche gilt in ähnlicher Form auch für die Erben. Johanna Reichert ist tot, Heinen hat einen natürlichen Tod bescheinigt. Warum hätten die Erben ein Interesse daran haben sollen, die DVD an die Polizei zu schicken und damit die ganzen Ermittlungen ins Rollen zu bringen? Das verkompliziert die Sache doch nur unnötig!«

Gabriel dachte über diesen Punkt nach. »Vielleicht ist derjenige, der die DVD an die Polizei geschickt hat, ja nicht mit dem Täter identisch«, spekulierte er. »Vielleicht wollte der Übersender der DVD Charlotte Vollmer schaden und verhindern, dass die Versicherungssumme ausgezahlt wird. Mir fällt da nur die Lebensversicherungsgesellschaft selbst ein, aber die kann ja nicht in den Besitz der Aufnahme gelangt sein. Oder ein Feind von Charlotte Vollmer, der nicht will, dass sie das Geld bekommt.«

»Es gibt nur zwei Menschen, die eine Kopie der Videoaufnahme anfertigen konnten«, ergänzte Marc. »Heinen und das Hausmädchen Yvonne. Andere Personen waren zwischen dem Ende der Aufnahme und dem Zeitpunkt, zu dem Heinen mir die Speicherkarte gegeben hat, nicht in der Villa. Die Speicherkarte liegt immer noch sicher zu Hause in meinem Arbeitszimmer, ich habe nachgesehen. Also hat entweder Heinen oder Yvonne die DVD an die Polizei geschickt.«

»Oder eine Person, für die eine Kopie der Aufnahme angefertigt wurde. Aber auch diese Person müsste ein Motiv gehabt haben, die DVD an die Polizei zu schicken.« Gabriel massierte sich die Stirn. Plötzlich schaute er auf. »Mir ist gerade noch ein anderes mögliches Motiv eingefallen«, sagte er mit dumpfer Stimme. »Der Übersender der DVD wollte nicht Charlotte Vollmer schaden.« Er machte eine dramatische Pause. »Sondern dir.«

Marc starrte seinen Freund an. »Mir?«

»Natürlich. Du bist doch der Leidtragende und stehst unter Mordverdacht. Jetzt haben die Erben die Chance, dein Vermächtnis wegen Vermächtnisunwürdigkeit anzufechten und sparen sich dadurch immerhin jeder zweihundertfünfzigtausend Euro.«

Marc nickte langsam. »Rottmann hat die Anfechtung bereits angekündigt, sobald meine Beteiligung an dem Mord feststeht«, sagte er. »Aber wie du schon sagtest: Die Erben sparen dadurch insgesamt fünfhunderttausend Euro. Bei einem Gesamtwert des Nachlasses von zwanzig Millionen ist das kaum den ganzen Aufwand wert, oder?«

»Mag sein«, räumte Gabriel ein. »Vielleicht geht es auch gar nicht um diese fünfhunderttausend Euro. Da ist nämlich noch eine andere Sache: Und zwar der Zeitpunkt, an dem das Vermächtnis für dich in das Testament aufgenommen worden ist. Das war, bevor du Heinen und die Reichert kennengelernt hast. Mit anderen Worten: Irgendjemand muss diese Sache von Anfang an genauso geplant haben. Vielleicht, weil sich diese Person an dir rächen will.«

»Aber wer sollte das sein? Ich habe keine Feinde!«

»Vielleicht keine, die du kennst.«

»Möglicherweise geht es wirklich um mich«, stimmte Marc seinem Freund zu. »Ich habe nämlich auch etwas herausgefunden: Es war kein Zufall, dass Heinen mich aufgesucht hat.«

Gabriel lehnte sich zurück. »Aha.«

»Bei unserem ersten Treffen hat Heinen behauptet, er sei als Zeuge beim Landgericht geladen. Stefanie hat in meinem Auftrag ein wenig recherchiert und das Ergebnis ist eindeutig: Heinen sollte an diesem Tag nicht als Zeuge beim Landgericht aussagen. Übrigens auch nicht beim Arbeits- oder beim Amtsgericht. Er hat mich also gezielt aufgesucht. Und jetzt wissen wir auch, warum: Weil zu diesem Zeitpunkt das Vermächtnis für mich schon in dem Testament stand.«

»Aber wie konnte Heinen so sicher sein, dass du dich bereiterklären wirst, der Reichert bei ihrem Suizid zu helfen?«

Marc holte tief Luft. »Das weiß ich nicht, wir haben momentan einfach zu wenige Informationen. Und die müssen wir dringend besorgen, wenn ich nicht in den Knast wandern will.« Er fixierte Gabriel. »Es wäre schön, wenn du mir bei der Informationsbeschaffung weiterhin helfen würdest. Ich wüsste nicht, an wen ich mich sonst wenden sollte. Außerdem habe ich Melanie versprochen, sie nicht in diese Sache hineinzuziehen.«

»Du meinst, ich soll als eine Art Harry Mc Sween für dich arbeiten?« Gabriel dachte kurz darüber nach, dann rieb er sich die Hände. »Das gefällt mir«, sagte er. »Das gefällt mir sogar sehr.«

»Danke«, Marc sah auf die Uhr. »Es ist schon spät. Ich muss los. Morgen wird wieder ein langer Tag.«

Gabriel nickte. »Viel Glück bei diesem Verein. Wir sehen uns spätestens übermorgen bei dir.«

## 20

Der ICE aus Bielefeld traf fahrplanmäßig um 8.48 Uhr in Hamm ein. Das Büro des Vereins *Wider das Vergessen der Aktion T4* lag in der Nähe des Hauptbahnhofs. Auf dem Weg dorthin schaute Marc sich mehrfach unauffällig um, aber er konnte niemanden ausmachen, der ihm folgte. Auch im Zug war er sich unbeobachtet vorgekommen. Entweder waren seine Überwacher sehr gut oder Gabriels Fantasie hatte wieder einmal Überstunden gemacht.

Als Marc im zweiten Stock des Geschäftshauses ankam, öffnete er eine Tür aus Rauchglas und betrat ein Vorzimmer, in dem eine Frau mittleren Alters, in beiden Händen ein schnurloses Telefon, abwechselnd in den einen und in den anderen Hörer sprach. Nach fünf Minuten hatte sie ihre Gespräche beendet.

»Entschuldigen Sie bitte«, sagte sie. »Aber hier ist im Moment Stress pur.«

»Mein Name ist Hagen«, stellte Marc sich vor. »Wir hatten gestern telefoniert. Ich habe um halb zehn einen Termin bei Herrn Lichtenfeld.«

»Ah ja«, erinnerte sie sich. »Einen Moment bitte.« Sie griff nach einem Telefon, tippte drei Zahlen ein und meldete Marc an. »Sie können direkt reingehen«, verkündete sie dann und nickte in Richtung einer Tür, die von dem Vorzimmer abging. »Herr Lichtenfeld erwartet Sie bereits.«

Als Marc eintrat, erhob sich ein großer Mann Mitte fünfzig hinter seinem Schreibtisch und kam Marc auf halbem Weg entgegen.

»Guten Tag, Herr Hagen«, sagte er und zeigte auf eine kleine Sitzgruppe. »Bitte.«

Marc setzte sich. »Danke für den schnellen Termin«, begann er. »Wie es aussieht, haben Sie hier viel zu tun. Ich habe Ihre Sekretärin gestern Abend noch um kurz vor sechs erreicht.«

Lichtenfeld lächelte. »Ja, seit dieser Erbschaft brennt bei uns die Luft. Bis zu Johanna Reicherts Tod haben wir ja eher im Verborgenen geblüht. Aber irgendwie scheint sich unsere Millionenerbschaft herumgesprochen zu haben, obwohl das Testament offiziell noch gar nicht eröffnet worden ist. Wir werden mit neuen Mitgliedsanträgen und Bittbriefen geradezu überschüttet. Gerade bereiten wir eine außerordentliche Mitgliederversammlung vor, in der über die Verwendung des Geldes entschieden werden soll.«

Marc rieb sich die schweißnassen Hände an der Hose ab. »Ich möchte keine Missverständnisse über den Zweck meines Besuchs und meine Person aufkommen lassen«, sagte er zögernd. »Ich bin der Mann, der Frau Reichert bei ihrem Suizid unterstützt hat. Sie hat mir gegenüber mehrfach den Wunsch geäußert, sterben zu wollen. Sie sagte, sie leide an unheilbarem Krebs und habe unerträgliche Schmerzen. Das war mein einziger Beweggrund, ihr zu helfen. Ich hatte keine Ahnung davon, dass sie über ihre Krankheit getäuscht worden ist.«

»Ich habe bereits Erkundigungen über Sie eingezogen«, erwiderte Lichtenfeld kühl. »Ich weiß nicht, ob Sie an Frau Reicherts Ermordung beteiligt waren oder nicht. Selbst wenn Sie davon nichts gewusst haben sollten, müssen Sie wissen, dass wir Ihre Absichten keinesfalls billigen können, so ehrenhaft sie gewesen sein mögen. Ist Ihnen bekannt, worum es sich bei der *Aktion T4* gehandelt hat?«

Marc nickte. »Die Nazis haben unter diesem Tarnnamen behinderte Menschen ermordet.«

»Das ist korrekt. Auch wenn die Nazis das natürlich nicht Mord genannt haben. Sie haben versucht, ihre Aktion mit dem Begriff ›Euthanasie‹ zu verschleiern, ein Wort aus dem Griechischen, das mit ›schöner Tod‹ übersetzt werden kann und die Ermordung als ›Akt der Erlösung‹ oder ›Gnadenakt‹ bezeichnet. Deshalb werden Sie vielleicht verstehen, dass unser Verein strikt gegen jede Form von Sterbehilfe ist, gleich aus welchem Grund.«

Marc atmete schwer aus. »Ja, das kann ich nachvollziehen. Auch wenn ich bestreite, dass man das, was ich getan habe, mit den Taten der Nazis vergleichen kann.«

»Vielleicht«, räumte Lichtenfeld ein. »Also, was kann ich für Sie tun?«

Bevor Marc antworten konnte, wurde die Tür aufgerissen und ein schlanker Mann Anfang siebzig stürmte in den Raum. »Klaus, kannst du …« Er unterbrach sich, als er sah, dass Lichtenfeld nicht allein war. »Oh, Entschuldigung, ich wusste nicht, dass du Besuch hast.«

»Das ist Herr Hagen«, stellte der Vereinsvorsitzende seinen Gast vor. »Du erinnerst dich, wir hatten gerade noch über ihn gesprochen. Herr Hagen, das ist Herbert Klein, mein Stellvertreter.«

Marc nickte ihm zu und bemerkte, dass Klein ihn jetzt mit einem gewissen Interesse betrachtete. Auf seinen Lippen erschien ein merkwürdiges Lächeln, das Marc vorher schon mehrfach bei Sektenmitgliedern beobachtet hatte. »Ist Ihnen das fünfte Gebot des Herrn nicht bekannt, Herr Hagen?«, fragte Klein mit einer Singsang-Stimme. »Du sollst nicht töten!«

Marc sagte nichts, da ihm einfach keine Erwiderung einfallen wollte. Lichtenfeld rettete die Situation, indem er auf die Uhr schaute. »Herbert, komm doch in einer Viertelstunde noch mal vorbei. Ich denke, dann sind wir hier fertig.«

»Nehmen Sie es nicht persönlich«, fuhr Lichtenfeld fort, als sie wieder zu zweit waren. »Herbert ist sehr religiös. Und er steht momentan genauso unter Strom wie wir alle. Also: Warum sind Sie hier?«

»Wie Sie sich vielleicht schon gedacht haben, geht es um Johanna Reicherts Testament«, begann Marc. »Ich weiß, dass Frau Reichert Ihrem Verein die Hälfte ihres Vermögens vermacht hat.«

»Das ist richtig. Als wir erfahren haben, auf welche Art und Weise Frau Reichert ums Leben gekommen ist, waren wir allerdings so erschüttert, dass wir sogar für kurze Zeit überlegt haben, die Erbschaft auszuschlagen. Ich sagte ja schon, dass Sterbehilfe jeder Form den Zielen unseres Vereins diametral entgegensteht.«

»Aber wie man hört, soll Ihr Anteil etwa zehn Millionen Euro betragen.«

»Das war schließlich auch der Grund, warum wir uns gegen eine Ausschlagung entschieden haben. Wir können das Geld wirklich gut gebrauchen und damit viel Sinnvolles anfangen. Abgesehen davon hat sich jetzt ja auch herausgestellt, dass es sich nicht um Sterbehilfe, sondern um Mord gehandelt hat.«

»Können Sie sich vorstellen, warum Frau Reichert gerade Ihren Verein als Erben eingesetzt hat?«

»Ja. Frau Reichert ist vor etwa fünf Jahren an mich herangetreten. Sie hat mir erzählt, sie habe kurz zuvor mehr oder weniger zufällig erfahren, dass ihr Vater im sogenannten Dritten Reich Arzt in der Privaten Kinderklinik Frohnau war, in der ab 1939 behinderte Neugeborene systematisch umgebracht worden sind. Das hat sie schwer getroffen, weil sie ihren Vater immer sehr verehrt hat. Als sie von unserer Arbeit gehört hat, sah sie das als Gelegenheit, die Taten ihres Vaters irgendwie wiedergutzumachen. Sie müssen wissen, dass fast alle Mitglieder unseres Vereins Familienangehörige durch die *Aktion T4* verloren haben. Wir versuchen nun dafür zu sorgen, dass die Opfer niemals vergessen werden.«

»Was ist aus Frau Reicherts Vater nach dem Krieg geworden?«, wollte Marc wissen.

»Nichts. Er ist – wie die meisten Ärzte, die an der Kinder-Euthanasie beteiligt waren – nie angeklagt worden. Er hat bis in die späten Siebzigerjahre eine Kinderarztpraxis in Berlin betrieben und hat mit niemandem über seine Verbrechen gesprochen. Mit seiner Familie schon gar nicht.«

»Und als Frau Reichert schließlich doch davon erfahren hat, begann sie, Ihren Verein finanziell zu unterstützen.«

»Richtig. Sie hat viel gespendet, sogar sehr viel. Ich möchte sogar behaupten, ohne Frau Reichert würde es unseren Verein heute nicht mehr geben. Von den Mitgliedsbeiträgen allein können wir nicht existieren. Sie hat mir auch zugesagt, unseren Verein in ihrem Testament großzügig zu bedenken. Und Frau Reichert hat auch sonst viel für uns getan. Nehmen Sie zum Beispiel meinen Stellvertreter Herbert Klein. Herberts Bruder wurde 1940 in der Kinderklinik Frohnau mit dem Down-Syndrom geboren und ist sofort nach der Geburt getötet worden. Ob Frau Reicherts Vater an diesem Mord aktiv beteiligt war, wissen wir nicht, aber als ich Frau Reichert davon erzählt habe, war sie sofort bereit, Herberts

Enkelin zu helfen. Das Mädchen war damals sechzehn, hatte keinen Schulabschluss und keine Chance, jemals eine Lehrstelle zu bekommen. Frau Reichert hat sie dann als Hausmädchen angestellt.«

»Yvonne?«, fragte Marc erstaunt.

»Ja. Sie kennen sie?«

»Ich habe sie mal kurz getroffen«, antwortete Marc knapp. »Darf ich fragen, wie Ihr persönliches Verhältnis zu Frau Reichert war?«

»Es war von Anfang an gut und ist über die Jahre immer enger geworden. Ich habe sie, wann immer es meine Zeit zugelassen hat, auch zu Hause besucht. Hauptberuflich bin ich Pharmareferent und sehr viel unterwegs. Deshalb konnte ich sie bei Weitem nicht so oft sehen, wie ich es gewollt hätte.«

»Haben Sie bei einem Ihrer Besuche bei Frau Reichert Herrn Dr. Heinen kennengelernt?«

Lichtenfeld hob den Blick, als suche er nach einer entfernten Erinnerung. »Heinen, Heinen«, murmelte er vor sich hin. »Neeein«, sagte er dann gedehnt. »Ich denke nicht.«

»Vielleicht ein Mitglied Ihres Vereins?«, versuchte Marc ihm auf die Sprünge zu helfen.

»Nein, das kann ich ausschließen. Mir sind alle unsere zweihundertsiebenundsechzig Vereinsmitglieder bekannt, zumindest namentlich.«

Marc stand auf und gab ihm die Hand. »Vielen Dank, dass Sie sich die Zeit genommen haben«, sagte er. »Und viel Glück für die Zukunft Ihres Vereins.«

# 21

Um Punkt halb acht läutete es an der Tür.

Als Marc öffnete, stand Gabriel vor ihm. In der Hand trug er eine Plastiktüte.

»Schön, dass du da bist«, begrüßte Marc seinen Freund und begleitete ihn in den Flur. Als Gabriel dort auf Melanie traf, wusste er offensichtlich nicht, ob er sie zur Begrüßung umarmen oder sich mit einem Händedruck begnügen sollte. Schließlich entschied er sich für eine Art Mittelding, indem er ihre Hand schüttelte und gleichzeitig unbeholfen ihre Schulter tätschelte.

Als Gabriel sich wieder von ihr löste, entnahm er seiner Plastiktüte zwei in Geschenkpapier eingewickelte Pakete.

»Für Lizzy und für dich«, sagte er zu Melanie und zischte Marc zu: »Du kriegst nichts.«

Marc beobachtete Melanie beim Auspacken ihres Geschenks.

»Was ist das denn?«, fragte sie verblüfft.

»Das, meine Liebe, ist die erste Staffel von *Dallas* auf DVD. Ich weiß, dass Marc seine alten VHS-Kassetten weggeschmissen und sie nicht durch DVDs ersetzt hat.«

Melanie machte ein Gesicht, als habe sie in eine Zitrone gebissen. Gabriel betrachtete sie aufmerksam und auf einmal zogen sich seine Augenbrauen zusammen.

»Nein!«, rief er laut aus. »Du bist doch nicht etwa Fan vom *Denver-Clan*?« Das war so ziemlich das schlimmste Vergehen, das ein fanatischer *Dallas*-Anhänger wie Gabriel sich vorstellen konnte.

»*Denver*, *Dallas*, ist mir alles vollkommen schnurz«, gab Melanie ungerührt zurück. »Für so einen Schrott ist mir meine Zeit echt zu schade!«

»Schrott?« Gabriel starrte Melanie entsetzt an. »Was meinst du mit Schrott?« Hilfe suchend fixierte er Marc. »Was meint sie mit Schrott?«

»Nichts, Gabriel, beruhig dich wieder. Sie weiß nicht, wovon sie redet. Als *Dallas* das erste Mal im deutschen Fernsehen ausgestrahlt wurde, war Melanie noch nicht einmal geboren.« Dann wandte er sich seiner Freundin zu. »Schrott, so so. Und was ist mit *Reich und Schön?*«

»*Reich und Schön* ist etwas vollkommen anderes. Da geht es um realistische Probleme aus der Modewelt. Und in dieser Branche bin ich zufällig tätig.«

»Ich verstehe. Du betrachtest deinen *Reich und Schön*-Konsum also als eine Art Fortbildung.« Marc ließ seine Stimme ins Falsett kippen. »›O Stephanie, Rick hat Taylor verlassen und ist wieder mit Brooke zusammen.‹ Jetzt weiß ich endlich auch, warum ich das die ganzen Jahre für dich aufnehmen musste.«

Melanie warf ihm einen finsteren Blick zu. »Er heißt Ridge, nicht Rick. Und ich kann in deinem Interesse nur hoffen, dass du nicht vergisst, heute Abend *Der seltsame Fall des Benjamin Button* aufzunehmen. Sonst bekommst du in den nächsten Monaten *Simpsons*-Verbot.«

»Du bist Brad-Pitt-Fan?«, fragte Gabriel dazwischen.

»Sie ist der größte Fan überhaupt«, antwortete Marc für seine Freundin. »Da kann nicht mal mehr Johnny Depp mithalten.«

Gabriel nickte langsam. »Dann beantworte mir eine Frage, Melanie: Welcher mittlerweile weltberühmte Schauspieler hat seine Karriere in *Dallas* begonnen? Nicht vorsagen, Marc!«

»Doch wohl nicht Brad Pitt?«, mutmaßte Melanie.

»Eben der. Er hatte in der 264. Folge *Das Ende der Geheimnisse* seinen ersten Auftritt. Ab da hat er für ein paar Folgen Randy, den Freund von Jenna Wades Tochter Charlie, gespielt.«

»Nein!« rief Melanie laut aus. »Ich glaube, ich bin gerade zum *Dallas*-Fan geworden.«

»Echt?«, fragte Gabriel erfreut.

»Natürlich *nicht*!« Melanie hatte ihr Augenmerk schon auf das zweite Geschenk gerichtet. »Und das ist für Lizzy?«, fragte sie und musterte argwöhnisch das Paket, das in Größe und Form exakt dem ersten entsprach. »Das sind aber nicht zufällig noch mehr *Dallas*-DVDs?«

Gabriel machte ein beleidigtes Gesicht. »Aber nein!«, empörte er sich, doch dann senkte er beschämt den Blick. »Doch! Die zweite Staffel. Glaubt ihr, das gefällt ihr nicht?«

»Ich habe da meine Zweifel«, meinte Marc. »Lizzy guckt Sachen wie *Hannah Montana* und liest *Wendy*-Hefte. Sie ist nämlich gerade in der Pferdephase. Aber egal. Da muss sie jetzt durch.« Er hob die Stimme und rief in den ersten Stock hinauf. »Lizzy? Kommst du mal runter?«

Fünf Sekunden später erschien ihr Kopf hinter dem Treppengeländer im ersten Stock. »Was isn?«

»Komm doch mal runter. Gabriel hat ein Geschenk für dich.«

Das schien zumindest kurzfristig ihr Interesse zu wecken, denn sie machte sich daran, langsam die Stufen herunterzutrotten.

»Na, Lizzy, kannst du dich noch an mich erinnern?« Gabriel fuhr zur Begrüßung die geballte Faust aus und hielt sie Lizzy direkt vor die Nase. »Ghettofaust!«, sagte er.

Das Mädchen starrte ihn irritiert an.

»Sie ist gerade zehn geworden«, erinnerte Marc seinen Freund.

»Ja eben, fast schon ein Teenager. Ich weiß, wie die heutzutage reden. Wenn sie etwas gut finden, sagen sie zum Beispiel ›knorke‹. Also, wenn ein Junge ein hübsches Mädchen sieht, sagt er zu den anderen: ›Schaut mal, der Backfisch da ist ja knorke.‹ Was Lizzy? Das wirst du bald noch oft zu hören bekommen!« Er grinste breit und strubbelte Lizzy mit der linken Hand über die Haare.

Als das Mädchen die Gipsschiene an Gabriels Mittelfinger sah, zuckte sie leicht zurück.

»Hast du Angst vor dem Verband?«, fragte Gabriel und hob seinen Mittelfinger. »Den habe ich mir extra anfertigen lassen. Sehr nützlich, wenn ich mal wieder einem lieben Mitbürger die Meinung geigen muss. Neulich hat mich so ein Arschloch auf der Autobahn geschnitten. Hatte ein Fischsymbol hinten auf dem Kofferraumdeckel, aber den Führerschein muss er von Satan persönlich bekommen haben. Na ja, diesen Christenmenschen habe ich mir sofort geschnappt und ihm beim Überholen gezeigt, was ich von seinen Fahrkünsten halte.«

Marc sah, dass Melanie hinter Gabriels Rücken die Augen verdrehte. Um die Situation zu retten, sagte er schnell: »Guck doch mal, Lizzy, was Gabriel für dich hat.«

»Was ist das denn?«, wiederholte Lizzy die Frage ihrer Mutter wenige Sekunden später, nachdem sie das Geschenk ausgepackt hatte.

»Das ist *Dallas!*«, erklärte Gabriel. »So etwas wie *Gute Zeiten, schlechte Zeiten*, aber tausendmal besser. Und mit ganz vielen Pferden«, fügte er schnell noch hinzu.

»Danke«, sagte Lizzy ohne jede Begeisterung. »Kann ich jetzt wieder auf mein Zimmer?«

Gabriel schaute ihr hinterher, als sie die Treppe hochging. »Ach, Kinder«, seufzte er erinnerungsselig. »Ich glaube, sie hat sich wirklich gefreut.«

»Verdammt!« Melanie schaute hektisch auf die Uhr. »Ich habe die Tofu-Frikadellen vergessen.«

Sie drückte Marc die DVDs in die Hand und lief in Richtung Küche.

Gabriel grinste. »Weißt du, was ich an deiner Freundin am meisten mag?«, fragte er Marc. »Ihren Humor. Herrgott, *Tofu*-Frikadellen!«

Fünf Minuten später saß Gabriel am Esstisch und seine gute Laune war wie weggeblasen. Mit großen Augen starrte er auf seinen Teller. »Was ist das?«, raunte er Marc zu, als Melanie gerade in der Küche war.

»Tofu-Frikadellen. Hatte ich nicht erwähnt, dass Melanie Vegetarierin ist?«

»Nein, hast du nicht.« Gabriel seufzte schwer. »Ich fürchte, diesen Abend werde ich nur mit sehr viel flüssiger Nahrung überstehen.«

Und dieses Versprechen setzte er in die Tat um. Schon vor dem Nachtisch, einem veganen Mousse au Chocolat aus Seidentofu, hatte er eine ganze Flasche Rotwein intus.

Eine weitere Stunde später saß er auf der Couch, vor sich die dritte Flasche und war in entsprechender Stimmung. In Gabriels Fall bedeutete das, er wurde immer melancholischer.

»Marc sagt, du hättest ein paar Schwierigkeiten, dich wieder in Bielefeld einzuleben«, soufflierte Melanie, sie bemühte sich, ein Gespräch in Gang zu bringen.

Gabriel nahm einen kräftigen Schluck Wein. »Ich hatte es mir auch leichter vorgestellt«, sagte er. Seine Sprache war schon etwas verschliffen. »Ich bin aus Stuttgart weg, weil du da die Straße mit Anwälten pflastern kannst. Aber inzwischen habe ich erfahren, dass es in Bielefeld über neunhundert Anwälte gibt. Das musst du dir mal vorstellen! Fast tausend Anwälte in diesem Provinzkaff! Außerdem war ich halt eine lange Zeit weg und niemand hier kennt mich mehr. Egal, wird schon werden.« Er sah Melanie an. »Hast du noch mehr von diesem vorzüglichen Wein?«, fragte er und hob sein Glas.

»Und wie geht es deinen Kindern?«, erkundigte sich Melanie, während sie nachschenkte.

»Gut! Soweit ich weiß«, fügte er dann noch hinzu. »Ich versuche natürlich, die beiden so oft wie möglich zu sehen, aber das geht im Moment nur jedes zweite Wochenende. Wenn man sich eine neue Existenz aufbauen muss, ist halt viel zu tun. Außerdem versuche ich, den Kontakt zu Julia auf das Nötigste zu beschränken. Die Gute hat mich nach der Trennung bis aufs Hemd ausgezogen.«

»Julia?«, fragte Marc erstaunt. Er war natürlich hauptsächlich Gabriels Freund, aber was der gerade gesagt hatte, passte so gar nicht zu der sanftmütigen Julia, die er seit Jahren kannte.

»Ja, Julia!«, bestätigte Gabriel bitter.

Er trank sein Glas in einem Zug leer und hielt es Melanie gleich wieder hin, um es erneut füllen zu lassen.

»Sie hat auch schon einen Neuen«, fuhr er dann fort. »Einen Sandro. Sandro Kern! Ohne den hätten wir unsere Probleme vielleicht in den Griff bekommen. Nein, ich bin mir sogar sicher! Aber dann ist ja *Sandro* aufgetaucht. Ein Ossi, natürlich. Hat schon vor der Wende rübergemacht und in Stuttgart ein Fitnessstudio eröffnet. Inzwischen hat er sieben Stück davon, wahrscheinlich, damit er jeden Tag der Woche woanders trainieren kann. Ihr müsstet den Kerl mal sehen: polierte Glatze und über und über mit Muskeln bepackt. Vin Diesel ist ein Waisenknabe dagegen. Er ist inzwischen bei Julia und den Kindern eingezogen. In *mein* Haus! Wenn er nicht so stark wäre, würde ich ihn verprügeln.«

Bei der Vorstellung musste Marc grinsen. Gabriel würde

es nicht einmal schaffen, Thomas Quasthoff zu verprügeln, geschweige denn einen ostdeutschen Bodybuilder.

Gabriel stand derweil mühsam auf. »Ich muss mal wieder ein paar Gläser Wein wegbringen«, entschuldigte er sich und schwankte Richtung Badezimmer.

»Wir sollten ihm nichts mehr geben«, zischte Melanie Marc zu, als sie alleine waren. »Er hat mehr als genug.«

»Vielleicht sollten wir einfach das Thema wechseln«, schlug Marc vor. »Dann hat er auch keinen Grund mehr, sich zu betrinken.«

»Es gibt kein Thema, bei dem er nicht depressiv wird. Familie, Beruf, Freunde. Irgendwie scheint bei ihm im Moment gar nichts zu laufen.«

»Wenn du dich erinnerst, war exakt das der Grund, warum wir ihn heute eingeladen haben.«

»Ich weiß.« Melanie seufzte. Dabei fiel ihr Blick auf das Chaos auf dem Esstisch. »Vielleicht sollten wir schon mal ein bisschen aufräumen.«

Ein paar Minuten später kehrte Gabriel in das Wohnzimmer zurück und ließ sich wieder auf die Couch fallen.

»Aaaah, das war gut«, verkündete er. »Aber jetzt passt auch wieder was rein.« Er griff nach seinem leeren Glas und streckte es Melanie entgegen.

Die schaute ostentativ auf die Uhr. »Oh, schon so spät!«

»Wir haben es hier doch gerade so gemütlich«, lallte Gabriel. »Aber bitte, wenn du schon ins Bett willst, tu dir keinen Zwang an! Reisende soll man nicht aufhalten, was Marc?« Unvermittelt brach er in ein meckerndes Gelächter aus. »Wir machen noch eine Flasche auf und schauen uns ein paar *Dallas*-Folgen an. Erinnerst du dich an unsere *Dallas*-Nächte? Einmal haben wir fünfundvierzig Stunden am Stück geguckt. Fünfundvierzig Stunden! Fast hätten wir es ins *Guinnessbuch der Rekorde* geschafft.«

»Marc stellt heute bestimmt keine Rekorde mehr auf«, gab Melanie gereizt zurück. »Wir müssen morgen einigermaßen früh aufstehen, weil wir Lizzy versprochen haben, mit ihr in den Osnabrücker Zoo zu fahren.« Sie hielt inne, als sei ihr gerade etwas eingefallen. »Sag mal Gabriel, bist du eigentlich mit dem Auto hier? Du hast schon einiges getrunken und ich frage mich, wie du nach Hause kommen willst.«

»Das ist kein Problem«, erwiderte Gabriel leichthin. »Ich bin topfit.«

»Nichts da!«, schritt Marc energisch ein. »Entweder du nimmst dir ein Taxi oder schläfst bei uns im Gästezimmer. Wozu habe ich schließlich das große Haus gekauft?«

»Ja, wozu?«, sinnierte Gabriel und starrte in sein Glas, als finde er dort die Antwort auf seine Frage. »Wozu macht man das alles? Man rackert sich ab, verdient das Geld, opfert sich für seine Familie auf und am Ende steht man alleine da und haust wieder in einer schäbigen Studentenbude, während Madame sich in meinem Schlafzimmer von ihrem Sandro durchficken lässt. Das ist doch scheiße, oder, Marc? Ich sage dir jetzt mal was: Den wahren Charakter einer Frau lernt man erst kennen, wenn man sich von ihr trennt.«

»Ich glaube kaum, dass man das verallgemeinern kann«, mischte sich Melanie in scharfem Ton ein. Marc spürte, dass sie mit ihrer Geduld am Ende war.

Gabriel starrte sie mit glasigen Augen an. »Glaubst du nicht? Klar, Melanie, so wie du es mit deinem Mann gemacht hast, kann man sich natürlich auch trennen. Ein paar Schüsse aus einer Beretta und alle Probleme sind gelöst.«

Scheiße, dachte Marc. Er warf einen ängstlichen Blick auf Melanie, die offenbar kurz vor dem Explodieren war. Irgendwie verlief dieser Abend ganz anders als geplant.

»Marc, kommst du mal?«, sagte Melanie gefährlich leise und ging in Richtung Küche.

Als Marc ihr folgte, grölte Gabriel ihm hinterher. »Uhhh, da steht aber jemand ganz schön unter dem Pantoffel! Pass auf, dass sie dich nicht über den Haufen ballert!«

Marc seufzte und hoffte inständig, dass Melanie wenigstens Gabriels letzten Satz nicht gehört hatte. Als er in der Küche ankam, wurde er von Melanie mit vor der Brust verschränkten Armen empfangen.

»Er meint es nicht so«, versicherte Marc schnell, bevor Melanie etwas sagen konnte. »Er ist vollkommen betrunken.«

»Ich *weiß*, dass er betrunken ist«, erwiderte Melanie. »Aber irgendwann ist das Maß voll. Du gehst jetzt rüber und schmeißt ihn auf der Stelle raus.«

»Aber er ist mein Freund. Und ...« Marc zögerte. »Und er hilft mir.«

Für einen Moment wurden Melanies Züge ein wenig weicher. »Das weiß ich, aber es gibt ihm trotzdem nicht das Recht, sich so zu benehmen. Von mir aus kann er auch hier schlafen, aber heute will ich ihn nicht mehr sehen. Also tu was!«

Marc ging langsam zurück, unschlüssig, wie er Gabriel beibringen sollte, dass er nicht mehr erwünscht war. Im Wohnzimmer stellte er fest, dass er sich umsonst Gedanken gemacht hatte: Gabriel lag ausgestreckt auf dem Sofa und schnarchte leise vor sich hin. Marc war erleichtert. Rasch zog er Gabriel die Schuhe aus, dann holte er eine Decke und breitete sie über seinem Freund aus.

Endlich Ruhe, dachte er.

# 22

Graciano Scarpettas Wohnung lag in einer grauen Mietskaserne vis-à-vis einer Tankstelle, die in ganz Bielefeld dafür bekannt war, dass sie mit dem Verkauf von Alkohol ein wesentlich besseres Geschäft machte als mit Kraftstoff.

Marc hatte keinen Termin vereinbart, bei seiner Recherche jedoch erfahren, dass Scarpetta seine Wohnung so gut wie nicht mehr verließ, außer wenn er kurz an der Tankstelle gegenüber seine Vorräte auffüllte. Marc fragte sich nur, ob der Mann ihn auch reinlassen würde. Doch er würde sich nicht abwimmeln lassen, denn er hoffte, dass Scarpetta ihm bei seiner Suche nach Heinen weiterhelfen konnte.

Er drückte den Klingelknopf und ließ sich auch nicht entmutigen, als nach seinem dritten Versuch immer noch keine Reaktion erfolgte. Schließlich presste er seinen Daumen auf den Knopf in der Absicht, ihn so lange dort zu lassen, bis entweder der Strom ausfiel oder Scarpetta öffnete. Und tatsächlich zahlte sich Marcs Hartnäckigkeit aus: Nach einer gefühlten Ewigkeit hörte er den Summer und er drückte die Tür auf. Aber als er den gefliesten Flur betrat, traf er dort nicht auf den Gesuchten, sondern auf eine Frau, der Marcs Dauerklingeln dermaßen auf die Nerven gegangen war, dass sie den Türöffner gedrückt hatte. Immerhin war sie dann noch so freundlich, ihm Scarpettas Wohnung im ersten Stock zu zeigen. Dort musste er mehrfach mit der Faust gegen die Tür hämmern, bis endlich geöffnet wurde.

Marc war bereits vorgewarnt, was Scarpettas Zustand betraf, aber der Mann, den er jetzt erblickte, übertraf noch seine schlimmsten Befürchtungen: Sein aufgedunsener Oberkörper war nackt, er trug eine Jogginghose undefinierbarer Farbe und stank entsetzlich. Er war barfuß und hatte sich anscheinend seit Wochen nicht mehr rasiert oder die Haare gewaschen. Aus dem Gestrüpp in seinem Gesicht ragte eine große Nase hervor, die mit blauen Adern durchzogen war, sein Teint tendierte ins Knallrote. Wenn Marc nicht gewusst hätte, dass er noch keine vierzig war, hätte er ihn auf Ende sechzig geschätzt.

Als Scarpetta den Mund öffnete, schlug Marc eine heftige Alkoholfahne entgegen. »Was ist los?«, fragte der Mann unwirsch.

Marc hatte im Internet erfahren, dass Scarpettas Eltern Anfang der Sechzigerjahre als Gastarbeiter aus Sizilien nach Deutschland gekommen waren. Ihrem Sohn Graciano war allerdings nicht einmal mehr der Hauch eines italienischen Akzents anzuhören.

»Mein Name ist Hagen«, stellte Marc sich vor. »Ich würde mich gerne kurz mit Ihnen unterhalten.«

»Sind Sie Reporter?«

»Nein, ich bin Rechtsanwalt.«

»Rechtsanwalt!« Scarpetta spie das Wort geradezu aus. »Dann will ich Ihnen jetzt mal was sagen, *Herr Rechtsanwalt*. Ihre Kollegen haben mich schon ausgequetscht wie eine Zitrone. Bei mir ist nichts mehr zu holen.«

»Ich bin weder gekommen, um Sie zu verklagen, noch suche ich neue Mandanten. Ich ...« Marc zögerte kurz, beschloss dann aber, gleich zur Sache zu kommen. »Ich würde mich mit Ihnen gern über Ihre Tochter Jennifer unterhalten.«

»Jennifer.« Scarpetta sprach den Namen so verwundert aus, als habe er ihn fast schon vergessen.

»Ja, Jennifer. Es wäre nett, wenn Sie mir ein paar Minuten Ihrer Zeit opfern könnten. Danach lasse ich Sie auch in Ruhe.«

Scarpetta schloss kurz die Augen, dann hatte er sich zu einer Entscheidung durchgerungen. »Also gut, kommen Sie rein.« Er führte Marc durch einen verwahrlosten Flur in ein chaotisches Wohnzimmer, wo er ihn auf einem Sofa Platz nehmen ließ. Der Couchtisch war übersät mit Gläsern, leeren Schnaps- und Bierflaschen, Pillenröhrchen und Medikamentenpackungen, in drei Aschenbechern stapelten sich Zigarettenkippen zu Mittelgebirgen. Es stank nach einer Mischung aus Kneipe, Autobahntoilette und Umkleidekabine.

Scarpetta setzte sich ebenfalls, steckte sich sofort eine Zigarette an und inhalierte tief. Marc sah, dass seine Hände die ganze Zeit unkontrolliert zitterten wie bei einem Parkinson-Kranken.

»Also?«, fragte Scarpetta, während er den Rauch durch die Nasenlöcher entweichen ließ.

Marcs Blick fiel auf ein großes Schwarz-Weiß-Foto, das in einem silbernen Rahmen auf der Anrichte stand. Auf dem Foto war ein etwa zehnjähriges Mädchen zu sehen, das fröhlich in die Kamera lachte.

»Darf ich?«, fragte Marc. Er wartete ein kurzes Kopfnicken von Scarpetta ab, dann lehnte er sich zur Seite und nahm das Foto zur Hand.

»Ist das Jennifer?«, fragte er behutsam.

Scarpetta nickte stumm und seine Augen füllten sich mit Tränen. »Das ist die letzte Aufnahme, auf der sie glücklich war«, sagte er. »Kurz vor der Krebsdiagnose.«

»Sie ist sehr hübsch«, sagte Marc.

»Sie *war* sehr hübsch«, korrigierte Scarpetta sofort. »Jetzt liegt sie in ihrem Grab, fault langsam vor sich hin und ihr hübsches Gesicht wird von Maden zerfressen. Hören Sie, was wollen Sie von mir? Die ganze Sache ist zwei Jahre her und über meine Tochter ist alles gesagt und geschrieben worden.«

»Es hat in letzter Zeit vielleicht eine neue Entwicklung gegeben«, deutete Marc an.

»Eine neue Entwicklung!«, schnaubte Scarpetta höhnisch. »Es kann keine neue Entwicklung mehr geben. Meine Tochter ist tot und daran wird sich auch nichts mehr ändern.«

»Es tut mir sehr leid, was mit Ihrer Tochter geschehen ist«, versicherte Marc schnell. »Und es stimmt, ihr kann niemand mehr helfen. Aber vielleicht kann ihre Geschichte dazu dienen, andere vor einem ähnlichen Schicksal zu bewahren.«

Scarpetta schüttelte unwillig den Kopf. »Labern Sie mich nicht voll. So einen Scheiß musste ich mir schon vor zwei Jahren von den Journalisten und Ihren Kollegen anhören. Und was ist dabei rausgekommen?« Er ließ seine Frage unbeantwortet. »Also, was gibt es für eine neue Entwicklung?«

Aha, dachte Marc, offenbar ist sein Interesse nun doch geweckt. »Dr. Heinen ist seit mehreren Tagen spurlos verschwunden.«

Scarpettas Miene blieb unbeweglich. Seine einzige Reaktion bestand darin, dass er einen tiefen Zug von seiner Zigarette nahm. Dann zündete er sich mit der alten Zigarette eine neue an, bevor er etwas sagte. »Warum erzählen Sie mir das?«

»Nun, soweit ich weiß, hat Herr Dr. Heinen Ihre Tochter behandelt und Sie geben ihm die Schuld an Jennifers Tod.«

»Soweit Sie wissen?«, ätzte Scarpetta. »Das wissen Sie doch ganz genau, sonst wären Sie nicht hier.«

Marc tat, als hätte er die Bemerkung nicht gehört. »Sie sollen sogar Morddrohungen gegen Heinen ausgestoßen haben.«

»Ah, daher weht der Wind. Sie glauben, ich hätte ihn erschlagen und irgendwo verscharrt.«

Marc beschloss, alles auf eine Karte zu setzen. »Haben Sie?«

Scarpetta fixierte Marc. »Ja, habe ich.« Unwillkürlich hielt Marc die Luft an.

»In meinen Gedanken, mindestens tausendmal«, fuhr Scarpetta fort. »Ich habe ihm seine arrogante Lügenfresse poliert und ihn dann mit einer Axt in kleine Stücke zerhackt. Ganz langsam bei lebendigem Leibe. Er sollte genauso leiden wie Jennifer gelitten hat.«

»Aber waren es nicht Sie und Ihre Frau, die die Chemotherapie abgebrochen haben und Jennifer zu Heinen in Behandlung gegeben haben?«

»Ja, das haben wir«, gab Scarpetta zu und seine Augen wurden wieder feucht. »Das war der größte Fehler meines Lebens. Aber meine Frau wollte es unbedingt. Nach dem Beginn der Chemo ging es Jennifer schlechter als je zuvor. Irgendwann konnte meine Frau ihr Leiden nicht mehr mit ansehen und hat sich an Heinen gewandt. Sie hatte ihr Vertrauen in die Schulmedizin verloren und von diesem Arzt und seiner neuen Heilmethode in der Zeitung gelesen.« Die Asche der Zigarette war immer länger geworden und fiel jetzt auf den Teppichboden. Scarpetta schien es nicht zu stören, denn er redete einfach weiter.

»Heinen hat sich mit Jennifer unterhalten und sie untersucht. Er hat sich bereit erklärt, sie zu behandeln, aber nur unter der Voraussetzung, dass die Chemotherapie sofort abgebrochen wird und er Jennifer als einziger Arzt weiterbehandeln darf. Meine Frau war sofort einverstanden, ich war noch skeptisch. Doch Heinen hat es geschafft, mich zu überzeugen. Er hat gesagt, es sei zu einhundert Prozent sicher, dass meine Tochter geheilt werden könne. Und er hat mir Statistiken gezeigt, denen zufolge achtzig Prozent der Onkologen an sich selbst niemals eine Chemotherapie durchführen lassen würden. Und dann wollte ich meine Tochter diesem Schwachsinn aussetzen? Ich habe anschließend auch noch mal mit den Schulmedizinern gesprochen. Die haben Jennifer bei einer Fortführung der Chemo eine Chance von fünfzig Prozent gegeben. Haben Sie Kinder?«

Er wartete Marcs Nicken ab, bevor er weitersprach. »Wie hätten Sie sich entschieden, wenn der eine Arzt sagt, die Heilungschance liege bei nur fünfzig Prozent, während Ihnen der andere Arzt eine Heilung garantiert?«

Marc ließ sich mit seiner Antwort lange Zeit. »Ich weiß nicht, was ich in Ihrer Situation getan hätte«, sagte er dann.

»Ich wusste es auch nicht. Aber irgendwann musste ich eine Entscheidung treffen, und zwar für Heinen. Heinen hat meine Tochter sofort von allen anderen Ärzten abgeschirmt und mit seiner Behandlung begonnen. Zuerst sah auch alles hervorragend aus. Auf den neuen Röntgenbildern waren der Tumor und die Metastasen tatsächlich verschwunden. Doch ganz plötzlich ging es Jennifer wieder schlechter, und damit begann der juristische Krieg. Man hat versucht, uns das Sorgerecht für Jennifer zu entziehen. Wir mussten um sie kämpfen. Dann hat sich Jennifers Zustand noch weiter verschlechtert und schließlich ist sie gestorben. Heinen hat behauptet, sie sei durch Behandlungsfehler der Schulmediziner gestorben, er habe den Krebs geheilt. Aber mehrere Rechtsmediziner haben festgestellt, dass der Krebs die Todesursache war. Dann wurde auch noch ein Ermittlungsverfahren gegen meine Frau und mich wegen Körperverletzung eingeleitet, weil wir entgegen der Empfehlung der Ärzte eine Schmerztherapie abgelehnt haben. Dabei wollten wir doch nur das Beste für unsere Tochter!«

»Wo ist Ihre Frau?«, wagte Marc zu fragen.

»Nicht mehr hier. Wir sind geschieden. Ich habe irgendwann eingesehen, dass wir einem Scharlatan aufgesessen sind, aber meine Frau hält bis heute daran fest, alles richtig gemacht zu haben. Wahrscheinlich würde sie sonst daran zerbrechen. Ich hatte damals nur noch den einen Gedanken, Heinen zur Rechenschaft zu ziehen. Ich habe ihn mehrfach verklagt, aber es hat alles nichts gebracht. Ich glaube, einige Prozesse laufen immer noch, aber das interessiert mich jetzt nicht mehr.«

»Aber es gab mal eine Zeit, in der es Sie sehr interessiert hat, nicht wahr? Sie haben Heinen sogar vor seinem Haus aufgelauert und ihn bedroht.«

»Ja, aber das ist lange her. Ich habe mich damit abgefunden, dass es in diesem Leben keine Gerechtigkeit gibt. Heinen hat mir das Liebste genommen und was ist ihm passiert? Nichts! Er macht genauso weiter wie vorher.« Er betrachtete seine Zigarette, die fast bis auf den Filter heruntergebrannt war. Dann warf er sie achtlos auf den Boden und ließ sie dort weiterglimmen.

Marc startete einen letzten Anlauf. »Sie können sich also nicht vorstellen, wo Heinen stecken könnte?«

»Nein, aber ich wünsche mir, dass er bis in alle Ewigkeit in der Hölle schmort.«

## 23

»Ist Melanie noch sauer auf mich?«

Gabriel sah dermaßen zerknirscht aus, dass Marc lachen musste. Sie saßen im *Konsulat*, jeder mit einem Glas Bier vor sich.

»Nein, Sie hat dir verziehen«, versicherte Marc. »Spätestens nach deiner zwanzigsten Entschuldigung.«

Gabriel machte einen erleichterten Eindruck. »Die Sache ist mir entsetzlich peinlich«, sagte er. »Melanie ist so nett, mich zum Essen einzuladen, und ich benehme mich dermaßen daneben.«

»Sie weiß, dass du es nicht so gemeint hast. Und sie weiß auch, dass du gerade eine schwere Zeit durchmachst.«

»Ja, Melanie ist einfach ein Goldstück. Ich glaube, du weißt gar nicht, was du an ihr hast. Halt sie fest und lass sie nie wieder los.« Er stutzte und sah Marc in die Augen. »Warum heiratest du Melanie nicht endlich?«, fragte er.

»Heiraten?«, wiederholte Marc nach einer Schrecksekunde und lachte gekünstelt. »Dass ausgerechnet du mich das fragst!«

»Das ist mein Ernst, Marc. Ihr seid schon fast vier Jahre zusammen. Manchmal glaube ich, du hast nur Angst vor der eigenen Courage.«

»Warum soll ich überhaupt heiraten? Es läuft doch im Moment alles wunderbar. Wer weiß, wie es nach einer Hochzeit aussieht. Denk nur daran, was aus J. R. und Sue Ellen, aus Ray und Donna, aus Lucy und Mitch, ja sogar aus dem Traumpaar Bobby und Pam geworden ist.«

»Wie hieß Pams erster Mann?«, warf Gabriel schnell ein.

»Ed Haynes«, erwiderte Marc wie aus der Pistole geschossen. »So eingerostet bin ich auch nicht.«

»Falsch.« Gabriel grinste.

»Natürlich!«, widersprach Marc heftig. »Pam hat diesen Ed Haynes zehn Jahre vor Bobby geheiratet, aber die Ehe wurde kurz darauf durch das Eingreifen von Digger Barnes annulliert, weil Pam noch minderjährig war.«

»Eben, die Ehe wurde annulliert. Ergo war sie ungültig, ergo hat es sie nie gegeben, ergo war Pam nie verheiratet, ergo war Bobby Pams erster Mann.« Gabriel lächelte überheblich. »Quod erat demonstrandum.«

Marc seufzte. »Sag mir lieber, warum du mich heute unbedingt noch sehen musstest.«

»Vorher würde ich gerne wissen, wie dein Besuch bei Jennifers Vater verlaufen ist.«

»Scarpetta ist eine Sackgasse«, erwiderte Marc. »Ich dachte auch, er könnte mir bei der Suche nach Heinen helfen, aber das war, bevor ich ihn gesehen habe. Er ist ein menschliches Wrack und gar nicht mehr in der Lage, Heinen zu entführen oder zu ermorden.«

»Um jemanden zu ermorden braucht es nicht viel«, widersprach Gabriel. »Und die Italiener sind nun mal ein rachsüchtiges Völkchen. Außerdem kann man solche Dinge auch in Auftrag geben, wenn man sie nicht selbst ausführen kann.«

»Aber dafür benötigt man Geld. Geld, das Scarpetta offensichtlich nicht hat.«

»Dann war es vielleicht einer von Heinens anderen ehemaligen Patienten oder von deren Hinterbliebenen. Ich habe mich in verschiedenen Internetforen umgesehen. Es gibt unzählige Menschen, die Heinen hassen, weil seine Wundermittel ihrer Meinung nach nicht das gehalten haben, was er ihnen versprochen hat.«

»Das bringt mich jetzt nicht weiter. Also: Was hast du herausgefunden?«

Gabriel machte ein geheimnisvolles Gesicht. »Da ich schon mal im Internet war, habe ich mich noch einmal etwas näher mit diesem Verein und der *Aktion T4* befasst. Und dabei ist mir etwas aufgefallen.« Gabriel zog ein Blatt Papier aus der Tasche und legte es vor sich auf den Tisch. »Die Tötung der behinderten Kinder in der Berliner Klinik, in der Johanna Reicherts Vater gearbeitet hat, erfolgte durch zeitlich gestaffelte und überdosierte Barbituratgaben wie …«, er nahm das Blatt zur Hand und las die Namen ab, »… Luminal, Veronal, Trional oder Morphin, die unter das Essen der Kinder gemischt oder als angebliches Anti-Typhusmittel gespritzt wurden. Diese führten zu Atemlähmungen, Kreislauf- und Nierenversagen oder Lungenentzündungen. So konnte immer eine scheinbar natürliche, unmittelbare Todesursache attestiert werden.« Gabriel sah Marc erwartungsvoll an.

»Und?«, fragte der. »Das ist alles, was du herausgefunden hast? Ich gebe zu, das ist schrecklich, aber was hat das mit Johanna Reicherts Ermordung zu tun?«

Gabriel fixierte seinen Freund, als wartete er, dass bei ihm der Groschen fiel, dann schüttelte er fast unmerklich den Kopf. »Verstehst du denn nicht? Johanna Reichert wurde mit einem überdosierten Medikamentencocktail getötet. Und ihr Vater hat behinderte Kinder mit einer Überdosis Arzneimittel ermordet.«

Einen Moment lang herrschte Stille. »Du glaubst, das ist kein Zufall?«, fragte Marc dann.

Gabriel holte tief Luft. »Tatsache ist, dass dieser Verein durch Johanna Reicherts Tod um zehn Millionen Euro reicher geworden ist.« Er machte eine dramatische Pause, bevor er fortfuhr. »Aber es ist auch noch ein ganz anderes Motiv denkbar.«

»Jetzt mach es nicht so spannend!«

»Du hast mir erzählt, der Bruder des Großvaters dieser Yvonne sei gleich nach der Geburt in der Klinik, in der Johanna Reicherts Vater gearbeitet hat, ermordet worden. Vielleicht sollte diese Tat gerächt werden.«

Marc machte ein skeptisches Gesicht. »Aber Johanna Reichert ist doch nicht für die Taten ihres Vaters verantwortlich.«

»Du weißt doch, wie manche Menschen ticken«, erwiderte Gabriel. »Ich sage nur: B. D. Calhoun.«

»B. D. Calhoun?«

»Er war der Söldner, den J. R. für Anschläge auf saudische Ölfelder engagiert und später an die CIA verraten hat.«

»B. D. Calhoun ist mir ein Begriff, aber was um Himmels Willen hat er mit dieser Sache zu tun?«

»Nach dem Verrat will Calhoun sich an J. R. rächen. Er will J. R.s Sohn vor dessen Augen töten und zitiert dabei die Bibel: ›Die Sünden der Väter werden gerächt werden an den Söhnen.‹«

Marc lehnte sich zurück. Sein Gesicht spiegelte seine Zweifel wider. »Ich weiß nicht. Das scheint mir ziemlich weit hergeholt zu sein.«

»Diese Theorie hätte aber den ganz besonderen Charme, dass sie erklären würde, warum die DVD an die Polizei geschickt wurde«, meinte Gabriel. »Der oder die Täter konnten nicht hinnehmen, dass Johanna Reichert offiziell eines natürlichen Todes gestorben ist. Sie wollten vor aller Welt deutlich machen, dass sie genauso gestorben ist, wie die behinderten Kinder durch ihren Vater. Der oder die Täter wollten mit der DVD ein Zeichen setzen, wenn du so willst: Johanna Reicherts Vater ist mit seinen Taten ungeschoren davongekommen, aber wir vergessen nichts und irgendwer muss irgendwann dafür bezahlen. Immerhin war diese Yvonne, die Enkelin des stellvertretenden Vereinsvorsitzenden, einer von nur zwei Menschen, der Gelegenheit hatte, die Speicherkarte zu kopieren.«

Marc musste zugeben, dass Gabriels Argumentation etwas für sich hatte. »Möglich«, gab er zögerlich zu. »Aber Yvonne ist nicht gerade ein Genie. Ich habe sie zwar nur ein paar Mal kurz gesehen, aber sie scheint mir intellektuell kaum in der Lage zu sein, sich so etwas auszudenken und durchzuziehen.«

»Der Dümmste kann so etwas ausführen, wenn ein Klügerer ihm genau sagt, was er zu tun hat. Zum Beispiel Yvonnes Großvater.«

»Herbert Klein? Das kann ich mir beim besten Willen nicht vorstellen. Er hat auf mich einen absolut friedlichen Eindruck gemacht. Ja, er hat sogar das fünfte Gebot zitiert: Du sollst nicht töten!«

»Eben, ein religiöser Fanatiker. Genau so jemanden suchen wir. Und steht in der Bibel nicht auch was von ›Auge um Auge, Zahn um Zahn‹?«

Marc nickte langsam. »Vielleicht hast du recht. Allerdings müssten er und Yvonne dann mit Heinen zusammengearbeitet haben. Schließlich konnte nur ein Arzt Frau Reichert die Krebserkrankung einreden. Auf jeden Fall kann es nicht schaden, dieser Yvonne einmal auf den Zahn zu fühlen. Wenn sie etwas mit dem Mord an Johanna Reichert zu tun hat, scheint sie mir das schwächste Glied in der Kette zu sein. Vielleicht knickt sie ein, wenn man ihr ein wenig zusetzt.«

## 24

Am nächsten Tag fuhr Marc zum dritten Mal die Auffahrt zu Johanna Reicherts Haus hinauf.

Er hatte durch einen Anruf bei Rottmann erfahren, dass Yvonne nach wie vor in der Villa beschäftigt war und mittlerweile sogar dort wohnte. Ihre Aufgabe bestand darin, die Handwerker, die das gesamte Interieur renovieren sollten, ins Haus zu lassen und deren Arbeit zu überwachen. Außerdem sollte sie sich um Johanna Reicherts Katzen kümmern, bis Rottmann mit seiner Familie einzog.

Marc stellte seinen Golf auf dem Vorplatz zwischen mehreren Kleintransportern diverser Handwerksbetriebe ab und ging auf die Haustür zu. Er hatte wohlweislich keinen Termin vereinbart, weil er das Überraschungsmoment nutzen wollte. Vielleicht verleitete es das Hausmädchen zu einer unbedachten Bemerkung.

Marc schellte. Wenige Sekunden später riss Yvonne die Tür auf. Das Strahlen auf ihrem Gesicht wich Verwunderung, als sie Marc erkannte. Sie hat jemand anderen erwartet, folgerte Marc.

»Erinnern Sie sich an mich?«, fragte er schnell, um Yvonne keine Zeit für eine Reaktion zu geben. »Mein Name ist Hagen. Ich war schon einmal hier zu Besuch.«

»Äh, … ja … natürlich, aber außer mir und den Handwerkern ist niemand mehr da.«

Marc zeigte sein wärmstes Lächeln. »Das trifft sich gut. Genau mit Ihnen wollte ich nämlich reden.«

Yvonne riss ihre großen Augen vor Erstaunen noch weiter auf. »Mit mir?«

»Ja, mit Ihnen. Wenn Sie nichts dagegen haben, können wir uns vielleicht drinnen weiter unterhalten.«

Marc trat einen Schritt vor, aber Yvonne wich nicht einen Millimeter zur Seite.

»Ich darf niemanden reinlassen«, sagte sie bestimmt und warf einen verstohlenen Blick auf ihre Armbanduhr.

»Sagt wer?«, fragte Marc.

»Der neue Eigentümer des Hauses.«

»Und der wäre?«

»Herr Rottmann.«

Marc nickte verstehend. »Was ist aus den anderen Hausangestellten geworden?«

»Außer mir sind alle weg«, erwiderte Yvonne. »Ich soll hier nach dem Rechten schauen, bis Herr Rottmann mit seiner Familie einzieht. Und ich darf niemanden reinlassen«, wiederholte sie zur Sicherheit noch einmal.

»Schön«, sagte Marc bestimmt. »Wir können uns auch gerne hier draußen unterhalten.«

Yvonne blickte erneut auf ihre Armbanduhr. »Eigentlich habe ich gar keine Zeit«, sagte sie nervös.

»Geht ganz schnell«, versuchte Marc sie zu beruhigen. »Je eher Sie meine Fragen beantworten, desto schneller bin ich wieder verschwunden.«

Yvonne seufzte. »Also gut. Aber nur, wenn es wirklich nicht lange dauert.«

»Fünf Minuten«, versprach Marc. »Yvonne, wie lange waren Sie bei Frau Reichert beschäftigt?«

Das Hausmädchen richtete den Blick zum Himmel, als erfordere die Frage angestrengtes Nachdenken. Als das nicht ausreichte, nahm sie die Finger ihrer linken Hand zur Hilfe. »Vier Jahre«, verkündete sie schließlich.

»Und Sie sind hier durch Vermittlung Ihres Großvaters?«

Yvonne nickte.

»Und weil Frau Reichert sich für den Verein *Wider das Vergessen der Aktion T4* interessiert hat.«

Yvonne starrte ihn ausdruckslos an. »Wegen was?«

*»Aktion T4«*, wiederholte Marc langsam und jede Silbe einzeln betonend. »Sagt Ihnen das nichts?«

Yvonne schüttelte den Kopf.

»Aber Sie wissen, dass Ihr Großvater stellvertretender Vorsitzender eines Vereins ist, der von Frau Reichert sehr viel Geld geerbt hat?«

Erneutes Kopfschütteln, diesmal begleitet von einem unbeteiligten Schulterzucken.

Marc musterte sie lange, bevor er seine nächste Frage stellte. »Wie war Ihre Arbeit bei Frau Reichert denn so? Als Sie hier angefangen haben, war sie doch noch nicht krank, oder?«

Sofort hellte Yvonnes Miene sich auf. Offenbar war sie froh, endlich wieder eine Frage beantworten zu können. »Nein, krank war sie nicht. Aber sie hat sich immer so gefühlt.«

»Können Sie das etwas genauer beschreiben?«

»Klar. Sie *dachte* immer, dass sie krank wäre. Einmal, vor zwei Jahren oder so, hatte sie Kopfschmerzen, aber sie war davon überzeugt, sie hätte einen Hirntumor. Mann, da war vielleicht was los! Sie war bestimmt in zehn Krankenhäusern. Und hier im Haus waren auch dauernd Ärzte. Hinterher hat sie sich immer über die beschwert. ›Die sind alle unfähig‹, hat sie gesagt. ›Niemand kann mir helfen. Niemand findet was.‹ Dabei hatte sie gar nichts.«

»Woher wissen Sie das?«

»Ich habe mal zwei Ärzte belauscht. Die haben gesagt, dass Frau Reichert vollkommen gesund ist, und sich die schlimmsten Krankheiten einbildete.«

»Frau Reichert war also hypochondrisch veranlagt?«, vergewisserte sich Marc.

Yvonne starrte ihn irritiert an. »Nein, sie war ganz gesund, das habe ich doch gerade gesagt. Sie hat nur immer *gedacht*, dass sie krank ist. Sie hatte panische Angst vor Krankheiten und vor Schmerzen. Und vor dem Tod natürlich auch.«

»Hat Frau Reichert Ihnen gegenüber jemals erwähnt, dass sie sich selbst töten will?«

»Als sie sich mal wieder so schlecht gefühlt hat, hat sie mir gesagt, am liebsten würde sie sich umbringen und dann einfrieren lassen. In hundert Jahren oder so, wenn alle Krankheiten geheilt werden können, sollte man sie dann wieder auftauen. Gruselig, oder?«

Marc hatte von diesem Paradoxon schon gehört. Es gab tatsächlich Menschen, die so große Angst vor dem Tod hatten, dass sie sich selbst umbrachten.

»Wussten die anderen Angestellten auch von Frau Reicherts Selbstmordabsichten?«

»Ja, wir haben fast jeden Tag darüber gesprochen.« Marc sah, dass sich Yvonnes Wangen rot verfärbten. Beschämt senkte sie den Blick. »Und wir haben auch oft darüber gelacht. Keiner hat geglaubt, dass sie sich wirklich umbringen wird.«

Marc lenkte das Thema in eine andere Richtung. »Sie sagten, sie sei bei vielen Ärzten in Behandlung gewesen?«

»Genau. Mindestens zehn gleichzeitig. Jürgen, der Chauffeur, hat mir erzählt, dass er sie dauernd von einem Arzt zum nächsten kutschieren musste. Das ging wohl jahrelang so, bis sie Dr. Heinen kennengelernt hat.«

»Und das war ...?«

»Ungefähr vor einem Jahr. Dann war nur noch er hier, keine anderen Ärzte mehr. Er kam jede Woche mindestens ein Mal. Frau Reichert hat mir gesagt, dass sie endlich einen Arzt gefunden hat, dem sie voll vertrauen kann und der sie und ihre Beschwerden ernst nimmt.«

»Ist Ihnen bekannt, dass Herr Dr. Heinen bei Frau Reichert Krebs diagnostiziert hat?«

»Ja, das hat sie mir erzählt. Und es hat ihr natürlich ziemlich zu schaffen gemacht. Seelisch und so. Sie hat tage- und nächtelang nur geweint. Aber ich glaube, sie war auch irgendwie froh, dass jemand bestätigen konnte, dass sie sich ihre Krankheiten nicht nur eingebildet hat. ›Jetzt, wo ich weiß, was ich habe, kann ich die Krankheit bekämpfen‹, hat sie oft zu mir gesagt. Aber daraus wurde nichts.«

»Es ging ihr immer schlechter, nicht wahr?«

»Genau. Man konnte fast dabei zusehen, wie sie immer mehr abnahm. Und sie hat geschrien vor Schmerzen! Außerdem musste sie sich dauernd übergeben und hatte Krämpfe. Das war eine schreckliche Zeit.«

»Aber einen anderen Arzt hat sie nicht mehr konsultiert?«

»Nein, es war nur noch Dr. Heinen hier. Er hat alles geregelt und zum Beispiel dem Koch gesagt, was er kochen soll, und mir, was ich ihr geben darf und was nicht.« Sie schloss für einen Moment schwärmerisch die Augen. »Ein toller Mann!«

»Dr. Heinen ist verschwunden«, ergänzte Marc. »Haben Sie eine Ahnung, wo er stecken könnte?«

Yvonne schüttelte vehement den Kopf. »Nein, weiß ich wirklich nicht.«

»Hatten Sie den Eindruck, dass Frau Reichert und Herr Dr. Heinen sich ›näher‹ kannten?«

»Sie meinen, ob die beiden was miteinander hatten?« Yvonne kicherte wie ein Schulmädchen. »Nein, das wäre mir aufgefallen. Vielleicht wollte sie was von ihm, aber ich glaube, er nicht von ihr.«

»Waren außer den Hausangestellten und Dr. Heinen zu Frau Reicherts Lebzeiten viele Gäste oder Besucher im Haus?«

»Nein, eigentlich nicht. Das heißt, ihre beste Freundin war ab und zu hier. Ungefähr einmal die Woche.«

»Charlotte Vollmer?«

»Ja.«

»Was ist mit Herrn Rottmann, dem Neffen?«

»Ja, der war auch manchmal hier, aber erst ganz zum Schluss und noch viel seltener.« Yvonne warf einen weiteren nervösen Blick auf ihre Uhr. »Aber ich habe jetzt wirklich keine Zeit mehr«, drängte sie.

»Eine Frage noch«, sagte Marc schnell. »An dem Tag, an dem Frau Reichert gestorben ist, befand sich eine Videokamera in ihrem Schlafzimmer. Erinnern Sie sich?«

Yvonne nickte stumm.

»In dieser Videokamera war eine Speicherkarte. Haben Sie eine Kopie dieser Karte angefertigt? Vielleicht auf einer DVD oder einem USB-Stick?«

Yvonne starrte ihn an. »Nein, warum hätte ich das tun sollen?«

Marc betrachtete die junge Frau forschend. Entweder hatte sie nicht die geringste Ahnung, wovon Marc sprach, oder sie war eine hervorragende Schauspielerin.

Yvonne trippelte derweil ungeduldig von einem Bein auf das andere, als müsse sie dringend auf die Toilette. »Ich habe jetzt aber wirklich keine Zeit mehr«, quengelte sie.

Marc überlegte kurz. Eigentlich brannten ihm noch ein paar Fragen unter den Nägeln, doch er beschloss, das Gespräch an dieser Stelle zu beenden. »Natürlich. Vielen Dank für Ihre Hilfe. Und viel Glück für die Zukunft. Wissen Sie schon, ob Sie nach dem Einzug von Herrn Rottmann und seiner Familie hierbleiben können?«

»Ich …« Sie lief erneut rot an und schlug sich die Hände vor den Mund, wie ein kleines Kind, das beinahe ein Geheimnis verraten hätte. »Ich weiß nicht«, sagte sie schließlich.

Marc schenkte ihr zum Abschied ein letztes warmes Lächeln. »Dann will ich mal. Tschüss.« Er streckte seine Hand aus, die Yvonne sofort ergriff. Marc konnte ihr die Erleichterung förmlich ansehen.

Er stieg in sein Auto und fuhr langsam die Auffahrt hinunter. Wenn Yvonne an dem Komplott gegen Johanna Reichert irgendwie beteiligt war, dann sicher ohne ihr Wissen, dachte er. Ein solcher Ausbund an Naivität war ihm selten untergekommen. Aber vielleicht hatte Gabriel recht: Selbst der Dümmste konnte einen Mord begehen, wenn ein anderer ihm sagte, was er zu tun hatte.

Als Marc die Straße erreichte, hielt er nach wenigen Metern an und parkte so, dass er den Eingang zu Johanna Reicherts Anwesen genau im Auge hatte. Und er wurde nicht enttäuscht. Keine fünfzehn Minuten später bog ein nagelneuer dunkelblauer S-Klasse-Mercedes in die Auffahrt. Seine Vermutung hatte sich bestätigt: Yvonne hatte jemanden erwartet. Marc versuchte, den Fahrer zu erkennen, aber die

Scheiben waren abgedunkelt. Er wartete ein paar Sekunden, dann stieg er aus und lief zu Fuß die Auffahrt hoch. Als er die Haustür sehen konnte, versteckte er sich hinter einem Strauch. Der Mercedes parkte bereits vor dem Haus und Marc stellte sich auf eine längere Wartezeit ein, bis der Fahrer das Haus wieder verlassen würde. Zehn Minuten später ging die Haustür auf und Marc staunte. Yvonne trat ins Freie, allerdings trug sie jetzt nicht mehr ihr Hausmädchenoutfit, sondern ein schwarzes Ministretchkleid, das kaum ihre Oberschenkel erreichte, und Schuhe mit zehn Zentimeter hohen Fick-mich-Absätzen. Marc spitzte die Lippen zu einem lautlosen Pfiff.

Yvonne stellte sich neben die Beifahrertür des Mercedes und wartete. Wenige Sekunden später kam ein Mann durch die Haustür und schloss sie ab. Er ging zu Yvonne und steckte ihr etwa eine halbe Minute lang die Zunge in den Hals, bevor er die Beifahrertür des Mercedes öffnete und sie Platz nehmen ließ. Dann stieg er selbst auf der Fahrerseite ein und der große Wagen setzte sich majestätisch in Bewegung. Marc schaute ihm hinterher, bis er aus seinem Blickfeld verschwunden war.

Sieh an, dachte er. Der feine – und obendrein verheiratete – Herr Rottmann.

## 25

Der Sitz der *Heinol GmbH* befand sich in einem Gewerbegebiet am Rande Güterslohs. Marc hatte einige Schwierigkeiten, die Adresse, die Heinens Teilhaber ihm bei ihrem Telefonat durchgegeben hatte, zu finden. Er musste sich bei zwei Speditionen durchfragen, bis er schließlich vor einem dreistöckigen, futuristischen Gebäude stoppte, in dessen Fassade sich die Sonne spiegelte. Marc wusste zwar nicht genau, was er erwartet hatte, doch dieser Palast aus Glas und Stahl überstieg seine Vorstellungen bei Weitem. Offenbar handelte es sich bei *Heinol* um ein florierendes Unternehmen.

Marc parkte seinen Golf, stieg aus und spazierte auf die gläserne Eingangstür zu. Daneben hatte sich ein ganz in Schwarz gekleideter Mitarbeiter eines privaten Sicherheitsdienstes postiert, der Marc mit finsterer Miene musterte. Marc erwartete schon, von ihm angehalten zu werden, aber der bullige Mann ließ ihn kommentarlos passieren.

So gelangte er in eine große, minimalistisch gestaltete Halle, die das gesamte Erdgeschoss einnahm. Er steuerte auf den runden, natürlich ebenfalls gläsernen Empfangstresen zu, hinter dem eine zu stark geschminkte Frau saß. Ihr glattes, schwarzes Haar war zu einem Pagenkopf geschnitten, sie trug einen dunklen Hosenanzug. Obwohl sie konzentriert einem Gesprächspartner am Telefon lauschte, bedeutete sie Marc, sich einen Moment zu gedulden.

Marc nutzte die Gelegenheit, sich umzuschauen. Der Tresen und eine kleine Sitzgruppe aus schwarzem Leder mit einem Acryltisch in der Mitte stellten die einzigen Einrichtungsgegenstände dar. Schaut her, schien diese Halle sagen zu wollen, wir können es uns leisten, mit Platz verschwenderisch umzugehen. Auch Menschen waren – abgesehen von der Empfangsdame – nicht zu sehen.

Auf ihrem Tresen weckten einige Prospekte, die in einem Plexiglaskasten präsentiert wurden, Marcs Aufmerksamkeit. Er nahm eine der Hochglanzbroschüren heraus und las die Überschrift: *Gegen Krebs ist ein Kraut gewachsen: Die Ginseng-Wurzel!* Offenbar handelte es sich um eine Werbeschrift für Heinens Heilmittel.

»Was kann ich für Sie tun?«, unterbrach eine Stimme Marcs Lektüre.

Er wandte sich der Empfangsdame zu, die ihn mit einem derart freudigen Gesichtsausdruck anstrahlte, als wäre ihr lange verschollener Bruder wiederaufgetaucht.

Marc steckte den Prospekt in seine Tasche. »Hagen«, stellte er sich vor. »Ich habe für fünfzehn Uhr einen Termin bei Herrn Dr. Nolte.«

Die Frau tippte auf der vor ihr stehenden Tastatur herum und studierte das Display ihres Flachbildmonitors. Dann bedachte sie Marc mit einem übertriebenen Lächeln, als sie ihm die gute Nachricht übermittelte. »Herr Dr. Nolte erwartet Sie.« Ihre Hand wies auf den gläsernen Fahrstuhl links von ihr. »Nehmen Sie den bitte bis in den dritten Stock, wenden sich nach links und folgen dem Gang bis zum Ende. Dort werden Sie von Herrn Dr. Noltes Privatsekretärin empfangen.«

Marc folgte den Anweisungen. Im dritten Stock passierte er mehrere Bürotüren. Auch hier waren keine Menschen zu sehen, bis er auf die angekündigte Privatsekretärin traf. Sie führte ihn in Noltes gläsernes Büro, das ein Violinkonzert durchflutete. Ein Mann wandte ihnen den Rücken zu und schaute aus dem Fenster.

»Herr Hagen«, stellte die Sekretärin Marc vor und der Mann drehte sich zu ihnen um. Wenn es stimmte, dass Gegensätze sich anzogen, war Nolte tatsächlich die ideale Ergänzung zu Heinen, dachte Marc. Er war zwar in Heinens Alter, aber kaum einen Meter siebzig groß, von asketischem Körperbau und fast kahl. Bevor er mit ausgestreckter Hand auf Marc zukam, drückte er einen Knopf auf einer Fernbedienung und es kehrte wohltuende Ruhe ein.

»Herr Hagen«, begrüßte Nolte seinen Besucher fast wie einen alten Freund. »Ich freue mich, dass wir uns endlich einmal kennenlernen. Gerd … Dr. Heinen hat mir viel von Ihnen erzählt.«

Marc zog es vor, nicht sofort auf Heinen zu sprechen zu kommen. »Schön haben Sie es hier«, sagte er mit einem Blick durch das großzügige Büro.

Nolte hob die Hände zu einer bescheidenen Geste. »Ein Verdienst des Architekten. Darf ich Ihnen etwas zu trinken anbieten?«

Marc verneinte und Nolte gab seiner Sekretärin ein Zeichen, dass sie nicht mehr gebraucht wurde.

»Bitte, nehmen Sie doch Platz«, sagte Nolte und deutete auf einen Konferenztisch mit sechs Stühlen. Marc setzte sich so, dass er aus dem Fenster schauen konnte, Nolte nahm im rechten Winkel zu ihm Platz.

»Von hier aus vertreiben Sie also Ihre Medikamente«, setzte Marc an.

Nolte hob warnend den Zeigefinger. »Keine Medikamente, bitte schön«, korrigierte er lächelnd. »Bei *Ginsomed* handelt sich um ein rein pflanzliches Heilmittel, ein Extrakt, das wir aus der Ginsengwurzel gewinnen. Dennoch ist es sehr wirksam gegen viele Krankheiten, insbesondere gegen Krebs.«

»Offenbar kann das Mittel aber nicht allen helfen.«

»Sie spielen auf Frau Reichert an? Nun, ich kannte sie nicht persönlich. Ich praktiziere schon seit der Firmengründung nicht mehr als Arzt, aber ich habe mit Dr. Heinen über den Fall gesprochen. *Ginsomed* ist zwar ein äußerst wirksames Krebsmittel, aber Wunder …«, Nolte hob bedauernd die Hände, »… Wunder kann es leider auch nicht vollbringen.«

»Wie sich aber nun herausgestellt hat, hatte Frau Reichert gar keinen Krebs«, sagte Marc.

»Sagt wer?«, fauchte Nolte.

»Die Pathologen der Städtischen Krankenanstalten Bielefeld.«

Nolte lachte laut auf. »Und das glauben Sie? Herr Hagen, ich will Sie jetzt einmal über einige grundsätzliche Dinge aufklären: Sie dürfen Schulmedizinern – wie übrigens auch der Pharmalobby – kein Wort glauben. Diese Menschen gehen über Leichen.«

»Tatsächlich?«

»In der Tat! Ärzte und Medikamentenhersteller haben im Dritten Reich den Nazis geholfen, Millionen Menschen umzubringen, und daran hat sich bis heute nichts geändert. Diese sogenannten Ärzte und die Vertreter der Pharmaindustrie sind nicht daran interessiert, Menschen zu heilen. Und wissen Sie auch warum? Weil sie von den Kranken leben! Jede wirksame Therapie bedroht ihre Gewinnaussichten und ist damit geschäftsschädlich. Das ist wie mit dem unzerreißbaren Schnürsenkel. Der wird auch nie auf den Markt kommen, weil eine ganze Industrie dann nichts mehr zu verdienen hat. So einfach ist das!«

»Na ja, ich vermute, dass Sie Ihr Mittel auch nicht verschenken«, wandte Marc vorsichtig ein.

»Das ist korrekt«, gab Nolte zu. »Aber wir verwenden praktisch alle Gewinne für unsere Forschungsarbeit. Uns geht es darum, die *Ursachen* der Krankheiten zu finden. Und genau das versucht das Pharmakartell mit allen Mitteln zu verhindern. Die Hersteller bieten den Patienten unwirksame Medikamente an, die – wenn überhaupt – die Symptome bekämpfen und darüber hinaus starke Nebenwirkungen haben. Naturheilverfahren wie das unsere werden von der Pharmadiktatur aus Profitgier verleumdet.«

»Und was haben die Ärzte davon?«, erkundigte sich Marc.

»Die werden fast alle von der Pharmaindustrie bestochen. Oder was glauben Sie, wer die ganzen sogenannten Ärztekongresse in St. Moritz und auf Mallorca finanziert? Oder warum so viele Ärzte als angebliche Berater oder bezahlte

Redner auf der Gehaltsliste der Pharmariesen stehen? Genauso ist es mit den Medien und den Politikern, die von der Pharmalobby mit Inseraten bzw. ›Wahlkampfspenden‹ geschmiert werden. *Wes Brot ich ess, des Lied ich sing* lautet ein Sprichwort, und das trifft es exakt.«

»Haben deshalb die Pathologen bei der Obduktion von Frau Reichert eine falsche Diagnose gestellt?«

»Das ist der eine Grund. Sie wollten unsere Arbeit diskreditieren. Der andere Grund ist, dass sie die Fehler ihrer Kollegen decken wollten. Da hackt die eine Krähe der anderen kein Auge aus. Sagt Ihnen der Name Jennifer Scarpetta etwas?«

Marc tat so, als müsse er nachdenken, dann nickte er.

»Da haben die Herren Rechtsmediziner behauptet, Jennifer sei an einem Krebstumor gestorben«, fuhr Nolte fort. »Dabei ist sie durch die Fehler der Schulmediziner ums Leben gekommen.«

»Soweit ich weiß, sieht der Vater des Kindes das anders.«

Nolte schnaubte empört. »Ja, der arme Mann ist gegen uns aufgehetzt worden. Nach Jennifers Tod ist er fast jeden Tag hier aufgelaufen und hat rumgepöbelt. Hat sogar Morddrohungen gegen Heinen, mich und unsere Mitarbeiter ausgestoßen. Schließlich hat er ein Zelt auf unserem Parkplatz aufgeschlagen und zwei Wochen hier campiert. Ein gefundenes Fressen für die Medien. WDR, RTL, ZDF, Sat 1, alle standen mit ihren Übertragungswagen hier und haben ihn interviewt. Dazu die ganzen Zeitungsreporter. Das war eine schwere Zeit für uns, glauben Sie mir. Aber jetzt können wir endlich wieder in Ruhe arbeiten.«

»Ich habe mit dem Vater gesprochen«, berichtete Marc. »Er ist fix und fertig.«

Nolte nickte mitfühlend. »Der Mann tut mir auch leid. Aber er ist von den Ärzten belogen und betrogen worden.

Und genauso werden auch Sie jetzt belogen. Ich habe davon gehört, dass Sie beschuldigt werden, Frau Reichert ermordet zu haben. Das ist natürlich völliger Humbug. Frau Reichert hatte Krebs, das steht zweifelsfrei fest. Ich bin gerne bereit, das vor jedem Gericht zu bezeugen.«

»Danke, vielleicht werde ich eines Tages auf Ihr Angebot zurückkommen müssen. Haben Sie eine Ahnung, wo Dr. Heinen sich zurzeit aufhält?«

Nolte schüttelte betrübt den Kopf. »Wir haben seit über zwei Wochen keinen Kontakt mehr zu ihm und sind in heller Aufregung. Ich habe natürlich alles versucht, Gerd zu erreichen, aber vergebens. Er ist und bleibt spurlos verschwunden.«

»Was könnte der Grund dafür sein?«

Nolte hob die Hände zu einer unbestimmten Geste. »Ich weiß natürlich nichts Genaues«, sagte er kryptisch und lehnte sich zurück. »Tatsache ist aber, dass Gerds Verschwinden gewissen Herrschaften sehr zupassekommt.«

»Sie meinen der Pharmaindustrie?«

»Das haben Sie gesagt. Ich kann selbstverständlich nichts beweisen. Aber bei diesen Damen und Herren würde mich gar nichts mehr wundern.«

»Könnte sein Verschwinden andere Ursachen haben? Vielleicht im privaten Bereich?«

Nolte hob die Schultern. »Über Gerds Privatleben weiß ich praktisch nichts. Wir sind auch nicht befreundet. Außerhalb unseres Unternehmens gehen wir stets getrennte Wege. Nicht, dass Sie mich falsch verstehen: Wir mögen und respektieren uns, aber es handelt sich um eine rein geschäftliche Partnerschaft.«

»Wie haben Sie sich eigentlich kennengelernt?«

»Das erste Mal sind wir uns auf einem Ärztekongress über den Weg gelaufen. Ich kann sagen, dass wir uns von Anfang an sympathisch waren. Damals verfolgten wir beide einen ganzheitlichen Ansatz und wollten mit der Schulmedizin nichts mehr zu tun haben. Irgendwann hat Gerd mich dann gefragt, ob ich mir eine Zusammenarbeit mit ihm vorstellen könne. Er wollte ein neuartiges Heilmittel auf den Markt bringen. Ich bin als Arzt bei Weitem nicht so begnadet wie Gerd, aber er wusste, dass ich die Möglichkeit hatte, genug Startkapital für unser Unternehmen zu besorgen. Außerdem habe ich vor dem Medizinstudium eine kaufmännische Ausbildung absolviert und auch einige Jahre BWL studiert. Somit waren die Aufgabenbereiche festgelegt: Ich habe mich fast ausschließlich um den kaufmännischen Teil gekümmert, während er für den medizinischen Bereich zuständig war.« Nolte hielt erschrocken inne, um sich dann schnell zu korrigieren. »Zuständig *ist* natürlich. Wir wollen ja nicht gleich das Schlimmste annehmen.«

## 26

Nach dem Abstecher bei *Heinol* fuhr Marc zum Bielefelder Hauptbahnhof, in dessen Umgebung sich unzählige türkische Gaststätten angesiedelt hatten. Er entschied sich für ein Restaurant, das mit anatolischen Gerichten vom Holzkohlegrill warb, und setzte sich an einen Fensterplatz.

Beim Kellner bestellte er einen Adana-Teller und eine Fanta. Dann hielt er Ausschau nach etwas Lesbarem, um die Wartezeit zu überbrücken, wurde aber außer einigen Exemplaren der *Hürriyet* und einem *Öger*-Reisekatalog Winter 2002/2003 nicht fündig. Da ihn auch die türkischen Musikvideos, die von einem an der Wand angebrachten Monitor auf ihn herabplärrten, nicht sonderlich interessierten, blieb ihm nichts anderes übrig, als das Treiben auf der Straße durch die Fensterfront zu beobachten.

Doch dann erinnerte Marc sich an die Broschüre, die er bei *Heinol* eingesteckt hatte. Er zog sie aus seiner Jackentasche und klappte das schmale Hochglanz-Werbeheftchen für *Ginsomed* auf. Gleich auf der zweiten Seite entdeckte Marc die Bestell- und Versandbedingungen. Er blies die Wangen auf, als er die gepfefferten Preise las. Nein, verschenkt wurde das Mittel mit Sicherheit nicht. Immerhin akzeptierte die *Heinol GmbH* alle gängigen Kreditkarten. Marc blätterte langsam weiter. Nolte hatte zwar gesagt, er sehe *Ginsomed* nicht als Wundermittel an, jedoch wurde es als ein solches vermarktet. Angeblich hatten zahlreiche Studien eindeutig belegt, dass in Gegenden Chinas, in denen besonders viele Menschen Ginsengwurzeln aßen, Krebserkrankungen fast unbekannt waren. Daraus hatten Nolte und Heinen den Schluss gezogen, die niedrige Krebsrate müsse etwas mit den Ernährungsgewohnheiten der Menschen zu tun haben, und daraufhin ihr Heilmittel entwickelt.

Auf den folgenden Seiten fanden sich hauptsächlich Berichte von Menschen, die angeblich durch *Ginsomed* von Krebs und anderen schweren Krankheiten geheilt worden waren. Eine Mutter erzählte von der Leukämie ihres dreijährigen Sohnes, der nun dank *Ginsomed* vollkommen genesen sei und wieder unbeschwert mit seinen Freunden spielen konnte. Unter der Überschrift: *Unser Ziel: Glückliche Familien* war ein Foto abgedruckt, das ein lachendes Mädchen auf einer Schaukel zeigte, das mit wehenden Haaren auf die Kamera zuschwebte. Darunter stand: *Auch für unsere Jüngsten ist* Ginsomed *bestens verträglich!*

Marc wollte gerade weiterblättern, als er stutzte. Er kniff die Augen zusammen und inspizierte das Bild näher: Das

Mädchen auf der Schaukel war Lizzy! Er fixierte alle Details des Bildes, bis es keinen Zweifel mehr gab: Das Mädchen war Lizzy. Den Anorak, den sie trug, hatte er Lizzy vor etwa einem Jahr selbst geschenkt.

Wie von der Tarantel gestochen fuhr Marc von seinem Platz hoch und rammte dabei der Bedienung mit der Schulter seinen Adana-Teller aus der Hand. Die türkische Spezialität landete samt der gelben Limonade mit einem lauten Knall auf dem Boden.

Ohne auf die Protestrufe zu achten, schmiss Marc einen Zehneuroschein auf den Resopaltisch und rannte fluchtartig aus dem Restaurant.

Welchen Weg er nach Hause genommen hatte, konnte er hinterher nicht mehr sagen. Er kam erst wieder zu sich, als er in Melanies Arbeitszimmer stürmte und die Broschüre vor ihr auf den Schreibtisch knallte.

»Wärest du bitte so freundlich, mir das zu erklären?«, zischte er.

Melanie musterte Marc erschrocken, sagte aber nichts. Sie nahm das Heft zur Hand und blätterte es durch. Als sie Lizzy erkannte, wich sämtliche Farbe aus ihrem Gesicht.

»Mein Gott«, stammelte sie.

»Ja, mein Gott«, wiederholte Marc scharf. »Und jetzt erzähl mir bitte nicht, du hättest davon nichts gewusst.«

Eine Minute lang war Melanie sprachlos. Dann flüsterte sie: »Ich habe davon nichts gewusst, wirklich.«

»Und wie kommt Heinen dann in den Besitz dieses Fotos?«

Melanie ließ sich wieder Zeit, bevor sie antwortete. »Als ich vor Monaten mit Lizzy in Heinens Praxis war, ist mir aufgefallen, dass dort sehr viele Fotos von Kindern an der Wand hingen, die teilweise professionell aussahen. Ich habe Heinen darauf angesprochen und er hat mir gesagt, die Aufnahmen seien alle von ihm, er sei Hobbyfotograf. Er hat mich gefragt, ob er nach dem Termin auch ein Foto von Lizzy machen könne. Ich habe mir nichts dabei gedacht und war einverstanden. Lizzy natürlich auch. Außerdem habe ich gehofft, dass er sich dann besondere Mühe mit Lizzys Behandlung gibt. Und so war es ja auch: Er hat sich über eine Stunde Zeit für uns genommen, so viel, wie kein anderer Arzt vorher oder nachher. Für den Fall, dass es Lizzy einmal schlecht gehen sollte, hat er mir seine private Nummer gegeben, damit ich ihn jederzeit anrufen könne, Tag und Nacht. Anschließend sind wir kurz auf den Spielplatz direkt neben der Praxis gegangen und er hat ein paar Aufnahmen von Lizzy gemacht. Das ist alles.«

»Das erklärt immer noch nicht, wie ihr Bild in diese Werbebroschüre gelangt ist.«

»Das weiß ich auch nicht. Ich habe dazu nie meine Zustimmung gegeben, das musst du mir glauben!«

Marc schüttelte fassungslos den Kopf. »Wie kann man nur so naiv sein! Wenn demnächst irgendein Kinderschänder daherkommt und dich fragt, ob er Fotos von Lizzy machen kann, sagst du wahrscheinlich auch: Natürlich, bitte, tun Sie sich keinen Zwang an, meine Tochter steht Ihnen jederzeit für Aufnahmen aller Art zur Verfügung.«

Melanie sah ihn herausfordernd an. »Pass auf, was du sagst, Marc«, sagte sie mit einem warnenden Unterton. »Jetzt gehst du zu weit!«

Marc wusste, dass sie recht hatte, aber das war ihm im Moment egal. Er wollte sich streiten! Er spürte, dass der gesammelte Frust der letzten Tage danach drängte, endlich herausgelassen zu werden. Mit unverminderter Lautstärke fuhr er fort: »Und wenn die Aufnahmen dann auf irgendwelchen Kinderpornoseiten im Internet erscheinen, wirst du wahrscheinlich auch sagen: Oh, dazu habe ich aber nie meine Zustimmung gegeben. Damit konnte ja keiner rechnen!«

»Verschwinde, Marc!«, schrie Melanie auf einmal los. Ihre Stimme zitterte vor Wut und Erregung. »Lass mich einfach in Ruhe!«

»Entschuldige, dass ich mir Sorgen mache, wenn Lizzy als geheilte Krebspatientin vermarktet wird. Was kommt als Nächstes? Wird meiner Tochter demnächst Botox gespritzt und muss sie dann bei einer von diesen Miss-Wahlen für Kinder mitmachen?«

Melanies Augen wurden schmal. »Lizzy ist nicht deine Tochter!«, sagte sie nur, aber diese Worte trafen Marc härter als ein Schlag in den Magen.

Melanie atmete schwer seufzend aus. »Nein, Marc, das habe ich nicht so gemeint.« Sie versuchte, seine Hand zu nehmen, doch er zog sie zurück.

»Doch, das hast du«, sagte Marc mit belegter Stimme. »Und es stimmt: Lizzy ist nicht meine Tochter. Und ich habe kein Recht, mich in deine Erziehung einzumischen.«

Mit diesen Worten stand er auf und ließ Melanie allein.

## 27

Am Morgen danach saß Marc in seinem Büro und starrte aus dem Fenster. Er hatte versucht, etwas in einem juristischen Aufsatz nachzusehen, aber als er merkte, dass er dieselbe Stelle schon zum dritten Mal las, ohne ihren Sinn zu verstehen, hatte er das Heft wieder zur Seite gelegt. Er konnte sich einfach nicht konzentrieren. Immer wieder wanderten seine Gedanken zum gestrigen Abend zurück. Nachdem er aus Melanies Arbeitszimmer gestürmt war, hatten sie nur noch das Nötigste miteinander gesprochen. Und so war er nach einer Nacht, in der er kaum geschlafen hatte, schon um halb acht in die Kanzlei gefahren.

Das schrille Schellen des Telefons durchschnitt seine trüben Gedanken und Marc nahm den Hörer von der Station.

»Ich bin's, Melanie!« Im ersten Moment freute Marc sich, ihre Stimme zu hören, aber dann bemerkte er sofort, dass irgendetwas nicht stimmte. Melanie schien der Panik nahe zu sein.

»Was ist passiert?«

»Die Polizei ist bei uns im Haus. Mit sechs Mann. Sie haben mir einen Durchsuchungsbeschluss gezeigt und sind schon dabei, alles auseinanderzunehmen.«

Marc biss sich auf die Unterlippe. Scheiße. »Okay, Melanie, pass auf: Du bleibst jetzt ganz ruhig, sagst kein Wort und wartest auf mich. Ich bin in maximal fünfzehn Minuten zu Hause.« Er wurde von lauten Stimmen in seinem Vorzimmer abgelenkt. Sekunden später wurde die Tür zu seinem Büro aufgerissen und er sah den Rücken von Hauptkommissar Templin, der sich mit seiner Sekretärin herumstritt.

»Sie können da nicht einfach …«, fauchte Stefanie gerade.

»O doch, wir können«, schnitt Templin ihr das Wort ab. Mit sanftem Druck schob er Marcs Sekretärin zur Tür hinaus und schloss sie.

»Herr Hagen«, wandte er sich dann Marc zu und wurde förmlich. »Ich habe hier einen Durchsuchungsbeschluss des Amtsgerichts Bielefeld, der uns ermächtigt, Ihr Haus, Ihre Kanzlei, Sie und die Ihnen gehörenden Sachen zu durchsuchen, da nach den bisherigen Ermittlungen zu vermuten ist, dass dies zur Auffindung weiterer Beweismittel im Mordfall Johanna Reichert führen wird.«

Er reichte Marc ein Blatt Papier. »In diesem Zusammenhang weise ich Sie darauf hin, dass sich Kollegen von mir bereits in Ihrem Haus befinden.«

Marc hielt den Hörer wieder an sein Ohr. »Melanie? Die sind jetzt auch hier. Das heißt, ich kann nicht weg. Pass auf: Außer deinem Namen machst du keinerlei Angaben! Du bist nicht einverstanden mit der Mitnahme von was auch immer! Wenn sie etwas beschlagnahmen, bestehst du darauf, dass es versiegelt wird. Und du musst dir unbedingt eine Durchschrift des Durchsuchungsprotokolls geben lassen. Aber du unterschreibst nichts, auch nicht das Durchsuchungsprotokoll! Oder schreib am besten einfach ›Widerspruch‹ darauf. Hast du das verstanden? Und jetzt rufst du Gabriel an. Er soll sofort kommen! Meinst du, du schaffst das?«

Am anderen Ende der Leitung herrschte Schweigen.

»Melanie?«, fragte Marc.

»Ich weiß nicht«, hörte er ihre brüchige Stimme.

»Du musst es versuchen! Ich kann die Kanzlei jetzt nicht verlassen, sonst stehe ich heute Abend ohne PC und ohne eine einzige Akte hier. Wir sehen uns später.«

Marc legte auf und wandte sich Templin zu. »Also dann«, sagte er.

Sechs Stunden später fühlte Marc sich, als sei er durch einen Fleischwolf gedreht worden. Er hatte sich zuerst mit den Polizisten und später mit dem hinzugerufenen Staatsanwalt unter Hinweis auf den Mandantenschutz über jede einzelne Akte gestritten, in die die Ermittler schauen wollten.

Das Ganze endete damit, dass zwar Einsicht in einige Akten genommen worden war, außer der dünnen Akte *Heinen,* die jedoch praktisch nur eine Rechnung für eine unbestimmte juristische Beratung enthielt, aber nichts mitgenommen wurde. Am meisten war Marc darüber erleichtert, dass die Polizei seinen PC nicht beschlagnahmt hatte. Damit hätten sie die Arbeit der Kanzlei für Wochen lahmgelegt.

Als Marc nach Hause kam, drängte sich ihm unwillkürlich

der Eindruck auf, eine Horde Vandalen sei über seine Wohnung hergefallen. Schranktüren standen offen, Schubladen waren halb herausgezogen, Bücher und Aktenordner aus den Regalen geholt und dann einfach ohne jedes System wieder zurückgestellt worden. Marc sah an den Lücken, dass etliche Ordner fehlten.

Inmitten des ganzen Chaos saß Melanie wie ein Häufchen Elend auf der Treppe und starrte mit leerem Blick vor sich hin. Sie hatte die Arme um den Körper gelegt, als würde sie sich selbst umarmen, und war steif wie eine Statue.

Marc setzte sich neben sie, ohne sie zu berühren. Er betrachtete ihren Rücken, sah die verkrampften Schultern.

»Was ist passiert?«, fragte er.

»Was passiert ist?«, wiederholte sie leise. »Du siehst es doch selbst!« Dann fing sie an zu weinen.

Marc ließ ihr einen Moment Zeit. »Ist Gabriel schon weg?«, wollte er dann wissen.

»Nein.«

»Nein?« Er sah sich irritiert um. »Wo steckt er denn?«

»Er ist nicht hier. Und er war gar nicht da.«

»Wieso?«, fragte Marc verblüfft. »Ich hatte dir doch gesagt …«

Unvermittelt schlug Melanies Lethargie in Wut um. »Du hast mir gesagt, ich solle mir wegen dieser Sache keine Sorgen machen!«, schrie sie ihn an. »Es könne gar nichts passieren, das hast du gesagt! Nein, du hast es sogar versprochen!«

Da Marc nicht wusste, was er darauf erwidern sollte, fragte er noch einmal. »Warum ist Gabriel nicht gekommen?«

»Ich habe in seiner Kanzlei angerufen und seine Sekretärin hat mir gesagt, er habe einen auswärtigen Gerichtstermin, der bis heute Abend dauert.«

»Warum hast du mich danach nicht sofort wieder angerufen? Ich hätte dir einen anderen Anwalt besorgt.«

»Und was hätte das gebracht?«

Nicht viel, musste er sich eingestehen. Aber zumindest hätte Melanie einen Beistand gehabt und hätte mit dem unerwarteten Besuch nicht allein fertig werden müssen. Er wusste, dass eine Hausdurchsuchung eine traumatische Erfahrung sein konnte und hatte schon gestandene Geschäftsführer nach der Durchsuchung ihrer Unternehmen heulen sehen.

»Wo ist Lizzy?«, fragte Marc, um das Thema zu wechseln.

»Nicht hier«, antwortete Melanie knapp. »Ich wollte nicht, dass sie das mit ansehen muss.«

Marc nickte zustimmend. »Haben die Polizisten irgendwas mitgenommen?«

»Allerdings. Sie haben meinen Laptop, praktisch meine gesamte berufliche Existenz. Kannst du mir verraten, wie ich jetzt arbeiten soll?«

»Ich kümmere mich morgen sofort darum«, versprach Marc. »Was haben sie sonst noch beschlagnahmt?«

»Das weiß ich nicht«, antwortete Melanie zu Marcs Erstaunen.

»Das weißt du nicht?«, fragte Marc schärfer, als er beabsichtigt hatte. »Aber ich hatte dir doch gesagt, dass du dir eine Kopie des Durchsuchungsprotokolls …«

Weiter kam er nicht, denn Melanie schrie schon wieder los. »Das hat mich alles nicht interessiert! Ich wollte nur, dass sie so schnell wie möglich wieder verschwinden!«

Marc bemühte sich um einen beruhigenden Ton. »Es tut mir leid«, sagte er und griff nach ihrer Hand. »Ich verspreche dir …«

Melanie wich der Berührung aus. »Tu mir einen Gefallen, Marc: Versprich mir nie wieder etwas. *Nie wieder!*« Sie sah ihn mit einer Mischung aus Zorn und Traurigkeit an. »Merkst du nicht, dass wir uns in letzter Zeit nur noch streiten?«, fragte sie mit zitternder Stimme. »Seit du dich zu dieser Sterbehilfe bereit erklärt hast, läuft alles aus dem Ruder. Unser altes Leben ist vorbei. Ich halte es hier einfach nicht mehr aus.«

Marc spürte, dass sich sein Magen zusammenzog. Auf einmal hatte er das Gefühl, dass nach diesem Gespräch nichts mehr so sein würde, wie es vorher gewesen war. »Was soll das heißen?«, fragte er und hatte gleichzeitig Angst vor der Antwort.

»Das soll heißen, dass Lizzy und ich hier ausziehen werden. Zumindest so lange, bis diese Sache restlos geklärt ist und du wieder normal bist.«

»Ausziehen? Aber wo wollt ihr denn hin?«

»Zu Bea. Ich habe schon alles mit ihr besprochen, sie ist einverstanden, dass wir erst mal bei ihr wohnen.«

Marc nickte grimmig. Beatrice, natürlich! Er hatte nicht den geringsten Zweifel daran, dass diese Frau alles tun würde, um Melanie und ihn auseinanderzubringen.

»Aber das ist doch Quatsch!«, beschwor er seine Freundin. »Bei Bea müsst ihr euch zu zweit ein Zimmer teilen und wir haben hier das große Haus. Und was diese andere Sache betrifft: Ich kümmere mich darum.«

Melanie schüttelte den Kopf, noch bevor Marc seinen Satz zu Ende gebracht hatte. »Mein Entschluss steht fest. Wir gehen zu Bea. Ich brauche jetzt einfach Zeit für mich. Die Zukunft wird zeigen, wie es mit uns weitergeht.« Sie sah Marc direkt in die Augen. »Und ob es überhaupt weitergeht.«

# 28

»Hat es dich jetzt also auch erwischt?« Gabriel nahm einen langen Schluck Bier, wischte sich den Schaum vom Mund und stellte das Glas auf dem Tisch ab. Sie saßen wieder einmal im *Konsulat*.

Seit Melanies Auszug waren vier Stunden vergangen. Sie hatte ein paar Sachen von Lizzy und sich in zwei Koffer gepackt, war in ihren Suzuki gestiegen und weggefahren. Marc hatte sofort zum Telefon gegriffen und sich mit seinem besten Freund verabredet.

»Tut mir wirklich leid, dass ich Melanie bei der Durchsuchung nicht beistehen konnte«, fuhr Gabriel fort, »aber ausgerechnet heute war ich den ganzen Tag außer Haus.« Er schüttelte fassungslos den Kopf. »Wo sagst du, ist sie jetzt? Bei Beatrice? Ist das nicht die fette Kuh, die wir mal in der Stadt getroffen haben?«

Marc hob warnend den Zeigefinger. »Vorsicht! Beatrice ist nicht fett. Sie hat nur schwere Knochen.«

Sie kicherten wie Teenager, dann bestellten sie sich bei der vorbeikommenden Bedienung noch zwei Bier. Das *Konsulat* war auch deshalb zu ihrer Stammkneipe geworden, weil es für beide bequem zu Fuß oder mit dem Fahrrad zu erreichen war und sie deshalb kein schlechtes Gewissen haben mussten, wenn sie mal einen über den Durst tranken.

»Ach, scheiß drauf, Marc«, sagte Gabriel und hob sein Glas. »Wir haben es doch auch so schön. Hier ist alles, was wir brauchen. Alkohol, Unterhaltung und …«, er zwinkerte den beiden jungen Frauen am Nachbartisch zu, »… nette

Gesellschaft.« Er knuffte Marc in die Seite und beugte sich zu ihm herüber. »Na, wie wär's? Ich nehme die kleine Blonde, du kannst ihre dicke Freundin haben.«

Marc lehnte sich erschöpft zurück. »Nichts liegt mir momentan ferner. Die letzten Tage waren ein einziger Albtraum. Und diese Hausdurchsuchung und Melanies Auszug haben mir den Rest gegeben. Ich will einfach nur noch meine Ruhe.«

»Weißt du eigentlich, ob die Bullen bei der Hausdurchsuchung etwas mitgenommen haben?«

»Nur ein paar Aktenordner. Außerdem Melanies und meinen PC.«

»Sonst nichts?«

»Nichts, was mir auf den ersten Blick aufgefallen wäre. Melanie hat vergessen, eine Kopie des Durchsuchungsprotokolls zu verlangen. Aber das ist ohnehin egal. Ich *weiß* schließlich, dass sie nichts Belastendes gefunden haben können.«

Gabriel seufzte. »Scheißdurchsuchungsbeschluss! Aber wie sagte schon J. R.: ›Das passiert, wenn man vor einen Richter kommt, den man nicht kennt.‹ Wenn dieser Richter einen Durchsuchungsbeschluss unterschrieben hat, kannst du darauf wetten, dass er auch eine Telefonüberwachung genehmigt hat. Ist dir eigentlich mittlerweile mal aufgefallen, ob du von der Polizei überwacht wirst?«

»Ich habe nichts bemerkt. Abgesehen davon habe ich nichts zu verbergen und sie können mir ruhig dabei zusehen, wie ich ihre Arbeit mache und versuche, die Sache aufzuklären.«

»Wie ist denn dein Besuch bei *Heinol* verlaufen?«

»Ich habe mit Heinens Partner, einem Dr. Nolte, gesprochen. Er hat mir angeboten, als Experte auszusagen, dass Johanna Reichert doch Krebs hatte.«

Gabriel machte ein skeptisches Gesicht. »Das wird dir nur nicht viel nützen. Der Ruf Heinens ist bei der Justiz und den

Rechtsmedizinern seit dem Fall Jennifer ruiniert, das gilt auch für seinen Partner. Die beiden werden als seriöse Ärzte nicht mehr ernst genommen.«

»Danke«, sagte Marc. »Du verstehst es wirklich, mir Mut zu machen.«

»Es ist nicht meine Aufgabe, dir Mut zu machen«, gab Gabriel zurück. »Meine Aufgabe ist es, dir die Wahrheit zu sagen.«

»Momentan bin ich für jeden Hoffnungsschimmer dankbar. Und wenn es keinen gibt, kannst du mich auch gerne anlügen.«

»Das ist nicht nötig. Es gibt ja vielleicht auch echte gute Nachrichten.« Er wurde unterbrochen, als die Bedienung zwei neue Bier vor sie auf den Tisch stellte. Gabriel trank sein Glas mit einem Zug fast bis zur Hälfte aus.

»Aaaah«, sagte er, bevor er den Humpen mit einem lauten Knall auf den Tisch zurückstellte.

»Mach es nicht so spannend«, drängte Marc. »Was für gute Nachrichten?«

»Nur gemach. Also: Ich habe gestern Abend bei mir zu Hause gesessen und mir wieder einmal durch den Kopf gehen lassen, warum die Aufnahme von Johanna Reicherts Tod an die Polizei geschickt worden ist. Darauf können wir uns schließlich immer noch keinen richtigen Reim machen. Wir waren uns nur einig, dass entweder Heinen oder Yvonne eine Kopie der Aufnahme gezogen haben können, richtig? Apropos: Du hast mit Yvonne gesprochen?«

»Allerdings. Vielleicht gibt es da tatsächlich einen neuen Ansatz, aber es ist zu früh, darüber zu reden. Auf jeden Fall hat sie bestritten, die Speicherkarte kopiert zu haben.«

»Was nichts heißen muss.«

»Natürlich nicht! Aber momentan können wir ihr nicht das Gegenteil beweisen.«

»Okay. Bleibt Heinen! Was wissen wir eigentlich über ihn? Ich habe also ein wenig Internetrecherche betrieben. Und du wirst es nicht glauben: Der alte Gabriel hat tatsächlich etwas herausgefunden.« Er machte eine dramatische Pause, bis er sich sicher war, dass Marcs volle Aufmerksamkeit auf ihn gerichtet war. »Wie ich also surfe und in Heinens Vergangenheit herumstochere, ist mir ein Foto ins Auge gefallen. Hast du gewusst, dass Heinen mal ein sehr guter Schachspieler war? Er hat in den Siebzigerjahren in Solingen gespielt, das war damals *der* deutsche Spitzenklub. Gut, Heinen war nur in der zweiten Mannschaft, aber er hat ersatzweise auch in der ersten gespielt. Und dabei ist dieses Foto entstanden.«

Er zog den Ausdruck einer Schwarz-Weiß-Aufnahme aus der Tasche und drückte sie Marc in die Hand. Marc studierte sie. Er sah fünf Männer mit langen Haarmatten, üppigen Koteletten, wild gemusterten, breiten Krawatten und Schlaghosen. Zwei trugen riesige Brillen.

»Ist das Heinen?«, fragte Marc und zeigte auf den jungen Mann Anfang zwanzig ganz rechts.

»Er ist kaum wiederzuerkennen, nicht wahr? Aber er ist es eindeutig. Und jetzt schau dir mal den Mann in der Mitte an.«

Marc kniff die Augen zusammen. Als er den Mann erkannte, hielt er die Luft an. »Von Neuendorff«, brachte er mühsam heraus.

Hasso von Neuendorff war ein Mandant von ihm gewesen. Jetzt saß er seit einigen Jahren in einer Todeszelle in den USA und wartete auf seine Hinrichtung. Marc war an von Neuendorffs Verhaftung in Miami und seiner Verurteilung nicht ganz unbeteiligt gewesen.

»Heinen und von Neuendorff haben sich gekannt«, stellte Gabriel zufrieden fest. »Vielleicht waren sie sogar befreundet. Vielleicht sogar sehr gut. Und vielleicht hat Heinen gerade dich ausgesucht und die Aufnahme an die Polizei geschickt, weil er seinen Freund Hasso von Neuendorff rächen wollte.«

Marc dachte darüber nach. »Das sind mir zu viele ›Vielleichts‹«, sagte er dann. »Gibt es denn einen Hinweis, dass die beiden wirklich befreundet waren oder dass es zwischen ihnen nach ihrer gemeinsamen Zeit in Solingen noch irgendeinen Kontakt gab?«

»So weit bin ich noch nicht. Aber es ist ein interessanter Ansatz, das musst du zugeben.«

»Kann sein«, meinte jetzt auch Marc. »Bis jetzt ist das alles noch viel zu vage. Ich würde dich aber bitten, am Ball zu bleiben und zu schauen, ob du noch mehr über die Beziehung der beiden herausfinden kannst. Mich interessiert momentan hauptsächlich, wie es zu dieser Testamentsänderung zu meinen Gunsten gekommen ist. Abgesehen von der DVD ist dieses Vermächtnis der Knackpunkt, der mir einmal das Genick brechen kann.«

»Aber wie willst du das herausfinden? Johanna Reichert ist tot.«

Marc lächelte wissend. »Es gibt da jemanden, an den wir noch gar nicht gedacht haben …«

## 29

»Danke, dass Sie Zeit für mich haben.« Marc schüttelte Dr. Kröger die Hand. Kröger war ein schlanker Patrizier Mitte fünfzig mit Gesichtszügen wie gemeißelt. Mit seiner perfekt geschnittenen Frisur, dem anthrazitgrauen Maßanzug und den blitzblank polierten Schuhen verkörperte er von Kopf bis Fuß das Idealbild des erfolgreichen und seriösen Rechtsanwalts und Notars.

Seine manikürte Hand zeigte auf einen Besucherstuhl. »Nehmen Sie Platz, Herr Hagen«, sagte er mit einer sonoren Baritonstimme.

Dann ging er um den riesigen Schreibtisch herum und setzte sich in seinen ledernen Chefsessel. An der mit dunklem Holz vertäfelten Wand hinter ihm hingen Porträts von drei Männern. Marc wusste, dass es sich um Dr. Krögers Urgroßvater, den Gründer der *Kanzlei Kröger & Partner,* seinen Großvater und seinen Vater handelte, die die Kanzlei weitergeführt und zum größten juristischen Beratungsunternehmen zwischen Dortmund und Hannover ausgebaut hatten. Marc musste unwillkürlich schlucken, als ihm bewusst wurde, dass momentan über einhundert Jahre Bielefelder Rechtsgeschichte auf ihn herabblickten.

»Wie geht es Ihrem Vater?«, erkundigte sich Kröger freundlich.

»Gut, danke«, erwiderte Marc, und fügte in Gedanken ein ›soweit ich weiß‹ hinzu. Als sein Vater noch Richter am Landgericht Bielefeld gewesen war, hatte Kröger vor fast dreißig Jahren einen Teil seines Referendariats bei ihm absolviert. Marc war sich vollkommen darüber im Klaren, dass er seine Audienz bei dem Notar einzig und allein dieser Tatsache zu verdanken hatte.

Kröger strich sich über seine silbergrauen, streng nach rechts gescheitelten Haare und lächelte in sich hinein. »War schon ein Original, Ihr Vater«, sagte er.

»Ich hoffe, Sie haben keine allzu unangenehmen Erinnerungen an ihn«, warf Marc ein.

Kröger lachte. »Nein, mit mir konnte er ganz gut. Einer meiner Freunde hatte nicht so viel Glück. Dem hat Ihr Vater wörtlich ins Zeugnis geschrieben, er hätte sich selbst einen Gefallen getan, wenn er einen handwerklichen Beruf ergriffen hätte.« Krögers Grinsen wurde noch breiter. »Na ja, mein Freund hat es halbwegs unbeschadet überstanden. Er ist inzwischen Richter am Bundesgerichtshof.«

Marc lachte freundlich mit. »Ja, mein Vater konnte bisweilen ziemlich hart sein. Mir hat er bis heute nicht verziehen, dass ich vor über zehn Jahren meinen Richterberuf an den Nagel gehängt habe.«

»Aber Sie stehen noch in Kontakt?«

»Sporadisch. Sie wissen ja wahrscheinlich, dass er schon vor Jahren ans Oberlandesgericht Dresden gegangen ist. Mittlerweile ist er pensioniert, aber er wohnt nach wie vor ›drüben‹. Ich glaube, wir haben uns in den letzten fünf Jahren dreimal gesehen.«

Kröger nickte verstehend. »Und Sie sind jetzt als Anwalt tätig, wie ich gehört habe?«

»Ja, Einzelkämpfer.« Marc machte eine Handbewegung, die das gesamte, etwa fünfzig Quadratmeter große Büro umfasste. »Mit dem hier natürlich nicht zu vergleichen.«

Kröger faltete die Finger vor seinem Bauch. »Auch wir mussten schon ganz schön strampeln, Herr Hagen, glauben Sie mir«, sagte er dann. »Das Motto lautet: Immer weiter kämpfen, irgendwann geht es auch wieder aufwärts.« Er zwinkerte Marc freundlich zu, wurde dann aber gleich wieder ernst. »Nun, was führt Sie zu mir?«

Marc wurde nervös. Offenbar war der Small Talk beendet und es ging zur Sache. »Ich komme in einer etwas delikaten Angelegenheit«, setzte er zögernd an. »Es geht um die Erbschaftssache Johanna Reichert. Soweit ich weiß, haben Sie Frau Reicherts Testament aufgesetzt?«

Er sah Dr. Kröger fragend an, doch dessen Gesicht war nur eine starre Maske.

Nach einigen Sekunden Stille sagte der Notar. »Sie erwarten darauf nicht ernsthaft eine Antwort von mir, oder?«

Marc zuckte unwillkürlich ein Stück zurück. Die Stimmung im Raum war mit einem Schlag merklich abgekühlt. Da es für Marc keine halbwegs sinnvolle Antwort auf Krögers Frage gab, sprach er einfach weiter.

»Nun, da ich das Testament kenne, weiß ich natürlich, dass Sie der Notar waren und Testamentsvollstrecker sind. Und ich weiß auch, dass Sie Frau Reichert etwa zwei Wochen vor ihrem Tod aufgesucht haben, um ihr Testament zu ändern. Es ging um ein Vermächtnis über fünfhunderttausend Euro, das Frau Reichert zu meinen Gunsten aussetzen wollte. Dieses Vermächtnis hat mich in ... nun ja, nicht unbeträchtliche Schwierigkeiten gebracht. Deshalb wäre es für mich eminent wichtig zu wissen, wie Frau Reichert auf die Idee zu diesem Vermächtnis gekommen ist. Tatsache ist nämlich, dass mir Frau Reichert zum Zeitpunkt der Testamentsänderung noch vollkommen unbekannt war.«

Dr. Kröger hob den Zeigefinger. »Einen Moment bitte«, sagte er. Er trat an den großen Schrank rechts von seinem Schreibtisch, öffnete ihn und studierte die Rücken der darin stehenden Bücher, bis er schließlich eines davon herauszog. Er kehrte an seinen Tisch zurück, setzte eine Lesebrille mit Goldrand auf und begann, das Buch durchzublättern. Dann hatte er offenbar die richtige Stelle gefunden, denn er drückte den Zeigefinger auf die Seite.

»Hier haben wir es«, verkündete er. »§ 18 Absatz 1 der Bundesnotarordnung. Ich zitiere: ›Der Notar ist zur Verschwiegenheit verpflichtet. Diese Pflicht bezieht sich auf alles, was ihm bei Ausübung seines Amtes bekannt geworden ist.‹ Und in Absatz 2 heißt es weiter: ›Die Pflicht zur Verschwiegenheit entfällt, wenn die Beteiligten Befreiung hiervon erteilen; ist ein Beteiligter verstorben oder eine Äußerung von ihm nicht oder nur mit unverhältnismäßigen Schwierigkeiten zu erlangen, so kann an seiner Stelle die Aufsichtsbehörde die Befreiung erteilen.‹« Kröger schob seine Lesebrille auf die Nasenspitze und blinzelte Marc darüber hinweg an. »Zitat Ende. Mit anderen Worten: Da Frau Reichert verstorben ist, muss ich Sie bitten, sich an meine Aufsichtsbehörde, sprich, den Präsidenten des Landgerichts Bielefeld zu wenden.« Mit einer bedeutungsvollen Geste klappte er das Buch wieder zu.

»Sie verstehen nicht«, protestierte Marc. »Diese Auskunft ist für mich äußerst wichtig. Und ich kann nicht warten, bis der Präsi…«

»Nein, *Sie* verstehen nicht«, schnitt Kröger ihm das Wort ab. »Ich darf Ihnen in dieser Sache keine Auskunft erteilen. Und damit Ende der Diskussion.«

Marc starrte eine Weile vor sich hin. Er war kurz davor aufzustehen und zu gehen, aber dann startete er noch einen letzten Versuch. »Ich bin vollkommen verzweifelt. Gegen mich läuft ein Ermittlungsverfahren. Die Staatsanwaltschaft und die Polizei verdächtigen mich, Frau Reichert ermordet zu haben.« Er hob die Hand, um mögliche Einwände sofort abzuwehren. »Ich weiß natürlich, dass das noch ein Grund mehr für Sie ist, mir keine Auskünfte zu erteilen, Tatsache ist aber, dass ich mit diesem Mord nichts zu tun habe. Das heißt, natürlich habe ich etwas damit zu tun, schließlich habe ich ja den tödlichen Medikamentencocktail besorgt und ihn ihr auch gegeben.« Er lächelte unsicher. »Aber davon haben Sie mit Sicherheit schon gehört. Ich meine, so etwas spricht sich ja rum in der Gerichtskantine, nicht wahr?« Er ließ erneut ein Lächeln aufblitzen, aber Dr. Krögers Miene blieb unergründlich. »Also, was ich eigentlich sagen will ist, dass die Polizei denkt, ich hätte Frau Reichert wegen dieses Vermächtnisses umgebracht. Aber das stimmt nicht. Sie denken jetzt wahrscheinlich, das würde ich auch sagen, wenn es stimmen würde, aber ich sage die Wahrheit. Ich habe keine Ahnung, warum Frau Reichert mir diese fünfhunderttausend Euro vermacht hat, obwohl sie mich gar nicht kannte. Und da dachte ich, Sie könnten mir helfen, weil Sie vielleicht wissen, wie Frau Reichert auf diese Idee gekommen ist. Ich brauche diese Information unbedingt. Ich bin vollkommen am Ende, seit Tagen schlafe ich nicht mehr und meine Freundin …«, er merkte, dass ihm die Tränen in die Augen traten, »aber das interessiert Sie ja wahrscheinlich alles nicht. Wichtig ist nur … ach, Scheiße.«

Marc unterbrach sich und schüttelte den Kopf. Dann stand er auf und streckte die Hand aus. »Danke, dass Sie mich wenigstens angehört haben«, sagte er.

Von Dr. Kröger kam keinerlei Reaktion. Mit unbeweglichem Gesichtsausdruck starrte er Marc an. Nach einer Zeit, die Marc wie eine Ewigkeit vorkam, sagte er schließlich: »Das war wahrscheinlich das schlechteste Plädoyer, das ich je von einem Anwalt gehört habe. Wer so einen Stuss redet, muss wirklich verzweifelt sein.« Er bleckte die Zähne und trommelte eine Weile mit seinen Händen auf dem Schreibtisch herum. Dann schien er einen Entschluss gefasst zu haben. Kröger aktivierte einen Knopf auf seiner Gegensprechanlage. »Frau Schmidt, suchen Sie mir bitte den Vorgang Johanna Reichert raus und bringen ihn mir? Danke.«

Dann wandte er sich wieder Marc zu. »Ich weiß nicht, warum ich tue, was ich jetzt tue, aber wenn auch nur ein Wort davon an eine dritte Person dringt, werde ich Ihnen persönlich die Eier abschneiden und Ihnen das Maul damit stopfen, *ist das klar?*«

Marc war zu verdutzt, um eine Antwort geben zu können, darum nickte er nur.

»Gut. Ich denke, dass ich das, was ich Ihnen mitteilen

werde, mit meinem Gewissen gerade noch vereinbaren kann. Ich habe Frau Reichert tatsächlich etwa zwei Wochen vor ihrem Tod aufgesucht. Sie wollte ihr Testament ändern. Dabei ging es nur um das Vermächtnis für Sie, alles andere sollte so bleiben, wie es war.«

»Aber warum …«

»Ich habe nicht die geringste Ahnung, warum Frau Reichert dieses Vermächtnis wollte. Das geht mich nichts an und deshalb habe ich sie auch nicht danach gefragt. Mich interessierte nur, ob Frau Reichert zu dem Zeitpunkt die erforderliche Geschäftsfähigkeit besaß. Sie wissen, dass ich ansonsten nach dem Beurkundungsgesetz die Beurkundung ablehnen soll. Derartige Zweifel an ihrem Geisteszustand hatte ich nicht. Frau Reichert war zwar bettlägerig und litt unter starken Schmerzen, war aber völlig klar im Kopf. Ich …«

Dr. Kröger hielt inne, weil sich die Tür öffnete und seine Sekretärin eine Akte vor ihn auf den Tisch legte. Sie nickte Marc kurz zu, dann verließ sie den Raum wieder. Der Notar hatte die Akte derweil aufgeschlagen und blätterte darin herum. Dann blickte er wieder auf.

»Ich hatte allerdings den Eindruck, dass Frau Reichert Sie überhaupt nicht kannte«, nahm er den Faden wieder auf. »Sie sagte mir, sie wolle ein Vermächtnis für eine Person in ihr Testament aufnehmen. Als ich sie fragte, wer diese Person sei, hat sie einen Zettel von ihrem Nachttisch genommen und mir Ihren Namen, Ihr Geburtsdatum und Ihre Adresse vorgelesen. Das ging allerdings so stockend, dass ich das Gefühl hatte, sie lese die Angaben gerade zum ersten Mal. Ich habe den Zettel zur Sicherheit mitgenommen. Für die Testamentsänderung.« Er zeigte auf eine Klarsichthülle in der Akte, in der ein DIN-A5-Zettel steckte. Marc versuchte, einen Blick darauf zu erhaschen, aber Dr. Kröger zog die Akte sofort zurück.

»Mehr kann ich Ihnen leider nicht sagen.«

»Waren Sie zu dem Zeitpunkt allein?«, wagte Marc sich noch einmal vor.

»Ja, außer mir und Frau Reichert war niemand anwesend.«

»Es wäre für mich wirklich sehr wichtig, diesen Zettel einmal zu sehen«, sagte Marc schnell. »Ich …«

»Das kann ich Ihnen unmöglich gestatten«, unterbrach Kröger ihn sofort. »Ich muss Ihnen sogar ausdrücklich untersagen, sich von Ihrem Stuhl fortzubewegen, wenn ich Sie jetzt für exakt fünf Minuten hier allein lasse, weil ich dringend auf die Toilette muss. Haben wir uns verstanden?«

Marc nickte stumm.

Der Notar stand auf und ging zur Tür hinaus. Er hatte den Raum kaum verlassen, als Marc aufsprang und sich auf Krögers Platz setzte. Auf dem Zettel in der Klarsichtfolie waren in Blockbuchstaben sein Name, sein Geburtsdatum und seine aktuelle Adresse notiert.

Marc sah sich hastig um. In Krögers Büro befand sich kein Kopiergerät. Für einen Moment war Marc sich unschlüssig, ob er es tatsächlich wagen sollte. Dann nahm er die Klarsichtfolie aus der Akte heraus und verließ den Raum. Als eine Empfangsdame ihn vor knapp zwanzig Minuten in Krögers Büro begleitet hatte, waren sie an einem Kopierer vorbeigekommen. Jetzt war der Gang, auf dem es eben noch vor Kanzleimitarbeitern gewimmelt hatte, menschenleer. Marc fragte sich, ob das ein Zufall war. Mit schnellen Schritten ging er zu dem Kopiergerät, machte einen Abzug von dem Zettel und lief zurück in Krögers Büro. Blitzschnell heftete er die Hülle wieder ein und setzte sich auf seinen Stuhl zurück.

Eine Sekunde später spazierte Kröger entspannt durch die Tür. Marc drängte sich unwillkürlich der Eindruck auf, der Notar habe jeden seiner Schritte genau beobachtet.

Mit stoischem Gesichtsausdruck nahm Kröger wieder hinter seinem Schreibtisch Platz und vertiefte sich in die vor ihm liegende Akte. Dann schaute er unvermittelt noch einmal auf.

»Grüßen Sie Ihren Vater von mir«, sagte er.

Marc erhob sich, dankte dem Notar und verließ dessen Büro.

## 30

Am nächsten Morgen parkte Marc seinen Golf bereits um acht Uhr auf der Straße vor Johanna Reicherts ehemaligem Haus. Er musste drei Stunden warten, bis er Rottmanns Mercedes sah, der in die lange Auffahrt einbog. Eine knappe Viertelstunde später verließ der Mercedes das Anwesen wieder und glitt fast geräuschlos an Marc vorbei.

Marc drehte den Zündschlüssel im Schloss, hörte aber nur ein leises Röcheln vom Motor. Er fluchte laut und brauchte noch mehrere Versuche, bis der Wagen endlich ansprang. Dann drückte er das Gaspedal durch und schaffte es so gerade noch, den auffälligen Mercedes zu entdecken und ihn zu verfolgen.

Als Marc mehrere Stunden später in seine Kanzlei zurückkehrte, hatte er den Golf bereits in der Werkstatt abgegeben und für die Zeit der Reparatur einen Leihwagen bekommen.

Marc setzte Kaffee auf und ließ sich kurz darauf mit der dampfenden Tasse in seinen Bürosessel fallen. Sein Blick fiel auf das Telefon. Sollte er oder sollte er nicht? Diese Frage hatte er sich in den letzten Tagen schon häufig gestellt.

Dann nickte er wie zur eigenen Bekräftigung. Jetzt oder nie! Seine eigene Beziehung ging gerade den Bach hinunter, vielleicht konnte er wenigstens die seines besten Freundes irgendwie kitten.

Marc nahm den Hörer von der Station und tippte die Nummer der Wagners in Stuttgart ein, die er noch immer auswendig kannte.

Es schellte dreimal, dann wurde am anderen Ende abgenommen. »Sandro Kern bei Wagner«, meldete sich eine männliche Stimme mit leichtem sächsischem Zungenschlag.

Marc hätte fast wieder aufgelegt, aber dann fing er sich.

»Marc …« Er musste sich räuspern, »Marc Hagen hier. Ich hätte gerne Julia, Julia Wagner gesprochen.«

»Einen Moment.«

Marc hörte, wie der Telefonhörer in Stuttgart auf eine harte Unterlage gelegt wurde. Während er wartete, waren im Hintergrund fröhliches Kinderlachen und gedämpftes Getuschel zu vernehmen, dann wurde der Hörer wieder aufgenommen.

»Marc?«, sagte Julia Wagner. Ihre Stimme verriet freudige Überraschung. »Wie kommen wir zu der Ehre deines Anrufs?«

Marc fühlte sich plötzlich unfähig zu sprechen. Er spürte die Wut wie ein glühendes Stück Kohle in seiner Brust.

»Marc, bist du noch da? Ich höre doch deinen Atem.« Julia Wagner verstummte. Dann hörte Marc ihre Stimme wieder, diesmal allerdings nicht mehr ganz so freundlich. »Du musst schon sagen, was du willst, Marc. Schließlich hast *du mich* angerufen. Ist was mit Gabriel?« Sie wartete noch einmal ein paar Sekunden, dann sagte sie. »So, ich leg jetzt auf.«

»Warte!« Marc hatte fast in den Hörer gebrüllt. »Du willst wissen, ob etwas mit Gabriel ist? Ja, es ist etwas mit Gabriel! Er geht hier nämlich langsam vor die Hunde und leidet. Er kann es vielleicht nicht so zeigen, aber ich weiß es. Er vermisst seine Kinder und ich glaube, dich vermisst er auch. Ich dachte, das könnte dich vielleicht interessieren. Aber wie ich jetzt feststellen muss, habe ich mich wohl geirrt und du hast dich schon mit jemand anderem getröstet.«

»Bist du fertig?«, fragte Julia scharf. »Dann will ich *dir* jetzt mal etwas sagen. Erstens: Es geht dich einen Scheißdreck an, mit wem ich mich ›tröste‹. Und zweitens: Wenn Gabriel seine Kinder tatsächlich so vermisst, frage ich mich, warum er sich schon seit Monaten nicht mehr hier hat blicken lassen. Ganz zu schweigen davon, dass er noch nicht einen Cent Unterhalt für die beiden gezahlt hat.«

»Das kann nicht sein!«, protestierte Marc. »Gut, er muss hier ganz von vorne anfangen und eine neue Kanzlei aufbauen. Die läuft noch nicht richtig, deshalb kann er finanziell keine großen Sprünge machen. Aber er hat mir erzählt, dass er euch jedes zweite Wochenende in Stuttgart besucht.«

Vom anderen Ende der Leitung erklang ein höhnisches Schnauben. »Gabriel war seit Monaten nicht mehr hier, obwohl Hannah Laetitia und Lisa dauernd nach ihm fragen. Die beiden können froh sein, wenn er mal ein paar Minuten mit ihnen telefoniert. Und ansonsten: Wenn ihm angeblich so viel an uns liegt, hätte er vielleicht das Geld seines Arbeitgebers nicht veruntreuen sollen. Dann wäre ihm auch die Kündigung erspart geblieben.«

Marc war wie vor den Kopf geschlagen. Er wechselte den Hörer in die andere Hand. »Was sagst du da?«, fragte er.

»Ja, rausgeschmissen haben sie ihn. Und er kann froh sein, dass sie ihn nicht auch noch angezeigt haben, aber die *Fuldaer* wollte wohl einen Skandal vermeiden. Natürlich hat sich die Sache trotzdem herumgesprochen. Gabriel hätte in Stuttgart beruflich nie wieder einen Fuß auf die Erde bekommen, das war auch der Grund, warum er nach Bielefeld zurückgegangen ist. Aber das hat er dir offenbar auch nicht erzählt.«

»Das hat er in der Tat nicht. Ich habe eher das Gefühl, dass wir von zwei verschiedenen Gabriel Wagners sprechen.«

Julia Wagner seufzte schwer. »Vielleicht tun wir das wirklich. Ich habe auch zwei Gabriel Wagners kennengelernt. Den, in den ich mich verliebt und den ich geheiratet habe, und den, zu dem er sich seit einigen Jahren entwickelt hat.«

Marc schüttelte unwillkürlich den Kopf. »Ich weiß beim besten Willen nicht, wovon du redest.«

»Gabriel hat sich verändert, sogar sehr verändert. Irgendwas ist in seinem Kopf passiert. Vielleicht eine Art Midlife-Crisis, aber in verschärfter Form. Es fing damit an, dass er nur noch stumm bei uns zu Hause auf dem Sofa gesessen und sich für nichts mehr interessiert hat. Vielleicht waren wir ihm nicht mehr gut genug, ich weiß es nicht. Dann ist er vollkommen abgedreht, anders kann ich es nicht nennen. Er hatte auf einmal neue Freunde, alle mindestens zehn, zwanzig Jahre jünger als er und alle mit viel Geld. Um mit ihnen mithalten zu können, hat er sich einen Sportwagen und zerrissene Jeans gekauft, hat sich eine Sonnenbrille in die gegelten Haare geschoben und ist mit denen nächtelang um die Häuser gezogen. Er hat sich auf einmal benommen wie ein Lothar Matthäus für Arme und das Geld mit vollen Händen zum Fenster rausgeworfen. Mir hat er davon natürlich nichts erzählt, ich habe erst etwas gemerkt, als das Bankkonto schon völlig überzogen war und ich auch mit der Kreditkarte nicht mehr zahlen konnte. Da habe ich Gabriel zur Rede gestellt, aber er hat natürlich abgewiegelt. Er habe ›Finanzgeschäfte‹ getätigt, die sich erst einmal amortisieren müssten. Das sei nur eine kurzfristige Lücke, bald würden wir im Geld schwimmen, aber das war natürlich alles heiße Luft.« Sie hielt erneut inne und als sie weitersprach, klang sie traurig. »Ich glaube, er hat auch Drogen genommen. Nein, ich bin mir sogar sicher. Ich habe eines Tages beim Aufräumen im Keller ein Plastiktütchen mit weißem Pulver gefunden. Als ich Gabriel darauf angesprochen habe, ist er fast ausgeflippt. Zuerst hat er behauptet, es seien keine Drogen, dann, er habe das nur für einen Freund aufbewahrt. Ich habe ihm gesagt, das sei mir egal, ich wolle das Zeug nicht in der Nähe meiner Kinder haben. Wenn ich noch einmal etwas finden würde, würde ich es zur Polizei bringen. Von dem Tag an war Ruhe. Aber ich fürchte, er ist nur vorsichtiger geworden.«

Marc wusste nicht, was er sagen sollte. »Das habe ich nicht gewusst«, brachte er nur hervor. »Trotzdem hättet ihr es vielleicht schaffen können, wenn ihr mit ihm nach Bielefeld gekommen wärt.«

»Vielleicht hätten wir das. Ich habe Gabriel wirklich geliebt. Und ich wäre auch bereit gewesen, ihn bei seinen Problemen zu unterstützen. Schließlich hat er schon immer zum Leichtsinn geneigt, auch als ich ihn kennengelernt habe. Aber was ich ihm nicht verzeihen konnte, waren seine dauernden Frauengeschichten.«

»Frauengeschichten?« Marc schwirrte der Kopf und er hatte das Gefühl, als würde er seinen Freund überhaupt nicht mehr kennen.

»Es begann mit ominösen Anrufen, bei denen sich der Anrufer angeblich jedes Mal verwählt hatte. Wenn Gabriel abends nach Hause kam, stank er nach Rauch und Parfüm. Natürlich hat er alles abgestritten, aber ich war irgendwann nicht mehr bereit, mich verarschen zu lassen. Deshalb habe ich ihn vor die Tür gesetzt.«

Marc wusste nicht, was er denken sollte. Natürlich kannte er Gabriels Version der Geschichte noch nicht. Andererseits gab es keinen Grund, Julia nicht zu glauben.

»Ich danke dir für deine Offenheit«, sagte er. »Ich hatte keine Ahnung, wie es wirklich um ihn steht.«

»Schon gut.« Marc konnte sie beinahe lächeln sehen. »Es liegt mir wirklich fern, Gabriel schlechtzumachen. Vielleicht hat er sich in Bielefeld ja auch wieder zum Besseren geändert, auch wenn es mir etwas schwerfällt, das zu glauben. Aber wenn du ihn siehst, richte ihm doch bitte aus, er soll seine Töchter mal wieder anrufen. Die beiden vermissen ihn wirklich.«

Marc hörte ein Klicken, dann war die Leitung tot.

Noch mehr Probleme, dachte er.

## 31

Marc drückte den Klingelknopf an Rottmanns Reihenhaus. Sekunden später wurde die Tür aufgerissen und der Hausherr erschien in der Öffnung.

»Kannst du nicht einmal …?« Er hielt verblüfft inne, als er Marc erkannte.

»Hagen? Was wollen Sie?«

Marc setzte ein freundliches Gesicht auf. »Es haben sich noch ein paar Fragen ergeben. Wenn ich …«

Rottmann hob sofort die Hand. »Im Moment passt es überhaupt nicht«, blaffte er und deutete mit dem Daumen auf die Kartons, die hinter ihm im Flur gestapelt waren. »Wie Sie sehen, sind wir mitten im Umzug.«

»Ach, ist die Renovierung der Villa schon abgeschlossen?«

»Ich weiß zwar nicht, was Sie das angeht, aber die Antwort lautet Ja.«

»Was wird denn dann aus Yvonne?«, erkundigte sich

Marc. »Ich habe kürzlich mit ihr gesprochen. Ich fürchte, das Mädchen wird auf dem allgemeinen Arbeitsmarkt keine Chance haben.«

»Ah ja, Yvonne hat mir erzählt, dass Sie ihr dumme Fragen gestellt haben. Aber ich kann Sie beruhigen. Ich bin mit meiner Frau übereingekommen, dass wir Yvonne nach unserem Einzug weiterbeschäftigen werden. Das Haus ist schließlich sehr groß, die ganze Arbeit schafft meine Frau auf keinen Fall allein, auch wenn sie jetzt nicht mehr berufstätig sein wird. Und Yvonne kennt sich dort schließlich aus.«

»Hört sich nach einer vernünftigen Lösung an«, meinte Marc. »Yvonne kann Ihre Frau unterstützen und ansonsten kann sie Ihnen zur Hand gehen, wenn Sie verstehen, was ich meine.« Er zwinkerte Rottmann verschwörerisch zu. »Praktisch zwei Fliegen mit einer Klappe. Aber ich kann Sie sehr gut verstehen. Eine dermaßen attraktive Frau wie Yvonne habe ich selten gesehen.«

Rottmanns Nasenlöcher blähten sich auf, seine Kiefermuskeln traten hervor und seine Augen weiteten sich. Marc hatte das unbestimmte Gefühl, einem wütenden Gorilla gegenüberzustehen. Fehlte nur noch, dass er sich mit den Fäusten auf die Brust trommelte. »Ich weiß nicht, was diese Andeutungen sollen, aber sie gefallen mir ganz und gar nicht«, zischte Rottmann gefährlich leise. »Sie werden jetzt von hier verschwinden und sich nie wieder blicken lassen!«

»Doch, doch, sehr attraktiv«, fuhr Marc unbeirrt fort, als habe Rottmann überhaupt nichts gesagt. »Und darüber hinaus auch noch ungemein fotogen. Schauen Sie mal!«

Er zog mehrere Fotos aus der Tasche und reichte sie Rottmann nacheinander. »Da haben wir Yvonne zum einen, wie sie mit einem Mann im Restaurant sitzt. Gut, ihr Begleiter ist jetzt nicht ganz so attraktiv und auch überhaupt nicht fotogen, den müssen Sie sich einfach mal wegdenken. Dann ist das Essen beendet und Yvonne und ihr Begleiter besteigen einen S-Klasse-Mercedes. Schönes Auto übrigens. Die Fahrt endet vor einem Hotel in Bad Driburg. Warum eigentlich die weite Fahrt, waren in Bielefeld oder Gütersloh keine Zimmer mehr frei? Hier sehen Sie, wie Yvonne und ihr Begleiter gemeinsam das Hotel betreten, wo die beiden eine Suite unter dem Namen Frau und Herr Flick reserviert haben. Ein sehr treffender Name, oder? Als die beiden auf dem Zimmer waren, haben sie sich zwei Flaschen Champagner bestellt. Das sieht man natürlich alles nicht auf den Fotos, aber ein Zimmermädchen war gegen einen kleinen Obolus durchaus auskunftsbereit. Zwei Stunden später verlassen die beiden gemeinsam das Hotel.« Marc präsentierte Rottmann ein weiteres Foto. »Der einzige Unterschied besteht darin, dass Yvonnes Begleiter jetzt keine Krawatte mehr trägt. Und Yvonne steigt auch nicht mehr in den Mercedes ein, sondern in ein Taxi. Vorher kommt es allerdings noch zu einer rührenden Abschiedsszene, die Sie hier bewundern können.«

Marc hielt Rottmann ein neues Foto vor die Nase. »Dann haben sich ihre Wege getrennt. Yvonne ist mit dem Taxi abgerauscht und ihr Begleiter hat seinen Mercedes geradewegs in die Steinstraße in Bielefeld gesteuert. Dort hat er den Wagen in einer Garage abgestellt und ist direkt in das Haus mit der Nummer 14 gegangen. Ups, das ist ja hier! Und wenn ich mir die Fotos genauer betrachte, dann haben Sie durchaus Ähnlichkeit mit Yvonnes Begleiter. Nein, das sind ja tatsächlich Sie! Unglaublich. Unter diesen Voraussetzungen nehme ich das mit dem ›nicht ganz so attraktiv‹ natürlich wieder zurück.«

Rottmann war so blass geworden wie die Hauswand hinter ihm. Hektisch sah er sich in alle Richtungen um. Dann fasste er Marc am Arm, zog ihn in die Diele und knallte die Tür zu. »Was wollen Sie?«, fauchte er Marc an.

»Wollen?«, tat Marc erstaunt. »Ich wollte mich eigentlich nur bei Ihnen bedanken, dass Sie dem armen Mädchen helfen. Und ich dachte, Ihre Frau könnte es vielleicht auch interessieren, was für einen großzügigen Mann sie geheiratet hat.«

Rottmann starrte Marc eine Weile an. »Also gut, Sie haben gewonnen«, sagte er dann. »Geht es um Geld? Passen Sie auf, wir regeln die Sache so: Sie sagen meiner Frau nichts von diesen Bildern und ich verzichte darauf, Ihr Vermächtnis anzufechten. Und dann zahle ich Ihnen noch einmal ... sagen wir fünfzigtausend Euro obendrauf. Als Entschädigung für Ihre Mühe und die Fotos. Was halten Sie davon?«

»Ich bin an Ihrem Geld nicht interessiert«, antwortete Marc. »Was ich brauche, sind Antworten.«

Rottmann dachte nach. »Lassen Sie uns ins Wohnzimmer gehen«, sagte er dann förmlich. Er bot Marc einen Platz, aber nichts zu trinken an.

»Ich möchte Ihnen einfach mal schildern, was mir in letzter Zeit so durch den Kopf gegangen ist«, begann Marc. »Die Polizei verdächtigt mich, Frau Reichert zusammen mit Heinen ermordet zu haben. Sicher weiß ich nur eines: Ich habe mit dem Mord nichts zu tun. Inwieweit Heinen in die Sache verwickelt ist, kann ich nicht sagen. Er ist weiterhin verschwunden und kann kein Licht in die Angelegenheit bringen. Also muss ich mich an die Menschen wenden, die noch da sind und die von Frau Reicherts Tod profitieren. Und da stößt man natürlich zuerst auf Sie. Das Problem war nur: Sie hatten zwar ein Motiv, aber keine Möglichkeit, Ihrer Tante einzureden, dass sie Krebs hat. Und Sie hätten die Speicherkarte mit der Aufnahme vom Tod Ihrer Tante nicht kopieren können. Diese Gelegenheit hatten nur Yvonne und Dr. Heinen. Im Gegensatz zu Ihnen hatten diese Personen aber kein ersichtliches Motiv. Bis ich festgestellt habe, dass Yvonnes Großvater stellvertretender Vorsitzender des *Ver-*

*eins wider das Vergessen der Aktion T4*, dem einen Erben, ist. Und bis ich wusste, dass Yvonne ein Verhältnis mit Ihnen, dem zweiten Erben, hat. Mit anderen Worten: Yvonne hatte auf einmal sogar zwei Motive, Johanna Reichert zu ermorden: Sie konnte mit einer einzigen Tat den Verein ihres Großvaters und ihren Geliebten reich machen. Was halten Sie von meiner Theorie?«

Auf Rottmanns Stirn und Oberlippe hatten sich feine Schweißperlen gebildet. Mit verzerrtem Gesicht starrte er Marc an. »Das ist infam«, stieß er schließlich hervor. »Eine infame Unterstellung! Ich werde *Ihnen* jetzt mal was erzählen. Ich bin Yvonne erst *nach* dem Tod meiner Tante nähergekommen, als ich den Nachlass ordnen wollte und deshalb öfter in die Villa kommen musste. Vorher bestand keinerlei Kontakt zwischen uns, deshalb kann ich auch nicht Yvonnes Komplize gewesen sein.«

»Sagen Sie!«

»Ja, das sage ich. Aber wenn Sie mir nicht glauben, können Sie gerne Yvonne fragen.«

Marc schnaubte. »Die wird mir aus naheliegenden Gründen kaum etwas anderes erzählen. Außerdem müssen Sie Yvonne vor Frau Reicherts Tod gekannt haben. Sie haben Ihre Tante schließlich besucht.«

»Ja, aber da habe ich Yvonne kaum wahrgenommen. Außerdem konnte Yvonne meiner Tante kaum einreden, sie habe Krebs. Das konnte nur Heinen.«

»Das ist richtig, aber Yvonne könnte mit Heinen zusammengearbeitet und ihn bei seinem Vorhaben unterstützt haben.«

»Das ist lächerlich. Yvonne würde einem anderen Menschen nie etwas Böses zufügen. Sie ist ja nicht mal in der Lage, eine Spinne zu töten. Wenn sie eine sieht, fängt sie sie mit einem Glas ein und trägt das Tier vor die Tür. Das habe ich schon mehrfach erlebt. Und so ein Mensch soll meine Tante systematisch in den Tod getrieben haben? Und mit mir hat das Ganze schon mal gar nichts zu tun. Aufgrund unseres Streits habe ich meine Tante erst vier Wochen vor ihrem Tod wieder sporadisch besucht. Das können Sie gerne alle Hausangestellten fragen, nicht nur Yvonne. Sie werden ja wohl kaum annehmen, dass die alle an dieser Verschwörung gegen meine Tante beteiligt waren. Und da ich von der Polizei weiß, dass meine Tante schon mindestens drei Monate vor ihrem Tod dachte, sie habe Krebs, komme ich als Täter oder Mittäter wohl kaum in Betracht, nicht wahr? Meine Tante hat ihr Testament erst etwa einen Monat vor ihrem Tod zu meinen Gunsten geändert. Zu dem Zeitpunkt, als dieser Heinen begonnen hat, meiner Tante einzureden, sie habe Krebs, hatte ich also nicht das geringste Motiv für einen Mord.«

Marc wurde nachdenklich. Rottmanns Argumentation war nicht von der Hand zu weisen. Natürlich war es möglich, dass Rottmann Yvonne und Heinen schon vor der Aussöhnung mit seiner Tante kennengelernt hatte, aber dafür gab es keinerlei Anhaltspunkte. Außerdem musste Rottmann aufgrund des Zerwürfnisses mit seiner Tante zu dem Zeitpunkt noch davon ausgehen, dass er nichts erben würde. Warum also hätte er sich an einem Mordkomplott gegen sie beteiligen sollen? Es sei denn aus Rache, weil sie ihm zu Lebzeiten kein Geld gegeben hatte und er ihr die Schuld an seinen geschäftlichen Misserfolgen zuschob. Ein schwaches Mordmotiv.

»Ich gebe Ihnen deshalb einen guten Rat«, riss Rottmann Marc aus seinen Gedanken. »Vergessen Sie Ihre Theorie. Sie vergeuden damit nur Ihre Zeit. Gehen Sie einfach davon aus, dass Yvonne und ich mit der Ermordung meiner Tante nichts zu tun haben. Wenn Sie wirklich wissen wollen, wer sie ermordet hat, müssen Sie woanders suchen.«

Marc nickte bedächtig. Bei Rottmann kam er jetzt nicht weiter, darum stand er auf und wandte sich der Tür zu. Rottmanns Stimme hielt ihn zurück.

»Äh, was ist mit den Fotos?«, fragte er.

Marc griff in seine Innentasche und zog die Abzüge heraus. Dann schmiss er sie vor Rottmann auf den Tisch. »Die schenke ich Ihnen«, sagte er übertrieben freundlich. »Ich habe noch jede Menge davon.«

## 32

Marc konnte seinen Wagen bereits am späten Montagnachmittag aus der Werkstatt abholen. Nachdem er die Rechnung bezahlt hatte, wurde er vom Meister beiseitegenommen.

»Ich würde Ihnen gerne noch etwas zeigen«, sagte er.

Marc folgte ihm zu seinem Golf, der in einer Ecke des großen Hofes abgestellt worden war. Der Meister bückte sich und schaute unter die Stoßstange. Dann winkte er Marc zu sich herunter.

»Schauen Sie mal.«

Marc ging in die Knie und hockte sich neben ihn.

»Sie müssen schon ganz runter, sonst werden Sie es nicht sehen«, forderte der Meister ihn auf.

Marc brachte sein Gesicht ganz nah an den Asphalt heran und folgte dem Blick des Mannes. Und dann sah er es: Ein winziger schwarzer Knopf, der – wahrscheinlich mit einem Magneten – unter der Stoßstange angebracht worden war.

»Das haben wir gefunden, als wir Ihren Wagen auf der Hebebühne hatten.«

»Und was ist das?«, wollte Marc wissen.

»Ein GPS-Sender«, bekam er zur Antwort »Damit kann man die exakte Position Ihres Wagens überall auf der Erde feststellen.«

Marc nickte langsam. Jetzt verstand er, warum er nie einen Verfolger bemerkt hatte. Gabriels Vermutung stimmte also: Er wurde von der Polizei überwacht.

»Wir haben den Sender nicht entfernt, weil wir nicht wussten, ob Ihnen das recht ist«, fuhr der Meister fort. »Wenn Sie wollen, kann ich ihn sofort abmachen und entsorgen.«

»Nein, nein, lassen Sie ihn einfach da, wo er ist«, erwiderte Marc schnell. Immerhin hatte er jetzt einen taktischen Vorteil gegenüber der Polizei, weil die ja nicht wissen konnte, dass er den Sender entdeckt hatte. Vielleicht würde ihm das noch einmal nutzen.

Marc griff in seine hintere Hosentasche und zog sein Portemonnaie daraus hervor. Er entnahm ihm einen Zwanzigeuroschein, den er dem Meister zusteckte. »Vielen Dank für Ihre Mühe«, sagte er. »Und jetzt vergessen Sie Ihren Fund einfach wieder.«

Weil Marc Angst hatte, in die traurige Stille seines leeren Hauses zurückzukehren, fuhr er ziellos durch die Gegend. Auf einmal stellte er fest, dass er ganz in der Nähe von Beas Haus gelandet war und musste schmunzeln. Nun, vielleicht war er doch nicht ganz so ziellos unterwegs gewesen. Seitdem Lizzy und Melanie ausgezogen waren, vermisste er sie wahnsinnig.

Marc steuerte den Golf zu Beas Haus. Direkt davor parkte Melanies Suzuki Swift am Straßenrand. Marc fuhr zweimal langsam an dem Haus vorbei, konnte aber nichts Auffälliges feststellen. Alles schien vollkommen ruhig und friedlich zu sein.

Dann suchte er sich eine Parklücke, von der aus er die

Haustür im Blick hatte. Er wusste selbst nicht genau, was er hier tat. Vielleicht war es nur das Gefühl, Lizzy und Melanie in seiner Nähe zu wissen.

Nach zwei Stunden sinnloser Rumsitzerei war es dunkel geworden. Im Haus hatte sich nichts getan, außer dass jetzt zwei Fenster beleuchtet waren.

Marc, der nur eine leichte Jacke trug, fror inzwischen wie ein Schneider.

»Schwachsinn!«, sagte er zu sich selbst. »Du kannst noch die ganze Nacht hier sitzen, es wird nicht das Geringste ändern.«

Er wollte gerade den Motor anlassen, als er sah, dass sich die Tür von Beas Haus öffnete. Melanie kam heraus und ging auf ihren Wagen zu. Marc sah auf die Uhr. Viertel nach acht. Normalerweise hatte Melanie an einem Montagabend nichts vor. Aber was war in letzter Zeit schon normal?

Melanie stieg in ihren Suzuki, die Scheinwerfer flammten auf und der Wagen rollte langsam davon. Marc war hin- und hergerissen, was er tun sollte. Irgendetwas in ihm drängte ihn, ihr zu folgen, andererseits sagte ihm sein Verstand, er solle besser nach Hause fahren, wenn er ihre Beziehung nicht endgültig zerstören wollte.

Noch während er mit sich rang, bemerkte er im Rückspiegel etwas Merkwürdiges. Melanie hatte sich etwa einhundert Meter entfernt und bog gerade um die erste Kurve, als ein unauffälliger dunkelblauer VW Passat aus einer Parklücke drei Autos hinter Marc ausscherte und Melanie folgte. Die ersten Meter fuhr der Passat ohne Licht, erst dann leuchteten auch seine Scheinwerfer auf. Als der Wagen Marc passierte, konnte er erkennen, dass zwei Männer auf den Vordersitzen saßen.

Ein Wust von Gedanken brandete durch Marcs Kopf. Wurde Melanie ebenfalls überwacht? Und wenn ja, von wem? Sein erster Verdacht fiel auf die Polizei, aber was konnte die für ein Interesse an Melanie haben? Oder fuhr der Passat nur zufällig zur gleichen Zeit in die gleiche Richtung wie sie?

Marc startete den Motor und schloss zu dem VW auf. Schon nach wenigen Minuten war die Sache klar: Die Männer in dem Passat folgten Melanie. Marc musste wider Willen lächeln. Wenn er mit seiner Vermutung recht hatte und auch er gerade überwacht wurde, bewegte sich jetzt ein mittlerer Autokorso durch die abendlichen Bielefelder Straßen. Marc warf einen Blick in den Rückspiegel, aber dort war alles schwarz.

Die Fahrt endete zwanzig Minuten später vor einem kleinen, versteckt liegenden Landhotel außerhalb Bielefelds. Was konnte Melanie hier wollen? Marc beobachtete, wie sie das Hotel durch eine Drehtür betrat. Der Passat parkte in einem Abstand von etwa dreißig Metern zum Haupteingang, aber niemand verließ den Wagen. Marc stellte seinen Golf in der hintersten und dunkelsten Ecke des Parkplatzes ab und betrat die Hotellobby. Zuerst warf er einen vorsichtigen Blick in die kleine Bar und das angrenzende Restaurant, aber von Melanie war nichts zu sehen. Dann steuerte er auf die Rezeption zu. Hinter dem Tresen stand ein gelangweilt wirkender Portier, den Marc auf Ende dreißig schätzte.

»Schönen guten Abend«, sagte Marc und schenkte dem Mann sein sympathischstes Lächeln. »Ich suche eine Frau Anfang dreißig, lange dunkle Haare, etwa ein Meter siebzig groß, schlank, sehr attraktiv.«

Der Portier grinste. »Genau so eine Frau suche ich auch.«

Marc ließ sich nicht beirren. »Sie hat Ihr Hotel vor etwa fünf Minuten betreten. Sie müssten sie also gesehen haben.«

Der Rezeptionist hob bedauernd die Hände. »Tut mir leid, aber über Hotelgäste darf ich keine Auskunft geben.«

»Ich glaube nicht, dass die Frau in Ihrem Hotel wohnt. Ich vermute eher, sie besucht einen Gast. Können Sie mir sagen, in welches Zimmer sie gegangen ist?«

Der Mann betrachtete Marc mit einem leicht spöttischen Blick. »Das ändert nichts an meiner Antwort«, sagte er.

Marc rieb sich die Nase. »Ich muss die Frau unbedingt sprechen. Es ist wichtig.« Er griff in die Hintertasche seiner Hose, zog sein Portemonnaie heraus und entnahm ihm einen Zwanzigeuroschein, den er auf den Tresen legte.

Der Portier warf einen prüfenden Blick auf den Geldschein. »Aber offenbar doch nicht *so* wichtig«, meinte er.

Marc verstand. Er tauschte den Zwanziger schnell gegen einen Fünfziger. Gott sei Dank war er heute noch am Automaten gewesen.

Marc hatte den Schein gerade auf den Tresen gelegt, da war er auch schon in der Tasche des Mannes verschwunden.

»Sie ist im Zimmer achtundzwanzig, zweiter Stock«, gab er Auskunft.

»Wie heißt der Gast?«

Der Portier zog die Nase hoch. »Ist Ihnen das genauso wichtig?«, fragte er und ein weiterer Fünfziger wechselte den Besitzer.

»Wendt«, sagte der Portier dann. »Das Zimmer wurde von einer Frau Melanie Schubert für einen einzelnen Mann auf den Namen Wendt angemietet.«

Marc atmete tief durch. Wendt war Melanies Mädchenname.

»Wie sieht der Mann aus?«, fragte Marc.

Der Portier starrte schweigend Löcher in die Luft. Marc gab ihm seinen letzten Zwanziger, dann drehte er demonstrativ sein leeres Portemonnaie um und schüttelte es.

»Ende fünfzig, volles graues Haar, ziemlich groß, stattlich«, kam die prompte Antwort.

Marc musste schwer schlucken. Die Beschreibung passte exakt auf Heinen! Da Marc keine Geduld hatte, auf den Fahrstuhl zu warten, nahm er die Treppe in den zweiten Stock. Vor dem fraglichen Zimmer blieb er stehen. Ruhig atmen, befahl er sich selbst, um seinen Puls wieder unter Kontrolle zu bringen. Dann klopfte er an die Tür.

»Ja?«, hörte er eine unwirsche männliche Stimme im Inneren des Raumes.

»Housekeeping!«, rief Marc.

»Ich brauche nichts, alles in bester Ordnung«, rief der Mann.

Falsche Antwort, dachte Marc. Er hämmerte fester gegen die Tür. »Housekeeping!«, rief er erneut.

Marc hörte einen unterdrückten Fluch und dann Schritte, die sich näherten. Als die Klinke von innen hinuntergedrückt wurde, warf Marc sich mit seinem gesamten Gewicht gegen die Tür.

Die Person im Inneren wurde zurückgeschleudert und Marc hörte den schweren Aufprall eines Körpers auf dem Boden. Er stieß die zurückschwingende Tür ganz auf und stürmte in das Zimmer. Als Erstes nahm er Melanie wahr, die ihn mit vor panischer Angst geweiteten Augen und offenem Mund anstarrte. Sein nächster Blick galt dem Mann auf dem Boden, der sich mit beiden Händen die Nase hielt. Blut sickerte zwischen seinen Fingern hervor und tropfte auf den hellen Teppichboden.

Marc wäre am liebsten im Erdboden versunken, als er den Mann erkannte. Er schluckte einen Frosch herunter, dann sagte er betont freundlich. »Oh, guten Abend, Herr Wendt. Wie geht es Ihnen?«

# 33

»Das hast du nicht wirklich gesagt!« Gabriel schüttete sich immer noch aus vor Lachen.

Nach dem Vorfall in dem Hotel hatte Marc seinen Freund angerufen und sich mit ihm in ihrer Stammkneipe verabredet.

»Etwas Besseres ist mir in dem Moment nicht eingefallen«, versuchte Marc sich zu verteidigen. »Es kommt schließlich nicht alle Tage vor, dass man seinem Schwiegervater in spe die Nase bricht.«

»Ex-Schwiegervater wohl eher. Was hat Melanie gesagt?«

»Sie war nicht gerade begeistert. Um es harmlos auszudrücken. Sie hat mich angeschrien, ich hätte wohl völlig den Verstand verloren, sei gemeingefährlich und noch andere Dinge, die ich jetzt nicht wiederholen möchte. Auf jeden Fall hat meine Aktion nicht gerade dazu beigetragen, unser Verhältnis zu verbessern.«

»Das will ich gerne glauben. Aber du hättest schließlich auch selbst darauf kommen können, dass es sich bei dem geheimnisvollen Hotelgast namens Wendt nicht um Heinen, sondern um Melanies Vater handelt.«

»Ich hatte Melanies Vater überhaupt nicht mehr auf dem Schirm«, wehrte sich Marc.

»Ich habe ihn erst einmal gesehen und das ist eine Ewigkeit her. Er lebt seit Jahren auf Teneriffa. Wie sollte ich ahnen, dass er ausgerechnet jetzt in Deutschland auftaucht und seine Tochter besuchen will. Er hat sich vor zwei Tagen mit ihr in Verbindung gesetzt. Eigentlich wollte er in unserem Gästezimmer schlafen, aber das geht ja momentan nicht. Bei Beatrice war kein Platz mehr, also hat Melanie ihn im Hotel untergebracht.«

»Und du hast ihm zur Begrüßung gleich mal die Tür vor die Nase geknallt.«

»Das war keine Absicht. Ich habe mich zigmal bei ihm entschuldigt. Ich glaube, er nimmt es mir auch nicht mehr übel. Im Gegensatz zu Melanie.«

Gabriel versuchte ein aufmunterndes Lächeln. »Kopf hoch, Marc, die beruhigt sich schon wieder. Alle Frauen tun das früher oder später.«

»Ach! Als Experte für Beziehungsfragen bist du mir bisher nicht aufgefallen.«

»Ich kann nichts dafür, dass sich meine Frau von mir getrennt hat«, sagte Gabriel beleidigt.

»Tatsächlich? Da habe ich aber etwas ganz anderes gehört. Ich habe letzten Freitag mit Julia telefoniert.«

Seinem Freund fiel fast die Kinnlade herunter. »Du hast *was?*«

»Ich habe mit Julia telefoniert. Ich dachte nicht, dass ich dafür deine Erlaubnis brauche. Immerhin bin ich auch mit ihr befreundet. Und ihre Version der Geschichte hört sich ein wenig anders an als deine.« Er fasste das Gespräch für Gabriel zusammen.

Als Marc geendet hatte, sagte Gabriel: »Jetzt brauche ich erst mal ein Bier.« Er bestellte sich ein Weizen, das er auf ex trank, bevor er sich Marc wieder zuwandte. »So, jetzt geht's mir besser. Das hat Julia dir wirklich erzählt? Ich kann es einfach nicht glauben!«

»Dann stimmt es also nicht?«

»Nein, *so* stimmt es definitiv nicht. Erstens: Ich habe kein Geld veruntreut, nicht einen Cent. Und ich bin auch nicht gefeuert worden. Ich habe mit der Versicherung einen Aufhebungsvertrag abgeschlossen. Den kann ich dir gerne zeigen.«

»Und wie kam es dann zu diesen Gerüchten?«

»Da muss ich ein wenig ausholen. Bei der *Fuldaer* hat mir einiges schon lange nicht mehr gepasst. Anderen übrigens auch nicht, aber ich war der Einzige, der den Mund aufgemacht hat. Du kennst mich, Marc, irgendwann muss es raus, sonst platze ich. Ich habe mich über meinen direkten Vorgesetzten beschwert und das war der Anfang vom Ende. Von dem Tag an war ich unten durch und wurde nach allen Regeln der Kunst gemobbt. Als sie gemerkt haben, dass sie mich so nicht loswerden können, griffen sie zu drastischeren Mitteln.«

»Du meinst, sie haben dir eine Straftat angehängt?«

»Ich weiß, es hört sich komisch an, aber genauso ist es gewesen. Ich war vor Kurzem noch bei einem Arbeitsrechtsseminar mit dem Titel *Wie Sie wirklich* jeden *Arbeitnehmer loswerden.* Es gibt tatsächlich Anwälte, die sich auf so etwas spezialisiert haben. Wenn dir die Nase deines Arbeitnehmers nicht mehr passt, schmuggelst du einfach irgendwas in sein Auto und behauptest, er hätte es in der Firma geklaut. Das muss der Arbeitgeber nicht mal beweisen, der Verdacht reicht für eine Kündigung aus. Und schwups, bist du den Mann oder die Frau los.«

»Und bei dir war es genauso?«

»Ja. Aber ich habe mich gewehrt. Und zwar erfolgreich. Sonst hätten sie mir wohl kaum eine Abfindung gezahlt, oder?«

»Und was ist mit den Drogen?«

Gabriel seufzte schwer. »Gut, ich gebe es zu, da ist etwas dran. Aber auch die Geschichte muss ich von Anfang an erzählen. Julia hat es in gewisser Hinsicht auf den Punkt gebracht. Irgendwann habe ich mich gefragt, ob das wirklich alles war. Hast du dir diese Frage noch nie gestellt? Vielleicht habe ich zu früh geheiratet, vielleicht hätte ich mir noch länger die Hörner abstoßen sollen, ich weiß es nicht. Tatsache ist, dass ich irgendwie in dieser Clique gelandet bin. Alle waren jung, hatten Geld und sie haben jede Nacht die Puppen tanzen lassen. Das hat mich irgendwie fasziniert. Auf einmal fühlte ich mich auch wieder wie Mitte zwanzig.« Er hielt inne und grinste. »Na gut, wie Anfang dreißig. Es wurde viel Geld ausgegeben und ich dachte, ich müsste da irgendwie mithalten. Schließlich wollte ich auch mal einen ausgeben. So bin ich in die Miesen gerutscht. Eines Tages habe ich mitbekommen, dass in der Clique gekokst wurde. Aber dabei habe ich nie mitgemacht, das musst du mir glauben! Einer meiner ›Freunde‹ ist dann auf mich zugekommen und hat mich gebeten, für ein paar Tage sein Koks bei mir zu verstecken, weil er eine Hausdurchsuchung befürchtet hat. Ja, ich war so blöd, mich breitschlagen zu lassen und dieses Koks hat natürlich ausgerechnet Julia entdeckt. Ich habe mich anschließend sofort von meiner Clique verabschiedet. Zum einen wurde mir die Sache zu heiß, zum anderen habe ich eingesehen, dass es keine echten Freunde waren. Ich habe mit dieser Sache abgeschlossen, wirklich, und ganz bewusst einen räumlichen Schnitt vollzogen, indem ich nach Bielefeld zurückgegangen bin.«

»Und was ist mit den angeblichen Frauengeschichten?«

»Ha!« Gabriel brach in ein freudloses Gelächter aus. »Ich habe dir ja schon von Sandro Kern erzählt. Was Julia dir offenbar verschwiegen hat, ist, dass sie mich zuerst mit ihm betrogen hat. Gut, ich war zu der Zeit nachts oft unterwegs, aber mit anderen Frauen hatte ich zu dem Zeitpunkt noch nichts, das schwöre ich. Zumindest nicht, bis ich hinter die Sache mit diesem Kern gekommen bin. Aber ich gebe zu, dann habe ich mich revanchiert.«

»Ich finde es nur nicht gut, wenn die Kinder darunter leiden müssen.«

»Du hast recht, Marc. Dass ich mich nur so selten bei ihnen melde, ist wirklich erbärmlich. Aber meine Beziehung zu Julia ist auf einem absoluten Tiefpunkt angelangt. Ich habe mittlerweile schon Panik, in Stuttgart anzurufen. Ich weiß, das hört sich blöd an, aber jedes unserer Gespräche endet früher oder später in einem riesigen Streit.«

Marc holte tief Luft. Mittlerweile wusste er überhaupt nicht mehr, was er glauben sollte. Aber das war am Ende wohl egal. Er hatte herausgefunden, was er herausfinden wollte: Gabriel und Julia würden nie mehr ein Paar werden.

Sie bestellten sich eine weitere Runde. »Hast du eigentlich noch etwas über die Beziehung Heinens zu von Neuendorff in Erfahrung gebracht?«, erkundigte sich Marc.

»Nicht das Geringste. Es gibt im Netz keinerlei Hinweise darauf, dass die beiden nach den Siebzigerjahren noch Kontakt hatten. Und ich wüsste auch nicht, wie wir da weiterkommen könnten.«

»Vielleicht bei Heinen selbst«, schlug Marc vor.

Gabriel machte ein irritiertes Gesicht. »Ist der wieder aufgetaucht?«

»Nein. Aber ich glaube, es gibt da trotzdem einen Weg.«

## 34

Am folgenden Morgen zog Marc seinen Trainingsanzug und seine Joggingschuhe an. In der rechten Hosentasche verstaute er seinen Schlüssel und zwei Fünfzigeuroscheine, in der linken eine kleine, aber wattstarke LED-Taschenlampe, die ihn beim Laufen kaum beeinträchtigen würde. Um kurz nach neun zog er die Haustür hinter sich zu, vollführte einige demonstrative Dehnübungen und joggte in gemächlichem Tempo los.

Etwa alle dreißig Sekunden schaute er über seine Schulter nach hinten. Marc war sich zwar nicht sicher, ob er permanent observiert wurde, aber bei dem, was er heute vorhatte, konnte er beim besten Willen keine Beobachter gebrauchen.

Als er ein Waldstück erreichte, das er seit seiner Kindheit wie seine Westentasche kannte, beschleunigte er seine Schritte. Die nächsten zwanzig Minuten rannte er kreuz und quer durch den Wald, bis er sich absolut sicher war, dass ihm niemand folgte.

Dann suchte er einen nahe gelegenen Taxistand auf, ließ sich nach Gütersloh bringen und in der Nähe des Stadtparks absetzen. In dieser Gegend lebte, wer es in Gütersloh zu etwas gebracht hatte: Unternehmer, Ärzte und leitende Angestellte der Weltunternehmen *Bertelsmann* und *Miele*.

Marc trabte langsam durch grüne Alleen, vorbei an Gründerzeitvillen und einigen Neubauten, die hinter hohen Hecken von den Blicken ihrer Nachbarn und neugieriger Passanten abgeschirmt waren. Dieser Wunsch nach Abgeschiedenheit und Ruhe kam Marc jetzt sehr entgegen.

Auch Heinens Einfamilienhaus lag auf einem großen Grundstück, das mit Büschen, Hecken und Bäumen so zugewachsen war, dass man das anderthalbstöckige Gebäude darauf nur erahnen konnte.

Marc öffnete eine Pforte und schritt den mit Steinplatten ausgelegten Pfad entlang, der durch einen kunstvoll verwilderten Vorgarten führte.

Marc fiel als Erstes auf, dass sämtliche Jalousien an der Vorderseite des Hauses heruntergelassen waren, was Heinens Domizil einen trutzburgähnlichen Charakter verlieh.

Als Marc direkt vor der Eingangstür stand, sank seine Hoffnung, hier noch irgendetwas von Wert zu finden: Auf

Tür und Zarge klebte ein großes Polizeisiegel. Marc hatte zwar geahnt, dass das Anwesen bereits durchsucht worden war, aber jetzt, wo er die Bestätigung vor sich sah, empfand er doch eine gewisse Enttäuschung.

Trotzdem, sagte er energisch zu sich selbst. Jetzt bist du hier, jetzt musst du die Sache auch durchziehen.

Er drückte pro forma auf die Klingel neben dem Briefkasten, der mit Werbezeitungen und Prospekten vollgestopft war, aber erwartungsgemäß wurde ihm auch nach mehreren Versuchen nicht geöffnet.

Marc machte ein paar Dehnübungen und sah sich dabei unauffällig um. Die Straße war von hier aus kaum zu sehen, das Gleiche galt für die weit entfernten Nachbarhäuser.

Nach einem letzten Kontrollblick machte Marc sich auf einen Rundweg um das Haus. Hier bot sich das gleiche Bild. Fenster und Türen waren verschlossen, die Jalousien heruntergelassen.

Marc rieb sich den Nacken, unschlüssig, wie er weiter vorgehen sollte. Dabei fiel sein Blick auf ein Fenster aus Milchglas. Es handelte sich um das einzige Fenster ohne Rollladen, allerdings war es ziemlich klein und auch höher angebracht als die anderen Fenster.

Marc versuchte anhand seiner Körpergröße und seines Fitnesszustandes abzuschätzen, ob er es schaffen konnte, auf diesem Weg in das Haus zu gelangen. Er beschloss, dass es immerhin einen Versuch wert war, holte die Taschenlampe hervor und stemmte sich die Fensterbank hoch. Dann holte er aus und schlug mit dem Griff der Lampe zu. Er brauchte drei Versuche, bis das Glas mit einem lauten Krachen in tausend Stücke zersplitterte. Marc ließ sich erschreckt auf den Boden fallen und horchte in die Stille. Irgendwo bellte ein Hund, ansonsten blieb es vollkommen ruhig.

Nach einer Wartezeit von mehreren Minuten war Marc sich sicher, dass ihn niemand gehört hatte. Also wuchtete er sich wieder die Hauswand hoch, griff durch das Loch im Glas, entriegelte das Fenster von innen und stieß es auf.

Dann wischte er einige Glasscherben aus dem Weg und quetschte sich durch die Öffnung. Er sprang ab und landete in einer Art Gäste-WC mit Dusche.

Marc lauschte erneut und zählte dabei bis hundert, aber außer seinem pochenden Herzschlag war kein Geräusch zu hören. Mit angeschalteter Taschenlampe machte er sich daran, Heinens Haus zu erkunden.

Vom Gäste-WC gelangte er in einen Flur, von dem mehrere Räume abgingen. Im gesamten Haus war es stockdunkel. Marc blieb in der Tür zum großzügigen Wohnzimmer mit angrenzendem Essbereich und offener Küche stehen. Er ließ den Strahl der Taschenlampe einmal durch den gesamten Raum wandern, bis der Lichtkegel eine aufgeschlagene Fernsehzeitung auf dem Couchtisch erfasste. Marc las das Datum: 11. März. Die Zeitung war offenbar seit über drei Wochen nicht bewegt worden.

Marc verließ das Wohnzimmer und warf einen Blick in die restlichen Räume des Erdgeschosses, ohne etwas Bemerkenswertes zu finden. Dann nahm er die Treppe in den ersten Stock. Der erste Raum war Heinens Schlafzimmer, das von einem breiten Bett beherrscht wurde. Marc kontrollierte den Kleiderschrank, der fast eine gesamte Wand einnahm. Nichts schien zu fehlen. In einer Nische neben dem Kleiderschrank waren zwei Koffer übereinandergestapelt. Im Badezimmer bestätigte sich sein Eindruck, dass Heinen nicht verreist war: Auf der Ablage über dem Waschbecken entdeckte Marc eine Zahnbürste, Zahnpasta, Rasiercreme und Rasierklingen.

Hinter der nächsten Tür lag Heinens Arbeitszimmer.

Marc schwenkte mit der Taschenlampe den Raum ab. Das Licht wanderte über einen Schreibtisch, einen Drehsessel, sowie mehrere Regale und eine Reihe Bilder an der Wand.

Marc versuchte nachzuvollziehen, an welcher Seite des Hauses das Arbeitszimmer lag. Er war sich sicher, dass es nicht zur Straße hin ausgerichtet war. Außerdem war ja die Jalousie heruntergelassen. Er konnte das Risiko eingehen und das Deckenlicht einschalten.

Erst jetzt sah er das gesamte Ausmaß der Verwüstung: Auf dem Fußboden lagen Schubladen, Bücher, zerbrochene Bilderrahmen, Glassplitter, Papiere aller Art und Aktenordner, die aus den Regalen gerissen worden waren, wild verstreut auf dem Boden. Auf dem Schreibtisch stand ein Flachbildmonitor, dessen Verbindungskabel zu dem dazugehörigen PC im Nichts endeten. Die Polizei hatte praktisch alles mitgenommen, was nicht niet- und nagelfest war. Marc fühlte sich sofort an die Durchsuchung seines Hauses und seiner Kanzlei erinnert. Allerdings hatte es Heinens Haus wesentlich schlimmer getroffen. Die Beamten waren zwar nicht verpflichtet, nach einer Hausdurchsuchung aufzuräumen, aber meistens gaben sie sich zumindest Mühe, nicht allzu viel zu zerstören. Die Tatsache, dass die Polizisten sich diesmal kein bisschen um den angerichteten Schaden geschert zu haben schienen, ließ nur einen Schluss zu: Sie gingen nicht davon aus, dass Heinen jemals wieder in dieses Haus zurückkehren würde.

Obwohl es hier offensichtlich nicht mehr viel zu entdecken gab, machte Marc sich daran, die Schubladen des Schreibtisches zu durchwühlen. Doch er fand nichts.

Marc richtete seine Aufmerksamkeit auf die Bilder an der Wand. Es handelte sich ausschließlich um gerahmte Fotos, die nur eine Gemeinsamkeit hatten: Der Hausherr war auf allen zu sehen. Heinen mit ostwestfälischen Lokalgrößen,

Heinen mit einem ehemaligen Ministerpräsidenten des Landes Nordrhein-Westfalen, Heinen mit einem ehemaligen Bundespräsidenten, Heinen mit einem ehemaligen Bundeskanzler. Allerdings keine Fotos von Heinen mit von Neuendorff. Marc fiel auf, dass es sich fast ausschließlich um Berühmtheiten handelte, die nicht mehr im Amt oder bereits verstorben waren, während Aufnahmen mit aktuellen Politikern fehlten. Erfolgreiche Politiker hatten im Allgemeinen ein feines Gespür dafür, wann sich ein gemeinsames Foto lohnte und wann es sogar schaden konnte.

Daneben gab es einige Aufnahmen mit Lebewesen, die sich nicht mehr aussuchen konnten, ob sie fotografiert werden wollten oder nicht: ein kapitaler Hecht, eine schwere Forelle, ein riesiger Wels, alle stolz von Heinen auf den ausgestreckten Händen der Kamera präsentiert.

Marc richtete sein Augenmerk auf das Chaos auf dem Boden. Es war kaum anzunehmen, dass darunter etwas Wichtiges zu finden war, sonst hätte die Polizei es mitgenommen. Trotzdem setzte er sich und fing mit einer Grobdurchsicht an. Auf dem Rücken eines Aktenordners stand in großen Buchstaben: *Verträge doppelt*. Bingo!

Als Marc den Ordner aufschlug, stellte er fest, dass er ausschließlich Fotokopien diverser Verträge enthielt, offenbar Sicherungskopien.

Marc wusste, dass die Polizei immer die Original-Unterlagen mitnahm, wenn sie welche finden konnte. Dies war hier wahrscheinlich der Fall gewesen und deshalb hatten sie auf die Sicherstellung der Kopien verzichtet. Marc blätterte die Verträge oberflächlich durch, bis ein Dokument sein Interesse weckte. Es handelte sich um die Kopie eines Pachtvertrages für eine Fischerhütte am Achensee im südlichen Niedersachsen. Heinen hatte die etwa dreißig Quadratmeter große Hütte vor zehn Jahren samt einem Ruderboot angemietet und zahlte dafür einen nicht unbeträchtlichen Pachtzins. Marc stand auf und betrachtete erneut die Fotos mit Heinens Trophäen. Und tatsächlich: Auf dem Bild mit dem Wels waren im Hintergrund der Teil eines Sees, ein Steg und eine Holzhütte zu erkennen.

Marc blätterte weiter in dem Aktenordner. Ganz am Ende stieß er auf den Gesellschaftsvertrag der *Heinol GmbH.* Heinen und Nolte hatten die GmbH vor neun Jahren gegründet und hielten jeweils fünfzig Prozent der Gesellschaftsanteile. Marc überflog den Vertrag, der keine ungewöhnlichen Klauseln enthielt: Firma und Sitz der Gesellschaft, Gegenstand des Unternehmens, Betrag des Stammkapitals, Höhe der jeweiligen Stammeinlage. Doch bei einem Paragrafen stutzte er: Beim Tod eines Gesellschafters sollte dessen Geschäftsanteil auf den anderen Gesellschafter übergehen. Marc runzelte die Stirn. Hatte Nolte nicht gesagt, dass ihn mit Heinen privat nicht viel verband? Warum dann diese Großzügigkeit dem Geschäftspartner gegenüber? Andererseits hatten die beiden das Unternehmen gemeinsam aufgebaut und Heinen war seit Jahrzehnten geschieden und hatte keine Kinder. Also gab es niemanden, den er im Falle seines Todes hätte absichern müssen. Vielleicht war es bei Nolte ähnlich.

Marc holte sich aus der Küche eine große Plastiktüte und stopfte den Aktenordner hinein. Vielleicht konnten ihm die Verträge ja noch von Nutzen sein, auch wenn er im Augenblick nicht die geringste Ahnung hatte, wie.

Anschließend verließ er das Haus auf dem gleichen Weg, wie er es betreten hatte, hielt ein Taxi an und ließ sich zurück nach Bielefeld fahren.

## 35

Schon einen Tag nach seinem Einbruch in Heinens Haus machte Marc einen Abstecher zum Achensee.

Nach einer Fahrt von anderthalb Stunden erreichte er ein großes Waldgebiet. Er studierte die Karte und die Wegbeschreibung, die er sich aus dem Internet ausgedruckt hatte, und bog auf einen unbeschilderten Wirtschaftsweg ein, der tief in den Wald hineinführte. Trotz der Beschreibung verfuhr er sich mehrfach und musste Wanderer nach dem Weg fragen. Irgendwann erreichte er schließlich die Wiese vor dem abgelegenen See. Und dort entdeckte Marc etwas, was sein Herz schneller schlagen ließ: einen schwarzen Porsche Cayenne mit dem Kennzeichen GT-GH 8888. Heinen war also hier gewesen und hatte den Ort offenbar auch nicht mehr verlassen. Zumindest nicht mit seinem Wagen. Marc näherte sich dem Auto vorsichtig und schaute in den Innenraum. Er war leer und die Türen verschlossen.

An die Wiese schloss sich ein schmaler Trampelpfad an. Als Marc ihm folgte, gelangte er zunächst durch dichtes Schilf, doch nach etwa hundert Metern öffnete sich der Blick auf den See. Dann sah er sie: die kleine Holzhütte mit Veranda, die auf einer ebenfalls hölzernen Plattform auf Pfählen einige Meter vom Ufer entfernt im Wasser stand. Die Plattform ging in einen langen Steg über, an dessen Ende ein Ruderboot träge vor sich hin dümpelte. Marc zog die Schuhe aus und betrat auf Socken die leise knarrenden Holzplanken der bis zum Ufer reichenden Plattform. Er hielt inne und lauschte, doch bis auf das Vogelgezwitscher und das leise Rauschen der Bäume war es vollkommen still. Also schlich Marc einmal um die Hütte herum, wobei er feststellte, dass sämtliche Fenster mit Fensterläden verrammelt waren. Dann umrundete er die Hütte noch einmal zur Hälfte, bis er an der Vordertür stehen blieb, die zum See hin ausgerichtet war.

Für einen Moment überlegte Marc, an die Tür zu klopfen, doch er entschied sich dagegen. Langsam bewegte er Zentimeter für Zentimeter die Klinke herunter und drückte mit der Schulter gleichzeitig vorsichtig gegen die Tür. Und tatsächlich: Sie war nicht abgeschlossen.

Marc zögerte erneut. Wenn Heinen noch hier war, konnte er jetzt nicht mehr entkommen. Es gab keinen Hinterausgang, die Vordertür war die einzige Möglichkeit, die Hütte zu verlassen. Seinen ganzen Mut zusammennehmend rief er: »Herr Dr. Heinen, sind Sie hier?«

In Zeitlupe drückte Marc die Tür weiter auf. Als sie etwa dreißig Zentimeter weit offen stand, schlug ihm ein entsetzlicher, süßlicher Gestank entgegen. Marc hatte vor Jahren als Nachlasspfleger für das Amtsgericht Bielefeld gearbeitet. In dieser Funktion hatte er mehr als einmal Wohnungen durchsuchen müssen, in denen Leichen teilweise mehrere Wochen bis zu ihrer Entdeckung gelegen hatten. Aus diesem Grund erkannte er den charakteristischen Geruch sofort: Hier war ein Lebewesen gestorben und verwest.

Marc überwand seinen Ekel und den aufsteigenden Brechreiz. Obwohl er wusste, dass es kaum etwas bringen würde, hielt er die Hand vor die Nase und stieß die Tür mit einem Tritt ganz auf. Die schräg stehende Nachmittagssonne stand direkt hinter ihm und fiel in das Innere der Hütte, in der es vollkommen dunkel war. Marc verfluchte sich dafür, dass er vergessen hatte, seine Taschenlampe mitzunehmen.

Als seine Augen sich an das diffuse Halbdunkel gewöhnt

hatten, nahm das Innenleben der Hütte langsam Gestalt an. Marc erkannte, dass sie aus einem einzigen, etwa sechs mal fünf Meter großen Raum bestand. An einer Wand zog sich eine kleine Küchenzeile entlang, an der Wand gegenüber stand ein großer Schrank, daneben lehnten zahlreiche Angeln. An der dritten Seite befand sich eine schmale Pritsche. Zwei Sofas standen sich im Zentrum der Hütte gegenüber, auf dem Tisch dazwischen vergammelte Essen auf einem Teller. Der gesamte Raum war erfüllt mit Tausenden Fliegen, die überall umherschwirrten.

Marc suchte nach einem Lichtschalter. Als er ihn fand, sprang eine wattschwache nackte Glühbirne an der Decke an, die nur wenig zur weiteren Erhellung der Szenerie beitrug.

Marc hielt die Luft an, dann wagte er sich langsam weiter vor. Mit jedem Schritt wurde der Verwesungsgestank stärker und unerträglicher. Marc war sich jetzt sicher: Der tote Körper, egal ob es sich um eine menschliche Leiche oder einen Tierkadaver handelte, musste noch hier sein. Für einen Moment war Marc versucht, einfach aus der Hütte herauszulaufen, die Tür hinter sich zuzuschlagen und die Polizei zu alarmieren. Aber die Neugier war stärker. Er tastete sich Schritt für Schritt vor, bis er zwei beschuhte Füße entdeckte, die hinter einem Sofa hervorragten.

Marc zwang sich, um das Sofa herumzugehen. Zuerst sah er eine Jeans, dann ein Holzfällerhemd und schließlich den Kopf des Menschen, der dort tot auf dem Boden lag. Genau genommen sah er den Kopf nicht. Dort, wo er das Gesicht vermutete, hatte sich eine lebendige Wolke aus Fliegen niedergelassen, eine krabbelnde schwarze Masse. Um den Kopf herum hatte sich eine getrocknete, tiefdunkle Blutlache gebildet, daneben lagen kleine, graue Häufchen, die Marc für ausgetretene Hirnmasse hielt.

Er spürte, wie sich sein Magen umdrehte und schlug schnell die Hand vor den Mund. Im letzten Moment konnte er sich beherrschen. Die Spurensicherung würde nicht begeistert sein, wenn er seinen Mageninhalt am Tatort eines Mordes entleerte.

Die Leiche war zweifellos männlich, so viel konnte Marc erkennen, aber es war unmöglich zu sagen, wer hier lag. Womöglich fand er in den Hosentaschen des Toten einen Ausweis oder Führerschein, aber dazu müsste er ganz dicht an ihn heran und ihn eventuell umdrehen. Abgesehen davon, dass ihm vor dieser Tätigkeit graute, würde die Polizei auch darüber nicht in Jubelschreie ausbrechen.

Aber dann fiel sein Blick auf die linke Hand des Toten und Marc wusste sofort, dass er sich eine Durchsuchung des Leichnams sparen konnte. Den protzigen Siegelring, den der Mann am kleinen Finger trug, erkannte Marc sofort.

Er hatte Dr. Heinen gefunden.

Teil 3

# Endspiel

# 36

Seit seinem Ausflug zu der Fischerhütte war eine Woche vergangen. Marc hatte unmittelbar, nachdem er Heinen gefunden hatte, die Polizei mit seinem Handy angerufen, und schon nach kurzer Zeit waren die ersten Beamten eingetroffen. Eine Polizeiüberwachung hat also auch ihr Gutes, dachte er.

Als die Kriminalpolizei am Tatort erschienen war, war Marc einer ersten Befragung unterzogen worden. Er berichtete, was er wusste, dann hatten zwei Beamte ihn mit auf das Präsidium genommen. Dort war ein offizielles Verhör gefolgt, nach dessen Ende er nach Hause gehen konnte.

Gestern hatte Marc einen Anruf in der Kanzlei erhalten, dass er sich heute zu einem weiteren Verhör im Polizeipräsidium einzufinden hatte. Kurz hatte er überlegt Gabriel mitzunehmen, aber da größere Probleme durch eine erneute Befragung nicht zu erwarten waren, hatte er darauf verzichtet. Für einen Moment hatte er sogar erwogen, der polizeilichen Vorladung nicht Folge zu leisten, immerhin war er dazu nicht verpflichtet. Doch vielleicht konnte er das Verhör sogar zu seinem eigenen Vorteil nutzen.

Zuvor fuhr Marc zum Sitz der *Heinol GmbH* und ließ sich bei Dr. Nolte anmelden. Und siehe da, Heinens Teilhaber war bereit, ihn noch einmal zu empfangen.

»Mein Beileid zum Tod von Herrn Dr. Heinen«, sagte Marc, während er Dr. Nolte die Hand schüttelte.

»Danke. Aber steht denn jetzt zu einhundert Prozent fest, dass es sich bei dem gefundenen Leichnam um Gerd handelt?«

Marc nickte. »Die Polizei hat mir gesagt, dass ein DNA-Gutachten und ein Vergleich des Zahnstatus die Identität des Toten eindeutig belegt haben.« Marc hielt einen Moment inne, dann beschloss er, aufs Ganze zu gehen. »Immerhin hat sein Tod auch einen angenehmen Nebeneffekt«, fuhr er fort. »Nach dem Gesellschaftsvertrag gehen seine Anteile an *Heinol* jetzt auf Sie über.«

Marc konnte beobachten, dass Dr. Noltes Gesichtszüge für einen Moment entgleisten. Doch schnell hatte der Arzt sich wieder gefangen. »Woher kennen Sie unseren Gesellschaftsvertrag?«, fragte er misstrauisch.

»Also stimmt es?«, erwiderte Marc, ohne auf die Frage einzugehen.

Nolte schien einen Moment mit sich zu ringen, ob er überhaupt eine Antwort geben sollte, bevor er erwiderte: »Ja, es stimmt, auch wenn ich nicht weiß, was Sie das angeht.«

»Vielleicht geht es ja die Polizei etwas an?«

Nolte lachte übertrieben laut auf. »Sie meinen, ich habe Gerd ermordet, um in den Besitz seiner Gesellschaftsanteile zu kommen?«

»Warum nicht? Es sind schon Menschen für weniger getötet worden.«

Auf Noltes Gesicht erschien auf einmal ein überhebliches Lächeln. »Für weniger als nichts?«, fragte er.

Marc war für einen Moment verwirrt. »Was soll das heißen?«

Nolte musterte Marc eingehend. Schließlich seufzte er und sagte: »Jetzt ist es eh egal. Ich muss spätestens morgen zum Amtsgericht und Konkurs beantragen, da erfährt es sowieso die ganze Welt. Die *Heinol GmbH* ist pleite, Herr Hagen. P-L-E-I-T-E. Oder mit anderen Worten: Heinens Anteile sind keinen Pfifferling mehr wert.«

Damit hatte Marc nicht gerechnet. »Pleite? Und was ist hiermit?« Er breitete die Arme aus.

»›Hiermit‹ ist bald nichts mehr. Sie sollten doch wissen, dass selbst die tollste Fassade nicht immer ein Beweis für ein erfolgreiches Unternehmen ist.«

»Na...natürlich«, stotterte Marc. »Und Heinens Porsche und seine Villa?«

»Der Wagen ist geleast, das Haus gehört der Bank und steht kurz vor der Zwangsversteigerung. Mit unserem Unternehmen ist es seit Jennifers Tod steil bergab gegangen. Man kann gegen die Pharmaindustrie sagen, was man will, fest steht, dass sie über hervorragende PR-Abteilungen verfügt. Die wussten, wie sie die Öffentlichkeit so gegen uns aufhetzen mussten, dass unser Umsatz einbricht. Davon haben wir uns nie mehr erholt. Ich habe in den letzten Monaten Unmengen privates Geld in das Unternehmen gepumpt, aber es hat alles nichts gebracht. Ich habe Gerd schon vor einiger Zeit gesagt, dass meine Geduld am Ende sei und ich nicht mehr bereit sei, dem schlechten Geld gutes hinterherzuwerfen. Aber er hat mich immer motiviert, nicht aufzugeben. Vielleicht ergebe sich ja noch eine Möglichkeit, frisches Geld zu besorgen oder einen Investor zu finden. Nun ja, nach Gerds Tod ist diese ganze Diskussion ohnehin obsolet. Gerd war unser Aushängeschild, der Star für die Öffentlichkeit. Ohne ihn macht das alles hier keinen Sinn mehr. Die Pharmalobby hat ihr Ziel erreicht: Die *Heinol GmbH* gibt es nicht mehr.«

»Es tut mir leid«, war alles, was Marc dazu einfiel.

»So ist das nun mal«, erwiderte Nolte leichthin. »Mal gewinnt man, mal verliert man. Aber Sie brauchen sich um mich keine Sorgen zu machen. Dieses Unternehmen hat mich zwar im Endeffekt eine Menge Geld gekostet, aber meine Familie ist vermögend. Ich werde also nicht verhungern.« Er hielt einen Moment inne. »Für Gerd wäre es allerdings hart geworden«, sagte er leise.

»Wieso?«

»Sein gesamtes Geld hat in dem Unternehmen gesteckt. Und seine Praxis lief nach Jennifers Tod auch nicht mehr richtig. Er hatte zwar noch jede Menge Patienten, aber die haben kein Geld gebracht. Gerd hat viele Obdachlose kostenlos behandelt. Als es uns wirtschaftlich noch gut ging, war das kein Problem, aber jetzt ... Ich weiß ehrlich gesagt nicht, was ohne *Heinol* aus ihm geworden wäre.«

## 37

»Setzen!« Kriminalhauptkommissar Templin zeigte auf einen Stuhl und Marc tat ihm den Gefallen. Der fensterlose Raum im Bielefelder Polizeipräsidium wies die übliche Einrichtung auf: einen riesigen Einwegspiegel, einen Tisch mit Mikrofon, drei Stühle und eine leise summende Neonröhre an der Decke. Templin hatte gerade gegenüber von Marc Platz genommen, da betrat auch Hauptkommissar Weskamp das Zimmer. Er nickte Marc kurz zu, dann setzte er sich neben seinen Kollegen.

»Ich nehme an, Sie sind sich über Ihre neue Situation bewusst, Herr Hagen?«, erkundigte sich Templin.

»In welcher Hinsicht?«

»In der Hinsicht, dass Sie nicht nur unter Verdacht stehen, Johanna Reichert ermordet zu haben, sondern auch Herrn Dr. Heinen.«

Marc schüttelte belustigt den Kopf. »Das glauben Sie doch nicht im Ernst! Wenn ich Heinen tatsächlich umgebracht hätte, warum hätte ich Sie dann zu seiner Leiche führen sollen?«

»Vielleicht halten Sie sich ja für besonders schlau.«

»Auf jeden Fall für schlauer als Sie. Denn eigentlich hätten Sie die Leiche in der Fischerhütte finden müssen. Sie hatten aufgrund Ihrer Hausdurchsuchung bei Heinen schließlich die gleichen Informationen wie ich.«

Marc sah, dass auf Templins Stirn eine Zornesfalte anschwoll. »Ich will Ihnen jetzt mal was sagen, Sie Klugscheißer«, motzte er. »Nur weil Sie einen Glückstreffer gelandet haben, ist das kein Grund, hier große Töne zu spucken. Wir haben Berge von Papier aus Heinens Wohnung geholt, außerdem seinen PC. Um das alles sofort auszuwerten, fehlt es uns schlichtweg an Personal. Außerdem war Heinen ein erwachsener Mann, kein verschwundenes Kind, bei dem sofort alle Hebel in Bewegung gesetzt werden.«

Marc unterdrückte ein Grinsen. Er hatte es geschafft, den Polizisten aus der Reserve zu locken. Eins zu null.

Templin war immer noch in Rage. »Und Sie sagen uns jetzt, wie Sie die Leiche gefunden haben«, blaffte er Marc an.

»Das habe ich Ihnen schon zwei Mal erzählt«, erwiderte Marc ruhig. »Ich sehe keinen Sinn darin, die Geschichte ein drittes Mal zu wiederholen.«

»Was hier sinnvoll ist und was nicht, können Sie getrost uns überlassen«, fauchte Templin. »Also, wie haben Sie Heinen gefunden?«

»Das wissen Sie doch!«, gab Marc zurück. »Mich würde viel mehr interessieren, wie lange Heinen schon tot war, als ich ihn gefunden habe.«

Templin schnaubte. »Die Fragen stellen immer noch wir.«

»Mir ist kein Paragraf der Strafprozessordnung bekannt, der es einem Beschuldigten verbietet, seinerseits Fragen zu stellen. Ich gebe zu, ich kann Sie nicht zwingen zu antworten, aber genauso wenig bin ich dazu verpflichtet, hier irgendetwas zu sagen. Darüber haben Sie mich ja sogar belehrt. Falls

Sie also nicht bereit sein sollten, auf meine Fragen zu antworten, werden Sie aus mir kein weiteres Wort herausbekommen und wenn Sie mich noch stundenlang hier sitzen lassen. Ich schlage also vor, wir nutzen die Zeit für ein gemeinsames …«, Marc hielt inne und suchte nach dem richtigen Wort, »… nennen wir es doch Brainstorming. Ich bin schließlich genauso daran interessiert, diese Sache aufzuklären wie Sie. Vielleicht sogar noch ein bisschen mehr. Wir tauschen also aus, was wir wissen, und vielleicht kommt dabei ja am Ende etwas heraus, was beiden Seiten nützt. Eine klassische Win-win-Situation, wenn Sie so wollen.«

Templin grinste überheblich. »Wir sind auf Ihre Meinung nicht angewiesen, Hagen«, sagte er. »Wir wissen alles, was wir wissen müssen: Tatsache ist, dass Sie Johanna Reichert getötet haben, was eine DVD beweist. Tatsache ist, dass Sie ein Motiv hatten, Frau Reichert zu ermorden, wie sich aus ihrem Testament ergibt. Tatsache ist, dass Heinen tot ist, der einzige Mensch, der Sie hätte entlasten können. Tatsache ist, dass wir mit dem, was wir jetzt schon haben, von jedem Richter der Welt einen Haftbefehl gegen Sie bekommen werden.«

»Tatsache ist aber auch, dass Sie bis jetzt keinen Haftbefehl beantragt haben«, erwiderte Marc kühl. »Sie werden Ihre Gründe dafür haben. Und deshalb werden Sie mich auch früher oder später gehen lassen, auch wenn ich Ihnen keine einzige Frage mehr beantworte.«

Templin war inzwischen puterrot angelaufen. »Sie kleines Würstchen!«, brüllte er unvermittelt los. »Wir werden Ihnen schon zeigen …« Er unterbrach sich überrascht, als er merkte, dass Weskamp ihm seine Hand auf den Unterarm gelegt hatte.

»Lass mal, Christian«, sagte er. »Vielleicht hat Herr Hagen ja gar nicht so unrecht. Ein kleiner Gedankenaustausch kann nie schaden.«

Auf seinen Lippen erschien ein warmes Lächeln. Marc überlegte einen Moment, ob die beiden die alte Masche ›guter Bulle – böser Bulle‹ anwendeten, oder ob ihr Verhalten tatsächlich ihrem jeweiligen Charakter entsprach, aber das konnte ihm jetzt auch egal sein.

Er erwiderte Weskamps Lächeln. »Wann ist Heinen gestorben?«, wiederholte er seine Frage.

»Heinen ist nach den Feststellungen der Rechtsmediziner am 11. März gestorben, vier Tage nach dem Tod von Frau Reichert, vielleicht auch am 12. März, keinesfalls aber später«, antwortete Weskamp. »Er wurde mit einer Glock 9mm aus einer Entfernung von maximal einem halben Meter erschossen.«

Marc nickte verstehend. »Dann muss er also etwa zu dem Zeitpunkt ermordet worden sein, an dem Sie die DVD bekommen haben«, dachte er laut. »Wann war das eigentlich genau?«

»Wir haben die DVD am 13. März erhalten.«

Marc legte den Kopf in den Nacken und dachte nach. Das schloss nicht aus, dass Heinen die DVD noch selbst an die Polizei abgeschickt hatte.

»Wir sind uns doch darüber einig, dass der Mord an Heinen mit dem an Frau Reichert zusammenhängt, nicht wahr?«, sprach Marc weiter. »Also bleibt die eine entscheidende Frage: Wer hat Johanna Reichert auf dem Gewissen? Ich bitte Sie jetzt einfach mal für einen Moment, mir zu glauben, dass ich mit diesem Mord nichts zu tun habe. Wer sind die Verdächtigen? Da ist zunächst Dr. Heinen. Er hatte die Gelegenheit, Frau Reichert glauben zu lassen, sie habe Krebs. Aber er hatte kein Motiv, zumindest kein offensichtliches, durch ihren Tod hatte er keinen finanziellen Vorteil. Den hatte natürlich ich, aber ich war es ja nicht.« Er versuchte ein Lächeln, das bei den Polizisten keine sichtbare

Reaktion hervorrief. »Bleiben also die beiden Erben und Charlotte Vollmer, die Begünstigte von Frau Reicherts Lebensversicherung. Aber irgendetwas passt da nicht zusammen: Heinen hat eine natürliche Todesursache bescheinigt, alles war in bester Ordnung. Die Erben konnten sich auf einen Millionenbetrag freuen, Charlotte Vollmer auf die Ausschüttung der Lebensversicherung. Aus welchem Grund hätte einer von ihnen die DVD an die Polizei schicken sollen? Ich verstehe das einfach nicht! Erst durch die DVD wurden die Ermittlungen ins Rollen gebracht, erst dadurch wurde die Obduktion der Leiche veranlasst, erst dadurch wurde festgestellt, dass Frau Reichert keinen Krebs hatte. Was hätten die Erben davon gehabt? Nichts! Von Charlotte Vollmer ganz zu schweigen. Der hätte die Übersendung der DVD sogar schaden können, wenn die Lebensversicherung aufgrund der Aufnahme von einem Selbstmord ausgegangen wäre.« Marc hielt inne und musterte die Polizisten. »Sind wir uns so weit einig?«

»Nein«, sagte Weskamp nur.

»Nein?«, fragte Marc erstaunt zurück. »Was stimmt denn nicht?«

»Die Reihenfolge«, erwiderte Weskamp ruhig.

»Welche Reihenfolge?«, wiederholte Marc langsam.

»Die Reihenfolge der Ereignisse.«

Marc rekapitulierte: Johanna Reichert war tot, dann war die DVD an die Polizei geschickt worden und die hatte den Ermittlungsmotor angeworfen. Was konnte an diesem Ablauf nicht stimmen? Doch in dem Moment machte es in seinem Gehirn Klick. »Moment mal«, sagte er. »Wollen Sie behaupten, die Obduktion von Frau Reicherts Leiche habe stattgefunden, *bevor* Sie die DVD bekommen haben?«

»Genau so ist es gewesen«, bestätigte Weskamp. »Nach dem Tod der kleinen Jennifer, bei dem Heinen eine falsche

Todesursache bescheinigt hat, ist an sämtliche Standes- und Gesundheitsämter die Weisung ergangen, eine zweite ärztliche Leichenschau durchführen zu lassen, sobald Heinen noch einmal eine Todesbescheinigung ausstellt. Daher wurde ein Arzt des Gesundheitsamtes hinzugezogen, der die Todesursache nicht feststellen konnte. Mit Einwilligung des nächsten Angehörigen von Frau Reichert, ihres Neffen Andreas Rottmann, wurde eine Obduktion in der Pathologie der Städtischen Krankenanstalten Bielefeld durchgeführt. Mit dem Befund, dass Frau Reichert an einem tödlichen Medikamentencocktail verstorben ist, es sich also keinesfalls um eine natürliche Todesursache gehandelt hat. Die Pathologen haben uns benachrichtigt und wir haben die Ermittlungen aufgenommen. Anfangs gingen wir noch von Selbstmord aus, aber durch die Befragung der Hausangestellten kam Heinen auf den Plan. Er hatte Frau Reichert eingeredet, dass sie unheilbaren Krebs im Endstadium habe. Als wir Heinen dazu befragen wollten, war der verschwunden. Dann ist uns die DVD ins Haus geflattert, auf der zu sehen ist, wie ein Mann, der der Frau, von deren Tod er finanziell profitiert, einen tödlichen Medikamentencocktail reicht. Was hätten Sie an unserer Stelle gedacht?«

Marc war wie vor den Kopf geschlagen. Das, was Weskamp ihm gerade erzählt hatte, ließ die Sache in einem ganz neuen Licht erscheinen. Auf einmal erkannte Marc seinen Denkfehler. Er hatte insbesondere Charlotte Vollmer viel zu schnell aus dem Kreis der Verdächtigen ausgeschlossen, weil sie offenbar keinerlei Anlass gehabt hatte, die DVD an die Polizei zu schicken. Jetzt sah die Sache natürlich ganz anders aus. Charlotte Vollmer hatte nun sogar einen sehr guten Grund, den Ermittlungsbehörden die Aufnahme mit dem Tod von Johanna Reichert zugänglich zu machen. Eine Lebensversicherung wird bei einem Mord grundsätzlich so lange nicht ausgezahlt, bis der Fall vollständig aufgeklärt ist. Das Verschicken der DVD konnte also einen ganz einfachen, aber logischen Grund haben: Der Polizei sollte der Täter präsentiert werden, damit die Sache so schnell wie möglich zum Abschluss gebracht werden konnte! Damit war Charlotte Vollmer auf einmal zur Hauptverdächtigen geworden. Marc beschloss, die Dame noch am gleichen Tag aufzusuchen.

»Gibt es sonst noch etwas, was Sie von uns wissen wollen, Herr Hagen?«, erkundigte sich Templin übertrieben höflich. »Oder gestatten Sie uns jetzt auch die eine oder andere Frage?«

Marc war mit seinen Gedanken noch immer woanders. »Ja, natürlich«, sagte er geistesabwesend. »Das heißt, eine Frage habe ich noch. Kann es sein, dass meine Freundin von Ihnen überwacht wird?«

Weskamp warf Templin einen fragenden Blick zu, doch der zuckte nur gleichgültig mit den Achseln.

»Ja, wir haben Frau Schubert ebenfalls observiert«, antwortete Weskamp an Marc gewandt.

»Aber warum?«, fragte Marc. »Ich verstehe ja noch, dass Sie mir gefolgt sind. Sie haben geglaubt, ich würde Sie zu Heinen führen. Aber wieso Melanie?«

»Aus dem gleichen Grund«, gab Weskamp trocken zurück.

Marc schüttelte fassungslos den Kopf. »Sie haben geglaubt, Melanie könne Sie zu Heinen führen? Darf ich fragen, was Sie zu dieser kühnen Vermutung veranlasst hat?«

Bevor Weskamp antworten konnte, ergriff Templin das Wort. »Wir haben bei der Durchsuchung Ihres Hauses Dinge gefunden, die eine … nun ja, gewisse Beziehung zwischen Ihrer Lebensgefährtin und Herrn Dr. Heinen nahelegen.« Er grinste hämisch.

»Ach, Sie meinen Heinens Rezept! Lizzy, meine Tochter, war einmal bei Dr. Heinen in Behandlung, das ist alles.«

»Tatsächlich?«, staunte Templin gespielt ungläubig. »Auf welcher Seite des Bettes schlafen Sie?«

Ein »Was?«, war das Einzige, was Marc herausbrachte.

»Wie wäre es denn, wenn Sie einfach mal eine Frage von uns beantworten, anstatt immer eine Gegenfrage zu stellen!«, fauchte Templin.

»Ich schlafe rechts«, antwortete Marc. »Also, wenn Sie vor dem Bett stehen.«

Templin nickte, als habe er diese Antwort erwartet. »Wir hatten aufgrund des Inhalts des linken Nachttisches bereits stark vermutet, dass auf der Seite eine Frau schläft«, sagte er. »Sie lesen wohl keine Romane von Nicholas Sparks?« Er lachte fröhlich, wurde dann aber sofort wieder ernst, als er merkte, dass keiner der Männer einstimmte. »Und wir haben in dem Schränkchen noch etwas anderes gefunden.«

Marc schluckte schwer. »Und was?«, fragte er mit belegter Stimme.

»Ein Foto«, antwortete Templin. »Eine Aufnahme von Dr. Heinen.« Er öffnete die vor ihm liegende Aktenmappe, suchte ein wenig darin herum und zog schließlich den Ausdruck eines Fotos hervor, den er vor Marc auf den Tisch legte.

Marc blickte in Heinens Gesicht. Er trug ein bordeauxrotes Polohemd und lächelte vor dem Hintergrund eines tiefblauen Meeres und zweier weißer, wahrscheinlich griechischer Säulen zufrieden in die Kamera.

Marc hatte das Gefühl, als würde ihm der Boden unter den Füßen weggerissen. Melanie und Heinen! Also doch! Aber der Arzt war fast dreißig Jahre älter als sie gewesen.

Marc wusste, dass Melanies Vater seine Familie bereits sehr früh verlassen hatte und sie praktisch ohne ihn aufgewachsen war. Vielleicht fühlte sie sich deshalb zu älteren Männern hingezogen. Die Ähnlichkeit zwischen Heinen und Melanies Vater war ihm schließlich sofort aufgefallen. Marc schoss der Gedanke durch den Kopf, dass er auch zehn Jahre älter als seine Freundin war.

Marc hatte sich noch nicht von dem ersten Schock erholt, als Templin die nächste Bombe platzen ließ. »Wir haben in dem Nachttisch Ihrer Lebensgefährtin übrigens noch etwas gefunden«, fuhr er fort. »Eine DVD mit der Aufnahme von Johanna Reicherts Tod.«

Marc schloss für einen Moment die Augen. Das konnte doch nicht wahr sein!

Aber Templin war immer noch nicht fertig. »Nun ja, aufgrund dieser Funde werden Sie verstehen, dass wir von einer Verbindung Ihrer Lebensgefährtin zu Dr. Heinen ausgehen mussten. Wir haben Frau Schubert überwacht, weil wir gehofft haben, dass sie uns zu ihm führt. Allerdings haben wir die Überwachung nach dem Fund von Heinens Leiche beendet. Das haben Sie ja freundlicherweise übernommen, Herr Hagen.«

Marc nickte langsam. Er spürte, dass Templin ihm irgendetwas verschwieg. Auch Weskamp schien auf eine Fortsetzung zu warten, denn er schaute seinen Kollegen mit erhobenen Augenbrauen an.

Doch Templin hatte sich schon einem anderen Thema zugewandt. »So, ich denke, wir haben Sie jetzt ausführlich aufgeklärt. Vielleicht können wir jetzt unser Verhör beginnen?«

Marc nickte matt. Er bemühte sich, alle Fragen der Polizisten zu beantworten. Das gelang ihm allerdings nur, weil er die Prozedur schon zweimal hinter sich gebracht hatte. Mit seinen Gedanken war er ganz woanders.

# 38

Als die Polizisten Marc endlich gehen ließen, war es bereits dunkel. Marc trat auf die Straße vor dem Präsidium und atmete tief durch. Er hatte nur noch einen Gedanken: Er musste mit Melanie sprechen und hören, was sie zu den Funden in ihrem Nachttisch zu sagen hatte.

Als er bei Bea ankam, parkte Melanies Suzuki an der Straße. Marc stieg aus und lief auf das Haus zu. Dort drückte er den linken Daumen auf den Klingelknopf, während er mit der rechten Faust die Tür bearbeitete.

Wenige Sekunden später wurde die Tür aufgerissen und Beatrice erschien. Mit ihrer Statur füllte sie fast den ganzen Rahmen aus. »Bist du verrückt geworden, Marc? Verschwinde!«

Marc versuchte, ruhig zu bleiben. »Ich muss Melanie sprechen! Sofort!«

»Melanie ist nicht da«, antwortete Beatrice scharf.

»Aber ihr Wagen steht doch vor der Tür!«

»Sie ist zu Fuß gegangen, stell dir vor. Und selbst wenn sie da wäre, würde sie nicht mir dir reden wollen. Das hat sie mir ausdrücklich so gesagt!«

Marc trat einen Schritt vor, aber im gleichen Augenblick presste Bea ihre Hände rechts und links gegen den Türrahmen. Die Geste war eindeutig: *Du* kommst hier nicht rein!

Marc gab sich geschlagen. »Könntest du mir wenigstens einen Gefallen tun? Wenn Melanie zurückkommt, soll sie sich bitte sofort bei mir melden. Es ist wirklich wichtig!«

Beatrice machte ein Gesicht, als liege ihr nichts ferner, als

Marc einen Gefallen zu tun. Doch schließlich sagte sie: »Mal sehen, aber ich kann nichts versprechen. Und jetzt verschwinde!« Mit diesen Worten knallte sie Marc die Tür vor der Nase zu.

Geknickt stieg Marc wieder in seinen Wagen und machte sich auf den Weg zu Charlotte Vollmer.

In Ermangelung einer Parklücke steuerte Marc den Golf einfach auf Charlotte Vollmers Einfahrt und stellte ihn direkt vor der Garage ab. Dann stieg er aus und sah sich um. Die meisten Rollläden waren schon heruntergelassen, aber aus einem Fenster drang das bläuliche Flackern eines Fernsehers nach draußen. Charlotte Vollmer war also zu Hause.

Marc schellte. Keine Reaktion. Also versuchte er es noch einmal, aber diesmal hielt er den Finger einige Sekunden länger auf dem Klingelknopf. Immer noch nichts.

Kurz entschlossen ballte er die rechte Hand zur Faust und hämmerte damit gegen die Tür.

»Frau Vollmer, ich weiß, dass Sie da sind«, rief er. »Machen Sie bitte auf! Es ist wichtig.«

Marc wartete eine halbe Minute. Dann trommelte er noch einmal gegen die Tür. »Es ist wirklich wichtig, Frau Vollmer.«

Marc wollte gerade aufgeben, als er das Geräusch eines Riegels hörte, der zurückgeschoben wurde. Die Tür wurde geöffnet und Charlotte Vollmer stand vor ihm. Sie trug ein Nachthemd und darüber einen weißen Bademantel, dessen Gürtel sie gerade enger zog.

»Was soll das, Herr Hagen? Sie wecken ja die halbe Nachbarschaft auf!«

Marc setzte ein bedauerndes Gesicht auf. »Tut mir leid, falls ich Sie gestört haben sollte, aber es ist wirklich äußerst dringend. Ich schlage vor, Sie lassen mich für ein paar Minuten in Ihre Wohnung und dann bin ich auch schon wieder weg.«

Charlotte Vollmer warf einen raschen Blick über die Schulter zurück in ihr Haus. Am liebsten würde sie mir wie Bea die Tür vor der Nase zuknallen, dachte Marc. Na ja, immerhin hat sie noch nicht die Polizei gerufen.

»Es ist wirklich wichtig«, versuchte Marc noch einmal ihr auf die Sprünge zu helfen. »Bei meinem letzten Besuch haben Sie mir ausdrücklich angeboten, ich könne jederzeit wieder vorbeikommen.«

Das schien den Ausschlag zu geben, denn Charlotte Vollmer rang sich tatsächlich zu einem Lächeln durch. »Habe ich das wirklich gesagt? Vielleicht sollten Sie nicht alles so wörtlich nehmen. Aber gut, kommen Sie rein.«

Marc bedankte sich mit einem Kopfnicken und folgte ihr durch den Flur in das Wohnzimmer, das er schon von seinem ersten Besuch kannte. Der Fernseher lief, war aber auf stumm geschaltet.

»Bitte nehmen Sie Platz«, sagte Charlotte Vollmer. »Und dann geben Sie mir bitte ein paar Minuten. Ich möchte mir etwas anderes anziehen. Kann ich Ihnen vorher etwas zu trinken anbieten?«

»Nein, danke. Und lassen Sie sich ruhig Zeit.«

Nachdem Charlotte Vollmer ihn allein gelassen hatte, verfolgte Marc für einen Moment den Spielfilm, der ohne Ton lief. Kevin Costner auf einem Segelboot. Und dann erkannte er auch den Film: *Message in a bottle*, die Verfilmung eines Romans von Nicholas Sparks. Einer von Melanies Lieblingsfilmen. Vor einigen Monaten hatte Melanie ihn mehr oder weniger dazu genötigt, den Film mit ihr zusammen anzuschauen. Marc war mittendrin eingeschlafen und erst kurz vor dem Ende wieder aufgewacht. Aber irgendwie hatte er das Gefühl gehabt, nichts Wesentliches verpasst zu haben.

Marc blieb noch ein paar Sekunden auf dem Sofa sitzen, dann stand er auf und schlenderte durch das Zimmer. An der

Wand hingen ein paar Gemälde, die er flüchtig betrachtete, auf einem Sideboard standen Dutzende Fotos in silbernen Rahmen. Marc schaute sie sich der Reihe nach an: Charlotte Vollmer allein, Charlotte Vollmer mit Kindern, Menschen, die Marc völlig unbekannt waren. Wahrscheinlich ihre engsten Freunde und Verwandten, vermutete Marc.

Aber dann fiel ihm auf, dass ein Foto fehlte: eine Aufnahme von Johanna Reichert, der angeblich besten Freundin, die Charlotte Vollmer immerhin als Begünstigte einer Lebensversicherung über 2,8 Millionen Euro eingesetzt hatte. Vielleicht gibt es kein Foto von ihr, weil Charlotte Vollmer sie auf dem Gewissen hat und ihren Anblick deshalb nicht ertragen kann, schoss es Marc durch den Kopf. Vielleicht gab es aber auch eine andere, viel harmlosere Erklärung und auf Charlotte Vollmers Nachttisch standen gleich mehrere Erinnerungsfotos von Johanna Reichert.

Marc wollte seinen Rundgang gerade fortsetzen, als er wie angewurzelt stehen blieb und die Stirn runzelte. Er drehte sich wieder um und nahm ein Foto zur Hand. Es zeigte eine lächelnde Charlotte Vollmer vor einem tiefblauen Meer und zwei weißen, griechischen Säulen. Marc erkannte den Hintergrund des Fotos: Es war der gleiche wie auf dem Foto, das die Polizei in Melanies Nachttisch gefunden hatte, allerdings war auf der Aufnahme nicht Charlotte Vollmer, sondern Heinen zu sehen gewesen. Wie groß war die Wahrscheinlichkeit, dass zwei Menschen, die angeblich nichts miteinander zu tun hatten, sich ganz zufällig zu unterschiedlichen Zeitpunkten vor demselben Hintergrund fotografieren ließen?

Nein, beschloss Marc, einen solchen Zufall gab es nicht. Die beiden Fotos mussten an demselben Tag und bei derselben Gelegenheit entstanden sein. Was wiederum nur einen Schluss zuließ: Heinen und Charlotte Vollmer waren zusammen im Urlaub gewesen. Und auch das ganz gewiss nicht zufällig. Für dieses Foto gab es also nur eine logische Erklärung: Entgegen Charlotte Vollmers Beteuerungen kannten sich die beiden nicht nur oberflächlich. Dieses eine Foto war natürlich noch kein Beweis. Aber wenn die beiden gemeinsam Urlaub gemacht hatten, gab es mit Sicherheit weitere Aufnahmen, auf denen alle beide zu sehen waren.

Marc sah sich hastig um. Auf der Anrichte standen keine Fotos von Heinen. Fotoalben waren auch nicht auszumachen. Eine Vitrine mit Geschirr, ein Sekretär, darauf ein Laptop! Vielleicht waren die gesuchten Aufnahmen ja auf der Festplatte.

Marc schaute auf die Uhr. Wie lange war Charlotte Vollmer schon weg? Drei Minuten, fünf, sieben? Er wusste es nicht. Egal, das war vielleicht seine einzige Chance.

Von der Hausherrin war nichts zu sehen oder zu hören. Mit wenigen Schritten war Marc bei dem Laptop, drückte die Leertaste und der schwarze Bildschirm erwachte zum Leben. Aber Marcs Glücksgefühl verabschiedete sich sofort wieder, als auf dem Display ein Dialogfenster erschien, das nach einem Passwort verlangte.

Scheiße, dachte Marc. Er hatte beim besten Willen keine Zeit, irgendwelche Passwörter auszuprobieren. Aber er wusste, dass es zwei Dinge gab, auf die man sich fast immer verlassen konnte: auf die Vergesslichkeit und auf die Faulheit der Menschen. Fast jeder hatte sein Passwort irgendwo notiert und in Reichweite der Tastatur versteckt.

Und auch Charlotte Vollmer enttäuschte ihn in dieser Hinsicht nicht. In der untersten Schublade ihres Sekretärs fand er einen Zettel mit mehreren Zahlen. Anschlusskennung, T-Online-Nummer, persönliches Kennwort und dann ganz unten das Passwort, das aus einer sechsstelligen Zahl bestand: *348636*. Bingo! Jetzt musste er nur noch …

»Kann ich Ihnen helfen?«

Marc fuhr herum. Charlotte Vollmer hatte sich inzwischen umgezogen, sie trug einen weiten Pullover und eine bequeme Hose.

»Ich …« Marc merkte, dass er knallrot anlief. »Ich … habe mich ein wenig umgesehen und dabei diesen Zettel mit Ihrem Passwort gefunden. Ich wollte Sie darauf aufmerksam machen, dass es gefährlich ist, sich das Passwort zu notieren und dann auch noch direkt neben dem PC liegen zu lassen. Das ist genauso, als ob Sie Ihre PIN auf Ihre EC-Karte schreiben.«

»Ich kann mir diese ganzen Zahlen nicht merken, deshalb muss ich sie mir aufschreiben.«

»Warum haben Sie sich dann kein Passwort ausgesucht, das Sie sich leichter merken können?«, wollte Marc wissen. »Das müssen keine Zahlen sein. Ein Name ist beispielsweise auch möglich. Oder eine Kombination aus beidem.«

»Dieses Passwort war nicht meine Idee«, erwiderte Charlotte Vollmer gereizt. »Ein Bekannter hat den Laptop für mich besorgt und alle Programme installiert. Er hat sich auch das Passwort ausgedacht und für mich notiert. Hören Sie, Herr Hagen. Es ist spät. Fragen Sie, was Sie zu fragen haben. Ich habe morgen einen langen Tag vor mir.«

Marc atmete erleichtert durch. Offenbar war sie nicht misstrauisch geworden. »Natürlich«, sagte er. »Es geht um die Lebensversicherung von Frau Reichert.«

»Aha, was ist damit? Wir sollten uns doch kurz setzen.« Sie deutete auf ihre Sitzgarnitur. Während Marc wieder auf dem Sofa Platz nahm, schaltete Johanna Reichert den Fernseher aus, dann setzte sie sich Marc gegenüber in einen Sessel.

»Sie sind die Begünstigte dieser Lebensversicherung«, nahm Marc den Faden wieder auf. »Und damit jetzt immerhin um 2,8 Millionen Euro reicher.«

»Schön wär's«, seufzte Charlotte Vollmer. »Das Geld ist bisher noch nicht ausgezahlt worden. Die Versicherung geht davon aus, dass Johanna ermordet worden ist. Sie wartet, bis der Fall aufgeklärt ist, damit sie keine Gefahr läuft, das Geld an den Mörder auszuzahlen.« Sie lächelte bitter.

»Sehen Sie, und da beginnt mein Problem«, hakte Marc nach. »Ich bin bis heute davon ausgegangen, dass Sie als Täterin oder Mittäterin für den Mord an Frau Reichert nicht in Betracht kommen, obwohl Sie aufgrund der Lebensversicherung ein Motiv hatten.«

»Zu gütig von Ihnen«, erwiderte Charlotte Vollmer mit einem ironischen Unterton in der Stimme. »Aber offenbar hat sich Ihre Meinung nun geändert. Verraten Sie mir auch, warum?«

Auf einmal hörte Marc aus einem Nachbarzimmer ein rumpelndes Geräusch, als sei ein Gegenstand zu Boden gefallen, und zuckte zusammen. »Ist noch jemand hier?«, fragte er.

»Nur mein Kater«, erklärte Charlotte Vollmer. »Er ist manchmal ein bisschen wild.«

»Mein Problem war Folgendes«, fuhr Marc fort. »Wenn es dem oder den Tätern um Frau Reicherts Lebensversicherung ging, warum hätten sie dann die DVD mit der Aufnahme von ihrem Tod an die Polizei schicken sollen? Auf der DVD ist ein vermeintlicher Selbstmord zu sehen, und in dem Fall hätte die Lebensversicherung nicht zahlen müssen, da der Vertrag erst zwei Jahre vor Frau Reicherts Tod abgeschlossen worden ist.«

»Eben. Deshalb habe ich diese Aufnahme auch nicht an die Polizei geschickt und mit Johannas Tod habe ich selbstverständlich ebenfalls nichts zu tun.«

Marc lächelte. »Trotzdem bin ich davon überzeugt, dass Sie oder Ihr Komplize die DVD der Polizei zugespielt haben.«

»Und warum hätten ich oder mein ominöser Komplize das tun sollen?«

»Weil die Polizei bereits *vor* Kenntnis der DVD wusste, dass Frau Reichert nicht eines natürlichen Todes gestorben ist. Sehen Sie, ich bin immer davon ausgegangen, dass die DVD die Obduktion von Frau Reicherts Leiche ausgelöst hat. Dabei war es genau umgekehrt. Die Obduktion der Leiche wurde durchgeführt, bevor die Staatsanwaltschaft Kenntnis von der DVD hatte. Irgendwie haben Sie von der Leichenöffnung erfahren. Ich vermute, Sie wurden stutzig, als die geplante Beerdigung plötzlich abgesagt wurde, und haben sich beim Bestatter oder bei Frau Reicherts Neffen, der in die Obduktion eingewilligt hat, nach dem Grund erkundigt. Anschließend haben Sie die DVD an die Polizei geschickt.«

Charlotte Vollmer sah Marc scheinbar unbeeindruckt an. »Und was hätte ich damit bezwecken sollen?«

»Ganz einfach. Aufgrund der Obduktion und der folgenden Ermittlungen musste die Polizei davon ausgehen, dass Frau Reichert ermordet worden ist. Allerdings zahlt eine Lebensversicherung bei einem Mord erst, wenn der Fall aufgeklärt ist, wie Sie eben sehr zutreffend festgestellt haben. Und für diese Aufklärung mussten Sie sorgen, wenn Sie an das Geld gelangen wollten. Sie brauchten also einen Sündenbock, jemanden, dem Sie den Mord anhängen konnten. Und für diese Rolle war ich natürlich prädestiniert, schließlich hatte ich die glorreiche Idee, mich bei der ›Tat‹ filmen zu lassen.«

Charlotte Vollmer schnaubte verächtlich. »Das ist lächerlich! Ja, Johanna war so nett, mich als Begünstigte ihrer Lebensversicherung einzusetzen, und ja, ich habe in der Tat ein Interesse daran, dass dieser Mord schnell aufgeklärt wird. Aber nicht primär wegen der Versicherungssumme, sondern weil Johanna meine beste Freundin war.« Sie lehnte sich in ihrem Sessel zurück. »Bei Ihrer ganzen schönen Theorie vergessen Sie nämlich eines: Ich konnte Johanna nicht einreden, dass sie Krebs hat, ich bin nämlich kein Arzt.«

»Nein, *Sie* nicht. Aber Ihr Komplize, Dr. Heinen. Ich stelle mir das Ganze so vor: Heinen hatte erhebliche Geldsorgen. Sein Unternehmen ging seit Jennifers Tod den Bach runter. Er brauchte Geld, sehr viel Geld, um *Heinol* zu retten. Aber woher nehmen? Von einer Person, die sehr viel Geld hat, natürlich. Und das war seine Patientin Johanna Reichert. Als Arzt hatte Heinen die Gelegenheit, sie davon zu überzeugen, dass sie Krebs im Endstadium hat, zumal er wusste, wie leicht sie zu beeinflussen war. Das Dumme war nur, dass Heinen von Johanna Reicherts Tod finanziell nicht profitiert hat. Im Gegensatz zu Ihnen! Er wusste von Ihnen, dass Sie das Geld aus der Lebensversicherung erhalten würden. Sie kannten Heinen nämlich nicht nur flüchtig, wie Sie behauptet haben, Sie hatten ein Verhältnis mit ihm. Dann haben Sie gemeinsam beschlossen, Johanna Reichert zu ermorden und die Lebensversicherung zu kassieren. Alles lief glatt, bis aufgrund von Heinens schlechtem Ruf eine zweite Leichenschau und die Obduktion der Leiche von Frau Reichert veranlasst wurde. Und da begannen Ihre Probleme. Die Auszahlung der Lebensversicherung war in Gefahr. Ihnen war klar, dass Heinen der Hauptverdächtige sein würde. Und er war die einzige Verbindung zu Ihnen. Also musste er weg. Sie haben ihn erschossen. Dann haben Sie die Aufnahme, die Heinen vorher in Johanna Reicherts Haus von der Speicherkarte kopiert hatte, an die Polizei geschickt. Auf diese Weise haben Sie der Polizei den perfekten Tatverdächtigen präsentiert: Mich!«

»Das ist vollkommen lächerlich. Sie unterstellen mir einen Mord! Ich kannte Heinen nur flüchtig von meinen Besuchen bei Johanna und hatte weder ein Verhältnis mit ihm noch einen Grund ihn umzubringen!«

»Oh, ich bin mir sicher, dass Sie sehr vorsichtig waren, damit die Beziehung nicht bekannt wird. Aber Sie haben einen winzigen Fehler gemacht. Und zwar diese Aufnahme.«

Marc stand auf, nahm das Foto von dem Sideboard und warf es Charlotte Vollmer in den Schoß. »Ich kenne eine fast identische Aufnahme von Heinen. Und diese beiden Fotos belegen, dass Sie und Heinen gemeinsam im Urlaub waren.«

»Das ist doch kein Beweis!«

»Sie haben recht. Aber es ist ein starkes Indiz. Ich bin mir sicher, dass irgendwo Aufnahmen existieren, die Heinen und Sie zusammen zeigen. Wahrscheinlich auf der Festplatte Ihres Laptops. Und es gibt Unterlagen bei irgendeinem Reiseveranstalter oder einer Fluggesellschaft, die belegen, dass Sie zusammen Urlaub gemacht haben. Wenn die Polizei erst einmal anfängt, gezielt danach zu suchen, wird sie auch fündig werden, glauben Sie mir!«

Marc registrierte, dass Charlotte Vollmer immer nervöser wurde. Sie starrte auf den Boden und presste die Lippen aufeinander. Auf einmal überkam Marc das unbestimmte Gefühl, dass er irgendetwas Entscheidendes übersah. Eine Kleinigkeit, deren wahre Bedeutung er nicht begriff. Und es beunruhigte ihn. Was verstehe ich nicht?, dachte er.

»Geben Sie auf, Frau Vollmer«, beschwor Marc die Frau. »Sie haben keine Chance. Die Polizei wird Sie in die Mangel nehmen und früher oder später werden Sie einknicken. Sie sind nicht der Typ, der stundenlangen Verhören über Tage hinweg standhalten kann. Der Zeitpunkt wird kommen, an dem Sie alles zugeben. Das können Sie sich ersparen, wenn Sie jetzt Ihr Gewissen erleichtern und mir erzählen, was passiert ist.«

Charlotte Vollmer starrte ihn an. »Ich … ich …«, stotterte sie.

Marc ließ ihr Zeit. Er wusste, sie würde reden. Plötzlich bekam er den gesuchten Gedanken zu fassen. Der Kater! Charlotte Vollmer hatte ihm bei ihrer ersten Begegnung in Johanna Reicherts Haus erzählt, sie habe eine Katzenhaarallergie. Da würde sie kaum einen Kater in ihrer eigenen Wohnung halten! Marc spürte, wie sich die Härchen auf seinen Unterarmen aufstellten. Sie waren nicht allein!

»Also gut«, sagte Charlotte Vollmer. »Ich …«

Ein Schuss zerriss die Stille. Marc sah, dass sich auf Charlotte Vollmers Stirn ein Loch öffnete. Ihr Kopf wurde nach hinten geworfen, dann sackte sie in ihrem Sessel zusammen.

Marc saß sekundenlang mit geöffnetem Mund da, unfähig, sich auch nur einen Millimeter zu bewegen. Du musst in Deckung gehen, schrie es in ihm, aber der Schock hatte ihn vollkommen gelähmt.

Irgendwann kehrte das Leben in ihn zurück. Marc glitt von dem Sofa, dann robbte er auf allen vieren hinter den Sessel, auf dem Charlotte Vollmer saß. Das Licht!, dachte er. Ich muss das Licht ausschalten! Er versuchte, einen Schalter zu entdecken, aber vergeblich. Seine Gedanken überschlugen sich, aber er hatte keine zündende Idee, wie er sich in Sicherheit bringen konnte.

Eine gefühlte Ewigkeit später hörte er ein lautes Krachen. Die Haustür zersplitterte und mehrere Männer mit Helmen und Maschinenpistolen drangen in das Wohnzimmer vor. »Polizei, alles runter!«, riefen sie.

Marc blieb regungslos liegen, bis er von den Polizisten auf die Füße gestellt und durchsucht wurde. Er sah, dass sich zwei Ärzte um Charlotte Vollmer kümmerten.

Das Letzte, was Marc von ihnen hörte, bevor er aus dem Raum geführt wurde, war: »Da ist nichts mehr zu machen.«

# 39

Marc saß nur mit einem weißen Kapuzenoverall aus Kunststoff bekleidet in Charlotte Vollmers Küche. Seine Hände waren mit Handschellen gefesselt, zwei uniformierte Polizisten standen vor ihm und ließen ihn keine Sekunde aus den Augen.

Vor einer halben Stunde war die Spurensicherung aufgelaufen. Die Beamten hatten ihn bis auf die Unterhose ausgezogen und seine gesamte Kleidung anschließend in einen Sack gesteckt. Dann waren seine Hände und Arme auf Schmauchspuren untersucht worden.

Durch die halb geöffnete Küchentür konnte Marc beobachten, wie ganze Heerscharen von Polizisten hin und her liefen und das Haus auf den Kopf stellten.

Irgendwann trafen auch Templin und Weskamp ein, würdigten ihn aber zunächst keines Blickes. Dann sah Marc, wie der Sarg mit Charlotte Vollmers Leiche vorbeigetragen wurde. Wenige Sekunden später erschienen die beiden Hauptkommissare in der Küche. Weskamp nahm Marc die Handschellen ab.

»Tja, Herr Hagen, so schnell sieht man sich wieder«, grinste Templin.

»Sie werden verstehen, dass ich Ihre Freude nicht teilen kann«, erwiderte Marc. »Ich kann Ihnen aber versichern, dass ich mit Charlotte Vollmers Tod nicht das Geringste zu tun habe.«

»Genauso wenig wie mit dem Tod von Johanna Reichert und Dr. Heinen, das haben wir schon verstanden. Aber jetzt mal im Ernst, Herr Hagen: Ist Ihnen noch nicht aufgefallen, dass überall dort, wo Sie auftauchen, kurz darauf auch eine Leiche zu finden ist?«

Marc zuckte die Achseln, sagte aber nichts.

»Vielleicht erzählt uns Herr Hagen jetzt, was heute Abend eigentlich passiert ist«, übernahm Weskamp die Gesprächsführung.

Als Marc mit seinem Bericht fertig war, fügte er hinzu: »Das ist alles, was ich dazu sagen kann. Ich habe Charlotte Vollmer nicht erschossen. Ich habe überhaupt nicht geschossen. Aber das wird Ihnen die Spurensicherung mit Sicherheit schon gesagt haben.« Er hob die Hände und drehte sie vor den Polizisten hin und her. »Keinerlei Schmauchspuren.«

»Vielleicht haben Sie ja Handschuhe getragen.«

»Sie werden auch an meiner Kleidung keine Schmauchspuren finden. Und wo sind diese Handschuhe? Und die Tatwaffe? Wie hätte ich das alles so schnell verschwinden lassen sollen?«

»Also gut«, musste Weskamp zugeben. »Wir haben momentan zu wenig, um Ihnen den Mord an Charlotte Vollmer nachzuweisen. Aber wir haben mehr als genug, um wegen des Mordes an Johanna Reichert einen Haftbefehl gegen Sie zu bekommen. Den haben wir bisher nicht beantragt, weil wir dachten, Sie wären uns draußen mehr von Nutzen. Aber nach zwei weiteren Leichen haben wir unsere Vorgehensweise geändert.«

Weskamp machte eine bedeutungsvolle Pause, ehe er fortfuhr. »Herr Hagen, wir werden morgen einen Haftbefehl gegen Sie beantragen und ihn mit Sicherheit auch bekommen. Ich sage Ihnen das aus Gründen der Fairness. Abhauen können Sie sowieso nicht, Sie werden ab sofort lückenlos überwacht. Bereiten Sie sich also schon mal darauf vor, dass wir Sie morgen abholen werden und packen das Nötigste ein. Okay?«

Marc merkte, wie ihm der Angstschweiß auf die Stirn trat. »Muss das wirklich sein?«, fragte er. »Was ist denn mit meiner Theorie, dass Charlotte Vollmer und Dr. Heinen Frau Reichert gemeinsam ermordet haben?«

»Wie Sie sehr richtig sagen, handelt es sich dabei um eine Theorie. Wir brauchen Zeit, um sie zu überprüfen. Außerdem gibt es offensichtlich noch eine weitere Person, die in die Sache verwickelt ist, denn wer hat Frau Vollmer erschossen, wenn Sie es nicht waren? Also dient die Untersuchungshaft vielleicht sogar Ihrem Schutz. Einen weiteren Toten können wir es beim besten Willen nicht gebrauchen. Auf jeden Fall können wir jetzt nicht mehr verantworten, Sie weiter frei herumlaufen zu lassen. Sollen wir Sie nach Hause bringen?«

»Was ist mit meinem Wagen?«

»Der muss noch untersucht werden. Und bei Ihrem Outfit würde ich auch vom Bus oder einem Taxi abraten. Also?«

Marc überlegte einen Moment, dann nickte er und Weskamp gab einem uniformierten Polizisten ein Zeichen.

»Der Kollege wird Sie fahren. Wir sehen uns morgen. Versuchen Sie, sich ein wenig zu erholen. Das wird ein schwerer Tag für Sie werden.«

Als Marc nach Hause kam, griff er als Erstes zu seinem Telefon und wählte Gabriels Nummer. Er musste es mehrfach klingeln lassen, bevor er ein unwirsches »Ja?« am anderen Ende hörte.

»Hier ist Marc. Ich weiß, wie spät es ist, aber ich brauche deine Hilfe.«

Er gab seinem Freund eine grobe Zusammenfassung der Ereignisse des Tages. »Jetzt bin ich geliefert«, endete er. »Sie wollen morgen einen Haftbefehl beantragen und wenn du nichts dagegen unternimmst, werden sie ihn auch bekommen.«

Am anderen Ende der Leitung herrschte sekundenlanges Schweigen. »Scheiße«, hörte er dann endlich Gabriels Stimme. »Das hört sich tatsächlich nicht gut an. Wir müssen uns unbedingt treffen und unsere weitere Vorgehensweise besprechen. Das Blöde ist nur, dass ich ausgerechnet morgen früh zwei Gerichtstermine habe und erst nachmittags wieder in der Kanzlei bin. Aber das ist nicht weiter schlimm. Die Bullen müssen den Haftbefehl erst mal beantragen und dann noch einen fleißigen Richter finden. Schon daran wird es scheitern.« Gabriel lachte aufmunternd. »Nein, im Ernst, Marc. Wenn morgen überhaupt etwas geschieht, dann frühestens am Nachmittag. Komm morgen um vierzehn Uhr bei mir vorbei. Dann haben wir genug Zeit, uns zu beraten. Bevor wir den Inhalt des Haftbefehls nicht kennen, können wir ohnehin nichts dagegen unternehmen.«

»Du siehst also keine Chance, den Haftbefehl noch zu verhindern?«

»Ich wüsste nicht, wie wir das anstellen sollten. Ich kann nur versuchen, dich so schnell wie möglich wieder rauszuholen.«

»Das heißt, ich muss auf jeden Fall erst mal in U-Haft?«

»Das wird sich leider nicht vermeiden lassen«, antwortete Gabriel. »Aber Kopf hoch, Marc. Weißt du, wie viele Personen in *Dallas* unter Verdacht standen, einen Menschen ermordet oder es zumindest versucht zu haben?«

Marc seufzte. »Ich weiß es nicht. Und um ehrlich zu sein, habe ich jetzt …«

»Praktisch alle«, fiel Gabriel ihm ins Wort. »Cliff Barnes gleich drei Mal, Jock, Sue Ellen, Ray Krebbs, Jenna Wade, Clayton Farlow, ja sogar Bobby. Und jedes Mal ist es gut ausgegangen.«

Marc wusste natürlich, dass eine Fernsehserie nichts mit

der Realität zu tun hatte, aber auf irgendeine Weise hatten Gabriels Worte ihn beruhigt und ihm neue Zuversicht gegeben. »Danke«, sagte er also. »Wir sehen uns morgen. Und noch mal danke, dass du mir zugehört hast.«

Nachdem er aufgelegt hatte, fiel sein Blick auf die Uhr. Es war zwei Uhr morgens. Reiß dich zusammen, sagte er zu sich selbst. Morgen würde ein schwerer Tag für ihn werden und er musste ausgeruht sein.

Marc putzte sich schnell die Zähne, dann legte er sich ins Bett, merkte aber, dass er zu aufgekratzt war. Die Ereignisse des Tages liefen wie in einer Endlosschleife in seinem Kopf ab und er konnte sich einfach nicht davon lösen.

Als er auf den Wecker schaute, waren zwei Stunden vergangen, ohne dass er auch nur eine Sekunde geschlafen hatte. Du musst dich irgendwie ablenken, sagte er sich. Nur wie? Gabriel versuchte es immer mit einem *Dallas*-Quiz, vielleicht half das ja. Marc versuchte auszurechnen, wie viele der Protagonisten schon in Untersuchungshaft gesessen hatten. Er kam auf keine genaue Zahl, war sich aber ziemlich sicher, dass es am Ende tatsächlich für alle halbwegs glimpflich ausgegangen war. Moment, bis auf die Sache mit J. R.! Der war wegen angeblicher Vergewaltigung zu zehn Jahren Arbeitslager verurteilt worden und hatte seine Strafe tatsächlich antreten müssen. Irgendwann war ihm die Flucht gelungen.

Marc musste unwillkürlich grinsen. Weskamp hatte ihm geraten, seine Sachen zu packen. Vielleicht sollte er sich noch eine Feile besorgen. Scheiße, dachte er. Das hier ist die Wirklichkeit! Und da wurden die meisten Menschen, die in U-Haft kamen, im Anschluss verurteilt und mussten ihre Strafe absitzen.

Marc spürte, wie eine Welle des Selbstmitleids in ihm aufbrandete. Er hatte nichts Falsches getan und trotzdem befand er sich in dieser scheinbar ausweglosen Situation. Er sah ja ein, dass die Sterbehilfe für Johanna Reichert falsch gewesen war, aber dieser Fehler rechtfertigte es nicht, dass er jetzt womöglich für Jahre in den Knast wanderte.

Und er rechtfertigte auch nicht, dass Melanie ihn verlassen hatte! Melanie. Sollte sie doch sehen, wie sie ohne ihn klarkam! Vielleicht würde sie ja irgendwann bereuen, dass sie ihn fallengelassen hatte, als er ihre Hilfe am meisten gebraucht hätte. Auch wenn das nach dem Fund von Heinens Foto in ihrem Nachttisch sehr unwahrscheinlich war.

Marc zermarterte sich das Gehirn, aber ihm war absolut nichts Ungewöhnliches an Melanies Verhalten aufgefallen. Nichts, was auch nur im Entferntesten darauf hingedeutet hatte, dass sie ihn mit Heinen betrogen hatte. Konnte man sich dermaßen in einem Menschen täuschen? Marc wusste es nicht. Und wenn das Foto doch ganz harmlos war? Marc schnaubte. Natürlich, schließlich bewahrte fast jeder ein Foto von einem Menschen, der ihm nichts bedeutete, in seinem Nachtschrank auf. Nein, er musste aufhören, sich selbst zu belügen.

Irgendwann fiel er in einen unruhigen Schlaf, bei dem ihm die wildesten Träume durch den Kopf spukten. Er saß auf der Anklagebank, neben ihm sein Verteidiger Gabriel, und Johanna Reichert wurde in den Gerichtssaal geführt. Auf eine Frage der Staatsanwältin, die erstaunlicherweise genauso wie Melanie aussah, zeigte Johanna Reichert mit dem ausgestreckten rechten Zeigefinger auf Marc. »Der da war's! Er hat mich umgebracht!«

Als Marc erwachte, sickerte bereits das erste Morgenlicht durch die Ränder der Jalousie und Marc konnte die Umrisse seiner Schlafzimmereinrichtung schemenhaft erkennen. Er blieb einfach auf dem Rücken liegen und versuchte, sich seine Träume wieder ins Gedächtnis zu rufen.

Plötzlich richtete er sich mit einem Ruck kerzengerade in seinem Bett auf.

Er wusste jetzt, wie alles abgelaufen war. »Großer Gott«, schoss es durch seinen Kopf.

## 40

Um vierzehn Uhr schellte Marc an der Tür von Gabriels Kanzlei.

Sein Freund öffnete ihm persönlich. »Hallo, Marc. Meine Sekretärin ist heute Nachmittag nicht da. Ich musste sie wegen Arbeitsmangels auf Kurzarbeit setzen.« Er lächelte verschämt. »Du wärst wahrscheinlich froh, wenn du nur solche Sorgen hättest.«

»Falls es tatsächlich zu einem Prozess gegen mich kommen sollte, wirst du dich in den nächsten Monaten nicht über Arbeitsmangel beklagen können«, versprach Marc geknickt.

Gabriel machte ein übertrieben skeptisches Gesicht. »Die Frage ist nur, ob du mich auch bezahlen kannst«, erwiderte er und grinste. »Aber sei unbesorgt. Ich bin bereit, dir mein Honorar, für ... sagen wir zwei Wochen zu stunden, bevor ich dir den Gerichtsvollzieher auf den Hals hetze.«

»Du bist ein guter Mensch, Gabriel. Niemand hat solche Freunde wie ich.«

»Das will ich meinen. Jetzt komm aber erst mal rein.«

Gabriel führte Marc in sein Büro, wo er ihn im Besucherstuhl Platz nehmen ließ.

»Hast du die Nacht halbwegs überstanden?«, wollte Gabriel wissen.

»Ich habe kaum geschlafen«, gestand Marc. »Im Moment habe ich das Gefühl, als ob alles um mich herum zusammenbricht.«

»Hat sich wegen des Haftbefehls schon etwas Neues ergeben?«

»Bisher nicht. Aber du hast ja gestern schon prophezeit, dass die Polizei den Haftbefehl frühestens heute Nachmittag bekommen wird. Vielleicht habe ich also noch ein paar Stunden Galgenfrist. Ich bin übrigens nicht allein gekommen. Die Polizei wartet unten. Ich werde jetzt ganz offen überwacht. Wir müssen also damit rechnen, dass sie mitten in unser Gespräch platzen und mich mitnehmen.«

Gabriel blies die Backen auf. »Scheiße«, murmelte er. »Aber da musst du jetzt erst mal durch. Ich kann erst wieder etwas für dich tun, wenn der Haftbefehl vorliegt und ich prüfen kann, was sie haben. Und was nicht, natürlich. Aber du kannst dich auf mich verlassen. Ich habe die Haftbeschwerde schon vorbereitet und stehe hier quasi Gewehr bei Fuß.«

Marc nickte. »Ich bin inzwischen davon überzeugt, dass ich nicht allzu lange in U-Haft sein werde. Gestern Nacht ist mir alles klar geworden. Ich weiß jetzt, wer hinter allem steckt.«

Gabriel starrte ihn mit großen Augen an. »Wer?«, fragte er nur.

»Wir haben von Anfang an einen Denkfehler begangen«, sagte Marc, »indem wir immer davon ausgegangen sind, dass nur Yvonne oder Heinen die Möglichkeit hatten, die Speicherkarte mit der Aufnahme von Johanna Reicherts Tod zu kopieren. Aber es gab noch eine dritte Person: Melanie!«

»Melanie?«

»Natürlich. Nach Johanna Reicherts Tod habe ich die Speicherkarte zu Hause in meinem Arbeitszimmer verwahrt. Und dazu hatte Melanie natürlich Zugang.«

Gabriel machte ein verwirrtes Gesicht. »Aber warum hätte Melanie die Speicherkarte kopieren sollen?«

»Ganz einfach. Sie hat mit Heinen zusammengearbeitet. Und mit Charlotte Vollmer.«

Gabriel beugte sich ungläubig vor. »Was sagst du da?«

»In meinem Innersten hatte ich schon lange den Verdacht, dass Heinen und Melanie etwas miteinander haben. Erst Heinens Rechnung, dann die Fotos von Lizzy in der Werbebroschüre der *Heinol GmbH.* Gut, dafür gab es vielleicht noch harmlose Erklärungen und Melanie hat es auch geschafft, sich einfach rauszureden. Aber gestern haben mir diese Kommissare berichtet, sie hätten bei der Hausdurchsuchung eine DVD mit der Aufnahme von Johanna Reicherts Tod und ein Foto von Heinen in Melanies Nachttisch gefunden.«

»Nein!«

»Doch. Damit steht unzweifelhaft fest, dass die beiden ein Verhältnis hatten. Warum hätte Melanie sonst ein Foto von Heinen aufbewahren sollen?«

»Was sagt Melanie dazu?«, fragte Gabriel.

»Ich wollte sie gestern mit den Funden konfrontieren, aber Beatrice hat mir gesagt, Melanie sei nicht da. Anschließend bin ich zu Charlotte Vollmer gefahren. Als ich mich mit ihr unterhalten habe, hatte ich plötzlich das Gefühl, es sei noch eine Person im Haus. Und so war es dann ja auch.«

»Und du meinst, das war Melanie?«

»Ich bin mir sogar sicher. Weißt du, welchen Film sich Charlotte Vollmer angesehen hat, als ich kam? *Message in a bottle* nach dem Roman von Nicholas Sparks, einem von Melanies Lieblingsautoren.«

Gabriel lehnte sich mit einem skeptischen Gesichtsausdruck in seinem Sessel zurück. »Das ist doch kein Beweis!«, widersprach er.

»Nein, für sich genommen nicht, aber es geht ja noch weiter: Melanie ist seit Heinens Tod nicht mehr von der Polizei überwacht worden, das heißt, sie konnte sich wieder frei bewegen. Heinen und Charlotte Vollmer sind erschossen worden. Melanie hat vor vier Jahren ihren Mann erschossen. Sie weiß also, wo und wie man eine illegale Pistole bekommt und sie kann mit Waffen umgehen.«

Er hielt einen Moment inne, um sich zu sammeln. »Und etwas ist mir gestern Abend immer und immer wieder durch den Kopf gegangen: Warum hat der Mörder mich am Leben gelassen? Warum hat er mich nicht auch getötet? Ein Zeuge weniger. Und er hätte mich ohne Weiteres erschießen können, ich saß mit dem Rücken zu ihm, wie auf dem Präsentierteller. Ich konnte mir keinen rationalen Grund dafür vorstellen, warum er es nicht getan hat. Und dann ist mir etwas klar geworden: Der Schütze konnte mich nicht töten, weil er Gefühle für mich hat. Vielleicht nur noch minimale, aber immerhin. Ich weiß, dass Melanie mich einmal geliebt hat, das weiß ich einfach. Deswegen hat sie es nicht übers Herz gebracht, mich zu erschießen.«

Gabriel atmete schwer aus. »Das ist kaum zu glauben, auch wenn es sich natürlich erst einmal schlüssig anhört«, sagte er. »Aber du hast keine Beweise für deine Theorie.«

»Das stimmt. Aber ich *weiß* jetzt, wie alles abgelaufen ist, und irgendwann werde ich oder ein anderer das auch beweisen können: Heinen hatte ein Verhältnis mit Charlotte Vollmer. Das Foto von ihrem gemeinsamen Urlaub beweist es. Irgendwann hat Heinen Melanie kennengelernt, spätestens, als sie mit Lizzy bei ihm in Behandlung war. Heinen hat Melanie ein Foto von sich geschenkt, und dieses Foto ist dem Trio schließlich zum Verhängnis geworden, weil es sowohl die Verbindung zwischen Heinen und Melanie als auch die zwischen Heinen und Charlotte Vollmer herstellt.«

»Das mag ja alles sein, aber warum haben die drei Johanna Reichert ermordet?«

»Heinen brauchte Geld, um sein Unternehmen und damit sein Lebenswerk zu retten. Er hat es geschafft, Charlotte Vollmer von seinem Plan zu überzeugen, Johanna Reichert zu ermorden und das Geld aus der Lebensversicherung anschließend zwischen ihnen aufzuteilen. Was Charlotte Vollmer wahrscheinlich nicht wusste, war, dass es in dem Spiel noch eine dritte Person gab: Melanie, mit der Heinen ebenfalls ein Verhältnis hatte. Der Plan war, Johanna Reichert einzureden, sie habe unheilbaren Krebs, um sie in den Selbstmord zu treiben. Das Problem war nur, dass Johanna Reichert offiziell keinen Selbstmord begehen durfte, da die Lebensversicherung dann nicht gezahlt hätte. Deshalb hat Heinen eine natürliche Todesursache bescheinigt. Das hatte allerdings einen Haken: Heinens Ruf bei den Behörden war äußerst schlecht, weil er nach dem Tod der kleinen Jennifer schon einmal eine falsche Todesbescheinigung ausgestellt hatte. Es stand also zu befürchten, dass bei einer Obduktion festgestellt werden würde, dass Frau Reichert nicht eines natürlichen Todes gestorben war. Bei einem Selbstmord zahlt die Lebensversicherung nicht und bei einem Mord erst, wenn die Tat aufgeklärt ist. Deshalb brauchten sie einen Plan B, einen Sündenbock, dem sie den Mord anhängen konnten. Da kam ich ins Spiel. Wir haben uns doch darüber unterhalten, dass Heinen mich nicht zufällig ausgesucht hat. Natürlich hat Melanie ihn auf die Idee gebracht. Sie kennt mich in- und auswendig und wusste, dass ich auf eine entsprechende Bitte hin wahrscheinlich bei dem Selbstmord helfen würde. Damit haben Heinen und Melanie praktisch zwei Fliegen mit einer Klappe geschlagen: Sie hatten ihren Prügelknaben für die Polizei und mich aus dem Weg geräumt, um ihr Verhältnis ungestört fortsetzen zu können.«

»Aber warum wurde Heinen ermordet? Und von wem?«

»Von Melanie! Ich vermute, ihr ist erst nach der Obduktion von Johanna Reichert klar geworden, dass Heinen jetzt ein Risiko für sie war. Er hat die falsche Krebsdiagnose gestellt. Es wäre Heinen schwergefallen, die Polizei davon zu überzeugen, dass er mit dem Mord an Johanna Reichert nichts zu tun hat, und er wäre für diese Tat mit ziemlicher Sicherheit in den Knast gewandert. Im Gefängnis hätte er sich womöglich gefragt, warum er als Einziger jahrelang dort versauern soll, während seine Komplizinnen ihre Freiheit mit dem Geld aus Johanna Reicherts Lebensversicherung genießen können. Mit dem Geld, das er für die Sanierung seines Lebenswerkes verplant hatte. Melanie musste also damit rechnen, dass Heinen sie an die Polizei verrät, und sei es nur, um mit der Staatsanwaltschaft einen Deal auszuhandeln. Also musste er weg. Ich sagte dir ja schon, dass ich nicht sicher bin, ob Charlotte Vollmer von Anfang an von Melanie wusste. Aber Melanie hat sich spätestens nach der Anordnung der Obduktion mit Charlotte Vollmer in Verbindung gesetzt und ihr das Problem mit Heinen erklärt. Melanie hat einen Anteil aus der Lebensversicherung verlangt, damit sie Charlotte Vollmers Beteiligung an dem Mord nicht verrät und das Risiko Heinen eliminiert. Charlotte Vollmer dürfte Heinen keine Träne nachgeweint haben, schließlich wusste sie jetzt, dass er sie mit Melanie betrogen hat. Also haben die beiden Frauen Heinen beseitigt und als Duo weitergemacht. Melanie hat Heinen erschossen, dann hat sie eine DVD mit der Aufnahme an die Polizei geschickt. Damit hatte die Polizei die beiden Täter: den toten Heinen und mich. Bis gestern Abend lief die Geschäftsbeziehung der beiden Frauen auch sehr gut. Aber dann hat Melanie mit angehört, dass Charlotte Vollmer kurz davor war, alles zu gestehen. Deshalb musste sie ebenfalls sterben.«

Gabriel hatte Marc die ganze Zeit mit offenem Mund zugehört. »Das ist ... das ist teuflisch. Aber es hört sich überzeugend an, das muss ich zugeben.« Er zögerte. »Trotzdem hast du für deine Theorie keinen Beweis.«

»Das ist richtig, aber wenn du meine Theorie bei einer Haftprüfung oder in einer Haftbeschwerde vorträgst, müsste es erst mal ausreichen, dass der Richter einen dringenden Tatverdacht verneint und ich auf freiem Fuß bleiben kann, um die letzten Beweise zu finden.«

Gabriel nickte langsam. »Möglich«, sagte er schließlich. »Nein, sogar sehr wahrscheinlich. Auch wenn ich einfach nicht glauben kann, dass Melanie ...« Er ließ den Satz unvollendet. »Das ändert aber alles nichts daran, dass wir den Haftbefehl abwarten müssen, bevor wir etwas unternehmen können. Ich schlage vor, du fährst jetzt zu dir nach Hause und packst das Nötigste ein, falls du das noch nicht getan haben solltest. Wenn sie dich holen, rufst du mich an. Ich komme dann sofort ins Präsidium.«

»Kann ich nicht hier warten?«, bat Marc.

Gabriel verzog den Mund. »Ist leider momentan ganz schlecht, Marc«, sagte er bedauernd. »Ich muss noch einen Schriftsatz in einer eiligen Sache fertigstellen.«

»Bitte, nur eine Stunde. Wenn sich bis dahin nichts getan hat, fahre ich zu mir. Deinen Schriftsatz kannst du dann immer noch schreiben. Du hast eben selbst gesagt, du hättest momentan nicht so viel zu tun.« Er zögerte. »Lass mich nicht betteln, Gabriel. Ich kann jetzt einfach nicht allein sein. Und außer dir wüsste ich keinen Menschen, bei dem ich mich aufhalten könnte.«

Gabriel rang mit sich und Marc merkte ihm an, dass er ihn eigentlich so schnell wie möglich wieder loswerden wollte, ihm aber keine vernünftige Ausrede einfiel. »Also gut«, sagte sein Freund schließlich. »Eine Stunde kann ich dir geben.

Aber dann verschwindest du. Es geht um eine einstweilige Anordnung und länger kann der Schriftsatz nicht warten.«

»Danke«, sagte Marc nur. »Du tust mir damit einen großen Gefallen.« Er ließ seinen Blick einmal durch den Raum schweifen, bis er bei Gabriel hängen blieb. »Tja«, sagte er. »Dann müssen wir uns jetzt wohl irgendwie die Zeit vertreiben, oder?« Marc legte die Stirn in Falten. »Lust auf ein kleines *Dallas*-Quiz?«

Gabriel grinste. »Aber immer doch. Wer …«

»Nein, nein«, unterbrach Marc ihn sofort. »Es ist doch langweilig, dass du immer die Fragen stellst. Wie wäre es, wenn wir zur Abwechslung mal die Rollen tauschen?«

Gabriel hob die Hände. »Kein Problem«, versicherte er. »Schieß los.«

»Die Fragen sind aber nicht ganz einfach«, warnte Marc.

»Hör mal, mein Freund«, sagte Gabriel in überheblichem Ton. »Es gibt schlichtweg keine Frage zu *Dallas*, die ich nicht beantworten kann. Wie wär's mit einer kleinen Wette: Wenn ich nicht in der Lage bin, sagen wir mal … fünf Fragen richtig zu beantworten, lade ich dich zum Essen ein. Ansonsten zahlst du.«

»Ich hoffe nur, es dauert nicht allzu lange, bis wir mal wieder zusammen essen gehen können«, gab Marc zurück.

»Sei nicht so pessimistisch, Marc. Selbst wenn du erst mal in U-Haft musst, hole ich dich in wenigen Tagen da raus, das verspreche ich dir. Also, stell deine Fragen!« Er setzte sich erwartungsvoll in seinem Sessel zurecht.

»Nun gut«, setzte Marc an und rieb sich nachdenklich das Kinn. »Frage Nummer eins: Welche Blutgruppe hat J. R.?«

Auf Gabriels Gesicht erschien ein breites Lächeln. »Null positiv.«

Marc nickte angemessen beeindruckt. »Cliff Barnes Lieblingsfilm?«

»*Bambi.*«

»Zu welcher Strafe wird J. R. verurteilt, nachdem er Cally Harper angeblich vergewaltigt hat?«

»Zehn Jahre Arbeitslager. Also wirklich, Marc, das Niveau deiner Fragen sinkt schon wieder. Streng dich ein wenig mehr an.«

»Du willst es härter? Okay: Wie lautet J. R.s Häftlingsnummer in dem Arbeitslager?«

»348636«, kam Gabriels Antwort wie aus der Pistole geschossen.

»348636«, wiederholte Marc langsam. »Ich habe gewusst, dass du das beantworten kannst! Aber es war natürlich auch eine blöde Frage. Du hast sie mir mindestens schon ein Dutzend Mal gestellt.« Er richtete den Blick zur Decke, als müsse er nachdenken. »348636«, wiederholte er. »Irgendwo habe ich diese Zahl kürzlich doch schon mal gesehen!« Er schnippte mit den Fingern. »Richtig, gestern in Charlotte Vollmers Wohnung. Es war das Passwort ihres PCs. Und weißt du, was noch merkwürdig ist? Charlotte Vollmer hat mir erzählt, sie habe sich dieses Passwort nicht selbst ausgedacht. Das sei ein Bekannter von ihr gewesen. Und damit komme ich zur Frage Nummer fünf: Welcher Mensch außer dir würde auf die Idee kommen, sich ausgerechnet J. R.s Häftlingsnummer als Passwort für einen PC auszudenken? Na, was glaubst du?« Er schaute Gabriel gespannt an.

Der musterte Marc mit unbeweglichem Gesicht. »Das ist aber jetzt nicht gerade eine klassische *Dallas*-Frage«, sagte er schließlich.

»Vielleicht nicht unbedingt eine *klassische,* aber doch immerhin eine *Dallas*-Frage, wie du zugeben musst. Also los, Gabriel, streng dich ein wenig an. Es geht immerhin um ein Essen.«

»Gut, lass mich nachdenken.« Gabriel legte maniriert die

Fingerspitzen an die Schläfen und begann, sie zu massieren. »Vielleicht war es der Herr Zufall«, schlug er dann vor.

»Oh, oh«, sagte Marc. »Ich fürchte, das war die falsche Antwort und du hast die Wette verloren. Die richtige Antwort lautet: niemand! Niemand außer dir wäre auf die Idee für dieses Passwort gekommen. Es sei denn, in Charlotte Vollmers Bekanntenkreis gibt es einen ähnlich fanatischen Fan wie dich, was äußerst unwahrscheinlich ist. Und wenn du meine und deine Intelligenz nicht beleidigen willst, wirst du das zugeben müssen.«

Gabriel atmete hörbar aus. »Kommt jetzt wieder eine von deinen wilden Theorien, Marc?«

»Nein, der Unterschied besteht darin, dass ich meine Theorie diesmal beweisen kann.«

## 41

Gabriel starrte eine geschlagene Minute aus dem Fenster. Als er sich wieder Marc zuwandte, fragte er: »Was soll das hier werden? Bist du verkabelt?«

Marc stand auf und breitete die Arme aus. »Nein! Aber du kannst mich gerne abtasten.«

Gabriel schüttelte erschöpft den Kopf. »Nee, ist schon okay. Also gut, ich gebe es zu: Ich kenne … *kannte* Charlotte Vollmer. Ich habe sie vor einigen Monaten zufällig in einem Modegeschäft gesehen. Das war eine ähnliche Szene wie in *Zeugin der Anklage*, als Leonard Vole Emily French trifft, die einen Hut aufprobiert. Allerdings war es im Fall von Charlotte kein Hut, sondern ein Kleid. Ich habe durch das Schaufenster beobachtet, wie sie verschiedene Kleider anprobiert und dazu den Daumen gehoben oder gesenkt. So sind wir ins Gespräch gekommen und wurden dann irgendwann auch ein Paar.«

»Ist das ein Geständnis?«, fragte Marc.

»Wie kommst du darauf?«

»Nun, Leonard Vole hat Emily French ermordet.«

Gabriel zog scharf die Luft ein. »Nein, das ist kein Geständnis. Ich habe mit dieser ganzen Sache nichts zu tun. Ich hatte keinerlei finanzielles Interesse an Charlotte. Es hört sich vielleicht blöd an, aber es war anfangs rein … rein körperlich. Seit der Trennung von Julia hatte ich nichts mehr mit anderen Frauen und irgendwann melden sich halt wieder gewisse Bedürfnisse. Charlotte hat mich irgendwie an Marilee Stone erinnert, dieses sexbesessene Biest aus dem Kartell. Bis zu dem Tag hätte ich nie gedacht, dass ich eine wesentlich ältere Frau sexuell attraktiv finden könnte. Charlotte hatte zu dem Zeitpunkt noch ein Verhältnis mit Heinen, das die beiden aber verheimlicht haben. Ich glaube, das war wegen Johanna Reichert, die wohl selbst in Heinen verliebt war. Mir hat Charlotte gesagt, sie habe ihre Beziehung zu Heinen beendet. Wie ich aber vorgestern von ihr erfahren habe, stimmte das nicht ganz. Sie haben auf jeden Fall noch so etwas wie eine Geschäftsbeziehung unterhalten. Du lagst mit deiner Theorie zumindest teilweise richtig: Die beiden haben geplant, Johanna Reichert zu ermorden, damit Charlotte das Geld aus der Lebensversicherung kassieren konnte. Beide wollten das Geld teilen und du solltest der Sündenbock sein. Aber davon habe ich bis vor zwei Tagen nichts gewusst, das schwöre ich.«

»Warum hast du mir das alles nicht schon vorgestern gesagt?«

»Das konnte ich nicht, zumindest nicht sofort. Ich habe Charlotte geliebt, wirklich geliebt, trotz des großen Altersunterschiedes. Als du mir gestern Nacht erzählt hast, dass sie erschossen worden ist, war ich fix und fertig. Ich war kurz davor, dir alles zu erzählen.«

»Aber du hast es nicht getan!«

»Ich stand unter Schock. Und dann musste ich mir erst einmal darüber klar werden, wie ich mit der neuen Situation umgehen soll. Ich wollte Charlottes Andenken nicht beschmutzen, und ich habe nach einer Möglichkeit gesucht, dir zu helfen und Charlotte trotzdem aus der Sache herauszuhalten. Außerdem: Was hätte es genutzt, wenn ich als dein Verteidiger und dein bester Freund der Polizei von Charlottes Geständnis erzählt hätte? Wer hätte mir geglaubt? Aber ich schwöre dir, Marc: Spätestens, wenn die Polizei mit dem Haftbefehl hier aufmarschiert wäre, hätte ich auf Charlotte keine Rücksicht mehr genommen.«

»Wie ungemein großzügig von dir. Stellt sich nur noch eine Frage: Wer hat Heinen und Charlotte Vollmer ermordet?«

Gabriel runzelte die Stirn. »Aber das hast du doch eben selbst gesagt: Es war Melanie!«

»Unsinn! Melanie hat mit dieser ganzen Sache nicht das Geringste zu tun. Aber es gibt eine Person, die mich das glauben machen wollte: und zwar du. Ich hatte dir davon erzählt, dass ich eine Rechnung von Heinen in Melanies Unterlagen gefunden habe. Das hat dich auf die Idee gebracht, ihr die DVD und ein Foto von Heinen, das du zuvor von Charlotte Vollmer bekommen hast, unterzuschieben, als du uns besucht hast.«

Gabriel machte ein empörtes Gesicht. »Das stimmt nicht, Marc, ich schwöre es! Ich habe nichts in eurem Haus versteckt! Wie kannst du so etwas nur glauben?«

»Nun, irgendjemand *hat* Melanie die DVD und das Foto untergeschoben. Ich war heute Vormittag noch einmal bei der Polizei. Die eifrigen Beamten haben schon vor einiger

Zeit festgestellt, dass sich weder auf der DVD noch auf dem Foto Fingerabdrücke von Melanie befinden. Sie hat diese Gegenstände also nie berührt. Leider hat Templin, so heißt der zuständige Kommissar, gestern ›vergessen‹, mir das mitzuteilen. Ich glaube, er mag mich nicht besonders. Egal. Fest steht, dass Melanie mit dieser Sache nichts zu tun hat. Sie hat Heinen einmal vor Monaten mit Lizzy aufgesucht, das war ihr einziger Kontakt zu ihm. Melanie scheidet also jetzt aus. Wir sind uns ja wohl darüber einig, dass ich gezielt ausgewählt worden bin, schließlich ist das Testament schon vor meinem ersten Kontakt mit Johanna Reichert zu meinen Gunsten geändert worden. Die Preisfrage lautet demnach: Wer hat mich ausgesucht?«

Er fixierte Gabriel. Als der nichts sagte, sprach Marc einfach weiter. »Es muss jemand gewesen sein, der mich gut kannte. Jemand, der die Fäden in der Hand hatte und alle anderen manipuliert hat.«

Gabriel hielt Marcs Blick stand. »Das kannst du nicht im Ernst glauben!«, sagte er. »Du bist wie mein Bruder, Marc. Ich könnte dir niemals bewusst schaden.«

Marc musste wider Willen lachen. »Genauso, wie J. R. Bobby nie bewusst geschadet hätte, was? Ich werde dir sagen, was ich glaube: Ich glaube, dass du Charlotte Vollmer nicht zufällig kennengelernt hast. Johanna Reichert hatte ihre Lebensversicherung bei der *Fuldaer,* deinem ehemaligen Arbeitgeber, abgeschlossen, wie ich heute ebenfalls von der Polizei erfahren habe. Du wusstest, dass Charlotte Vollmer die Begünstigte war und hast sie gezielt aufgesucht. Ich kann das natürlich nicht beweisen, aber das ist im Ergebnis auch egal. Zwischen Charlotte Vollmer und Heinen gab es noch keinen Plan, Johanna Reichert zu ermorden, ehe du ins Spiel gekommen bist. Von Julia weiß ich von deinen finanziellen Problemen. Aus diesem Grund hast du Charlotte Vollmer, die dich geliebt hat, dazu überredet, Johanna Reichert zu ermorden. Aber für deinen Plan brauchtet ihr Heinen, damit er eurem Opfer die Krebserkrankung einredet. Charlotte Vollmer brauchte wahrscheinlich nicht lange, Heinen vom Mitmachen zu überzeugen, denn auch er brauchte dringend Geld, um sein Unternehmen zu retten. Von dir hat ihm die Vollmer natürlich nichts erzählt. Mit Heinen gab es dann nur ein Problem: Du hast Erkundigungen über ihn eingeholt und gleich vorhergesehen, dass es Schwierigkeiten mit seiner Todesbescheinigung geben könnte. Ich habe Heinen kennengelernt. Er war ein eitler Fatzke, dem so etwas nie in den Sinn gekommen wäre. Ich glaube, du hast von vornherein geplant, Heinen zu eliminieren, wenn entdeckt werden würde, dass Johanna Reichert nicht eines natürlichen Todes gestorben war. Aber Heinen reichte als alleiniger Sündenbock nicht aus, weil er von Johanna Reicherts Tod finanziell nicht profitierte. Also brauchtest du einen zweiten Sündenbock mit einem derartigen Motiv, um von Charlotte Vollmer abzulenken. Du kennst mich genau und wusstest, dass ich Johanna Reicherts Bitte wahrscheinlich nicht ablehnen würde. Du wusstest, dass ich als Jurist auf einer Videoaufzeichnung bestehen würde. Und so konntest du der Polizei den Täter präsentieren. Genauso wichtig war das Vermächtnis über die fünfhunderttausend Euro in Johanna Reicherts Testament. Du wusstest, dass ich dich um Hilfe bitten würde, wenn es zu Ermittlungen gegen mich kommen sollte. So hattest du mich die ganze Zeit unter Kontrolle und konntest versuchen, meine Ermittlungen zu torpedieren, indem du mir deine schwachsinnigen Theorien eingeredet hast. Doch ein winziger Fehler ist dir unterlaufen, wenn man denn überhaupt von einem Fehler sprechen kann: das Passwort, das aus J. R.s Häftlingsnummer bestand.«

Gabriel sah Marc mehrere Sekunden lang mit versteinerter

Miene an. »Du musst mir glauben, Marc!«, sagte er dann in beschwörendem Tonfall. »Charlotte und Heinen haben diese Sache ohne mein Wissen durchgezogen.« Er hielt einen Moment inne und starrte gegen die Decke. Dann atmete er schwer durch. »Also gut, ich gebe es zu: Ich bin nicht ganz unschuldig daran, dass die beiden dich als Sündenbock ausgesucht haben. Aber dessen war ich mir nicht bewusst! Charlotte hat mich gefragt, ob ich einen guten Anwalt kennen würde. Ich habe zuerst gelacht, weil ich dachte, sie macht einen Scherz und habe geantwortet, der stehe genau vor ihr. Doch sie brauchte in diesem speziellen Fall einen anderen Rechtsanwalt. Da habe ich deinen Namen genannt. Aber ich wusste in dem Moment nicht, wozu sie dich brauchte.«

»Auch dann nicht, als ich dich um deinen Rat gefragt habe, ob ich Johanna Reichert bei ihrem Selbstmord helfen soll?«

»Doch«, gab Gabriel zu. »Ich wusste, dass Charlotte und Johanna Reichert sich kennen. Charlotte hat mir auch erzählt, dass ihre Freundin Magenkrebs hat und plante, ihrem Leiden ein Ende zu setzen. Aber ich bin natürlich davon ausgegangen, dass es sich um einen echten Selbstmord handelt. Und wenn du dich recht erinnerst, war ich es, der dir dringend abgeraten hat, der Reichert zu helfen. Hätte ich das getan, wenn ich hinter allem stecken würde? Gut, ich hätte unser Gespräch als Anlass nehmen können, dir von Charlotte und mir zu erzählen, aber ich dachte, du lachst mich aus, wenn ich dir sage, dass ich mit einer über zwanzig Jahre älteren Frau zusammen bin.«

»Und was ist hiermit?«

Marc holte einen Zettel aus seiner Jacke und legte ihn vor Gabriel auf den Schreibtisch.

Der warf nur einen flüchtigen Blick darauf. »Was soll das sein?«, fragte er.

»Das ist eine Kopie des Zettels, den ich von Dr. Kröger, Johanna Reicherts Notar und Testamentsvollstrecker, bekommen habe. Charlotte Vollmer oder Heinen haben Johanna Reichert weisgemacht, sie hätten jemanden gefunden, der ihr bei ihrem Selbstmord helfen würde, aber diese Person verlange eine Gegenleistung. Deshalb wollte Johanna Reichert ihr Testament zu meinen Gunsten ändern, aber sie musste meinen Namen und meine Anschrift an den Notar weitergeben. Auf dem Zettel ist zwar alles mit Blockbuchstaben geschrieben, aber die Schrift kam mir gleich bekannt vor. Als ich gestern bei Charlotte Vollmer den Zettel gesehen habe, auf dem unter anderem das Passwort für ihren PC notiert war, habe ich die Schrift wiedererkannt. Charlotte Vollmer hat mir gesagt, der Bekannte, der den PC für sie besorgt habe, habe auch den Zettel geschrieben.«

»Das mag sein, aber dieser Bekannte war nicht ich.«

»Ach, Gabriel, wir hatten doch eben schon festgestellt, dass niemand außer dir sich dieses Passwort ausgedacht haben kann.«

»Das ist kein Beweis.«

»Nein, da hast du recht. Aber was hältst du davon: Als ich heute Vormittag bei der Polizei war, um mich nach den Fingerabdrücken auf der DVD und auf dem Foto aus Melanies Nachttisch zu erkundigen, habe ich die Polizisten gebeten, auch die Fingerabdrücke auf dem Passwortzettel aus Charlotte Vollmers Wohnung und dem Adresszettel von dem Notar zu sichern. Die Polizei hat das Original sofort von Dr. Kröger abholen und untersuchen lassen. Und du wirst es nicht glauben: Es gibt nur von *einem* Menschen Fingerabdrücke, die auf beiden Zetteln zu finden sind. Und die stammen von dir. Bevor du fragst, womit die Polizei die Fingerabdrücke verglichen hat: mit denen von den *Dallas*-DVDs, die du Melanie und Lizzy geschenkt hast.«

Gabriel zog eine Grimasse. »Das kommt also dabei heraus, wenn man anderen Menschen eine Freude machen will. Also gut, ich gebe zu, dass ich Charlottes PC aufgestellt und auch das Passwort notiert habe. Aber das ist schließlich kein Verbrechen. Genauso wenig wie die Tatsache, dass ich deine Adresse auf den anderen Zettel geschrieben habe. Charlotte hatte mich darum gebeten, nachdem ich dich als Anwalt empfohlen hatte.«

»Nein, dieser Zettel diente nur einem Zweck: der Änderung von Johanna Reicherts Testament. Und die Testamentsänderung diente wiederum auch nur einem Zweck: um nachzuweisen, dass ich ein finanzielles Interesse an Johanna Reicherts Tod hatte.«

»Aber davon habe ich doch nichts gewusst!«, protestierte Gabriel.

»Doch, das musst du gewusst haben. Warum hast du sonst meine Privatanschrift und nicht meine Kanzleianschrift auf den Zettel geschrieben? Und was sollte die Angabe meines Geburtsdatums? Das waren völlig unangebrachte Informationen, wenn es nur darum ging, der Vollmer einen Anwalt zu empfehlen! Die Polizei sieht das übrigens genauso. Sie ist davon überzeugt, dass du Charlotte Vollmer erschossen hast. Du warst gestern Abend bei ihr. Als ich geschellt habe, hat es eine ganze Zeit gedauert, bis sie aufgemacht hat. Ich vermute, dass sie nicht vorhatte, mich reinzulassen, aber du wolltest wissen, was ich herausgefunden habe. Und was du dann mit anhören musstest, hat dir ganz und gar nicht gefallen. Du hattest Angst, dass deine Geliebte einem Polizeiverhör nicht standhalten und alles gestehen würde. Deshalb musste sie sterben!«

»Das sind doch alles haltlose Spekulationen! Hast du auch nur den geringsten Beweis für deine abstrusen Theorien?«

»Ja, den habe ich. Deine Fingerabdrücke sind nämlich

nicht nur auf dem Adresszettel und dem Passwortzettel aus Charlotte Vollmers Wohnung. Wie heute Vormittag festgestellt worden ist, waren sie auch auf den beiden Beweisstücken aus Melanies Nachttisch. Hast du auch eine Ausrede dafür, wie deine Fingerabdrücke dorthin gelangt sein können?« Marc wartete gar nicht ab, wie Gabriel auf seine rhetorische Frage reagierte und sprach gleich weiter. »Kriminalhauptkommissar Templin ist in diesem Augenblick beim Amtsgericht, aber nicht, um einen Haftbefehl gegen mich zu erwirken, sondern einen Durchsuchungsbeschluss für deine Kanzlei und deine Wohnung. Die Polizei wartet tatsächlich unten. Aber nicht wegen mir, sondern wegen dir.«

Gabriel lächelte kalt. »Und was genau hoffen sie hier zu finden?«

»Zum Beispiel die Mordwaffe.«

»Glaubst du wirklich, ich wäre so dumm, die zu behalten?«

»Nein, du denkst, du seiest so clever, dass dir nie jemand auf die Schliche kommen wird. Ich glaube, du hast die Mordwaffe behalten, weil du meinst, dass du sie vielleicht noch einmal brauchen könntest.«

»Weißt du was, Marc?« Mit einer blitzschnellen Bewegung zog Gabriel eine Schublade seines Schreibtisches auf und hielt plötzlich eine großkalibrige Pistole in der Hand, die er auf Marc richtete. »Es stimmt: Es sieht tatsächlich so aus, als würde ich sie noch einmal benötigen.«

Obwohl Marc fast damit gerechnet hatte, zuckte er zusammen. »Mach keinen Scheiß, Gabriel«, sagte er so ruhig wie möglich. »Es ist aus. Du hast keine Chance mehr.«

»Kann sein«, meinte Gabriel. »Kann aber auch nicht sein. J. R. war schon in aussichtsloseren Situationen. Aber er ist jedes Mal davongekommen. Ja, er ist sogar von den Toten auferstanden, weißt du noch, Marc?« Er lächelte erinnerungsselig. »Als ich dir eben sagte, du seiest wie mein Bruder, habe ich das ernst gemeint, Marc. Allerdings verstehen die meisten Menschen eines nicht: Der zentrale Konflikt bei *Dallas* war nie der zwischen J. R. und Cliff Barnes oder etwa zwischen J. R. und *WestStar*, nein, der eigentliche Kampf fand immer zwischen den Brüdern statt, zwischen J. R. und Bobby. Deshalb musste Bobby nach seinem Tod am Ende der achten Staffel in der zehnten ja auch zurückkehren.«

»Ja«, bestätigte Marc. »Die beiden haben sich bekämpft bis aufs Messer. Insbesondere J. R. hat mit allen Tricks gearbeitet: Testamentsfälschung, Denunziation, Spionage, Betrug, Intrigen, Erpressung, ja, er hat sogar Edgar Randolph in den Selbstmord getrieben. Aber eines hat J. R. nie getan: jemanden ermordet. Und deshalb wirst auch du mich nicht erschießen.«

Gabriels Lippen verzogen sich zu einem Lächeln. »Du übersiehst nur eines, Marc. Das hier ist keine Seifenoper, das ist die Wirklichkeit. Und in dieser Wirklichkeit habe ich schon einen Menschen ermordet.« Er seufzte. »Es tut mir wirklich leid, wie sich alles entwickelt hat, Marc. Ich hatte dir ja schon gesagt, dass ich in Stuttgart an die falschen Leute geraten bin. Ich habe gekokst, bis mir das Zeug aus den Ohren wieder rausgekommen ist. Ich habe Unmengen Geld verbraten, dummerweise Geld, das ich nicht hatte. Um das Geld wieder zurückzubekommen, habe ich angefangen zu spielen, in illegalen Klubs, in Kasinos und an der Börse. Am Ende war alles noch schlimmer. Ich habe mir immer mehr Geld geliehen, auch von äußerst dubiosen Gestalten. Du kennst das, Marc, du warst einmal fast in derselben Situation. Mit diesen Leuten ist nicht zu spaßen.« Er hob seinen verbundenen Mittelfinger. »Vor einigen Wochen haben sie mich besucht und mir diese letzte Warnung dagelassen. Diese Typen sitzen mir seit Monaten im Nacken. Aber woher sollte ich das Geld nehmen? Die Kanzlei lief nicht und dich konnte ich auch nicht fragen. Ich weiß schließlich, dass du auch nichts übrig hast. Dann habe ich Charlotte Vollmer kennengelernt. Anfangs ging es mir bei dieser Beziehung wirklich nicht um Geld. Aber als die Drohungen dieser Geldhaie immer massiver wurden, habe ich sie um ihre Unterstützung gebeten. Charlotte war recht wohlhabend, aber nicht reich. Sie hätte mir bei Weitem nicht genug Geld geben können, um all meine Schulden zurückzuzahlen. Dann bin ich auf die Idee mit der Lebensversicherung gekommen. Es war alles so, wie du vermutet hast. Charlotte hat Heinen mit ins Boot geholt. Der Typ war ein Idiot. Er war fest davon überzeugt, mit seinen Behandlungsmethoden und seinem Heilmittel unentbehrlich für die Menschheit zu sein. Deshalb war er auch bereit, die Reichert zu opfern, um sein Unternehmen zu retten. Von meiner Existenz wusste Heinen die ganze Zeit nichts. Er ist davon ausgegangen, Charlotte würde das Geld aus der Lebensversicherung mit ihm teilen.«

»Tja, Heinen hat den Fehler gemacht, Charlotte Vollmer zu vertrauen, wie ich den Fehler gemacht habe, dir zu vertrauen.«

Das entlockte Gabriel ein Lächeln. »Ich hatte dir schon vor einiger Zeit gesagt, dass zu viel Vertrauen manchmal eine Dummheit ist. Das hättest du ernst nehmen sollen.«

»Wie konntest du eigentlich so sicher sein, dass ich Johanna Reichert helfen würde?«, wollte Marc wissen. »Und warum hast du mir bei unserem Gespräch im *Konsulat* geraten, die Finger von der Sache zu lassen?«

»Ach, Marc, ich kenne dich jetzt seit über zwanzig Jahren. Und ich weiß zwei Dinge über dich: Wenn man dich um etwas bittet, kannst du nicht Nein sagen, aber wenn man dir sagt, was du tun sollst, machst du garantiert das Gegenteil. Bei unserem Gespräch hattest du dich schon längst dafür entschieden, der Reichert zu helfen, wenn du ehrlich zu dir bist.« Er schüttelte den Kopf. »Na ja, jetzt ist sowieso alles zu spät. Eigentlich war gestern Abend schon alles zu spät. Als diese Typen mir den Finger gebrochen haben, haben sie mir ein Ultimatum gesetzt, ich hätte noch bis zum 13. April Zeit, ihnen ihr Geld zurückzuzahlen. Und das ist morgen. Mir war gestern schon bewusst, dass ich das unmöglich schaffen würde. Charlottes Tod war also vollkommen überflüssig, im Gegenteil, jetzt *kann* die Versicherung gar nicht mehr an sie auszahlen, selbst wenn sie es wollte. Aber ich bin gestern Abend einfach durchgedreht. Jetzt ist auch mein Leben keinen Pfifferling mehr wert. Diese Geldeintreiber werden kurzen Prozess mit mir machen.«

Er winkte mit seiner Pistole in Richtung Tür. »So, ich denke, nun weißt du alles. Und jetzt verschwinde!«

Marc schüttelte den Kopf. »Mach keinen Scheiß, Gabriel. Die Polizei kann dich schützen.«

»Niemand kann mich schützen. Anfangs dachte ich noch, ich könnte alles selbst in die Hand nehmen, deshalb habe ich mir auch diese Waffe besorgt. Aber ich mache mir etwas vor. Die werden immer eine Möglichkeit finden, mich kaltzumachen, auch im Gefängnis. Es gibt genug Häftlinge, die für wenig Geld einen Auftragsmord begehen.«

»Es gibt Einzelzellen«, erwiderte Marc matt.

»Und da soll ich die nächsten zwanzig Jahre meines Lebens verbringen? Nein, danke.«

Marc dachte fieberhaft nach. So durfte es nicht zu Ende gehen. »Denk an deine Kinder!«, beschwor Marc seinen Freund. »Denk an Julia! Was soll aus deiner Familie werden?«

Gabriel schnaubte belustigt. »Ich habe gestern noch mit meinen Töchtern telefoniert«, sagte er. »Sie sagen inzwischen ›Papa‹ zu diesem Sandro. Julia meint sogar, Lisa und Hannah Laetitia seien endlich wieder glücklich. Und sie ebenfalls. Du siehst also, Marc: Ohne mich geht es allen besser.«

»Das kannst du nicht im Ernst denken. Ich …«

»Keine Diskussionen mehr, Marc«, schnitt Gabriel ihm das Wort ab. »Verschwinde einfach. Glaub mir: Es ist zu deinem eigenen Besten!«

»Du machst doch keinen Unsinn, oder?«

Gabriel setzte ein bitteres Lächeln auf. »Du weißt doch genau, wie die letzte Staffel endet, nicht wahr? Folge 356: *Endspiel.*«

»Ja, das weiß ich. Und deshalb gehe ich hier auch nicht weg.«

Gabriel hob die Waffe ein wenig und richtete sie jetzt genau auf Marcs Kopf. »Verschwinde endlich, Marc, bevor ich es mir anders überlege.«

»Du wirst mich nicht erschießen. Du hast es gestern nicht getan und du kannst es auch heute nicht.«

»Lass es besser nicht darauf ankommen, Marc. Hau ab!«

»Nur wenn du mir deine Pistole gibst.«

Marc sah, dass Gabriel zu einer wütenden Entgegnung ansetzen wollte, aber plötzlich zog ein Lächeln über sein Gesicht. »Also gut, Marc, du hast gewonnen. Ich habe gar nicht gewusst, dass du so hartnäckig sein kannst.«

Er drehte die Pistole um, griff sie am Lauf und reichte sie Marc herüber.

Der nahm die Waffe entgegen, bevor er erleichtert durchatmete. »Und jetzt lass uns runtergehen.«

Gabriel winkte ab. »Ich brauche noch ein bisschen Zeit für mich«, sagte er.

»Bist du dir sicher?«

»Ja. Lass mich einfach noch ein paar Minuten allein. Ich verspreche dir, dass ich brav hier sitzen bleibe, bis sie mich holen.«

Marc stand auf. »Also gut. Wir sehen uns in fünf Minuten.«

Er ging auf die Tür zu, aber dann hörte er Gabriels Stimme noch einmal in seinem Rücken. »Denk an die letzte Folge, Marc! Denk an die letzte Folge! Dann wirst du alles verstehen!«

Marc zögerte einen winzigen Moment. Was hatte das zu bedeuten? In der letzten Folge der letzten Staffel, *Endspiel*, erschoss sich J. R. mit seiner Pistole. Aber Gabriel konnte sich jetzt nicht mehr erschießen. Er, Marc, hatte seine Waffe in der Hand. Also beschränkte Marc sich auf ein knappes Kopfnicken, bevor er die Kanzlei seines Freundes verließ. Doch war Gabriel überhaupt noch sein Freund?

Marc stieg die Treppe hinab, um die unten wartende Polizei zu alarmieren. Er war gerade im Erdgeschoss angekommen und öffnete die Haustür, als er einen Schuss hörte, der durch das ganze Treppenhaus hallte. Marc blieb wie vom Donner gerührt stehen. Nach einer Schrecksekunde hastete er die Stufen wieder hoch und stieß die Tür zu Gabriels Büro auf.

Als er seinen Freund sah, konnte er nur noch drei Worte ausstoßen: »O mein Gott.«

Teil 4

# J. R. kehrt zurück

# 42

Am Tag von Gabriels Beerdigung war der Himmel dem Anlass entsprechend bedeckt und es fiel ein leichter Nieselregen.

Marc hatte sich etwas verspätet. Als er in der Trauerhalle eintraf, sprach der Pfarrer gerade mit Julia. Ansonsten waren kaum Besucher anwesend, Gabriel hatte keine Geschwister gehabt und seine Eltern waren bereits vor vielen Jahren gestorben. Lediglich zwei seiner ehemaligen Kommilitonen und Gabriels Sekretärin saßen in den Stuhlreihen, um ihn auf seinem letzten Weg zu begleiten. Außer Julia hatte sich auch aus Stuttgart niemand blicken lassen. Keine früheren Kollegen von der *Fuldaer*, wo Gabriel immerhin mehrere Jahre gearbeitet hatte, und natürlich auch nicht seine schwäbischen ›Freunde‹, die zumindest indirekt Schuld an Gabriels Absturz trugen.

An der Stirnseite der Halle war ein schlichter Sarg aufgebahrt, der von zwei Kerzen in hohen Ständern flankiert wurde. Auf dem Sarg lag ein Blumenbouquet, davor ein einsamer Kranz mit Schleife. Links neben dem Sarg stand ein großformatiges Foto eines lächelnden Gabriel auf einer Art Staffelei.

Marc wollte Julia begrüßen, aber in diesem Moment begann der Pfarrer mit seiner Predigt. Obwohl in der Halle mehr Platz als genug war, setzte Marc sich in die hinterste Reihe. Er bekam kaum mit, was der Geistliche erzählte, und merkte erst wieder auf, als der Sarg, gefolgt von der kleinen Trauergemeinde, die Halle verließ. Marc schloss sich dem

Zug als Letzter an. Der Nieselregen war in einen Platzregen übergegangen und es schüttete wie aus Kübeln. Schirme wurden aufgespannt und Kapuzen aufgesetzt. Marc verfügte weder über das eine noch über das andere. Also blieb ihm nichts anderes übrig, als den Kragen seines Mantels aufzustellen und die Schultern hochzuziehen. Da diese Maßnahmen – wie er eigentlich auch wusste – keinerlei Einfluss hatten auf die Menge Regen, die er abbekam, war er klitschnass, als er das Grab erreichte.

Dort warteten sie gemeinsam, bis vier Helfer den Sarg in dem ausgehobenen Loch versenkt hatten. Zuerst trat Julia an das Grab heran und verharrte dort eine Weile. Dann wurde sie von den anderen Trauergästen abgelöst und am Ende ging Marc nach vorne. Er griff nach dem Schäufelchen, das er mit etwas Erde füllte. »Mach's gut, alter Freund«, sagte er leise, während er die Erde auf den Sarg fallen ließ.

Nachdem er und die anderen Trauergäste Julia kondoliert hatten, zerstreute sich die kleine Schar schnell in alle Himmelsrichtungen. Ein Leichenschmaus war ohnehin nicht vorgesehen, das Wetter tat ein Übriges.

Als sie alleine waren, nahm Julia Marc mit unter ihren Schirm und sie stapften gemeinsam durch den Matsch zum Parkplatz.

»Danke, dass du gekommen bist«, sagte Julia.

Marc musterte sie erstaunt. »Warum hätte ich nicht kommen sollen?«

»Nun, nach allem, was ich gehört habe, hat Gabriel sich dir gegenüber nicht sehr anständig benommen. Er hat zumindest in Kauf genommen, dass du für Jahre ins Gefängnis wanderst und er hat Melanie Sachen untergeschoben, die eure Beziehung ernsthaft hätten gefährden können.«

»Es war mir trotzdem ein Bedürfnis, heute dabei zu sein. Ich betrachte ihn immer noch als meinen Freund, trotz allem, was er getan hat.« Er zögerte. »Und ich mache mir Vorwürfe, dass ich seinen Selbstmord nicht verhindert habe«, fügte er hinzu.

»Das ist Unsinn, Marc, und das weißt du auch. Niemand konnte wissen, dass er eine zweite Pistole hat.«

Marc nickte, als decke sich das, was Julia gesagt hatte, in etwa mit seinen Überlegungen. Trotzdem fühlte er sich für Gabriels Tod verantwortlich.

Julia ging schweigend neben ihm her und schaute ihn dabei ab und zu an, als kämpfe sie mit sich, die Frage zu stellen, die ihr auf der Seele brannte. Schließlich hatte sie sich durchgerungen. »Hat Gabriel noch etwas gesagt, bevor er …« Sie ließ den Satz unvollendet.

»Seine letzten Worte waren, dass ich an die letzte Folge von *Dallas* denken sollte. Dann würde ich alles verstehen.«

Julia sah ihn verständnislos an. Sie hatte die *Dallas*-Leidenschaft Gabriels nie geteilt. Also sah Marc sich zu einer Erklärung bemüßigt. »Die letzte *Dallas*-Folge ist eine Art Hommage an Frank Capras *Ist das Leben nicht schön?* mit James Stewart in der Hauptrolle, der die Figur des George Bailey spielt. Dort geht es darum, dass ein Engel George Bailey zeigt, wie das Leben seiner Verwandten, Freunde und Bekannten verlaufen wäre, wenn er nie gelebt hätte. In der letzten *Dallas*-Folge ist es im Prinzip genauso, nur zeigt hier der Teufel J. R., wie das Leben der anderen Protagonisten der Serie verlaufen wäre, wenn J. R. nie geboren worden wäre. Danach sagt der Teufel zu J. R., dass ihn niemand liebt, alle ihn verlassen haben und er nur einen Schuss abgeben müsse und alles hinter ihm liege. J. R. greift zu einem Revolver und führt ihn an seine Schläfe. Dann sieht man, dass Bobby einen Schuss hört, in J. R.s Zimmer stürmt und laut ›O mein Gott‹ ruft. Das war das Ende der letzten *Dallas*-Staffel. Ich glaube, Gabriel wollte mir dadurch begreiflich machen, warum er sich getötet hat. Er hat mir erzählt, dass er kurz vorher noch mit euch telefoniert habe und dabei den Eindruck gewonnen hat, ihr wärt ohne ihn glücklicher. Ich glaube, das war der wahre Grund für seinen Selbstmord. Es ging nicht so sehr darum, was er getan hat, es war auch nicht hauptsächlich die Angst vor den Geldeintreibern. Das Schlimmste für ihn war, dass er euch, seine Familie, verloren hat.«

Als er Julia wieder ansah, hatte sie Tränen in den Augen. Sie umklammerte Marcs Arm, schwieg aber. Wahrscheinlich gab es dazu auch nichts mehr zu sagen, dachte Marc.

»Warum hast du eigentlich Lisa und Hannah Laetitia nicht mitgenommen?«, wechselte Marc das Thema.

Julia wischte sich die Tränen weg. »Ich habe mir das lange überlegt«, sagte sie. »Dann dachte ich, es wäre vielleicht besser, ihnen die Beerdigung ihres Vaters zu ersparen und sie bei Sandro in Stuttgart zu lassen. Es war eine reine Bauchentscheidung, Marc. Eine bessere Begründung kann ich dir nicht liefern.«

Sie gingen eine Weile schweigend weiter, bis Julia das Wort ergriff. »Wie läuft es bei dir und Melanie?«

»Sie wohnt mit Lizzy immer noch bei ihrer Freundin«, erwiderte Marc. »Immerhin reden wir wieder miteinander und unternehmen auch ab und zu etwas zu dritt. Das ist die gute Nachricht. Die schlechte ist, dass wir noch weit von dem Verhältnis entfernt sind, das wir hatten, bevor Heinen in mein Leben getreten ist. Melanie meint, sie habe nicht mehr dasselbe Vertrauen zu mir wie früher.« Er zuckte die Schultern. »Ich weiß nicht, wie es weitergeht. Wir werden sehen.« Unvermittelt lächelte er. »Immerhin habe ich keine finanziellen Sorgen mehr. Mit dem Geld aus Johanna Reicherts Vermächtnis kann ich mein Haus auf einen Schlag abbezahlen.«

»Hast du eigentlich keine Bedenken, dieses Geld anzunehmen?«

»Ein wenig schon«, gab Marc unumwunden zu. »Aber was wäre das Ergebnis, wenn ich darauf verzichten würde? Rottmann, Johanna Reicherts Neffe, würde sich das auch noch unter den Nagel reißen. Zusätzlich zu seinen zehn Millionen. Mit Verlaub, aber ich denke, da sind die fünfhunderttausend bei mir besser aufgehoben. Nenn es von mir aus eine Entschädigung für das, was ich in den letzten Wochen durchgemacht habe. Und schließlich war es ja Johanna Reicherts Wunsch, dass ich das Geld bekomme. Dr. Kröger, Frau Reicherts Testamentsvollstrecker, hat die Erben und mich übrigens für übermorgen in seine Kanzlei eingeladen. Wahrscheinlich geht es um die Einzelheiten der Erbauseinandersetzung.«

Sie hatten den Parkplatz erreicht und standen vor Julias Kombi. Sie deaktivierte die Zentralverriegelung, dann umarmte sie Marc zum Abschied und stieg ein. Als Julia im Wagen saß, ließ sie noch einmal die Seitenscheibe heruntergleiten.

»Mach's gut, Marc«, sagte sie. »Grüß Melanie und Lizzy von mir. Ihr müsst uns unbedingt mal in Stuttgart besuchen und Sandro kennenlernen. Das musst du mir versprechen.«

»Vielleicht«, sagte Marc und lächelte. »Vielleicht.«

## 43

Als Marc in Dr. Krögers Kanzlei eintraf, waren die Erben bereits vollständig versammelt. Der Verein *Wider das Vergessen der Aktion T4* war in Form seines Vorsitzenden Klaus

Lichtenfeld und dessen Stellvertreters, Yvonnes Großvater, erschienen. Lichtenfeld und Herbert Klein gaben Marc die Hand, während Rottmann sich damit begnügte, Marc fast unmerklich zuzunicken. Der ehemalige Gebrauchtwagenhändler sah ungeduldig auf die Uhr. »Wann geht es endlich los?«, sagte er mehr zu sich selbst. »Ich habe meine Zeit schließlich nicht gestohlen. Haben Sie eine Ahnung, um was es heute geht?«, erkundigte er sich bei Marc. »Kröger wollte mir am Telefon nichts verraten.«

Marc hob die Schultern. »Ich weiß genauso wenig wie Sie.«

Rottmann drehte sich mit erhobenen Augenbrauen zu den beiden Vereinsmitgliedern um, die seine unausgesprochene Frage jedoch ebenfalls nur mit einem Achselzucken quittierten.

»Na Mahlzeit«, schnaubte Rottmann. »Ich …«

In diesem Moment erschien Dr. Kröger mit einem jovialen Lächeln auf den Lippen und begrüßte jeden von ihnen mit Handschlag. »Entschuldigen Sie die leichte Verzögerung, meine Herren«, sagte er. »Aber jetzt kann es losgehen.«

Er führte die vier in einen Konferenzraum, der von einem ovalen Tisch aus Edelholz beherrscht wurde, an dem zwölf Personen Platz fanden.

Kröger bedeutete seinen Gästen, sich zu setzen, bevor er selbst an der Stirnseite Platz nahm. »Meine Herren«, begann er. »Ich habe Sie heute eingeladen, um Sie über wichtige Neuigkeiten zu informieren. Ich fürchte allerdings, es sind keine guten Nachrichten.« Er machte eine bedeutungsvolle Pause, während derer er seinen Blick einmal über die Anwesenden wandern ließ.

»Wie Sie ja wissen, bin ich Frau Reicherts Testamentsvollstrecker. Ich kann von mir behaupten, dass ich diese Funktion in den letzten zwanzig Jahren schon viele Male ausgeübt habe, aber derart kompliziert wie in diesem Fall ist mir mein Beruf noch nie gemacht worden. Frau Reicherts Konten sind über die ganze Welt verstreut: in der Schweiz, in Liechtenstein, in Luxemburg, auf den Kaimaninseln und an Orten, von denen ich noch nie zuvor in meinem Leben gehört habe. Hinzu kommt, dass die beiden letzten Finanzberater von Frau Reichert zurzeit, nun ja ... nicht greifbar sind. Deshalb hat es mich erhebliche Zeit und Mühe gekostet, eine Vermögensaufstellung anzufertigen.« Er hielt erneut inne, bis er sich sicher sein konnte, die volle Aufmerksamkeit aller Anwesenden zu haben. »Also, um es kurz zu machen: Es ist nichts mehr da.«

Marcs Kiefer sackte fast bis auf seine Brust herunter. Aber diese Reaktion war noch nichts im Vergleich zu dem, was die Nachricht bei Rottmann auslöste. Er lief puterrot an, sein Mund stand offen und seine aufgerissenen Augen traten beinahe aus ihren Höhlen. Marc wäre nicht überrascht gewesen, wenn auch noch ein Dampfstoß aus seinen Ohren gekommen wäre.

Rottmann brauchte mehrere Sekunden, bis er sich von dem Schock erholt hatte, dann brüllte er unvermittelt los. »Was soll das heißen, es ist nichts mehr da? Wollen Sie uns verarschen?«

»Nichts liegt mir ferner«, versicherte Dr. Kröger leicht indigniert. »Ich bin nur der Überbringer der Nachricht. Sie dürfen mich nicht für den Inhalt verantwortlich machen.«

»Das tue ich aber«, brüllte Rottmann in unverminderter Lautstärke. »Sie haben das Testament aufgesetzt. Und darin heißt es, und das weiß ich zufällig noch sehr genau, dass der Wert des Nachlasses zwanzig Millionen Euro beträgt.«

»Da muss ich Sie korrigieren«, erwiderte der Notar, der seine scheinbar unerschütterliche Ruhe beibehielt. »In dem Testament heißt es, die Erblasserin habe den Wert des Nachlasses mit zwanzig Millionen Euro *angegeben*. Ich benötige diese Auskunft, um meine Gebühren berechnen zu können. Da die Notargebühren mit dem Wert des Nachlasses steigen, setzen fast alle Mandanten den Wert tendenziell eher zu niedrig als zu hoch an. Deshalb hatte ich auch keinerlei Anlass, an den Angaben von Frau Reichert zu zweifeln.«

Diese Erläuterung trug nicht dazu bei, Rottmann zu besänftigen. »Ist mir scheißegal, was Sie gedacht haben!«, schrie er. »Ich hatte wegen dieser Erbschaft enorme Unkosten. Ich habe das gesamte Haus meiner Tante renovieren lassen und ich habe mir einen Mercedes gekauft. Können Sie mir verraten, wer mir das ersetzt?«

»Ich fürchte, da bin ich der falsche Ansprechpartner«, bedauerte Dr. Kröger. »Wenn man nach einem Sechser im Lotto seine Arbeitsstelle kündigt, kann man auch niemanden verklagen, wenn die Gewinnquote niedriger als erwartet ausfällt.«

Rottmann war inzwischen von seinem Platz aufgesprungen. »Wen ich verklagen werde und wen nicht, können Sie getrost mir überlassen!«, fauchte er. »Sie hören von meinen Anwälten!« Mit diesen Worten stürmte er aus dem Zimmer und knallte die Tür hinter sich zu.

Der Notar sah ihm hinterher. »Ich hätte nicht gedacht, dass er es so leicht nimmt«, scherzte er, bevor er sich den verbliebenen Personen zuwandte. »Vielleicht können wir jetzt in Ruhe über die Situation sprechen. Es ist nun einmal eine Tatsache, dass von Frau Reicherts Vermögen nichts mehr da ist. Und das bedeutet dann leider auch für Sie, Herr Hagen«, er fixierte Marc, »dass Sie kein Geld erwarten können.«

Marc versuchte, sich seine Enttäuschung nicht allzu sehr anmerken zu lassen. Er hatte zwar lange mit sich gerungen, ob er das Geld annehmen sollte, aber nachdem er sich dazu entschieden hatte, waren die fünfhunderttausend bereits fest verplant. »Und Sie haben keine Ahnung, wo das Geld geblieben sein könnte?«, erkundigte sich Marc bei Kröger.

»Alles ist möglich«, erwiderte der Notar. »Vielleicht hat Frau Reichert es verprasst, vielleicht hat sie sich verspekuliert, vielleicht wurde sie betrogen. Die Tatsache, dass Frau Reichert den Wert des Nachlasses mit zwanzig Millionen Euro angegeben hat, spricht dafür, dass sie entweder nicht wusste, dass sie kein Geld mehr hatte oder dass sie es nicht wahrhaben wollte. Näheres kann ich Ihnen frühestens sagen, wenn ich Gelegenheit hatte, mit ihren Finanzberatern zu reden. Ich bin schon froh, dass ich jetzt eine halbwegs vollständige Vermögensaufstellung vorlegen kann. Die weiteren Recherchen können noch Wochen oder gar Monate dauern. Ich sagte ja schon, dass Frau Reichert ihr Geld nicht gerade bei der Sparkasse angelegt hat.« Er wandte sich Klaus Lichtenfeld und Herbert Klein zu. »Für Sie tut es mir natürlich besonders leid, meine Herren«, sagte er. »Ich weiß, welche Ziele Ihr Verein verfolgt. Was auch immer Sie mit dem Geld vorhatten, daraus wird nun nichts werden. Im Gegenteil: Wie es momentan aussieht, ist der Nachlass vollkommen überschuldet. Frau Reichert hat sich mehrere Schrottimmobilien in der ehemaligen DDR andrehen lassen und da sind in letzter Zeit hohe Renovierungskosten angefallen. Es haben sich schon zahlreiche Gläubiger bei mir gemeldet und Forderungen geltend gemacht, die insgesamt im siebenstelligen Bereich liegen. Sie sollten sich daher überlegen, ob Sie die Erbschaft nicht ausschlagen wollen. Die Ausschlagungsfrist beträgt sechs Wochen ab Kenntnis der Berufung zum Erben, das heißt, es wird dringend Zeit, sich darüber ernsthafte Gedanken zu machen. Das Gleiche hätte ich auch Herrn Rottmann geraten, aber der Herr«, er schmunzelte, »hat es ja vorgezogen, uns vorzeitig zu verlassen und ich sehe es deshalb auch nicht unbedingt als meine Pflicht an, ihn noch einmal gesondert über die Überschuldung des Nachlasses zu informieren. Haben Sie im Moment noch Fragen an mich?«

Marc, Lichtenfeld und Klein schüttelten beinahe gleichzeitig den Kopf.

»Nun gut.« Dr. Kröger erhob sich. »Ich werde mich umgehend mit Ihnen in Verbindung setzen, sobald ich etwas Neues weiß.«

Der Notar begleitete sie bis zum Ausgang, wo er ihnen zum Abschied die Hand schüttelte.

Marc hatte sich inzwischen vom ersten Schock erholt. »Haben Sie so etwas geahnt?«, fragte er, als er mit den beiden Vereinsmitgliedern im Aufzug nach unten stand.

Während Lichtenfeld nur stumm den Kopf schüttelte, reagierte sein Stellvertreter Herbert Klein mit dem merkwürdigen Lächeln, das Marc schon bei ihrer ersten Begegnung aufgefallen war. »Der Herr hat's gegeben und der Herr hat's genommen«, sagte er mit seiner Singsang-Stimme. »Und die Wege des Herrn sind unergründlich. Denken Sie darüber nach, Herr Hagen. Denken Sie über diese Worte nach.«

Nachdem sich Marc von den beiden verabschiedet hatte, klingelte sein Handy. Auf dem Display stand: *Melanie.* Marcs Herz machte einen kleinen Satz. »Ja?«, sagte er nur, nachdem er die grüne Taste gedrückt hatte.

»Hallo, Marc, Melanie hier«, hörte er ihre Stimme. »Ich würde mich gerne mit dir treffen.«

»Klar, natürlich. Komm doch heute Abend bei mir vorbei. Ich bin die ganze Zeit zu Hause. Wenn du willst, kann ich aber auch zu Bea kommen. Wenn sie mich denn reinlässt.« Er lachte, um deutlich zu machen, dass er einen Scherz gemacht hatte, aber Melanie ging nicht darauf ein. »Ich würde mich lieber an einem neutralen Ort mit dir treffen«, sagte sie ernst. »Da können wir alles besprechen.«

»Wie du möchtest«, erwiderte Marc. »Wie sieht es morgen Mittag um eins bei dir aus? *Café Knigge* in der Bahnhofstraße?«

»Morgen um eins«, bestätigte Melanie. »Bis dann.«

Die Leitung war tot und Marc drückte die rote Taste. Ein ›neutraler Ort‹, dachte er. Ein idealer Platz, um eine Beziehung endgültig zu beenden.

## 44

Als Marc das Cafe betrat, fand er Melanie an einem Tisch in der Nähe des Eingangs. Noch ein schlechtes Zeichen, dachte er. Womöglich hatte sie den Platz nur gewählt, um schnell wieder verschwinden zu können.

Sie begrüßten sich mit einer vorsichtigen Umarmung, dann setzte Marc sich Melanie gegenüber. Dabei stellte er fest, dass Melanie noch nie so gut ausgesehen hatte wie heute. Er bestellte sich ebenfalls eine Tasse Kaffee, dann sah er seine Freundin erwartungsvoll an.

Die hatte offenbar beschlossen, gleich zur Sache zu kommen. »Ich habe mir lange überlegt, wie es mit uns weitergehen soll. Ich habe auch mit Lizzy gesprochen und wir haben gemeinsam eine Entscheidung getroffen.« Sie atmete tief durch. Nun sag schon!, schoss es Marc durch den Kopf. »Also, wir haben beschlossen, dass wir dir noch eine Chance geben und wieder bei dir einziehen wollen. Natürlich nur, wenn du damit einverstanden bist«, fügte sie hinzu.

»Selbstverständlich bin ich einverstanden«, erwiderte Marc. »Ich bin nur etwas überrascht. Bei unserem letzten Treffen hast du einen eher distanzierten Eindruck gemacht. Ist seitdem irgendetwas geschehen?«

Melanie zögerte. »Ja«, sagte sie schließlich. »Ich habe vor zwei Tagen einen Anruf bekommen. Einen sehr aufschlussreichen Anruf.«

»Verrätst du mir auch von wem?«

»Ja, von Julia.«

»Julia?« Marc war vollkommen baff. »Julia Wagner? Ich wusste bisher nicht einmal, dass ihr euch kennt.«

»Wir haben bis vorgestern nie ein Wort miteinander gewechselt«, bestätigte Melanie. »Irgendwie ist es ihr gelungen, an Beas Nummer zu gelangen, und wir haben fast drei Stunden miteinander geredet. Hauptsächlich über dich.«

»Und offensichtlich nur Gutes, wenn du wieder bei mir einziehen willst.« Marc konnte sich die Bemerkung nicht verkneifen.

Melanie lächelte nicht. »Julia scheint in der Tat große Stücke auf dich zu halten. Sie hat mir viel von dir erzählt, auch Sachen, die ich noch gar nicht wusste. Und sie hat mir von ihrer Ehe mit Gabriel berichtet. Dass man um seine Beziehung kämpfen muss, wenn man sich noch liebt, zumindest bis zu dem Punkt, an dem gar nichts mehr geht. Sie hat gemeint, dass dieser Punkt bei uns noch lange nicht erreicht sei. Ich habe gründlich darüber nachgedacht und schließlich musste ich ihr zustimmen. Vor allem habe ich eingesehen, dass auch ich viele Fehler gemacht und oft überreagiert habe.«

»Und Lizzy will auch zurück?«

»Sie war ganz aus dem Häuschen, als ich sie gefragt habe, ob wir wieder zu dir ziehen wollen. Sie hat dich in der ganzen Zeit sehr vermisst. Davon abgesehen habe ich aber auch irgendwie das Gefühl, dass sie Bea auf den Tod nicht ausstehen kann.«

»Da musst du dich irren«, erwiderte Marc mit ernstem Gesicht. »Ich kann mir beim besten Willen nicht vorstellen, dass es auf dieser Welt auch nur einen Menschen gibt, der

Bea nicht mag.« Er spürte eine Welle der Freude und Rührung in sich aufsteigen, versuchte aber, sich das nicht anmerken zu lassen. »Allerdings muss ich dich enttäuschen, falls du beabsichtigen solltest, nur wegen des Vermächtnisses von Johanna Reichert zu mir zurückzukommen«, fuhr er deshalb fort. »Die fünfhunderttausend Euro sind futsch.«

Marc sah, dass Melanie zu einer wütenden Entgegnung ansetzen wollte. »Ein Scherz«, versicherte er schnell. »Aber im Ergebnis stimmt es: Das Geld werden wir nie bekommen.«

»Ich möchte mit diesem Geld auch nichts zu tun haben, Marc«, gab Melanie zurück. »Das ist Blutgeld.« Sie strich sich eine Haarsträhne hinter das Ohr. »Ist der Fall denn jetzt endgültig abgeschlossen?«

Marc zögerte. Er hatte am Vormittag einen Anruf von Kriminalhauptkommissar Weskamp erhalten, der ihn gebeten hatte, in der nächsten Woche im Polizeipräsidium an der Kurt-Schumacher-Straße zu erscheinen. Auch auf mehrfache Nachfrage war es Marc nicht gelungen, Weskamp den Grund für diese Einladung zu entlocken.

Daher musste er Melanie gegenüber jetzt auch kein schlechtes Gewissen haben, als er antwortete: »Davon gehe ich aus, ja. Etwas Gegenteiliges ist mir zumindest nicht bekannt.«

»Ich hoffe so sehr, dass die Sache jetzt endlich ausgestanden ist«, sagte Melanie. »Das mit Gabriel tut mir natürlich leid. Obwohl …«

»Obwohl was?«

»Obwohl sich am Ende herausgestellt hat, dass ich nicht ganz unrecht hatte, was seinen Charakter angeht. Er war bereit, dich jahrelang ins Gefängnis zu schicken und unsere Beziehung zu zerstören, um seinen Kopf aus der Schlinge dieser Geldeintreiber zu ziehen.«

»Gabriel war sicherlich ein Mensch mit großen Schwächen«, erwiderte Marc. »Aber er hatte auch seine guten Seiten. In den zwanzig Jahren, die ich ihn kannte ...«

»Ich verstehe nicht, warum du ihn immer noch verteidigst«, fiel Melanie ihm wütend ins Wort. »Er hat sich wie ein Schwein benommen.«

Marc wollte schon zu einer Entgegnung ansetzen, merkte dann aber, dass eine Fortsetzung der Diskussion nur in einem weiteren Krach enden würde. »Lass uns das Thema einfach vergessen«, schlug er daher vor. »Wir streiten uns über vergangene Zeiten. Das bringt uns nicht weiter.«

Melanie brauchte eine Weile, um zu antworten. »Ja«, sagte sie dann und griff nach Marcs Hand. »Am liebsten wäre es mir, wenn wir unsere Beziehung an dem Tag, bevor du Heinen getroffen hast, wieder aufnehmen könnten und alles, was danach geschehen ist, einfach vergessen. Meinst du, wir schaffen das?«

Marc musste unwillkürlich lächeln. Genauso waren die *Dallas*-Produzenten vorgegangen: Die gesamte neunte Staffel wurde zu einem schrecklichen Albtraum Pams erklärt, damit Bobby nach seinem Tod aufgrund der sinkenden Zuschauerquoten wieder in die Serie eingebaut werden konnte. Und dann setzte man einfach am Ende der achten Staffel an, als hätte es die einunddreißig Folgen der neunten Staffel nie gegeben. Vielleicht konnte es im wirklichen Leben ja genauso funktionieren. Allerdings war es ab da mit der Qualität der Serie merklich bergab gegangen. Marc hoffte, dass das für Melanie und ihn kein schlechtes Omen war. Trotzdem: Versuchen mussten sie es. Nur eines würde nie wieder so sein wie vorher: Gabriel war tot und nichts und niemand würde ihn zurückbringen. Marc musste erneut lächeln. Es sei denn, man war Drehbuchschreiber von *Dallas*. Immerhin hatten die es auch geschafft, nach J. R.s offensichtlichem Selbstmord in der 356. Folge Jahre später noch ein Special, eine 357. Folge mit dem Titel *J. R. kehrt zurück,* abzudrehen, in dem der Bösewicht wieder munter seine Intrigen spann, als sei nichts geschehen.

»Was amüsiert dich so?«, wollte Melanie wissen.

Marc sah sie an. »Ich freue mich nur«, sagte er.

In diesem Moment beobachtete er, wie draußen am Schaufenster ein Mann vorbeiging, der ihm vage bekannt vorkam. Sekunden später fiel es ihm ein und er sprang von seinem Platz auf. »Entschuldige«, rief Marc Melanie zu, »ich bin gleich wieder da.«

Er lief aus dem Café auf die Fußgängerzone und brauchte einen Moment, um den Hinterkopf des Mannes in der Menge auszumachen. Dann rannte er hinter ihm her.

»Herr Scarpetta!«, rief Marc. »Einen Moment bitte.«

Der Mann blieb stehen, drehte sich um und musterte Marc mit gerunzelter Stirn. Jennifers Vater erinnert sich nicht an mich, wurde Marc klar.

»Mein Name ist Hagen«, erklärte er deshalb. »Ich habe Sie vor einigen Wochen in Ihrer Wohnung besucht.«

»Sie müssen entschuldigen«, erwiderte Scarpetta, »aber damals sah es in meinem Leben noch etwas anders aus. Ich habe früher sehr viel getrunken.«

Für Marc war offensichtlich, dass sich in Scarpettas Leben einiges geändert hatte. Sein Haar war gewaschen, er war glatt rasiert und trug ein gebügeltes, blütenweißes Hemd und eine saubere schwarze Hose.

»Ich war bei Ihnen, um Ihnen einige Fragen über Dr. Heinen zu stellen«, versuchte Marc, dem Gedächtnis des Mannes auf die Sprünge zu helfen. »Haben Sie gehört, dass er tot ist?«

Scarpetta nickte. »Ja, das ist mir bekannt. Ich habe jahrelang gebetet, dass er seine gerechte Strafe dafür bekommt, was er Jennifer und uns angetan hat. Ich habe mir in meinen Gedanken ausgemalt, dass ich dann auf seinem Grab tanzen werde. Aber als ich die Nachricht von seinem Tod bekommen habe, habe ich gar nichts gespürt. Keine Freude, nichts. In mir war nur völlige Leere. Auf einmal habe ich begriffen, dass sein Tod nichts ändert. Gar nichts.«

Marc wusste nicht, was er sagen sollte. »Immerhin scheint Heinens Tod *eine* positive Auswirkung gehabt zu haben«, meinte er schließlich. »Wie es aussieht, haben Sie Ihr Leben wieder in den Griff bekommen.«

»Sie meinen mein neues Outfit?« Scarpetta sah an sich herunter. »Ja, ich habe endlich verstanden, dass die Vergangenheit Vergangenheit ist und das Leben weitergeht. Es nützt niemandem etwas, wenn ich mich langsam zu Tode saufe. Jennifer am allerwenigsten. Ich bin mir sicher, dass sie nicht gewollt hätte, dass ich mein Leben so wie in den letzten beiden Jahren fortführe. Also habe ich mich endlich aufgerafft und alle Flaschen weggeworfen, egal, ob sie voll oder leer waren.« Er räusperte sich und schaute auf die Uhr. »Ich muss weiter«, sagte er. »Ich habe einen Job als Aushilfe in einer Pizzeria und mein Dienst beginnt in zehn Minuten.«

Er nickte Marc zum Abschied zu. »Ich wünsche Ihnen alles Gute, Herr Hagen. Auch wenn ich immer noch nicht weiß, wer Sie sind.«

## 45

Marc betrat das Polizeipräsidium am folgenden Mittwochnachmittag. Ein uniformierter Beamter führte ihn in das Vernehmungszimmer, zwei Minuten später kam Kriminalhauptkommissar Weskamp in den Raum und setzte sich Marc gegenüber.

»Hallo, Herr Hagen«, sagte er. »Danke, dass Sie unserer Einladung gefolgt sind.«

»Für meine Freunde und Helfer tue ich fast alles. Apropos, wo ist denn mein besonderer Freund Kriminalhauptkommissar Templin?«

»Der Kollege kann uns heute leider keine Gesellschaft leisten«, erwiderte Weskamp. »Er ist dienstlich verhindert.«

»Ach, und ich dachte, Sie führen Ihre Verhöre immer zu zweit durch.«

»Sie schauen zu viel fern. Außerdem handelt es sich hier und heute nicht um ein Verhör, sondern um ein Informationsgespräch.«

Marc musste unwillkürlich grinsen. Als ›unverbindliches Informationsgespräch‹ oder ›informelle Unterhaltung‹ wurden in Polizeikreisen Verhöre bezeichnet, die dazu dienten, möglichst viele Informationen von einem Verdächtigen zu erlangen, bevor er formell über seine Rechte als Beschuldigter belehrt werden musste.

Weskamp deutete Marcs Grinsen richtig. »Sie irren sich, Herr Hagen«, sagte er. »Ich möchte keine Auskünfte von Ihnen. Es geht darum, *Ihnen* bestimmte Informationen zukommen zu lassen.«

»Tatsächlich? Haben Sie endlich begriffen, dass es für beide Seiten von Vorteil sein kann, wenn man sich austauscht? Allerdings dürfte Ihre Einsicht in dieser Sache zu spät kommen. Meines Wissens ist der Fall doch aufgeklärt.«

Weskamp strich sich über die Haare. »Nicht ganz, Herr Hagen, nicht ganz. Es haben sich einige, wie soll ich es sagen … Ungereimtheiten ergeben, die ich gerne mit Ihnen besprechen würde. Vielleicht haben Sie ja eine hilfreiche Idee.«

»Ungereimtheiten?« Marc rutschte auf seinem Stuhl ganz nach vorn. »Was meinen Sie?«

»Nun, da ist zunächst der Mord an Dr. Heinen. Wir sind bisher davon ausgegangen, dass Herr Wagner ihn erschossen hat.«

»Und das tun Sie jetzt nicht mehr? Ich dachte, Sie hätten die Tatwaffe bei ihm gefunden, die Pistole, mit der er sich erschossen hat.«

»Richtig. Mit der Waffe, die Ihnen Herr Wagner ausgehändigt hat, ist Frau Vollmer erschossen worden, mit der anderen Waffe, die wir neben ihm auf dem Boden gefunden haben, ist Herr Dr. Heinen getötet worden. Das steht zweifelsfrei fest.«

»Aber?«, fragte Marc ungeduldig.

»Aber Herr Wagner kann den Arzt nicht erschossen haben. Dr. Heinen wurde am 11. oder 12. März getötet, Wagner war in der Zeit vom 10. bis zum 13. März auf einem Arbeitsrechtsseminar in Bad Kissingen. Und dieses Seminar hat er die ganze Zeit nicht verlassen.«

»Ist das sicher?«

»O ja. Die anderen Teilnehmer konnten sich sehr gut an Herrn Wagner erinnern. Tagsüber hat er in den Vorträgen gesessen und abends und nachts in der Kellerbar des Schulungszentrums gefeiert und bis zum Exzess getrunken. Wie heißt es dann immer so schön in Arbeitszeugnissen? Durch sein Verhalten trug er zur Verbesserung des Betriebsklimas bei. Die anderen Anwälte waren von seinen Entertainerfähigkeiten geradezu begeistert.«

Marc musste lächeln. Ja, das hörte sich nach dem Gabriel Wagner an, den er gekannt hatte.

Und dann fiel ihm auch wieder ein, was Gabriel ihm bei ihrem letzten Gespräch gesagt hatte. *Ich habe schon einen Menschen erschossen. Einen* Menschen! Und das hatte er auch genauso gemeint.

»Wenn Gabriel Heinen nicht erschossen hat, wird es

Charlotte Vollmer gewesen sein«, vermutete Marc. »Oder hat die auch ein Alibi?«

»Nicht direkt. Frau Vollmer ist am 12. März mit ihrem BMW nach Südfrankreich gefahren. Wir haben im Handschuhfach ihres Wagens zahlreiche Tankbelege von Autobahnraststätten und Tankstellen in der Provence gefunden, anhand derer wir ihre Fahrt ziemlich lückenlos rekonstruieren konnten.«

»Moment«, warf Marc ein. »Dr. Heinen ist doch am 11. oder 12. März ermordet worden. Also kann Frau Vollmer ihn erschossen haben und danach losgefahren sein.«

»Zeitlich würde das hinkommen«, stimmte Weskamp Marc zu. »Ich weiß nur nicht, ob ich Frau Vollmer eine derartige Tat zutrauen würde. Ich habe mich zwar nur einmal etwa eine Stunde nach dem Mord an Frau Reichert mit ihr unterhalten, aber dabei habe ich den Eindruck gewonnen, dass sie nicht der Typ für eine solche Tat ist. Wie sehen Sie das? Sie haben doch häufiger mit ihr gesprochen.«

»Genau drei Mal«, bestätigte Marc. »Und ich stimme Ihnen zu: Auch ich hätte Frau Vollmer nie einen Mord zugetraut. Trotzdem muss ich zur Kenntnis nehmen, dass viele Menschen, denen man es eigentlich nicht zutraut, andere Menschen töten. Gabriel Wagner habe ich über zwanzig Jahre gekannt. Ich hätte nie geglaubt, dass er einen anderen Menschen erschießen kann, bis ich es aus seinem eigenen Mund gehört habe.«

Weskamp nickte langsam, als stimme er mit Marcs Überlegungen überein.

»Da ist noch etwas«, fuhr der Beamte fort. »Wir haben in der Fischerhütte, in der Dr. Heinen erschossen worden ist, nicht *einen* Hinweis darauf gefunden, dass sich Frau Vollmer jemals dort aufgehalten hat. Kein Fingerabdruck, kein Haar, keine Hautschuppe von ihr ist dort gefunden worden.

Und unsere Spurensicherung ist sehr gründlich, glauben Sie mir.«

»Trotzdem kann Frau Vollmer dort gewesen sein, ohne eine Spur zu hinterlassen. Sie klopft an der Tür, Heinen öffnet, sie schießt und schon ist sie wieder weg.«

Weskamp machte ein skeptisches Gesicht, sagte aber nichts. Marc wartete einfach ab. Er ahnte, dass der Kommissar noch mehr in petto hatte. Und er wurde nicht enttäuscht.

»Das, was ich Ihnen jetzt mitteilen werde, dürfte ein ziemlicher Schock für Sie sein, aber ich fürchte, ich kann Ihnen die Nachricht nicht ersparen.« Weskamp machte eine effektvolle Pause und beobachtete Marc, der unruhig auf seinem Stuhl hin und her rutschte.

»Was ist es?«, fragte Marc alarmiert. »Nun machen Sie es nicht so spannend.«

Weskamp faltete die Hände. »Also«, sagte er dann. »Tatsache ist, dass Herr Wagner sich nicht erschossen hat.«

Marc brauchte mehrere Sekunden, bis er die Information verarbeitet hatte. Und dann meinte er zu begreifen: Gabriel war nicht tot! Als er in die Kanzlei zurückgelaufen war, hatte er nur Gabriels Kopf und Oberkörper inmitten einer großen Blutlache auf dem Schreibtisch liegen sehen. Natürlich war er aufgrund des Blutes und des Einschussloches an seiner rechten Schläfe davon ausgegangen, dass Gabriel nicht mehr lebte. Aber irgendwie musste es den Ärzten gelungen sein, sein Leben zu retten. Aber wen hatten sie dann beerdigt? Und wo war Gabriel jetzt? Vielleicht befand er sich ja an einem geheimen Ort in einem Zeugenschutzprogramm. Aber vor wem musste er geschützt werden? Und warum?

Marc starrte Weskamp an. »Wo ist er?«, wollte er wissen.

Weskamp starrte mit ausdruckslosem Gesicht zurück. »Wo ist wer?«

»Gabriel! Sie sagten, er habe sich nicht erschossen.«

Weskamps Augen wurden schmal, als habe er Schwierigkeiten, Marc bei seinen Gedankengängen zu folgen. Doch dann schlug er sich mit der flachen Hand vor die Stirn. »Oh, das war ein Missverständnis«, beteuerte er. »Als ich gesagt habe, Herr Wagner habe sich nicht erschossen, wollte ich damit nicht zum Ausdruck bringen, dass er noch lebt. Nein, Herr Wagner war leider sofort tot, nachdem er die Kugel in den Kopf bekommen hat. Was ich sagen wollte, ist, dass er keinen Selbstmord begangen hat. Er wurde erschossen.«

Marc kam sich langsam vor wie in einem Kafka-Roman und brauchte mehrere Sekunden, bis er wieder etwas sagen konnte. »Aber wie kann das sein? Gabriel war doch maximal eine halbe Minute allein. Als ich den Schuss gehört habe, bin ich sofort wieder hochgelaufen. Außer Gabriel war niemand im Zimmer. Ich bin zwar nur ein Laie, aber ich kann einen aufgesetzten Schuss erkennen, wenn ich einen sehe. Die Pistole lag neben Gabriel auf dem Boden. Und er war eindeutig lebensmüde.«

Weskamp hatte zu jedem von Marcs Worten genickt. »Aufgrund der scheinbar eindeutigen Auffindesituation der Leiche und Ihrer Schilderung des Gesprächs mit Herrn Wagner sind wir ja auch zunächst von einem Selbstmord ausgegangen. Bis wir festgestellt haben, dass sich an seiner Hand keinerlei frische Schmauchspuren befanden. Und die müssten vorhanden gewesen sein, wenn er selbst den tödlichen Schuss abgegeben hätte. Außerdem haben wir auf der Tatwaffe, die neben Herrn Wagner auf dem Boden lag, keine Fingerabdrücke gefunden. Wie ich schon sagte, hat die Kugel zum sofortigen Tod geführt, er kann die Waffe hinterher also nicht mehr abgewischt haben.«

Marc war wie vor den Kopf geschlagen. Aber dann musste er sich eingestehen, dass das, was Weskamp ihm gerade mitgeteilt hatte, ins Bild passte. Marc hatte sich von Anfang an gewundert, warum Gabriel zwei Pistolen besessen haben sollte. »Aber wie kann der Mörder es geschafft haben, Gabriel zu töten?«, erkundigte sich Marc. »Niemand hatte Zeit, in die Kanzlei zu kommen und Gabriel zu erschießen, nachdem ich ihn verlassen hatte.«

»Deshalb vermuten wir auch, dass der Mörder sich während Ihres Gesprächs mit Herrn Wagner bereits in der Kanzlei aufgehalten hat. Unmittelbar an sein Büro schließt eine kleine Küche an. Dort könnte der Mörder sich problemlos versteckt haben. Nach dem tödlichen Schuss hat er die Kanzlei verlassen und ist in das oberste Stockwerk gegangen. Irgendwann konnte er in dem allgemeinen Trubel untertauchen und verschwinden. Schließlich ist damals noch jeder davon ausgegangen, dass Herr Wagner sich selbst getötet hat. Haben Sie niemanden bemerkt?«

Marc spürte Übelkeit in sich aufsteigen. Auf einmal wurde ihm bewusst, in welcher Gefahr auch er geschwebt hatte. »Nein, niemanden«, sagte er. »Aber Gabriel muss doch gewusst haben, dass der Mörder sich im Nebenraum aufhält. So groß ist das Büro schließlich nicht. Warum hat er sich nicht gewehrt? Er hatte doch auch eine Waffe, bis er sie mir gegeben hat. Und warum hat er mich nicht gewarnt?«

»Die Waffe, die Herr Wagner Ihnen gegeben hat, war nicht geladen. Er hätte also keine Chance gehabt, sich gegen seinen Mörder zu verteidigen. Und er hat Sie vermutlich nicht gewarnt, weil er Ihr Leben nicht auch noch gefährden wollte.«

Das hörte sich plausibel an. »Bleibt nur noch eine Frage: Wer ist der Täter?«

Weskamp richtete den Zeigefinger wie eine Pistole auf Marc. »Genau das ist die Millionenfrage, Herr Hagen.«

# 46

Als Marc nach Hause kam, fühlte er sich wie erschlagen. Und das einen Tag, bevor Melanie und Lizzy wieder bei ihm einziehen wollten.

Allerdings war Marc momentan nicht in der Lage, sich darüber zu freuen. In seinem Kopf kreiste nur eine einzige Frage: Wer hat Gabriel erschossen? Je mehr er nachdachte, desto überzeugter war er, dass Weskamp mit seiner Theorie richtig lag: Gabriel hatte Marc nicht gewarnt, weil der Killer dann wahrscheinlich nicht gezögert hätte, ihn ebenfalls zu erschießen. Gabriels kryptische letzte Sätze fielen Marc wieder ein: Denk an die letzte Folge von *Dallas!* Dann wirst du alles verstehen! Marc hatte bislang gedacht, Gabriel habe damit seinen Selbstmord erklären wollen, aber da es diesen nicht gegeben hatte, mussten seine Worte eine andere Bedeutung haben, die ihm bisher entgangen war. Aber so sehr er auch darüber grübelte, er kam einfach zu keinem Ergebnis. Marc seufzte. Vielleicht hatten Gabriels Abschiedsworte auch gar keinen Sinn und er versuchte, darin eine Verschwörungstheorie zu finden, die es nicht gab.

Aber zumindest ein reales Problem blieb: Irgendwo dort draußen lief ein unbekannter Mörder herum.

Um sich abzulenken, ging Marc durchs Haus und erledigte Routinearbeiten. Er räumte auf, entsorgte leere Flaschen und Junkfood-Packungen, stellte das schmutzige Geschirr in die Spülmaschine und versuchte auf diese Weise, sämtliche Spuren seines vorübergehenden Singledaseins verschwinden zu lassen.

Um acht Uhr abends rief Melanie an. Sie erkundigte sich nach seinem Tag und besprach mit ihm den Ablauf des morgigen Umzugs. Marc versprach, pünktlich um neun Uhr bei Bea vorbeizukommen und die restlichen Sachen von Melanie und Lizzy abzuholen. Melanie hatte in den letzten Tagen zwar etliche Dinge wieder zurückgebracht, trotzdem würden sie morgen mehrfach hin- und herfahren müssen. Von seinem Besuch bei der Polizei erzählte er Melanie nichts, weil er sie nicht unnötig aufregen wollte. Sie hatte momentan eine so gute Laune, dass er sie um nichts in der Welt beeinträchtigen wollte.

Nachdem Marc aufgelegt hatte, überlegte er, ob er Julia anrufen sollte oder sogar musste, um sie über die jüngste Entwicklung zu informieren. Einerseits konnte sein Anruf natürlich dazu führen, dass die seelischen Narben, die gerade zu verheilen begannen, wieder aufgerissen wurden. Andererseits gab es ihr und den Kindern möglicherweise einen gewissen Trost, dass ihr Mann bzw. Vater sich nicht das Leben genommen hatte, sondern ermordet worden war. Aber: Was machte das schon für einen Unterschied?

Da Marc sich nicht entscheiden konnte, beschloss er, das Problem zu vertagen. Vielleicht sah er irgendwann klarer.

Die nächsten Stunden verbrachte er vor dem Fernseher, nahm von dem Programm jedoch kaum etwas wahr. Um elf Uhr ging er für seine Verhältnisse relativ früh ins Bett. Er las ein paar Seiten in dem Roman, den er vor einer Woche angefangen hatte, und schlief irgendwann über dem Buch ein.

Etwas hatte Marc geweckt. Ein Geräusch, kein Zweifel! Als sei irgendwo im Haus etwas umgefallen.

Marc sah auf die Digitalanzeige seines Weckers: 2.22 Uhr. Er lauschte fast eine Minute mit angehaltenem Atem in die Dunkelheit. Nichts! Trotzdem beschloss er, auf Nummer sicher zu gehen. Er knipste seine Nachttischlampe an und schlich zur Schlafzimmertür. Er lauschte erneut ins Haus. Wieder nichts. Kurz war er versucht, einfach ins Bett zurückzugehen, aber er wusste genau, dass er nicht mehr einschlafen würde, bevor er nicht genau wusste, dass alles in Ordnung war.

Langsam ging er die Stufen ins Erdgeschoss hinunter, da ertönte ein Geräusch aus Richtung Wohnzimmer. Zentimeter für Zentimeter schob Marc sich weiter vor. Als er vor der geschlossenen Tür des Wohnzimmers ankam, hielt er sein Ohr direkt an das Holz. Von innen erklangen leise Schritte. Irgendjemand lief dort hin und her. Marc sah sich hektisch nach einer Waffe um. Als er nicht fündig wurde, schlich er in die Küche und zog das längste Brotmesser aus dem Messerblock. Dann ging er auf Zehenspitzen zum Wohnzimmer zurück. Die Geräusche waren inzwischen verstummt. Vielleicht hatte der Eindringling das Haus über die Terrasse verlassen.

Marc überlegte fieberhaft, was er tun sollte. Die eine Möglichkeit bestand darin, mit dem Messer in der Hand in den Raum zu stürmen, die andere, die Polizei anzurufen. Marc fand, dass die zweite die entschieden vernünftigere Variante war.

Doch dann erübrigten sich all seine Überlegungen, denn die Tür des Wohnzimmers wurde plötzlich von innen aufgerissen. Marc stieß einen lauten Schrei aus und holte mit seinem Messer aus.

# 47

»Bist du verrückt geworden, Marc? Ich habe mich zu Tode erschreckt!«

Marc blieb vor Überraschung der Mund offen stehen, als er Melanie erkannte. Schließlich fand er seine Sprache wieder. *»Du* hast dich erschreckt? *Ich* bin hier derjenige, der allen Grund dazu hat, Angst zu haben.«

»Das ist Ansichtssache. Wärest du bitte so freundlich, endlich das Messer runterzunehmen? Du wirst dich noch damit verletzen.«

Marc legte seine Waffe auf dem Sideboard im Flur ab, dann musterte er Melanie. »Kannst du mir jetzt bitte endlich verraten, was du mitten in der Nacht hier zu suchen hast?«

»Oh Entschuldigung«, erwiderte Melanie mit einem sarkastischen Unterton in der Stimme. »Ich wusste nicht, dass ich hier unerwünscht bin. Wenn ich mich recht entsinne, warst du doch damit einverstanden, dass wir hier wieder einziehen.«

»Aber doch nicht mitten in der Nacht!« Marc brachte seine Nase ganz nah an ihr Gesicht heran. »Sag mal, kann es sein, dass du betrunken bist?«

»Iiich betrunken?« Melanie kicherte wie ein kleines Mädchen. »Du übertreibst mal wieder maßlos. Ich habe vielleicht einen winzigen Schwips.« Sie kam aus dem Gleichgewicht, stolperte einen Schritt nach vorne und Marc hatte Mühe, sie aufzufangen.

»Dann solltest du auch in der Lage sein, mir zu sagen, was zum Teufel du hier machst.«

Über diese scheinbar einfache Frage musste Melanie mit sich zu Rate gehen. Offenbar hatte sie den Grund ihres Aufenthalts bereits wieder vergessen. Mindestens zwei Promille, schätzte Marc.

Doch dann fiel er ihr zum Glück wieder ein. »Wir haben gefeiert«, sagte Melanie langsam, als kehrte die Erinnerung Stück für Stück wieder zurück. »Bea und ich, wir beide haben gefeiert, genau. Unsere Abschiedsparty sozusagen. Wir waren im neuen Bahnhofsviertel und haben da diverse Läden getestet. Dann sind wir wieder zu Bea gefahren. Als wir vor ihrer Haustür standen, war ihr Schlüssel weg, keine Ahnung, wo sie den hingesteckt hat. Dann wollte ich mit meinem Schlüssel aufschließen, aber der war auf einmal auch verschwunden. Als ob der Schlüsselgeist gleich zweimal zugeschlagen hätte.« Sie fing wieder an zu kichern. »Weil Lizzy bei einer Freundin übernachtet, wollten wir schon den Schlüsseldienst rufen. Aber dann ist mir eingefallen, dass mein Schlüssel zu Beas Haus in der Jacke ist, die ich gestern schon hierher zurückgebracht habe. Also haben wir uns auf den Weg zu dir gemacht. Ich habe nicht geschellt, weil ich dich nicht wecken wollte. Ich wollte nur gerade den Schlüssel rausholen und dann wäre ich auch schon wieder weg gewesen. Schwuppdiwupp.« Sie lächelte liebreizend.

Marc warf einen Blick hinter Melanie in das Wohnzimmer. Er sah, dass eine Topfpflanze zerbrochen auf dem Boden lag. Daher also das Geräusch, das ihn geweckt hatte. In ihrem Zustand hatte Melanie davon wahrscheinlich gar nichts mitbekommen.

»Wo ist Bea?«, wollte Marc wissen.

»Sitzt draußen im Taxi und wartet auf mich.« Auf einmal leuchteten Melanies Augen auf. »Weißt du was, Marc?«, rief sie enthusiastisch aus. »Wir holen sie rein und feiern hier einfach weiter. Was hältst du davon?«

Marc verzog unwirsch den Mund. Um diese Uhrzeit hätte er nicht einmal mehr Penelope Cruz in seine Wohnung gelassen. Von Beatrice Wüllner ganz zu schweigen.

»Ich halte das für keine so gute Idee«, sagte er also in möglichst vernünftigem Ton. »Schließlich wollen wir morgen umziehen. Ich weiß ehrlich gesagt nicht, wie du das schaffen willst.«

»Ach, Marc, immer noch der alte Stimmungsmörder.« Melanie bohrte ihm ihren Finger auf die Brust. »Sei doch mal ein bisschen spontan! Nur ein winziges bisschen!« Sie hielt Daumen und Zeigefinger ihrer linken Hand einen Zentimeter auseinander und starrte ihn aus glasigen Augen an.

»Gut, dann werde ich jetzt spontan sein.« Marc packte Melanie sanft, aber bestimmt am rechten Arm und schob sie in Richtung Haustür. Als er die Tür öffnete, sah er schon das Taxi, das auf der menschenleeren Straße vor sich hinnagelte.

Marc bugsierte Melanie zur hinteren Tür des Taxis und verfrachtete sie irgendwie neben ihre Freundin auf die Rückbank. Bea war bereits eingeschlafen, ihr Mund stand halb offen und ein Speichelfaden rann ihr langsam das Kinn herunter. Marc nannte dem Fahrer zur Sicherheit noch einmal Beas Adresse und deutete auf Melanie. »Den Haustürschlüssel hat sie«, sagte er. »Warten Sie noch kurz.«

Er lief ins Haus zurück und holte einen Zwanzigeuroschein aus seinem Portemonnaie, den er anschließend an den Fahrer weitergab. »Ich verlass mich darauf, dass Sie die beiden wohlbehalten abliefern, und zwar *im* Haus.«

Der Taxifahrer drehte sich zur Rückbank um. »Die Dicke kann ich aber nicht allein tragen«, sagte er.

Marc gab ihm einen weiteren Schein. »Sie können«, sagte er. »Außerdem ist Bea nicht dick, sie hat nur schwere Knochen. Ich hab mir übrigens Ihre Nummer gemerkt.«

Der Fahrer warf einen Blick auf den Schein, dann tippte er sich gegen eine imaginäre Mütze auf seinem Kopf. »Wird gemacht, Meister.«

Marc sah dem Taxi hinterher, bis es um die nächste Kurve verschwunden war, dann kehrte er in sein Schlafzimmer zurück. Dort sah er auf die Uhr: 3.16 Uhr. Wie sollte er die Nacht nur überstehen? Er war froh, dass er nach der Aufregung des Tages überhaupt hatte einschlafen können. Dass er das noch einmal schaffen würde, war eher unwahrscheinlich. Na ja, einen Versuch war es immerhin wert. Marc knipste das Licht seiner Nachttischlampe aus, dann legte er sich auf den Rücken und starrte gegen die Zimmerdecke. Aber sofort waren die dunklen Gedanken wieder da. Wer hatte Gabriel erschossen? Was hatte Gabriel ihm mit seinen letzten Worten sagen wollen? Warum sollte er an die letzte *Dallas*-Folge denken? Warum würde er dann alles verstehen? Marc versuchte, sich an die Folge zu erinnern, über die er schon mit Julia auf der Beerdigung gesprochen hatte. Aber ihm fiel nichts auf, was ihm einen Hinweis auf den Mörder hätte liefern können. Marc war kurz davor, wieder einzuschlafen, als ein Gedanke seinen Kopf durchzuckte: *Du bist bei der falschen Folge!* Während seines Gespräches mit Melanie in dem Café hatte er doch selbst daran gedacht: Nach der letzten Folge der vierzehnten und letzten Staffel, hatte es noch ein Special, eine 357. Folge mit dem Titel *J. R. kehrt zurück*, gegeben. Und jetzt fiel ihm auch wieder ein, dass Gabriel bei ihrem letzten Gespräch sogar ausdrücklich auf diese Folge angespielt hatte, als er erwähnt hatte, J. R. sei von den Toten wiederauferstanden.

Aber als Marc sich den Inhalt der 357. Folge ins Gedächtnis rief, brachte ihm das keinerlei neue Erkenntnisse: Angeblich hatte J. R. am Ende der vierzehnten Staffel nicht auf sich, sondern nur auf sein Spiegelbild geschossen. Gleich am nächsten Tag war er nach Europa geflogen, wo er die nächsten fünf Jahre verbracht und seinen Rachefeldzug geplant hatte. Nach seiner Rückkehr nach Dallas versuchte J. R., die Kontrolle über *Ewing-Oil* von Cliff Barnes zurückzugewinnen. Dazu gab es die üblichen Ränke- und Intrigenspiele auf Southfork.

Nichts, was ihm weiterhelfen konnte, Gabriels Mörder zu finden. Es sei denn … Konnte das wirklich sein? Er dachte eine Weile über seinen Geistesblitz nach. Nein, eigentlich war es unmöglich, aber es gab eine sichere Methode, seinen Verdacht zu überprüfen. Und dann würde er vielleicht den Beweis haben, der Gabriels Mörder überführen würde.

## 48

Eine Woche später packte Marc eine große Reisetasche in den Kofferraum seines Golf, verabschiedete sich mit einem Kuss von Melanie und machte sich auf den Weg in Richtung Süden. Kurz hinter Freiburg verließ er die A5 und passierte die französische Grenze in der Nähe von Mulhouse. Dann folgte er der Beschilderung nach Lyon und übernachtete in der Nähe von Valence. Am nächsten Morgen setzte er seine Fahrt fort und verließ die A7, die *Autoroute du Soleil,* bei der Ausfahrt Orange-Süd. Von dort aus steuerte er seinen Golf wieder gen Norden durch eine liebliche Landschaft, vorbei an Weinbergen, Olivenhainen und Kirschgärten. Irgendwann erreichte er das Dorf Beaumes-de-Venise, danach auf einer kurvigen, ständig ansteigenden Straße den Weiler Lafare, wo er nach rechts in Richtung La Rocque Alric abbog. Etwa zwei Kilometer vor dem Ort parkte er sein Auto bei einigen

Müllcontainern und stieg aus. Er streckte die steifen Glieder und sah sich um. Irgendwo hier musste das Haus sein, wenn die Wegbeschreibung stimmte. Allerdings hatte er nicht die geringste Ahnung, ob er dort auch die Person antreffen würde, die er zu finden hoffte.

Marc ging ein paar Meter die Straße entlang. Der schwarze Asphalt reflektierte das weiße Sonnenlicht, das von einem wolkenlosen blauen Himmel auf ihn herunterbrannte, und nur ein leichter Wind machte die Hitze halbwegs erträglich. Nach etwa fünfzig Metern entdeckte Marc eine versteckte Einfahrt, die einen Hang hinaufführte. Er folgte dem Weg, der nach wenigen Metern in eine staubige Schotterpiste überging. Nach weiteren fünfzig Metern bemerkte er über sich ein Haus, das von der Straße aus nicht zu sehen gewesen war. Der Ausblick war traumhaft: ein kleines Tal, ein bewaldeter Hügel mit Weinreben und die zerklüfteten, an die Dolomiten erinnernden Felsnadeln der *Dentelles de Montmirail,* die dahinter emporwuchsen.

Als Marc näher kam, entdeckte er eine Terrasse aus Holzplanken, in die ein etwa sechs mal sechs Meter großer, blau schimmernder Pool eingelassen war. Geschmackvolle Blumenkübel aus Terrakotta waren sorgfältig um die Terrasse herum arrangiert und schafften eine freundliche Atmosphäre. Eine Seite der Terrasse wurde von einer Bruchsteinmauer begrenzt, auf der gegenüberliegenden Seite war ein kleiner Garten mit Büschen, Blumen und einer hohen Zypresse angelegt worden. Es roch nach Glyzinien, Rosen, Iris, Rosmarin und Thymian, durch die Luft flatterten unzählige bunte Schmetterlinge. Es herrschte eine nahezu vollkommene Stille, das einzige Geräusch stammte von dem Zirpen der unsichtbaren Zikaden. Eine fast perfekte Idylle, dachte Marc.

Direkt hinter dem Pool stand eine Art Poolhaus aus Holz. Weiter oberhalb den Hang hinauf sah Marc ein Haus aus

Bruchstein durch die Bäume blitzen, bei dem es sich offenbar um das Haupthaus handelte.

Marc näherte sich langsam dem Pool, zu dem einige Holzstufen führten. Jetzt sah er auch zwei Sonnenliegen, die von Bäumen beschattet vor der Bruchsteinmauer standen. Eine Liege war nicht besetzt, auf der anderen lag ein Mensch, von dem Marc jedoch nur die Rückseite eines großen Sonnenhutes sehen konnte.

Marc ging leise weiter, bis er etwa fünf Meter hinter der Liege stand. Jetzt kam es darauf an. Nun würde sich zeigen, ob er mit seiner Theorie richtig lag. Marc nahm all seinen Mut zusammen, dann sagte er laut: »Madame Thessier, sind Sie da?«

Marc sah, dass die Person auf der Liege zusammenfuhr, als sei sie von einem Blitz getroffen worden. Ein Longdrinkglas landete splitternd auf dem Boden und eine hellgelbe Flüssigkeit verteilte sich auf dem Holz. Dann drehte sich die Person langsam zu Marc um. Als sie Marc erkannte, trat ein Ausdruck maßlosen Erstaunens auf ihr Gesicht.

Marc atmete erleichtert durch. Er hatte sich nicht getäuscht. »Hallo, Frau Reichert«, sagte er und schaute sich anerkennend um. »Schön haben Sie es hier.«

## 49

Johanna Reichert sah wesentlich besser aus, als bei ihrer letzten Begegnung am Tag ihres angeblichen Todes. Sie trug einen Badeanzug, der viel bronzefarbene Haut freiließ. Das Haar unter dem Sonnenhut war wieder merklich gewachsen und sie hatte auch etliche Kilogramm zugenommen. Kurzum: Johanna Reichert machte einen quicklebendigen Eindruck.

Mittlerweile schien sie sich auch wieder einigermaßen gefangen zu haben. »Herr Hagen«, sagte sie. »Wie haben Sie mich gefunden?«

»Das ist eine längere Geschichte.« Marc nickte zu der Sonnenliege hin, die neben der von Johanna Reichert stand. »Darf ich mich setzen?«

Johanna Reichert machte eine einladende Handbewegung. »Bitte«, sagte sie. Sie schien sich jetzt wieder vollkommen unter Kontrolle zu haben. »Darf ich Ihnen einen Eistee anbieten?«

»Eistee wäre toll«, antwortete Marc. »Die Hitze hat mich doch ziemlich mitgenommen.«

Johanna Reichert griff nach dem Krug, der auf einem niedrigen Tisch neben ihrer Liege stand. Dann füllte sie den Eistee in zwei Gläser, von denen sie eines an Marc weiterreichte. Der trank ein paar gierige Schlucke, bevor er es sich auf seiner Liege bequem machte und die Beine hochlegte. »Ich darf doch?«, fragte er. »Es war eine lange Fahrt.«

»Fühlen Sie sich wie zu Hause«, antwortete Johanna Reichert. Sie machte eine lange Pause, in der sie Marc musterte. »Ich habe immer befürchtet, dass dieser Tag irgendwann kommt: Jemand steht vor mir und redet mich mit meinem wirklichen Namen an. Also, wie sind Sie darauf gekommen?«

»Es begann damit, dass die Polizei mir mitgeteilt hat, Gabriel Wagner habe sich nicht selbst getötet, sondern sei von einer unbekannten Person erschossen worden. Die Frage war nur: Wer konnte das sein? Es war natürlich denkbar, dass der Mörder einer der Geldeintreiber war, die Gabriel bedroht hatten, aber mir erschien es von Anfang an wahrscheinlicher, dass der Mord auch mit unserem gemeinsamen Fall zusammenhing. Gabriel muss gewusst haben, dass sein

Mörder in der kleinen Küche seines Büros mit einer Pistole lauert. Offen sagen konnte er das nicht, weil er mein Leben nicht auch noch gefährden wollte. Aber er wollte mir einen Hinweis geben. ›Denk an die letzte *Dallas*-Folge‹, hat er gesagt. ›Dann wirst du alles verstehen.‹ Sie kennen die Serie doch sicher. Ich habe diese Worte zuerst falsch gedeutet und dachte, er wollte mir erklären, warum er sich das Leben genommen hat. Schließlich hat sich J. R. in der letzten *Dallas*-Folge auch aus Verzweiflung erschossen. Aber dann wurde mir etwas klar: Nach dieser Folge gab es noch eine weitere, in der J. R. nach seinem offensichtlichen Selbstmord aus dem Reich der Toten zurückkehrt. Und was macht J. R. in dieser Folge? Er täuscht seinen eigenen Tod vor, um an eine Millionenerbschaft zu gelangen. Und da hatte ich eine Idee: Vielleicht wollte Gabriel mir sagen, dass der Mörder eine Person ist, von der alle dachten, sie sei tot, die ihren eigenen Tod aber nur vorgetäuscht hat. Und sogar den Namen dieser Person hat er mir mitgeteilt: Die Folge heißt *J. R. kehrt zurück*. Allerdings hat Gabriel mit diesen Initialen diesmal nicht John Ross Ewing, sondern einen anderen J. R., Johanna Reichert, gemeint. Johanna Reichert ist zurückgekehrt, das war es, was er mir sagen wollte.«

Johanna Reichert hatte Marc die ganze Zeit aufmerksam zugehört, ohne ihn auch nur einmal zu unterbrechen. Jetzt lächelte sie. »Sieht tatsächlich so aus, als hätte dieser Wagner mich reingelegt. Da wäre ich nie drauf gekommen. Ich habe früher den *Denver-Clan* immer lieber geschaut als *Dallas*. Aber das kann noch nicht alles gewesen sein, denn das war kein Beweis dafür, dass ich noch lebe. Schließlich waren Sie es selbst, der mir den Becher mit dem tödlichen Medikamentencocktail gereicht hat, und Sie konnten auf der Videoaufnahme sehen, dass ich ihn auch tatsächlich getrunken habe.«

»Ja, das hat mir auch zu denken gegeben. Aber dann hatte ich einen Einfall: Was wäre, wenn der Cocktail ausgetauscht worden ist, bevor ich den Becher an Sie weitergegeben habe? Ich habe Heinen erzählt, wann und wo ich die Lieferung aus Holland erwarte. Er oder ein anderer, wahrscheinlich sogar Gabriel, hatte also die Gelegenheit, den echten Kurier aus Holland vor meiner Kanzlei abzufangen, sich als Marc Hagen auszugeben und die Sendung entgegenzunehmen. Ein falscher Bote hat mir dann die harmlosen Medikamente gebracht, die ich dann am nächsten Tag an Sie weitergegeben habe.«

»Sehr gut, Herr Hagen«, lobte Johanna Reichert. »Der Becher, den der Bote Ihnen gegeben hat, enthielt eine Mischung aus einem Schlaf- und einem Narkosemittel, damit mein ›Tod‹ möglichst natürlich aussieht. Aufgrund dieser Medikamente wurde meine Atmung stark verlangsamt und ich befand mich in tiefer Bewusstlosigkeit.«

»Fast hätte es ja auch geklappt«, warf Marc ein. »Ich war so sicher, dass Sie das Gift getrunken haben, dass es nicht allzu schwer war, mich von Ihrem Tod zu überzeugen. Und es war natürlich auch kein Zufall, dass Sie und Heinen Yvonne dazu bestimmt hatten, Sie nach Ihrem Tod zu finden und Heinen zu benachrichtigen. So attraktiv sie ist, so dämlich ist sie leider auch.«

»Ja, es ist fast alles wunderbar gelaufen. Aber wir sind vom Thema abgekommen: Sie hatten immer noch keinen Beweis für Ihre Theorie.«

»Richtig. Deshalb bin ich zur Staatsanwaltschaft gegangen und habe meinen Verdacht vorgetragen. Dort war man natürlich zunächst äußerst skeptisch, aber da die Suche nach dem Mörder Heinens und Gabriels ins Stocken geraten war, konnte der Staatsanwalt schließlich einen Richter davon überzeugen, die Exhumierung der Leiche, die unter dem

Namen Johanna Reichert beerdigt worden ist, anzuordnen. Und siehe da: Sämtliche Ihrer Hausangestellten und Ihr Neffe haben übereinstimmend bestätigt, dass es sich bei der Toten nicht um Sie handelt.« Marc hielt inne. »Wollen Sie mir nicht einfach erzählen, wie alles abgelaufen ist?«, fragte er dann.

»Warum nicht, ich habe schließlich nichts mehr zu verlieren. Für mich begann die Geschichte Ende November 2011 damit, dass ich starke Magenschmerzen bekam, mir dauernd übel war und ich mich übergeben musste. Heinen, der seit einigen Monaten mein Hausarzt war, und dem ich hundertprozentig vertraut habe, hat mich untersucht. Eine Woche später, es war der fünfte Dezember 2011, hat er mir eröffnet, ich hätte unheilbaren Magenkrebs und würde bald sterben. Damit begann ein unvorstellbares Martyrium. Die Schmerzen wurden immer schlimmer und waren bald unerträglich. Die Haare fielen mir aus, ich konnte nichts mehr essen, nicht mehr schlafen, es war entsetzlich. Das ging etwa zwei Monate so und irgendwann war ich tatsächlich so weit, dass ich mir das Leben nehmen wollte. Hinzu kam noch, dass mein Finanzberater mir im Januar 2012 völlig überraschend mitgeteilt hat, mein gesamtes Vermögen sei praktisch weg. Und nicht nur das: Es gäbe mittlerweile auch zahlreiche Gläubiger, die viel Geld von mir verlangten. Es täte ihm leid, er habe sein Bestes gegeben, aber da sei leider nichts mehr zu machen. Wissen Sie, ich habe mich in meinem Leben nie mit meinen Finanzen befasst. Zuerst hat mein Mann sich darum gekümmert, nach seinem Tod diverse Berater, denen ich eine Generalvollmacht erteilt hatte. Es war immer genug Geld da und ich hätte nie gedacht, dass sich das einmal ändern könnte. Also habe ich es mit vollen Händen ausgegeben. Ich habe einen sehr aufwendigen Haushalt mit vielen Angestellten geführt, viel gespendet, bin viel verreist. Als ich hörte, dass ich praktisch pleite bin, war mir das zuerst vollkommen egal, ja, ich habe sogar darüber gelacht. Schließlich hatte ich ein viel existenzielleres Problem.«

Sie sah Marc fragend an. »Noch etwas Eistee, Herr Hagen?«, fragte sie und füllte auf Marcs Kopfnicken hin beide Gläser. Dann fuhr sie mit ihrer Geschichte fort: »Aber dann kam kurz darauf Charlotte Vollmer zu mir. Charlotte, die ich schon fast mein ganzes Leben kannte und die wie eine Schwester für mich war. Sie hat sich die Augen aus dem Kopf geheult und brauchte mehrere Minuten, bis sie sich beruhigt hatte und mir alles erzählen konnte. Und was ich dann zu hören bekam, hat mir fast das Blut in den Adern gefrieren lassen: Charlotte hatte einen viel jüngeren Mann namens Gabriel Wagner kennengelernt, in den sie sich hoffnungslos verliebt hatte. Dieser Wagner hatte ihr gebeichtet, er habe große Geldsorgen, die Mafia sei hinter ihm her und werde ihn umbringen, wenn er seine Schulden nicht bald zurückzahle. Irgendwie hat er wohl erfahren, dass ich eine hohe Lebensversicherung mit Charlotte als Begünstigter abgeschlossen habe, und dieses Geld wollte er sich unter den Nagel reißen. Charlotte hat mir erzählt, sie habe sich lange geweigert, bei seinem Plan mitzumachen, aber dann habe sie zugesagt, weil sie Wagner unter keinen Umständen verlieren wollte. Der Plan war, Heinen, der ebenfalls Geldsorgen hatte, mit ins Boot zu holen. Charlotte hatte vor Wagner eine Beziehung mit Heinen. Heinen hat sich bereit erklärt, mir einzureden, ich hätte Magenkrebs und wollte mich so in den Selbstmord treiben. Dazu hat er mich systematisch über Monate mit kleinen Dosen vergiftet, um mir unerträgliche Schmerzen zu bereiten und meinen Todeswunsch zu bestärken. Und fast hätten sie damit auch Erfolg gehabt. Aber irgendwann konnte Charlotte mein Leiden nicht mehr mit ansehen und hat sich mir offenbart.«

»Wie haben Sie reagiert, als Charlotte Vollmer Ihnen von dem Mordkomplott erzählt hat?«, wollte Marc wissen.

»Ich war schockiert. Die beiden einzigen Menschen in meinem Leben, denen ich hundertprozentig vertraut habe, hatten mich hintergangen und wollten mich sogar umbringen. Mein erster Gedanke war natürlich, die Polizei zu rufen. Aber dann wurde mir klar, dass dieser Mordversuch eine Chance für mich sein konnte, meine Geldsorgen und meine Gläubiger loszuwerden. Ich habe Charlotte also vorgeschlagen, es grundsätzlich bei dem Plan zu belassen, aber mit einer kleinen Änderung: Ich sollte nicht tatsächlich, sondern nur offiziell sterben, das Geld aus der Lebensversicherung anschließend unter uns aufgeteilt werden. Ich sollte die Hälfte bekommen, dann wäre noch genug da gewesen, damit Wagner seine Schulden bezahlen und Heinen versuchen konnte, sein Unternehmen zu retten. Charlotte hat meinen Vorschlag weitergeleitet und alle waren einverstanden. Schließlich war ein Teil des Geldes immer noch besser, als Jahre in den Knast zu wandern. Natürlich hat Heinen ab diesem Zeitpunkt aufgehört, mich zu vergiften. Also habe ich die Sache selbst in die Hand genommen und mit ein bisschen Theaterschminke weiter die Todkranke für die Hausangestellten gespielt. Das ist mir nicht sonderlich schwergefallen, schließlich bin ich ausgebildete Schauspielerin. Ich habe kaum noch etwas gegessen und mir sogar meine schönen Haare ruiniert. Aber was tut man nicht alles für eine richtige Charakterrolle.« Sie lächelte schmallippig.

»Und irgendwann bin ich ins Spiel gekommen.«

»Ja. Da aufgrund von Heinens schlechtem Ruf bei den Behörden zu befürchten war, dass die Leiche obduziert werden würde, brauchten wir einen Sündenbock, auch wenn Heinen da natürlich ganz anderer Meinung war. Er meinte, es könne nichts passieren, selbstverständlich würde seine

Todesbescheinigung akzeptiert werden. Aber auch da hat er sich geirrt, wie bei so vielem in seinem Leben. Damit Sie als Sündenbock glaubhaft wurden, musste ein Testament her mit einem Vermächtnis für Sie. Zu diesem Zweck hatte ich mich zuerst wieder mit meinem Neffen ›ausgesöhnt‹. Ich weiß, dass Sie ihn mittlerweile kennengelernt haben. Der Mann ist ein absolutes Arschloch vor dem Herren. Um ihn zu ködern, habe ich ihm erzählt, es gebe Millionen zu erben. Natürlich hat er mir das abgenommen, ich habe das bis vor Kurzem ja selbst noch geglaubt. Das Schöne an der ganzen Sache war, dass ich meinem lieben Neffen so ganz nebenbei auch noch eins auswischen konnte. Ich wusste, wie er auf die Erbschaft reagieren würde: Er würde anfangen, Geld, das er noch gar nicht hat, mit vollen Händen zum Fenster hinauszuschmeißen.« Sie kicherte bösartig. »Nun, er hat es nicht besser verdient. Um die Sache realistischer zu machen, habe ich den Verein als Miterben eingesetzt. Wir dachten, es wäre zu auffällig, wenn mein Neffe, mit dem ich kurz zuvor noch total zerstritten war, alles allein erben würde. Für den Verein tut es mir natürlich sehr leid. Deren Arbeit liegt mir wirklich am Herzen. Andererseits habe ich denen schon genug Geld gespendet.«

»Kurz darauf wurde das Vermächtnis für mich in das Testament aufgenommen«, ergänzte Marc. »Und damit und mit der Videoaufnahme von Ihrem Tod hatten Sie Ihren Sündenbock.«

Johanna Reichert zuckte die Achseln. »Es tut mir leid, aber einer musste der Prügelknabe sein«, sagte sie leichthin. »Ich habe damit nichts zu tun, Sie waren ein Vorschlag Ihres Freundes Gabriel Wagner.«

»Wer ist denn an Ihrer Stelle beerdigt worden?«

»Eine Patientin von Heinen, die in meinem Alter war und mir ein bisschen ähnlich sah. Heinen hat viele Menschen aus dem Obdachlosenmilieu, die niemand vermissen würde, kostenlos behandelt. Am Anfang war ich von seiner Großzügigkeit tief beeindruckt, aber dann habe ich irgendwann begriffen, dass er diese Hilfe nur geleistet hat, um eine gute Presse zu bekommen. Heinen hat die Frau an meinem ›Todestag‹ mit einer Überdosis Medikamente vergiftet. Nachdem Sie mein Haus verlassen haben, hat er die ›Leichen‹ einfach ausgetauscht. Als der Bestatter kam, hat er nur noch die tote Obdachlose vorgefunden und mitgenommen. Da der Bestatter mich nicht kannte, bestand auch keine Gefahr, dass er den Tausch hätte bemerken können.«

»Aber es gab dennoch ein gewisses Risiko: Wenn jemand auf die Idee gekommen wäre, die Aufnahme von Ihrem ›Tod‹ mit der Leiche zu vergleichen, hätte die Sache auffliegen können.«

»Um das zu verhindern, war ja auch die ursprüngliche Idee, die Leiche der Frau möglichst schnell verbrennen zu lassen, aber Ihr Freund Wagner hat herausgefunden, dass bei einer Feuerbestattung zwingend eine weitere Leichenschau durch einen anderen Arzt vorgenommen werden muss. Also genau das, was wir unbedingt vermeiden wollten. Damit blieb nur eine Erdbestattung. Aber das Risiko einer Entdeckung war ohnehin sehr gering. Todkranke und verwahrloste Menschen sehen sich sehr ähnlich. Und ich sah am Ende wirklich sehr krank und sehr verwahrlost aus, wie Sie sicher bestätigen können. Und wer hätte diesen Vergleich anstellen sollen? Die Pathologen, die die Obduktion durchgeführt haben, kannten die Aufnahme nicht, die Staatsanwälte und Polizisten waren bei der Obduktion nicht dabei. Bei einem Mord sind die Ermittler in der Regel zwar bei einer Obduktion durch einen Rechtsmediziner anwesend, aber nicht bei der Obduktion durch einen Pathologen. Das sind zwei völlig verschiedene Berufe. In meinem Fall wurde die Obduktion durch einen Pathologen durchgeführt, weil nur die Todesursache geklärt werden sollte und eine Straftat zum Zeitpunkt der Leichenöffnung noch gar nicht zur Debatte stand. Außerdem gab es zwei Menschen, die die Tote eindeutig identifiziert haben: Meine beste Freundin Charlotte Vollmer und Dr. Heinen. Es gab keinerlei Anlass, daran zu zweifeln. Und wenn das alles nicht gereicht hätte, hatten wir schließlich noch einen vollkommen unabhängigen Zeugen vorrätig: Sie! Sie hätten jeden Eid geschworen, dass Johanna Reichert gestorben ist.«

»Was ist mit Ihrem Neffen? Was wäre gewesen, wenn der Sie noch einmal hätte sehen wollen?«

»Andreas?« Sie lachte beinahe hysterisch auf. »Der hat sich doch sogar geweigert, seine eigenen Eltern anzuschauen, als die gestorben waren. Außerdem hat er mich gehasst. Es gab nun wirklich keinerlei Grund, warum er von mir auf diese Weise hätte Abschied nehmen wollen.«

»Ich verstehe. Gehe ich recht in der Annahme, dass Sie es waren, der Heinen erschossen hat?«

»Ja, nach der Obduktion war uns klar, dass Heinen sofort in die Schusslinie der Ermittler geraten würde. Als Arzt hätte er erkennen müssen, dass es keine Krebserkrankung gab. Also musste er weg. Darüber war ich mir mit Charlotte und Wagner vollkommen einig. Nach meinem offiziellen Tod musste ich natürlich untertauchen. Ich habe einige Tage in Heinens Fischerhütte verbracht. Als er mich dann besucht hat, um mir neue Lebensmittel zu bringen, habe ich ihn erschossen. Das ist mir nicht besonders schwergefallen. Zum einen bestand die faktische Notwendigkeit, ihn loszuwerden. Zum anderen hatte er begonnen, mich zu vergiften und in den Selbstmord zu treiben. Mein Mitleid für ihn hat sich also sehr in Grenzen gehalten.«

»Ich nehme an, das Gleiche galt für Gabriel?«

»Natürlich. Ich saß hier in Südfrankreich und habe gewartet, dass die Lebensversicherung endlich ausgezahlt wird und wir das Geld aufteilen konnten. Ich hatte mit Charlotte vereinbart, dass wir eine strikte Kontaktsperre halten, also keine Anrufe, keine E-Mails, keine SMS, keine Briefe. Irgendwann war ich die Warterei leid und bin nach Bielefeld gefahren, weil ich mich bei Charlotte nach dem Stand der Dinge erkundigen wollte. Ich hatte mich natürlich so verkleidet, dass man mich unmöglich erkennen konnte. Auch das habe ich als Schauspielerin gelernt. An dem Morgen, als ich Charlotte aufsuchen wollte, habe ich von einer ihrer Nachbarinnen erfahren, dass sie in der Nacht zuvor von einem Unbekannten erschossen worden ist. Daraufhin bin ich sofort zu der Kanzlei von Gabriel Wagner gefahren. Zuerst wollte er nicht so recht mit der Sprache herausrücken und ich musste mit meiner Pistole ein wenig nachhelfen. Dann hat er angefangen zu reden. Ich glaube, zu dem Zeitpunkt war ihm ohnehin schon alles egal. Wagner hat mir erzählt, wie Sie Charlotte mit Ihrem Verdacht konfrontiert hatten und sie fast alles verraten hätte. Deswegen wäre er durchgedreht und habe sie erschossen. Dann hat er zu mir gesagt, er erwarte Sie jeden Moment in seiner Kanzlei, da Sie mit ihm über den Fall sprechen wollten. Das hat mich natürlich sehr interessiert. Wagner wollte mich zwar loswerden, aber ich konnte ihn mit meiner Waffe ziemlich schnell davon überzeugen, mich vom Nebenraum aus zuhören zu lassen. Dabei habe ich erfahren, dass Sie ihn so gut wie überführt hatten und er kurz vor seiner Verhaftung stand. Das konnte ich natürlich nicht zulassen, denn es stand zu befürchten, dass er mich verrät. Also musste er ebenfalls sterben.«

»Wie haben Sie es anschließend geschafft zu entkommen?«

»Nach dem Schuss habe ich die Fingerabdrücke von der Waffe abgewischt und sie neben Wagner auf den Boden fallen lassen. Ich war mir zwar ziemlich sicher, dass früher oder später entdeckt werden würde, dass er sich nicht selbst erschossen hat, aber mir kam es hauptsächlich auf den ersten Eindruck an, damit nicht zu schnell nach einem Mörder gesucht werden würde. Ich habe die Kanzlei verlassen und bin nach oben in den vierten Stock gestiegen. Von dort habe ich beobachtet, wie Sie die Treppe wieder hochgekommen und in die Kanzlei gerannt sind. Aus den umliegenden Büros strömten plötzlich Menschen, die den Schuss gehört hatten. In dem allgemeinen Durcheinander konnte ich problemlos verschwinden, zumal ich ja – wie gesagt – sehr gut verkleidet war. Danach bin ich sofort in die Provence zurückgefahren. Aber eine Erklärung schulden Sie mir auch noch: Wie haben Sie mich hier ausfindig gemacht?«

»Nachdem klar war, dass Sie noch leben, habe ich mir überlegt, wohin Sie verschwunden sein könnten. Mein erster Ansatzpunkt war Charlotte Vollmer. Ich habe vermutet, dass Sie bei Ihrer Flucht einen Helfer hatten. Nach Charlotte Vollmers Tod sind in ihrem BMW Tankquittungen gefunden worden, die belegt haben, dass Frau Vollmer am Tag nach Heinens Tod nach Südfrankreich gefahren ist. Die Polizei hat sich in Frau Vollmers Verwandten- und Bekanntenkreis erkundigt, dabei wurde festgestellt, dass sie zu Frankreich bisher keinerlei Beziehung hatte. Was konnte sie also hier gewollt haben? Die wahrscheinlichste Erklärung war, dass Frau Vollmer Ihnen geholfen hat. Auf ihrem Laptop wurde dann rekonstruiert, dass sie in verschiedenen Routenplanern nach der schnellsten Verbindung zwischen Bielefeld und Beaumes-de-Venise gesucht hat. Sie mussten sich also irgendwo hier in der Nähe aufhalten. Der entscheidende Hinweis wurde dann in Ihrem Nachlass gefunden: Einen Monat vor Ihrem angeblichen Tod haben Sie über einen Strohmann ein Ferienhaus in La Roque Alric gekauft.

Das war übrigens sehr geschickt eingefädelt, wenn man nicht gezielt danach gesucht hätte, hätte man es nicht gefunden.«

»Danke für die Blumen. Ja, von meinem ganzen Reichtum ist mir praktisch nur dieses Ferienhaus geblieben. Und so schön es hier auch ist, so spartanisch ist auch seine Ausstattung. Abgesehen davon habe ich es noch geschafft, etwa zweihunderttausend Euro zur Seite zu schaffen, mehr war nicht drin. Deshalb war ich auf meinen Anteil aus der Lebensversicherung angewiesen. Von irgendetwas muss ich schließlich leben. Aber daraus wird jetzt ja wohl nichts mehr.« Sie betrachtete Marc eingehend. »Es sei denn, wir können zu einem Arrangement kommen.«

Marc sah sie verblüfft an. »Und wie soll das Ihrer Meinung nach aussehen?«

»Nun.« Johanna Reichert lehnte sich zurück. Sie war jetzt ganz Geschäftsfrau. »Ich gehe davon aus, dass Sie mich ohne die Hilfe der Polizei nicht gefunden hätten und dass die Polizei über Ihre Fahrt nach Frankreich informiert ist. Sie wurden vorgeschickt, um mich eindeutig zu identifizieren. Anschließend sollen Sie Bericht erstatten. So weit richtig?« Sie sah Marc mit erhobenen Augenbrauen an.

»Richtig«, bestätigte dieser. »Die Polizei weiß, dass ich hier bin. Deshalb dürfte eine Vereinbarung auch kaum möglich sein.«

»Sagen Sie das nicht! Sie könnten der Polizei zum Beispiel mitteilen, dass Sie mich nicht angetroffen haben und es später noch mal versuchen werden. Das können Sie ein paarmal wiederholen und mir so die Zeit verschaffen, die ich brauche, von hier zu verschwinden und erneut unterzutauchen. Auch wenn es mir sehr schwerfällt, das alles hinter mir zu lassen.«

»Und was wäre dabei der Vorteil für mich?«

Johanna Reichert lächelte. »Nun, eigentlich hatte ich Ihnen ja ein Vermächtnis in Höhe von fünfhunderttausend Euro zugedacht. Sie sind bestimmt enttäuscht, dass Sie das Geld nicht bekommen haben. Aber ich bin bereit, Ihren Schaden in gewisser Höhe wieder auszugleichen. Ich biete Ihnen ... sagen wir ... fünfzigtausend Euro. Mehr ist beim besten Willen nicht drin. Wie sieht es aus?«

Marc rieb sich den schweißnassen Nacken. »Da gibt es nur ein Problem. Sie haben meinen besten Freund erschossen.«

Johanna Reichert schnaubte. »Ihren besten Freund! Wagner hat Sie verraten! Nur durch ihn sind Sie in diese Sache mit hineingezogen worden. Er hat in Kauf genommen, dass Sie als Mörder lebenslang hinter Gitter wandern.«

»Ja, das hat er getan. Aber er hat mir auch das Leben gerettet, als Sie in der Kanzlei unser Gespräch belauscht haben. Er hat die gesamte Schuld auf sich genommen, weil er wusste, dass Sie mich ebenfalls erschießen würden, wenn er Ihre wahre Rolle enthüllt hätte. Er hat sich also gewissermaßen für mich geopfert. Das betrachte ich als eine Art Wiedergutmachung.«

»Aber Sie vergessen eines: Er wollte sterben! Er hatte seine Familie verloren, er hatte einen Tag zuvor die Frau getötet, die er geliebt hat, und die Geldeintreiber im Nacken sitzen, deren Ultimatum am nächsten Tag ablief. Ich glaube, er war mir sogar regelrecht dankbar, dass ich ihm die Arbeit abgenommen habe. Das konnte ich in seinen Augen sehen. Ich habe nichts getan, was Gabriel Wagner nicht kurz darauf selbst getan hätte.«

Marc wusste, dass Johanna Reichert ins Schwarze getroffen hatte. Wenn sie Gabriel nicht erschossen hätte, hätte er sich höchstwahrscheinlich selbst das Leben genommen.

»Und Sie sollten noch etwas berücksichtigen«, unterbrach Johanna Reichert Marcs Gedanken. »Ich bin auch ein Opfer.

Ihr Freund hatte vor, mich langsam zu vergiften und in den Tod zu treiben. Und wenn Charlotte mir nicht alles gebeichtet hätte, wäre sein Plan aufgegangen.« Sie machte eine Pause. »Und deshalb«, fuhr sie fort, »sollten Sie sich das mit dem Arrangement noch einmal durch den Kopf gehen lassen. Herr Wagner hat mir erzählt, dass Sie Geld gut gebrauchen können. Denken Sie also daran, was Sie mit den fünfzigtausend Euro alles anstellen können.«

»Hört sich vielleicht doch nach einem vernünftigen Vorschlag an. Aber ich brauche etwas Zeit.«

»Natürlich! Denken Sie in Ruhe über mein Angebot nach. Und bis Sie sich entschieden haben, sollten Sie die Annehmlichkeiten der Provence genießen. Ich kann Ihnen ein gutes Hotel in Beaumes-de-Venise empfehlen.«

»Das ist nicht nötig, ich habe bereits eine Unterkunft.« Marc trank den Rest seines Eistees aus und erhob sich. »Ich melde mich wieder bei Ihnen«, versprach er. Mit diesen Worten drehte er sich um und ließ Johanna Reichert in ihrem kleinen Paradies zurück.

Auf der Straße sah Marc, dass ein Peugeot hinter seinem Auto geparkt hatte, das Fahrerfenster war heruntergelassen.

»Sie ist es«, sagte Marc zu den beiden Zielfahndern des BKA auf dem Rücksitz, die dort zusammen mit zwei französischen Polizisten auf ihn gewartet hatten. »Sie können Frau Reichert jetzt abholen.«

Dann ging er zu seinem Golf und ließ sich hinter das Steuer fallen. »Vielleicht hätten wir uns tatsächlich irgendwie arrangieren können«, dachte er und musste grinsen. »Aber das mit dem *Denver-Clan* hätte sie nicht sagen dürfen.«

# Mehr Krimis mit Marc Hagen

**Der Fall Helms**

ISBN 978-3-89425-273-1

Der mutmaßliche Terrorist Klaus Helms soll Selbstmord begangen haben – so die offizielle Version. Seine Tochter ist überzeugt davon, dass er erschossen wurde, und will nach dem Opferentschädigungsgesetz eine Wiederaufnahme des Verfahrens erzwingen. Als Anwalt Marc Hagen versucht, die bisher namentlich nicht genannten GSG-9-Augenzeugen ausfindig zu machen, wird es für ihn gefährlich.

*»Der Politthriller ist reich an Leichen, Rätseln, brenzligen Situationen und deutlichen Anspielungen, etwa was die innere Sicherheit Deutschlands angeht. Ein außergewöhnliches Debüt.«* Tip Berlin – Stadtmagazin

**Die Medwedew-Variante**

ISBN 978-3-89425-308-0

Marc Hagen durchlebt einen Albtraum: Er ist an einer speziellen Form der Amnesie erkrankt und vergisst immer wieder, wer er ist. Als er bei einer Auktion einen Koffer ersteht, muss Marc erleben, dass der Albtraum noch steigerbar ist. Denn dieser Koffer enthält etwas, was andere in ihren Besitz bringen wollen, und zu der Frage, wer Marc selbst ist, gesellt sich jetzt jeden Tag die Frage: Wer ist Freund und wer ist Feind?

*»Ein meisterhafter Psycho-Thriller: trickreich, überraschend und verstörend.«* WDR Mordsberatung

**Zug um Zug**

ISBN 978-3-89425-315-8

Als Hasso von Neuendorff seine Theorie über den perfekten Mord darlegt, weiß er nicht, dass er kurz darauf angeklagt wird, seine Lebensgefährtin getötet zu haben. Marc Hagen und die Anwältin Irene von Kleist setzen alles daran, den Verdacht gegen ihren Mandanten zu entkräften – aber es warten immer wieder neue Überraschungen auf sie …

*»Wie Marc Hagen versucht, seinen Mandanten gegen alle Indizien vor dem Knast zu retten, ist hervorragend und kenntnisreich geschrieben.«* Brigitte

grafit

# Mehr Krimis mit Marc Hagen

**Menschenraub**
ISBN 978-3-89425-340-0

Die 16-jährige Daniela Schwalenberg wird entführt, die Eltern erreicht eine Lösegeldforderung. Die leitende Kriminalbeamtin glaubt, Daniela selbst stecke hinter der Tat. Hat Helen Baum recht? Währenddessen beschäftigt Jurist Marc Hagen eine Leiche, die seit fast dreißig Jahren auf dem Dachboden seines Mandanten liegt. Wer war die junge Frau und wie kam sie zu Tode?

*»Es empfiehlt sich, gewisse Ungereimtheiten in der Handlungsführung ernst zu nehmen, sie haben ihren Sinn. Andreas Hoppert ist ein Autor, der genau weiß, was er tut.«*
Am Erker

*»Andreas Hoppert ist ein Spezialist für ungewöhnlich konstruierte Krimis. ... Spannend!«* Badisches Tagblatt

**Der Thule-Code**
ISBN 978-3-89425-365-3

›Verfolge die Ahnenreihe zurück‹, so lautet der erste Satz einer Botschaft, die Günther Wehking seiner Tochter Edda vermacht hat. Die bittet Anwalt Marc Hagen, ihr bei der Entschlüsselung des rätselhaften Erbes zu helfen, und eine rasante Spurensuche beginnt. Aber – wonach suchen sie überhaupt?
Zeitgleich wird in einem abgeschiedenen Hotel im Sauerland der G8-Gipfel eröffnet. Teilnehmer und Sicherheitsbeauftragte sind guter Dinge. Doch der Tag endet für alle, wie sie es sich in ihren schlimmsten Albträumen nicht vorstellen konnten …

*»Andreas Hopperts ›Der Thule-Code‹ führt vor, dass das beschauliche Sauerland durchaus Tatort einer brisanten Politparabel sein kann.«* Die Welt

*»›Der Thule-Code‹ ist ein überaus spannender und facettenreicher Krimi, der dem Leser eine Gänsehaut beschert, wenn er ihn in die Gedankenwelt einer gefährlichen Verschwörertruppe blicken lässt.«*
Westfalenspiegel

*»Vergessen Sie Dan Brown – lesen Sie Andreas Hoppert.«*
Richter ohne Robe

grafit

# Ein mutiertes Virus gibt Rätsel auf

Jürgen Kehrer

**Fürchte dich nicht!**

ISBN 978-3-89425-387-5

Um die Durchführung eines internationalen Gipfeltreffens auf Norderney nicht zu gefährden, soll vertuscht werden, dass Deutschland eine Epidemie droht. Zecken übertragen ein Virus, das bei den Gestochenen zu irrationalem Verhalten führt, häufig mit Todesfolge.

Kommissar Martin Geis und die Wissenschaftlerin Viola de Monti machen sich entgegen oberster Weisung auf die Suche nach der Quelle des mutierten Virus – ist es das Produkt menschlicher Forschung?

*»Jürgen Kehrer gelingt ein brillanter Wissenschaftsthriller.«* Westdeutsche Zeitung

*»Glaubwürdige Charaktere und eine so interessante wie spannende Geschichte.«* Hamburger Morgenpost

*»Inspiriert von Klimawandel, Zecken-Ausbreitung und G8-Gipfel hat Kehrer einen interessanten Plot entworfen und mit feiner Ironie und gut gezeichneten Charakteren zweier gebrochener Helden einen gelungenen Wissenschaftsthriller vor heimatlicher Nordseekulisse verfasst.«* ekz-Informationsdienst

*»Kehrers pointiert geschriebenem Roman gelingt es, einen Verschwörungsplot US-amerikanischer Machart überzeugend in Norddeutschland anzusiedeln.«* Kieler Nachrichten

*»Der Thriller von ›Wilsberg‹-Autor Jürgen Kehrer bietet Hochspannung bis zur letzten Seite.«* Kölnische Rundschau

*»Dass Kehrer sich eine solche Geschichte ausdenkt, die zu Zeiten von Mexikanischer Grippe gar nicht aktueller sein kann, ahnte er vermutlich selbst nicht.«* Rheinische Post

*»Ein erfrischend norddeutsches Szenario, das zeigt, dass sich spannender Krimistoff auch hinter der nächsten Düne inszenieren lässt.«* Brigitte

grafit

# Skrupellose Banker und Politiker

Horst Eckert

**Schwarzer Schwan**

ISBN 978-3-89425-667-8

Hanna Kauls Welt liegt in Trümmern. Erst sagen die Chefs der Investmentbankerin einen von ihr eingefädelten Milliardendeal überraschend ab. Dann erfährt sie, dass sie ausspioniert wurde, und schließlich verschwindet auch noch ihre Nichte Leonie.

Kripomann Dominik Roth will Hanna helfen – und begibt sich auf verdammt dünnes Eis. Denn im Hintergrund bewegt ein Klub von Topleuten aus Politik und Wirtschaft die Regler von Macht und Einfluss.

Vor dem Hintergrund aktueller Geschehnisse in Politik und Wirtschaft entspinnt sich ein atemlos spannendes Entführungsdrama.

*»Eine packende Story ... Und trotz der spannenden Dramaturgie sind es in erster Linie die Zwischentöne, die ›Schwarzer Schwan‹ lesenswert machen: Getrieben von der Sucht nach Erfolg und Reichtum scheitern Eckerts Charaktere allesamt kläglich im Zwischenmenschlichen.«* Financial Times Deutschland

*»Horst Eckerts neuer Krimi ist vielschichtig, erst spät schließen sich die Kreise. Nicht nur deshalb ist die Geschichte spannend, auch ihr Realitätsbezug trägt dazu bei.«* Frankfurter Neue Presse

*»Horst Eckert hat den besten Thriller rund um die Finanz- und Wirtschaftskrise geschrieben – er sticht die Konkurrenz glatt aus.«* Die Presse (A)

*»Eckert, früher Journalist, hat akribisch recherchiert. Das Ergebnis ist ein packender Thriller, der den Leser bis zur letzten Seite nicht loslässt.«* VDI Nachrichten

*»Kenntnisreich schildert Eckert die Verflechtung von wirtschaftlichen und politischen Interessen.«* Frankfurter Rundschau

*»Schwarzer Schwan ist der ganz große Wurf.«* MDR FIGARO

grafit